静看花开

袁瑞珍 —— 编著

云南出版集团
云南人民出版社

图书在版编目（CIP）数据

静看花开 / 袁瑞珍编著. ——昆明：云南人民出版社，2021.3

ISBN 978-7-222-17634-8

Ⅰ. ①静… Ⅱ. ①袁… Ⅲ. ①散文评论－中国－当代－文集 Ⅳ. ①I207.67-53

中国版本图书馆CIP数据核字（2021）第013049号

责任编辑：王　逍
助理编辑：起　源
策　　划：蓓蕾文化
责任校对：任　娜
责任印制：代隆参

静看花开
JING KAN HUA KAI

袁瑞珍　编著

出版	云南出版集团　云南人民出版社
发行	云南人民出版社
社址	昆明市环城西路609号
邮编	650034
网址	www.ynpph.com.cn
E-mail	ynrms@sina.com
开本	710mm×1000mm　1/16
印张	21
字数	320千字
版次	2021年3月第1版第1次印刷
印刷	成都新恒川印务有限公司
书号	ISBN 978-7-222-17634-8
定价	48.00元

如有图书质量及相关问题请与我社联系
审校部电话：0871-64164626　出版部电话：0871-64191534

相逢在最美的花开时节
——袁瑞珍评论文集《静看花开》序言

◆石 英

芒种刚过，端午将至。文友转来袁瑞珍女士的评论文集《静看花开》，读罢顿感获益良多。文集上半部分记录她对蜀地作家作品的书评感悟，入情入理，取之有据，舍之有意；下半部分则是各地作家和读者对她本人作品的点评。文集中的每一篇文章，都是他们内心世界的映照，抒写出了对生命的关怀，尽显蜀地文人的情怀。这些文章读来都如临其境，引人入胜，使我的心情久久不能平静。

说来我与四川文友的交往已有几十年了，更与蜀地有着许多不解之缘。我曾经走过四川大部分的城市与乡村，写了近百篇有关蜀地文化风貌的散文作品。四川有着独特的地理环境和气候特点，这片土地上酿制的美酒、生长的绿竹、流淌的江河，都给我留下了难以忘怀的印象。虽然有些人和事渐渐在记忆中模糊，但那些震撼心灵的场景至今记忆犹新。特别是蜀地文化滋养出的作家、学者，经过千年文化基因的塑造，以脉脉温情之态触摸当代生活，将蜀地故事幻化成奇妙场景，实现了他们的文学梦想，呈现给广大读者丰沛的精神食粮，为这片土地注入了生机。他们给四川人留下了深刻的印象，即使像我这种走访了中国两百多个文化城市的游历者，也对这片灵魂圣地情有独钟，甚至每次离开都有些依依不舍。

蜀地有奔腾不息的江河，更活跃着一大批文学本土化的深层探索者。他们把思想的根系植根于这片土壤，并从本土文学中汲取营养。更何况，蜀地本就蕴藏着丰富的历史文化元素，为当代作家提供了取之不竭的文学资源。他们对故乡的奇美景象、人文风采，都充满着深深的自豪感。这些自然景致让他们陶醉，让他们变得生动可爱，那些包裹在作家身上的人文气息，如江河流淌在他们的心田，瞬间就能生发出绝妙的文章。

袁瑞珍就是生活在天府之国的一位作家。特别是她在担任四川省散文学会理论部部长和副会长后，倾情投入文学创作中，通过这样的一个平台，与四川散文界同仁一道，为四川省散文事业的发展殚精竭虑，取得了非凡的成绩。她的才能得以发挥，不断深耕，厚积薄发，助力四川散文向着新的精神高地迈进。通过她对人生的感悟和思考，为作家抒怀评传，借以推荐蜀地作家的优秀作品。她也从这些作品中收获了无限的智慧。这是作家之间共性的吸引，使他们相互碰撞出璀璨的火花，实现他们人格魅力的升华，呈现出蜀地作家共有的情感底色。这些评论的画面就像一段段电影的跳剪，把作品中最具特色的亮点展现在我们眼前。似川江横流，又像绝壁直立；似蜀道行难，又像平原坦途，让读者由浅入深地饱览作家耕耘的心灵作品，跟随文字走进他们的文学世界，获得向上的力量。

正如此，我们从她的评论中熟悉了许多蜀地作家的优秀作品。其中，有我所熟知的一些中青年作家，他们的作品中不乏有趣和闪光的东西，涵盖的题材和内容都比较广泛，其中很大一部分都是对现实的观照。我很幸运看到这些作家成长的轨迹，这预示着蜀地文学发展的后继有人。

在这些评论中，她的阅读与赏析犹如打开了一扇窗，窗外是一簇簇绚烂盛开的花，花开路两旁，明媚且张扬。她涌动的思绪不经意间把花篮打翻在地，泼墨似的绘就了一幅水彩画，形成了蜀地文化独有的味道。每个作家都如一朵花，明丽清秀，有血有肉，虽小却浓缩了大千世界，映射着绝无仅有的芳华，在这块文学舞台上跳跃着心灵舞蹈。他们一起品花香，悟人生，通过妙笔生花的文采和精湛细腻的文笔，在这大美的世界里，绣出了自己的那朵生命之花。每一朵花都具有顽强的生命力，释放着青春的激情，共同构建起四川散文的百花园。他们为四川散文事业发展注入了生生不息的高能动力，已经成为一道独特的风景线。

我也高兴地看到，她在工作之余，还投入大量精力创作，特别是近些年，随着她文学创作经验的日益积累，学养积累日益深厚，通过笔力勤勉耕耘巴蜀之地得到良好回报，终于开出了圣洁之花。我与她虽然谋面不多，但她给我留下了非常好的印象。我了解到，她与文学的结缘让其思想不断升华，生活变得丰富多彩。但外孙女一场突如其来的重病，让她的家庭遭遇不测。这样的变故并没有击倒她，痛定思痛，让她对亲人的爱变得更加深情。

人如果遭遇到无限的伤痛，有时是需要回避的，甚至不愿提及。她在《穿越生命》这部文集中诉说着令人心痛的经历，她在痛苦中挣扎，在抑郁中失落，在梦幻中破灭，忍受着骨肉分离的煎熬，面对生命的脆弱，我们却显得渺小且无力。但即便这样，她依然用文字化作情感给予亲人最后的爱，洞悉人生的意义，获取精神的力量。这是人世间的大爱无疆，亲情无限。那些跳动着爱的字符，掷地有声的情节，读来令人唏嘘不已。我难以想见，她在写作时秉持怎样的一种心境，她如何用文字游走在追忆与现实的边缘。通过直击心灵的叩问，凄美的文字犹如一束阳光投射进来，微光成炬穿透阴霾，让痛苦的心灵得到慰藉和安放。

有温度的作品才有生命力。她遭遇痛苦时会暗自哭泣，但转身后依旧泪中带笑，继续投入创作中。她的作品语言朴素、平实、温润、简单，却富有自信，她的文字始终被浓烈的爱包裹着，情感的句子永远通透温暖，直抵内心深处。人生的每一次历险，都要付出巨大的代价。唯有爱才是有生命力的，是可以无限延续的，它为我们展示了人间丰富的真实图景。在《穿越生命》这部文集中，她用眼睛和亲身经历，还原了这段刻骨铭心的时光，在细微之处见真情，以人性之光汇聚成时代最美的篇章。

正如书名"静看花开"一样，我想袁瑞珍一直带着这种对人生的思考，心如止水，静心向善，倾听花开花落的声音，去探索生命的真谛，即使短暂也要永远芬芳。送人玫瑰，手有余香，这是她人生境界的一种忘我和成熟。我们常说，人生境界有一种是痛而不言，还有一种是笑而不语，她在创作中将这种痛用心语、文字来表达，而她在生活中却总是以达观的心态处世，给人带来快乐和温暖，感染着身边的每一个人。

诚然，蜀地的作家们或许都经历过人生之磨难，但他们的笔下总是充满着积极向上的力量。他们在文学世界里辛勤耕耘，播种希望。他们与这片土地共生共荣，与蜀地人民一起成长，坚守文学精神，弘扬社会正气，闯出了一片新的天地。我想，随着他们创作水平的不断提高，与时代发展同频共振，蜀地的文学面貌必将呈现出风格多样的图景。我期盼这一天早日到来！

如果有缘，我将再到蜀地，与文友们欢聚。让我们充满希望，放声歌唱。人生总有曲终人散的那一刻，往事悠悠君莫问，就让它在我们的记忆中封存吧，而活在这个世界上一切善良的人们，更应倍加珍惜，一定要好好地活下去，不辜负韶华，共赴山花烂漫，让我们有朝一日再次相聚在最美的花开时节——静看花开。

是为序。

2020 年 6 月 22 日于北京

石英，系中国散文学会名誉会长。中国当代著名作家。享受政府特殊津贴。原百花文艺出版社副总编辑、《散文》月刊主编、《人民日报》社文艺部主任、高级编审。著有长篇、中篇、短篇小说集、诗集、传记文学、散文集、随笔集等文学著作 50 余部，计 1000 余万字。

目 录

— JING KAN HUA KAI —

上篇：带露摘花

003 散文鉴赏与评论的求索
　　——在首届中国西部散文家论坛上的发言

011 真情无价
　　——读李致老先生《终于盼到这一天》有感

015 一条奔腾的生命之河
　　——卢子贵《云中小札》读后

018 浅唱低吟抒真情　真知灼见谈散文
　　——谈卢子贵散文的"情与识"

024 感人心者，莫先乎情
　　——有感于杨泽明《苏策，走好》

028 风骨成就真散文
　　——读梁恩明《贝加尔湖》随想

034 一束文学的亮光
　　——金科散文艺术研讨会综述

042 一座城市的灵魂
　　——冯荣光电视散文观后感

046 俯身蜀地　仰望星空
　　——读张中信《成都书》散文卷随感

050 远去的青春芳华
　　——读余启瑜《轻描淡写》所感

056 一种品格在飞扬
　　——读姜诗《香樟礼赞》的联想

059 从容淡定侃生活
　　——读刘小苹《迟到》絮语

065 徜徉在灵动的意境中
　　——浅析李临雅《流痕》创作特点

071 诗意的吟叹
　　——浅析晓荷散文的审美价值

079 于细微处见深情
　　——从刘晓欧《火柴》的选材说起

083 和你一起看美国
　　——程奇生《近看美国》读后

088 人民是天
　　——观看电影《郑培民》有感

090 有一种爱，痛彻肺腑
　　——《山楂树之恋》为什么能动人心魄

093 凝固在岁月中的人生音符

098 心灵的栖居
　　——在诗歌中留下最美好的时光

下篇：静看花开

103　深入开掘　思辨创新　/ 卢子贵
　　　——序《穿越生命》

105　一朵绽放的永恒之花　/ 张立华
　　　——散文集《灿烂瞬间》序言

110　深信人间有大爱　/ 张人士

116　文学是人生苦旅上的一抹朝阳　/ 李银昭

121　对象，意象，气象　/ 周闻道
　　　——袁瑞珍散文"三观"浅观

128　至情至性　细节取胜　/ 蒋大海
　　　——袁瑞珍散文《穿越生命》简析

132　袁瑞珍和她的散文　/ 金　科

135　人类灵魂的抖音　/ 桥　歌
　　　——读袁瑞珍《穿越生命》有感

146　含泪捧读《穿越生命》/ 李治修
　　　——关于一篇亲情散文的通信

152　袁瑞珍散文美谫论　/ 李治修

160　丽句与深采并流　偶意共逸韵俱发　/ 李治修
　　　——论散文的诗意美兼评袁瑞珍散文创作特色（序言）

170　旅游文学中要有"我"　/ 李治修
　　　——袁瑞珍近作《车轮上的国度》漫评

175　让文字在追寻的长河中流淌　/ 余启瑜
　　——袁瑞珍散文赏析

178　秀外慧中的瑞珍　/ 刘小革

184　从亲情叙事到主流叙事　/ 郎德辉
　　——读大散文《穿越生命》杂感

189　留在心头　留在笔下　/ 李临雅
　　——读袁瑞珍《穿越生命》

192　天使翅膀上的一缕阳光　/ 江铭记
　　——谈袁瑞珍散文《穿越生命》的艺术特色

204　漫话《穿越生命》的写作技巧　/ 吴中奇
　　——简论细节

210　珍贵生命，留下精彩　/ 吴　微
　　——读袁瑞珍《穿越生命》散文集有感

214　袁瑞珍电视散文《高原秋韵》赏析　/ 远　帆

217　怀旧中的反思　/ 王大可
　　——浅议袁瑞珍散文《飘落在田野中的青春》

224　让爱和善良成为亮点　/ 余懋勋
　　——简评长篇散文《穿越生命》

229　劳其筋骨，苦其心智　/ 万　军
　　——读袁瑞珍散文《飘落在田野中的青春》所感

233　穿越文学　读出科学　/ 向晓吾

236　生命有限　大爱无疆　/ 龚旭东
　　——读袁瑞珍散文《穿越生命》有感

241　朋友，向你致敬　/ 袁　强

244　依米花的精神照视　/ 润　雨
　　　——读袁瑞珍散文集《穿越生命》

249　读《穿越生命》有感　/ 王亚平

251　我感受到文字背后的真情　/ 邹　全

253　怎么爱你都不够，一片深情付苍穹　/ 翟冬青
　　　——读袁瑞珍散文《穿越生命》札记

256　致敬《穿越生命》　/ 赵艳华

258　一次主题活动的感悟　/ 静　怡

260　小璐璐从天堂捎来话　/ 李兴汉

263　有一个叫璐璐的小女孩　/ 何　凯

265　快乐文友　/ 梅　香

267　附录：微信采撷

318　后记

上 篇

── 带露摘花 ──

每一滴露珠,都蕴含花的气韵……

散文鉴赏与评论的求索

——在首届中国西部散文家论坛上的发言

参加中国西部散文家论坛的各位作家、各位文友：大家好！

很高兴来到美丽的古城西安，很高兴认识了诸多来自重庆、陕西和别的省份的知名作家和朋友，向陕西省散文学会对承办中国西部散文家论坛给四川、重庆、陕西和别的省份的散文家们提供互相学习、交流的机会表示衷心的感谢。同时我相信，这次论坛，将会碰撞出更多的火花，为繁荣西部的散文创作起到很大的促进作用。

我来自四川省散文学会。四川省散文学会是个民间文学团体，至今已成立21年。21年来，在会长卢子贵先生的带领下，在四川省文联、省作协、省社科联和省委宣传部的支持下，学会健康发展，对繁荣四川散文创作，培养和推出四川散文作家起到了很大的作用，文友亲切地评价说："学会是一方沃土，如春雨润物培养文学人才茁壮成长；学会是一块园地，将春风留住为文友营造自己的家园；学会是一条纽带，以友谊的情结把众多文友紧密联系在一起；学会是一粒石子，用真情铺出了成功之路，前方是一个美好而无悔的归宿。"由此可见，四川省散文学会在会员心中的分量和地位。

我们知道，散文作品创作是很重要的，但鉴赏与评论的作用也不可小视，鉴赏和评论始终是与创作紧密联系在一起的，被誉为"一鸟两翼"。文学创作是复杂的形象思维活动，由于作者的个性和作品的风格千姿百态，文学鉴赏和批评也就千差万别，很难用一个统一的尺度去衡量。从读者角度而言，也是众口难调。鲁迅说过，一部《红楼梦》，道学家看见淫，才子看见缠绵。但这也并不与我们大体上有一个共同遵守的鉴赏和评论标准相排斥，因为这对于正确地认识和判断作品，提高作者的创作水平和读者的欣赏水平，是很有益处的。

为了更好地开展四川散文的鉴赏与评论工作，去年初，学会重新组建了理论部，由我担任部长，并确定副会长、著名军旅作家、诗人、《四川散文》总编杨泽明先生分管理论部工作。学会领导卢子贵、何映森、刘安祥等都很关心和支持理论部的工作，凡理论部的活动，基本都到场给予指导。同时，在会长卢子贵先生的指导之下，拟定了学会理论研讨的工作思路，即：立足于四川散文创作实际，以会刊《四川散文》为研究园地，开展中肯的文艺评论。提倡在肯定文章主题的前提下，从立意构思、写作技巧等方面开展评论，对不足之处提出中肯的意见和建议，力图使文学理论大众化、通俗化，不搞似是而非、不着边际的空谈，而是要让最普通的散文爱好者能理解、能接受，并以此促进写作水平和鉴赏水平的不断提高。在研讨四川散文的同时，吸取全国乃至世界各国散文的精华，关注全国散文创作和理论研究动态，使四川散文学会的理论研讨工作跟上时代节拍。

在这个工作思路的指导下，我们坚持理论与创作实践紧密结合。负责分管理论部的副会长杨泽明先生曾提出："理论是灰色的，唯有生活之树常青，散文理论必须随着散文创作实践的发展而发展，再好的理论若不与实践紧密结合，那也只不过是一纸空谈，或坐而论道罢了。"因此，我们理论部始终坚持立足于四川散文的创作实际，以会刊《四川散文》杂志为依托，切实践行理论与实践紧密结合，并要求宏观与微观相连，知人知文，展开不拘一格的赏析，揭示其潜在的意蕴。从去年《四川散文》春季卷开始，同期推出评论文章，采用由本期执行主编先挑选出几篇好文章，再由理论部组织讨论确定一至两篇，对文章进行鉴赏分析后再确定一至两人执笔写出评论文章。到目前为止，我们共推出14篇评论文章，另外还选刊了20篇赏析文章。一年多来，理论部每个成员都写出了一篇或多篇较有真知灼见的点评文章，如李治修的《文章也是一种气场》、杨泽明的《思想与艺术的交融》、何凯的《构思显匠心，悬念添魅力》、江铭记的《离情别绪最牵肠》《高县有多高》《用心阅读山水，书写美景神韵》、万郁文的《美妙的春雨》、刘小革的《与丰庆志同行》、余启渝的《浅谈笔会写作成败》、李临雅的《感受她的飞翔》、袁瑞珍的《从容淡定侃生活》《倘徉在灵动的意境中》。同时，李治修的《散文三字经：散、真、度》《丽句与深彩并流》、刘小革的《与丰庆志同行》、袁瑞珍的《从容淡定侃生活》等文章在四川文艺报上公开发表，李治修和余启渝在第三届川渝散文论坛上代表四川省散文学会就其研究成果在大会上进行了交流发言。这些成果的取得，与卢子贵会长带头写的多篇散文赏读性质的"序"与"跋"对我们的引导是分不开的。同时，此项举措对提高《四川散文》质量，提高会员的写作水平和读者的鉴赏水平也起到一定作用。

通过近两年的工作实践，我们认为要做好散文的鉴赏与评论，需要在以下几个方面引起注意。

一、注意客观性

在进行散文鉴赏与评论时，应对事不对人。也就是说，评论的对象应是作品而不是作者。无论是知名作家的作品还是名不见经传作者的作品，都应做到一视同仁，用作品说话；尽量控制和淡化主观色彩，用经过实践检验的客观审美标准对作品进行鉴赏与评论。好散文的标准和尺度见仁见智，其评断不乏个人的眼光、趣味和好恶，但这些不尽相同的好散文标准和尺度，又始终摆脱不了人类在长期社会实践中所形成的最基本的审美规范和价值取向。四川省散文学会会长卢子贵先生曾多次讲过好散文的标准，他认为："一般来说，优秀的散文作品应当思想深邃、意涵丰厚、情感真挚、文采斐然。"散文评论家林非先生也曾对什么是优秀散文做出过界定，即："最能够触发人们感动的；最能够唤醒读者回忆起种种人生境遇和自然风光的；最能够引起读者深深思索的；最能够在语言的文采和艺术技巧方面满足读者审美需求的。"我们所写的鉴赏与评论文章，基本遵循这样的审美标准与原则。我们不仅选择《四川散文》上编发的优秀散文，同时也将去年四川省散文学会为纪念学会成立20周年隆重推出的《四川散文大观》第六辑和四川省散文学会与重庆市散文学会首次联合推出的《川渝散文百家》作为重点进行选择性的鉴赏和评论。我们不仅点评了一些知名散文作家，如马识途、李致、卢子贵、杨泽明等人的作品，更对一些不知名的中青年作者的作品进行鉴赏与评论。在进行鉴赏与评论时，是按照我们定下的理论研讨的工作思路进行的，这样做的效果是客观公正地评价了作品的闪光点和存在的问题，从而进行更为符合散文艺术本质的审美鉴赏与评论。因此对这样的优秀散文进行鉴赏与评论，一般都能指导散文阅读，使读者自觉自愿地矫正乃至升华朴素而盲目的阅读习惯，从而进入真正的审美境界，获得艺术享受。同时也可避免由"人文之争"演变为"文人之争"的情况。

二、注重见解的独特性和评论视角的创造性

在进行散文鉴赏与评论时，见解的独特性和评论视角的创造性是非常重要的。因为唯有如此，才能避免浮光掠影地泛泛而谈，更深地挖掘出作品的思想意义和艺术特色，从而提出自己新颖、深刻、精辟的见解。如评论家李治修在为李致老先生缅怀解放前夕成都地下党市委最后一任书记洪德铭的文章《我们的心永远连在一起》作评时，所写的评论文章《文章也是一种气场》就非常独特。李致在这篇文章中，描写了成都解放前夕，地下党工作的情况，及在殊死斗争中同志之间结成的一段深厚情谊。文风朴实无华，真挚淳朴的感情和凸显的那种有理想、有抱负、有希望、有奔头、充满机警却又带点神秘感的生活深深打动了李治修。文章所描写的客观、真实的历史面貌和历史事件带给了他心灵的震撼，让他在这样一种"气场"中与作者的人生观、世界观、价值观产生本源的共鸣，而他的评论更将它升华为对理想、信念、道德的呼唤。他写道："我们今天的生活水平大大提高了,那种缺吃少穿,受人践踏的岁月一去不复返。但眼见社会风气败坏、官场腐败,却让人有一种不可名状的失落感。究竟失落了什么呢?失落了一种积极向上的精神抚慰与鼓舞。面对现实固然有不少美好的事物,但也不能否认这样一个事实:我们正面临着哲学家康德所说的'二律背反'的尴尬:在物质文明不断上升的同时精神文明建设却在滑坡——这是一个不容粉饰的事实。"于是他疾呼:"一个国家、一个民族,什么都可以失去,万万不可失去的是理想、信念、道德。如果这一切都被弃置不顾,那就是一种精神危机,这样的危机比什么经济危机都可怕。"这样的评论文章就是以评论家独特的审美意识,将文章所蕴含的深刻的思想性进行了充分的挖掘与解读,为读者构筑了一架阅读与审美的桥梁。而这样的评论文章读后也能给人韵味无穷的感觉。

  对于散文评论视角的创造性问题,我们也进行了一定程度的研讨。认为目前游记散文是文学史格局中独具特色的板块,它是一种本色的创作,作品最能真实反映作者的经历、游踪、生命情境及个性气质。步入 21 世纪的中国,旅游已成为人们的一种精神需求,这种游走的精神以及游走所记录见闻情态的游记散文,愈来愈受到作者与读者的青睐和重视。读者阅读游记散文,固然多为欣赏山水自然美的需要,但也是为了从中看到作者新的发现与体验,以达到审美的目的。因此各种报纸杂志大都会刊用游记散文。我们《四川散文》也设有专栏《旅痕处处》,每期都会有五至六篇文章刊出。但在游记散文大量涌现的同时,也出现了良莠不齐的局面。针对这种情况,分管理论部工作的副会长杨泽明在一次讨论会上提出,可以抓住游记散文这个版块,分析创作特色和应注意的问题,创造性地在游记散文鉴赏与评论上做点工作。在今年的秋季卷上,我们经讨论选择了一篇描写香格里拉的游记散文《地平线上的日月》,推出了江铭记写的评论文章《用心阅读山水,书写美景神韵》。这篇评论文章以独特的视角解读了《地平线上的日月》所蕴含的神韵。他在文中写道:"读着《地平线上的日月》,心就放不下来,一口气跟着作者用语言铺成的心路,再一次走进香格里拉。作者站在文化视觉的高度，以意念的游走，用朦胧的语言，不流连于过程的时空，不纠缠于细节，独用心灵与香格里拉的山水草木、蓝天白云对话。他根本不拷问每一棵树的年轮，每一块石头的家史，一路挥动意念的剪刀，随意地剪裁着峡谷秋色、蓝天白云、村庄土地、寺院僧侣，跨越似的忽略掉时间空间，将香格里拉的山水重新组接成一组组生动的画面，因此，文字便有了泼墨似的酣畅淋漓。他所设伏的意境，只能用想象的翅膀才可追逐得上。作者马明晖手里握着的不是笔，是琴弦，他心里奔出的不是文字，而是流动的音符和旋律。他所描绘的一切，完全是漂浮着的，广袤的大地已然安置不下。马明晖完全读懂了隐藏在她那玉体中的全部密码。"在分析提炼出作者文中所蕴含的神韵后，他指出了当今游记散文存在的问题："现在写游记散文，大多是从出发开始，到回家结束，记录了生长在大山额头上的每一道皱褶，记录下溪流中每一朵浪花，其实就是一篇景点介绍，缺少的是对景点精神的总体把握和灵魂的提炼，且内容雷同，题材冲撞。众见者多，独见者少；浅见者多，深刻者少；泛泛者多，出类拔萃者少。"然后提出了"放纵想象的翅膀，寻觅美的亮点；究古人之疑，解自己之惑，常疑常新，天宽地阔；将自己融进景点，用自己的人文经历，凸显游记文章的个性特点；将景点的美与景点周围人民的生活融炼到一起，景点的美会更加久远；叙述方式的创新和语言的个性化，是散文个性化的重要标志。"

当然，我们也只是尝试性地在开展这方面的工作，相信在座的各位将会比我们做得更好。

三、注意加强文学理论的学习

由于散文评论要从散文鉴赏中发掘散文创作中流露的若干新颖独特的艺术表现和具有深刻社会意义的思想光芒，并且指出它重要的意义，因此，散文评论家必须具有艺术鉴赏和审美感受的能力，这就需要具备一定的文学理论功底，需要不断地进行文学理论的学习与滋养。理论部组建后，我们非常注意加强文学理论的学习。理论部的组成人员，是在学会里选取具有一定散文鉴赏与评论理论基础和水平的骨干组成。由于是新老结合，既有在文学理论研究方面颇具功力、水平很高的同志，也有刚涉足这个领域的新人，因此，加强理论学习显得尤为重要。在这方面，卢子贵、杨泽明、李治修、余启瑜等几位领导和老师发挥了重要作用，他们毫无保留地将在散文理论研究方面的心得体会与我们共享，其精辟、独到的见解常令人有茅塞顿开的感觉；杨泽明老师还经常性地为我们提供理论研究方面的文章，指导我们学习与阅读一些名家的名作。

我们还坚持每月开展一次活动，并基本形成了固定的活动时间与地点。平时各司其职，集中活动时，一是交流研讨关于散文创作理论的学习体会和思考及相关信息，开阔视野，扩大心胸；二是请有专题点评文章的成员，将其侧重阅读相关作品后写出的评论或鉴赏文章的提纲或初稿，提供大家品评，研讨，定稿。这一活动从未间断过。除进行理论学习外，还开展一些别的活动，如在第100个三八国际妇女节来临之际，举行了一次别具风格的纪念活动——赏析著名女作家迟子建的散文《春天是一点一点化开的》，并围绕女性作家创作特点展开了热烈的讨论。去年6月，四川省散文学会组织了一次赴高县采风的活动，高县的文友们会上会下都谈到文艺评论很难开展，这一点引起我们的共鸣，于是在学会领导的支持下研究策划并举行了"四川省散文学会理论部、高县文友联谊会"，与宜宾高县文友共同对采风专题写作进行讨论。这次活动不仅是一次"走出去、请进来"，在写作问题上进行互动的尝试，也是一次切合实际地进一步探讨如何写好笔会文章和对散文创作的研讨，并希望以此推动学会理论部散文鉴赏与评论工作。由于比较重视理论学习，也由于坚持了每月一次的活动营造了这种良好的学习氛围，目前我们理论部，特别是一些新同志的文学理论水平有了不同程度的提高，其写作散文评论文章的水平也有了很大的进步。同时，理论部活跃地开展散文理论探讨与求索，也带动和造就了学会活跃的学术研究气氛，从每期《四川散文》的"赏花录"专栏可以看出，除了我们理论部的文章外，还刊载了学会其他人员的多篇文学评论和散文赏析的文章，我们很注意从中吸收新出现的骨干充实到理论部来。最近我们就先后吸收了两位热心散文理论建设并颇有作为的骨干参加理论部活动。

　　以上发言仅是结合我们四川省散文学会开展散文鉴赏与评论工作的粗浅感受，不妥之处敬请批评指正。

　　谢谢大家！

2011 年 10 月

　　（此文刊于《散文潮》2011 年冬季卷，入选 2018 年 2 月团结出版社《读你》评论文集）

真情无价

——读李致老先生《终于盼到这一天》有感

当我有幸获得李致老先生所著的《终于盼到这一天》这本书时，我是怀着一颗崇敬的心去拜读的。因为李致老先生既是四川省文联的主席，又是我国文学泰斗巴金的侄儿，这样特殊的身份与背景，足以令我这样的无名之辈景仰。而当我读完这本书后，这种特殊身份与背景已变得逐渐模糊，一种从心底涌出的对作者本人的敬仰之情油然而生。

这是一本记录"文化大革命"期间作者亲身经历的书。其写作风格朴实而诚挚，其文字如水般纯净，读来宛如一个历经沧桑的老人在与我面对面地促膝交谈。然平淡朴实之中，却蕴藏着对造化的感恩，对悲苦的豁达，对亲人朋友的深情，对党的事业的忠诚，对丑恶现象的鞭挞，对十年浩劫的反思。"文化大革命"这段历史早已离我们远去，这本书却将我尘封的记忆之门打开，随着作者朴实的叙述，我的思想与情感似乎穿越时空，又回到了40多年前那个特殊年代。我的心充溢着苦涩、酸楚和感动，不仅为作者在十年浩劫中所遭受的精神和肉体折磨而悲愤，更被文章中字里行间透出的真、善、美深深打动。

真实地再现历史，真切的情感流露，一个"真"字宛如一条红线贯穿全书，是我读完这本书后的强烈感受。李致老先生真实地再现了自己在"文化大革命"中所经历的磨难和在特定环境中的真实心态，虽然写的只是自己的遭遇和与之有关联的人和事，但却是当时中国十年内乱的一个缩影，他个人的命运其实是当时中国很多领导人和知识分子的命运。由于作者在团中央工作过很长一段时间，书中所记叙的团中央领导人胡耀邦、戴云、胡克实等重要人物和事件不仅成为珍贵的历史史料，同时也是对"文化大革命""给党和人民造成了巨大灾害，国民经济已到崩溃边缘"的一种注释和解读。读后发人深省，并由衷发出"这样的历史绝不能重演，由这惨痛的教训换来的改革开放成果是多么的珍贵，我们党构建和谐社会的目标是多么的顺应民心、顺应历史潮流"的感叹。

真实的历史再现中融入了作者的真实情感，使这本书散发着动人的魅力。在《我所知道的胡耀邦》一文中，作者不仅为我们真实地再现了耀邦同志在担任团中央书记和"文化大革命"期间与作者同住牛棚的点滴往事，在读者心中树起了一个忠诚的无产阶级革命家可亲可敬的形象，更令人感动的是，李致老先生对在大批判的高潮中因顺潮流胡乱上纲、贴了一张揭发耀邦同志的大字报而深感愧疚，并深刻剖析，无情鞭挞自己思想的文字，几十年过去了，他内心仍然充满了自责和忏悔。这种暴露自己"思想混乱"、揭露自己"人品污点"，对自己老领导的真诚忏悔，让我震撼，对作者这种严于解剖自己、暴露自己真实思想、还原一个真实的自己产生了深深的敬佩之情，并为作者坦荡的胸怀和高尚的品格所折服。

另一篇记叙与四爸巴金真挚情感的文章《我淋着雨，流着泪，离开上海》也给我留下很深的印象。文中讲述了一代文学巨匠巴金在"文化大革命"期间遭受大批判的特殊环境下亲人之间的相互牵挂，作者煞费苦心秘密绕道上海与巴金见面后的那种浓浓亲情，"深切期望他能摆脱这不幸的处境，但我自己也不知道那黑暗的日子什么时候才能结束"的茫然与无助，虽然与巴金同睡一张床，却欲言又止的心灵感应，以及面对深陷困境、前路未知的巴金与自己，从心窝里掏出的"如果你的问题解决得不好，你可以回成都。我能用自己的劳动（牛棚中作者学会了踩三轮车）供养你"的那种悲凉、坚强及如同父子般的深挚感情催人泪下。

在苦难中品味美好和展示人性的善良与美丽是这本书的又一显著特点。虽然在那个人性被扭曲的年代，作者身边时时处处都发生着假、丑、恶的事情，但人性的光辉并没被屏蔽，人性的善良与美丽如同甘露滋养着作者干枯的心田，成为作者精神荒漠中的一片绿洲。在《小萍的笑容》一文中，作者记叙了自己与小萍等几个孩子的友谊。当作者被打入牛棚，遭受精神上的巨大折磨，甚至被一帮不谙世事的孩子嘲笑和辱骂，但小萍和几个孩子的友善却让作者心生感动。特别是当无意间与小萍相遇时，小萍极其自然与友好地对他一笑。这天真无邪的笑容为作者悲苦的心送去了一抹清凉、一束亮光，作者深情地写道："小萍的笑容给了我无比的温暖，我不仅这一天过得十分愉快，而且在'牛棚'，甚至在整个'文革'期间，每当看到人世间的丑恶行径，每当对自己的前途感到绝望之际，那一张有笑容的红脸蛋又在我眼前出现，她似乎在不断地安慰、呼唤和鼓励我，使我感到人间的良知和真情是无法摧毁的。"

真情的力量是巨大的，特别是当人处于逆境时。这在作者的《妻子的安慰》和《小屋的灯光》两篇文章中体现得尤为深刻。当作者告诉妻子，自己可能要被关进"牛棚"时，妻子冷静地说："不管最后是什么结论，我一辈子和你在一起。"并让他放心，会按月写信和寄生活费给他的母亲。妻子的话给面临厄运的李致以莫大的安慰，他在文章的末尾写道："唯有妻子的安慰使我放心，给了我力量。"而我也从这位妻子的寥寥数语中读出了一位女性在面对厄运时的坚强和对丈夫深深的爱恋与忠贞。而《小屋的灯光》一文，则让我咀嚼出"患难见真情"的韵味。作者虽然被关进了"牛棚"，但由于"牛棚"离作者的家很近，于是家中的灯光便成为作者的精神寄托，其中所描写的看到小屋灯光时内心的安宁与温暖，看不到灯光时内心的焦急与猜测及机智地获取信息等都非常生动地写出了对妻子和孩子的思念，而夫妻之间互让毛毯和生日那天在"牛棚"收到妻子亲手编织的咖啡色毛衣时的热泪盈眶及"要终身穿这件毛衣，将来离开人世时，愿它裹着我的身子一起火化"的情感宣泄更令人为之动容。

什么叫真情？这就是真情，这苦难中的真情是如此的纯净，亲情是如此的醇厚，怎不叫人感慨万千？

真情无价！我由衷地发出赞叹。

2008 年 9 月

（此文刊于《四川文艺报》2009 年 3 月 20 日第 4 版、《散文潮》2009 年春季卷，入选 2018 年 2 月团结出版社《读你》评论文集）

一条奔腾的生命之河

——卢子贵《云中小札》读后

不知道为什么，当我认识卢子贵老先生后，每次见到他脑海中总会出现一条河的影子，而"一条奔腾的生命之河"这句话也总是与之叠合在一起。

我是一个很注重感觉的人，对脑海中出现的诸多影像时常充满了探究与解析的欲望与冲动。

卢老，您何以让我有这种宛如诗画般的感觉？

当三月的春风在窗前缱绻，阳光暖暖地洒满了房间，我坐在靠窗的椅子上，手里捧着卢老近期出版的散文集《云中小札》细细地品读时，突然一篇文章的标题"人应该像条河"紧紧地抓住了我，文中引用艾芜"人应该像河一样流着、流着、不住地向前流着；像河一样歌着、唱着、笑着、欢乐着，勇敢地走在这坎坷不平充满荆棘的路上"的文字及卢老发自肺腑的感叹"人应该像河，奔腾不息，向前不止"令我怦然心动。这难道是一种巧合？我感觉的触角居然不可思议地伸进了卢老最本质的内心世界？

与卢老相识是我此生的一大幸事。

初识卢老是在 2007 年 5 月四川省散文学会召开的年会上，那时我刚成为四川省散文学会的会员不久。那天，作为会长的他端坐在主席台上，那份从容、淡定的神态和讲话时沉稳却不失激情的语调给我留下极深的印象。朋友刘小革告诉我，卢老退休前是四川省广播电视厅厅长，还是个高产作家，至今已出版散文、随笔、杂文、评论等共 9 本书，第 10 本也正在酝酿之中，听后我顿生仰慕之情。

随着参与省散文学会文友部活动次数的增加，我与卢老的接触也日益多了起来，但真正让我从更深层面了解卢老的，则缘于一次活动。

2007 年底，我受单位委托，请卢老和余启瑜老师为我院文学社团"堆谷文学社"举行一次文学创作讲座，因知道卢老年逾古稀，且社会活动繁多，担心卢老分不开身，我与卢老电话相约在一茶楼见面。当我讲明意图后，卢老不但非常爽快地应允下来，而且对一个从事核科学技术研究的单位能如此重视文化建设，创办文学期刊大加赞赏，并表明将妥善安排时间，认真准备，后又与我商定不以讲座的方式而以一个业余作者的身份，以"如何进行业余创作"为题与我院作者沟通，言谈中透出的朴实与平和让我感慨不已。在卢老和余启瑜老师的精心准备下，那次活动取得了圆满成功。随后，卢老赠送我一本他的近作《云中小札》。

而当我细细地品读《云中小札》时，"一条奔腾的河"的意象竟然那么鲜活地在我的眼前奔流着，我知道卢老的言行和文字已将我带入他的精神世界，河上那波光粼粼的光点，便是跳动着的纯净的文字、睿智的思想、对平民百姓真挚的感情和对社会对人民高度负责的责任感和使命感。

卢老的文章虽短小精悍，然构思新颖别致；所叙之事虽是平常小事，却小中见大，内涵深刻，颇具哲理，读后回味无穷，给人很深的启迪。在《修车父女》这篇文章中，读者看到曾身居要职的他，对平民百姓充满了深切的关爱之情，通过对修车父女的描写，让读者看到了生活在社会底层的一对身处窘境却相依为命、相互体贴、生活得有滋有味的父女的形象。而《且去且远》这篇文章，虽记叙的是怀念相继离世的著名诗人孙静轩和作家罗湘浦两位友人的悲切心情，但结尾时，却峰回路转，随着他笔端流淌的文字："蓦然间，我仿佛看见他们穿着潇洒的大衣和舒适的休闲服的背影，且行且去，且去且远，水清草秀望斯人。"把读者带入一种生死两依依，逝者飘然而去，却频频回首，深情离别友人的如诗般意境之中。这种结尾不仅升华了主题，而且给人留下的并非凄切的心境，而是美的韵味。

美的韵味是耐得住咀嚼的。我在卢老的《云中小札》中，不仅领略到他描写景物的文字之美，更品出了他的人格之美。一个人通常在事业上取得成功之后，内心会充溢着自得、满足甚至骄傲的感觉，但卢老功成名就从领导岗位退下来之后，并没有沉浸在对往日辉煌人生的回望之中，反而近乎苛刻地审视自己。他在《回想依依》这篇文章中写道："现在回想起来，不免留下些遗憾和懊悔……假如能把时间倒拉回去，那我将不是旧我，而是一个新我。尽管不能做到尽善尽美，至少要少留下遗憾。"这样的真情告白，这样的人品让人在感动之余心生崇敬。

而更让人敬佩的是凝聚在卢老身上的那种对社会、对事业、对人民高度负责的精神。当我阅读到《云中小札》的"了犹未了的情结"这一部分时，一个将文艺电视工作作为自己生命的重要组成部分，及至退休仍然在为电视如何反映新时期人民群众的生活、时代的进步和如何出精品工程等而呕心沥血、大声疾呼的电视工作者的形象凸显在我的眼前，让我看到，因其深厚的爱国主义激情，对人民群众的真情、对社会的责任感和庄严的历史使命感而构成的颇具个人魅力的人格。

我的脑海中再次出现那条奔流不止、一往无前的河流。

是的，卢老的生命就是一条河，一条奔腾的生命之河！

2009年3月

（此文刊于《散文潮》2009年秋季卷、《老年文学》2009年第9期、《锦江文化》2010年第2期，入选2018年2月团结出版社《读你》评论文集）

浅唱低吟抒真情　真知灼见谈散文
　　——谈卢子贵散文的"情与识"

　　初秋,一个下雨的日子,我手捧卢老刚出版的新书《曼云斋回声》,坐在望得见树林的露台边,静静地品读。当我融入卢老的精神世界,细细地品味文章的韵味时,我再一次感到,文学是一个多么神奇的世界,卢老的精神世界又是多么地丰盈而富有。我合上书本,抬眼望去,秋雨绵绵地下着,雨将那片树林洗涤得葱翠一片。树在风雨中摇曳,发出沙沙的声响,这纯粹的自然之音清脆悦耳,如天籁般让我心动,宛若卢老在书的前言中所述"文学是人生的亲密伴侣,沉浸在文学艺术氛围里,浅唱低吟,漫思遐想,那是一种何等不同寻常的享受啊!"这句话直击人最敏感的心灵,让我顿觉这尘埃涤净的大自然的美好、文学的美好,以及卢老这本还散发着阵阵墨香的书的美好。

一、浅唱低吟抒真情

　　美好的东西是值得珍藏的。这本书与他过去出的11本著作一样,充盈着真诚、纯净和深远的意境,在朴实的文字底下深蕴着独到的睿智明见。

　　他在书中说道:"长期以来,我深切感到散文艺术,魅力无穷。它让我眼界大开,激励我勤奋努力,我感到天地有情,社会有情,朋友有情。至于父母兄弟和妻子儿女更有一种不同的骨肉亲情。总之,人们都有情于我。因此,我流露于笔端的这些作品,是我由衷的感恩之情,是我的心声。"的确,卢老用饱含深情的笔触,给我们描绘出了他对亲人、朋友和社会生活的感恩之情。在《曼云斋回声》一书中,有他对日常生活的记述和对人间事理的议论,有对亲人朋友的感恩和对散文的思考,还有很多为友人、朋友和文学新人所写的序言和跋。这些题材广泛、内容丰富,无论是写实风物还是爽直议论,均是生活感悟、人生哲理、思想情趣的实录,无论叙事、记人、写景、说理都脱不了一个"真"字。如在《喜迎钻石婚节》和《裸婚与筑巢》中就用自己的亲身经历讲明了爱情的真谛;在《一棵常青树》《读诗的灵鸟》《忆"四海"与"五湖"》等文章中,流露出对友人的真挚情感;在《小文不小》《真理从错误之川流出》《流水的春晚铁打的赵本山》《传承精华》等文章中,不仅深情讴歌了社会生活中美好的东西,也直言不讳地指出社会生活中出现的弊端,给人很强的震撼力。

卢老散文真情实感的流露,不仅来源于身边真实的生活,而且也来源于他对生活敏锐的观察,来源于心中对美丑的明鉴,也来源于文章的写作技巧。我常常为卢老精湛的短文叫好,因为这些短文看似短小,却饱含着深刻的意蕴。他常常将一些看似微小的事件和平凡普通的人物,通过"化大为小"和"以小见大"的方法,用简洁明快的文字表现其独特的、深刻的社会意义。在《锦江区倾情关心老人》《裸婚与筑巢》《生活直播点滴》等文章中,都可以领略到卢老的这种看似不经意的描写,却蕴藏着深刻含义的文字功夫。在这里,我还要特别提一下卢老的《生活直播点滴》这篇文章。因为除了"化大为小、以小见大"外,它的选材和精练的语言都让我有眼前一亮的感觉。卢老截取在浣花溪公园散步时所看到的三个生活场景:一个小男孩在母亲的准允下将一元人民币送到乞讨老人手里;一个小女孩在父亲的教育下将橘皮放进垃圾桶后,又将一漂亮少妇随手丢弃的香蕉皮捡起来放进垃圾桶,受到父亲的赞扬;一个小女孩在父亲的娇纵帮助下对"禁止摘折蜡梅"的提示标牌视而不见,采摘蜡梅后扬长而去。卢老将这些同一公园不同时间段里发生在孩子身上的事,放进同一篇文章,开门见山地写道,"人生没有彩排,每时每刻都在直播。这种直播,没有浮华、没有喧嚣，只有真情的流露，都是生活的原生态"，然后以简练的笔触写出了三个孩子的故事和父母在教育孩子时截然不同的态度和方法。结尾时提出了一个发人深思的问题："细微处见美丑，微言中有是非。我们是不是应该慎行谨言，做好人生中的每一次直播呢？"

卢老通过对社会生活中各种细微的事件和大自然中山水情韵的抒写，不仅反映了纷繁复杂的社会生活、雄奇壮美的自然景观，还从思想和情感的层面展现了人生的境界、情怀、况味和人格，给散文赋予了深刻的意涵，也展现了一个有良知、有担当的作家的正义感和责任感。

二、真知灼见谈散文

卢老的这本散文集，散发着一种独特的气韵，这种气韵就是散文所具有的品质。在多年的散文创作、领导四川省散文学会从创办到发展壮大的27年历程中，卢老逐渐形成了自己的"散文观"。他在《活动：给力鲜活生命》一文中，用形象生动的比喻阐释了自己对散文这种文体的理解。他说："现在对散文的定义众说纷纭，与其在定义上争论不休，不如把散文同其他文学门类加以比较，从比较中去认定，也许更为实际。如果有人把小说比作牡丹，雍容华贵；把杂文比作玫瑰，瑰丽冷艳；把诗歌比作月季，妖娆灵动；那么散文就应视为桂花，其形高洁，其色悠远，其气清雅，其味浓郁，是文学园林中一株独具特色的奇葩。正所谓'桂子云中落，天外飘来香'。"这种比喻不仅形象生动，也蕴含了卢老对散文这种文体的独特理解和阐释。

卢老在这本书里，还针对散文在文学百花园里怎样才能绽放异彩、如何表现时代的发展和人民群众的精神需求等方面提出了自己的见解。他在认真回顾总结自己多年写作的基础上，对如何写散文提出了自己的见地，他在《壮心谱写时代篇章》中提出："散文这种最具真情实感的文体，要以情动人，以细节感人，无论谋篇布局，遣词用语，或是情节设置，情感抒发，都要鲜活灵动，回黄映绿，多彩多姿，使人得到美的享受。"在《散文贵有情》中，他还提出："有了真情实感，还要靠优美的文字载体去展现，去表达，否则，韵味出不来，不能感染人。"

在《美从宁静来》《美的自然吟唱》中,他针对社会上存在的浮躁之气对文坛和作家的影响,提出:"时下是多元的时代,'自由'二字被市井化理解后,有的人认为一切成为可能,放纵起来。名来利往,你熙我攘,急功近利,急于求成。嘈嘈切切错杂弹,大珠小珠落玉盘,连'草根'都不安于泥土,殊不知最茂盛的枝叶,最美丽的花朵,正是从泥土中生长出来的啊!在'恬'缺失,'激'过了头的情况下,便产生浮躁。这不仅不利于构建和谐社会,更是写散文之大忌。"为此,他语重心长、满含深情地告诫我们:"宁静!只有在宁静的心中,汩汩而出的清澈之涓,才是心灵自然的低语,生命不尽的吟唱。"这无疑会对散文作家提高思想境界,排除纷扰,潜心写作起到很好的引导作用。

针对目前散文的海量生产、精品缺失问题,他在《泼墨抒怀写散文》中提出:"文学的本质属性是情感和思想的自由显现,是人们的精神力量的释放和升华。中国精神是社会主义文艺的灵魂,要创作出无愧于时代的优秀作品,必须坚持以人民为中心的创作导向。"在《唯有真情最动人》中提出:"在当前商品经济把人们搅得心猿意马、金钱把真诚变为稀有的精神元素的时候,我们的散文创作园地,不可避免地会受到一些影响。当看到一些故弄玄虚的描写,或隔靴搔痒的抒情,或正襟危坐的叙述,或花里胡哨的卖弄的篇章时,不免令人发出慨叹:文学本来是用以抒情表意的感情文字,怎么突然变得像市场上的假冒伪劣产品了呢?这种把文学'从属政治'的极端变为'从属经济'的极端,同样都不利于文学的发展。"

对散文如何创新、突破等问题的思考,也如同一根红线般贯穿在卢老的文章中,他在《深入挖掘,开拓创新》中提出:"当代散文作者众多,题材广泛,手法多样,语言新奇,可谓繁花似锦。但也有不少散文,不是浮泛,就是低浅,不是豪奢,就是空洞,很难触动人心,产生美感。散文作家应当有更多的思考,有表现复杂现实生活的能力,有打破惯性,不断创新的敏感和勇气。"

以上这些观点的提出,无疑对四川散文创作要把握时代脉搏,表现波澜壮阔和复杂多变的社会现实生活和人民群众丰富多彩的精神世界,突破束缚、不断创新具有重要的意义；也反映了卢老对文艺体现人类追求真善美的真诚呼唤；对当前散文创作的种种不良现象深深的忧虑、焦灼和希望；对散文作品贴近生活、贴近实际、净化灵魂、陶冶情操的坚守和呼吁。

一段时期以来，对什么是优秀的有价值的散文作品，在认识和评判标准上也是莫衷一是，各说各理。有的只追求新、奇、特，有的则追求媚俗，有的只追求感官刺激而忽略散文对人们精神的引导、升华作用，卢老针对种种乱象，旗帜鲜明地表明了自己的观点，他在《坚守净土勤攀援》中提出："一切有品格的文学作品，大体是相同的，它能够印证你对生活的认识，能够呼应你对事物的看法，能够唤起你对具体人的感受，能够激发你情感的共鸣。"在《净土出真金》中提出："古往今来，许多精美散文，不仅耐看，而且耐读，往往能使人朗朗上口，铭记于心，乃至认知上的启迪，灵魂上的净化，精神上的升华，可以说是润物细无声。那种深刻而不肤浅，沉稳而不浮躁，幽默而不油滑，健康而不媚俗的文化心态，不正是代表着先进文化的前进方向！"这种价值标准，不仅对什么样的散文作品才是优秀的、有价值的作品提出了衡量标准问题，从某种程度上来说，也起到了正本清源的作用。

在谈到采用什么样的文学体裁去反映自己经历过的历史时，他用自己的事例加以说明。他说，在他退休以后，有人劝他写长篇小说，用宏大的篇幅去反映自己经历过的历史画卷。但他没有采纳这种建议，而是依然选择用散文的形式来表达，因为他认为散文可以"不拘文体，有感就写，有话则长，无话则短，小文小篇，小打小闹，不管别人说什么，我手写我心，岂不是一件好事，哪怕写出的那些小不点文字，像萤火，像流星，一瞬即逝，我也不懊悔，还自得其乐"，甚至还别出心裁、诙谐幽默地把文学和写作形象生动地比喻为："陈酿腹稿，像十月怀胎，是喜事；写成稿子了，是一朝分娩，不管是不是'宁馨儿'，总是高兴；在报刊上发表了，是乐事；别人读了反馈回来，也高兴；如被某报刊转载，更是乐不可支，接到菲薄稿酬汇款单，自己高高兴兴前去邮局领取，又是另一番滋味……当把零星散乱的文字汇集成册出版，更会高兴不已。这样不是提升了幸福生活的指数么？如此这般地生活在文学和写作的天地里，'我看青山多妩媚，料青山看我亦如是'，远离名缰利锁、争强好胜的烦恼，淡定人生，平和心态，岂不自得其乐？"在《川渝联手，繁荣散文创作》一文中，又再次强调："像我这样的业余作者，更应以一种自由散步的心态对待写作，不管写快写慢，写多写少，得好评获奖或遭非议被冷落，应该是都不去介意。超越世俗功利目的的写作，将写作当成一项有益于身心健康的活动，一种养生自由操，不疾不徐，神闲气定，追求着恬淡闲适、雅致高洁的境界，半为自娱，半为喜爱自己作品的读者。坚守这方净土，散文创作将会出现更加喜人的新气象。"这一番精神的自白和毫无矫饰的真情流露，为我们勾勒出一种淡泊宁静、身心怡然的诗意境地，也吸引着我们与卢老一道去勤奋写作、品尝散文创作的清冽甘甜之味。

　　文章写到这里，我突然感觉，品读卢老的《曼云斋回声》，还真不仅只是他那些美好的文字带给我感官和精神上的享受这么简单，他对散文的独特见解和阐释，才更是一份宝贵的精神财富，值得我们去努力学习、咀嚼、理解，并运用到散文写作中去。

2017年10月

感人心者，莫先乎情
——有感于杨泽明《苏策，走好》

又是一个阳光和煦的早晨。几缕霞光穿透玻璃洒在我的书桌上，书桌上放着一本打开的杂志——《西南军事文学》，一个醒目的标题《苏策，走好》映入眼帘，作者是杨泽明先生。

于是如往常阅读特别喜爱的书刊时那般，移动鼠标，将电脑上储存的班得瑞轻音乐点开并调整到最小音量，顷刻间那空灵缥缈、清澈透明、如同天籁般的乐声便梦幻般在书房弥漫，这时，整个身心便同世俗的杂念有了短暂的剥离，很快进入作者的心灵世界，同作者一道沉浸在或沉静或喜悦或愤怒或悲哀的情感中了。其实这只是一种阅读习惯罢了，但这习惯却包含着对作者的尊重与对自己的尊重。

我是很敬重杨泽明老师的。与杨泽明老师的交往始于进入四川省散文学会以后，最初是在文友部活动的成都市图书馆。第一次见到杨泽明老师是在2006年的一个初秋，他上身穿一件米色外套，头上戴一顶黑色鸭舌帽，肩上挎一部相机，脸膛红润，精神矍铄，说话声如洪钟，行走步履矫健，浑身透着军人气度。后听朋友小革介绍，才知道杨泽明老师是一位著名的军旅诗人和作家，曾长期在西藏高原服役，后负责成都军区《西南军事文学》编辑部的工作，有诗歌、散文、报告文学、多幕话剧等多体裁多部著作问世，其多首诗歌被译成英、法文，作品荣获全军第五届新作品奖、全国一等奖、特等奖等，是军队颇有影响的作家和诗人，从部队离职后任四川省散文学会副会长、《散文潮》《四川散文》总编。对于这样一位颇具军人气质的诗人和作家，我是很敬佩的。后来我负责学会理论部的工作，而理论部的主要骨干同时也是《散文潮》《四川散文》的编辑，杨老师作为副会长主管理论部和编辑部的工作，因此两个部门的活动便合在一起开展。随着交往的日益增多，杨泽明老师身上质朴、诚恳、热情、爽朗、不摆架子、平易近人等特质给人留下了深刻的印象，特别是对理论部工作的支持更让我感动。他不仅对理论部的工作提出自己的指导意见，还提醒我们："理论是灰色的，唯有生活之树长青，散文理论必须随着散文创作的发展而发展，再好的理论若不与实践紧密结合，那也只不过是一纸空谈，或'坐而论道'罢了。"因此我们始终坚持立足于四川散文的创作实际，以会刊《四川散文》杂志为依托，切实践行理论与实践紧密结合，使工作有了一些成效。此外，他还经常打印散文理论探讨方面的资料让大家学习，有时还购买散文名家的书籍送给大家，鼓励我们积极探索和认真实践。在他和李治修、余启瑜等几位老师的支持帮助下，我们的散文艺术鉴赏水平和审美感受能力不断得到提高。我自己更是受益匪浅，因此我对杨泽明老师除敬佩之外，还多了一层感激。对于这样一位受人尊重的文学前辈的作品，我当然是要怀着一颗虔诚的心来拜读的。

伴随着缥缈的音乐，我沉浸在《苏策，走好》的文字中。当我阅读到最后一段时，泪水已悄然溢满了眼睛。苏策，一位老红军、老作家、军队中的文化战士那跌宕起伏、充满传奇色彩的坎坷人生，在杨泽明老师深情的叙述中一一展现，以至于当我合上杂志，眼前似乎还浮现着苏策惊中无险、荣誉加身、悲苦受难、激情迸发的情景，以及他在创作上取得瞩目成就的波澜壮阔的人生画卷，从心里对苏策充满了深深的崇敬之情。苏策丰富的人生经历和对党的事业的无限忠诚，不仅体现了老一辈文化战士崇高的精神境界和纯洁的心灵，更能传递一种正能量，让人在心灵上受到洗礼，激励我们在人生的路上不管经历多少困苦，遭遇多少挫折，都要追逐自己梦想的斗志。

当看到年仅 15 岁的苏策在七七事变后参加"山西青年抗敌决死队"时和另外两人行军，因不堪重负而掉队，被阎锡山派来的军官和军士以"违背军令，临阵脱逃"的罪名，捆绑押上刑场执行枪决，后因此举激起士兵和军队中的政工人员（系秘密地下共产党员）公愤和坚决反对，而达成协议改为"记名枪决"的惊险场景时，我为苏策的有惊无险捏了一把汗；当看到苏策在抗日战争和民族解放血与火的战场上浴血奋战，充分发挥文化战士的作用，多次立功受奖，荣获国家颁发的三级独立自由和三级解放勋章，中央军委颁发的二级红星功勋荣誉奖章时，我似乎看见那些奖章在历史的岁月中闪烁着夺目的光芒；当看到苏策埋头文学创作，以及担任西藏军区政治部文化部部长期间，组织部队作家到边关深入藏族同胞的生活中，创作出一批优秀作品，为新中国的边塞军事文学创作奠定坚实基础的时候，那个英姿勃发的苏策似乎就活跃在我的眼前；当看到苏策在1957年的反右斗争中被错误打成右派，1962年经甄别后摘掉"右派"帽子，但所创作发表的第一篇短篇小说《白鹤》又被冠以"卖国、投降主义毒草"的帽子而遭到极不公正的尖锐批判，在十年浩劫中被投入监狱7年，灵魂和肉体都曾备受摧残，却活到92岁的时候，那坚强而有尊严的面容让人肃然起敬；而当我看到苏策在我们党粉碎"四人帮"，恢复西藏军区文化部副部长兼创作组组长职务后，年逾花甲的他焕发出惊人的力量，创作激情犹如炽热的岩浆喷井般爆发，先后创作出三百多万字的长、中、短篇小说，散文，纪实文学等文学作品时，那直到生命的最后一息还在伏案写作的剪影如雕塑般在我的眼前屹立。我对苏策，对这位军中的文化战士传奇的一生充满了深深的敬仰之情。

《苏策，走好》这篇文章之所以给我留下如此强烈、鲜明的印象，一方面是这篇文章挖掘出了苏策独特的经历，而经历是包含着时代内涵的，任何人的经历总是在一定时代背景下发生的，这个时代背景往往是最有"含金量"的。时代就是环境，从一定程度说，什么样的环境造就什么样的人，尤其是人物的命运，和时代有直接联系。杨泽明老师正是因为写出了时代对于苏策的影响，写出了他独特的精神境界，才塑造出了这样感人的典型人物。另一方面，作者选取了最能表现人物品格、能力和性格的事件加以描绘，这样写出来的人物就有血有肉，活灵活现。我们知道，写人物的散文不同于小说。小说一般都有比较完整的故事情节，通过人物的语言和行动，和故事情节的发展来描绘人物。散文则不然。一般说来，写人物的散文大都没有完整的故事情节，它大多是通过几个生活片段来表现人物。作者紧紧抓住了苏策人生历程中几个主要的片段，便塑造出一位命运多厄却笑对人生的人物形象。此外，更重要的是杨泽明老师的文章字字句句都涌动着感情的溪流。由于苏策是杨泽明老师非常敬重和景仰的老上级、老首长，他对苏策有着较深的了解和感情，因此文章都是在作者的视野底下展开的，人物的命运都是从作者的观察和感受中分析与叙述出来的。可以看出，杨泽明老师在写这篇文章时，是倾注了自己真挚的感情的。文章开头一段就写了他得知苏策离世噩耗时的情景："我顿时心里沉沉、木然瘫软地斜卧在沙发上，眼眶涌动出灼热的泪水。"而接下来的文字，字里行间都可以看到作者从心间流淌而出的深情。正是因为心里洋溢和飞腾着充沛的、情真意切的情感，所塑造的苏策这个人物形象才会如此打动读者的心。我曾记得闻一多先生对什么是"美"、什么是"真"有过定义，他说："美即是真，真即是美。"世界上千金难买的是"真"字，世界上最动情的也是一个"真"字，情真意切才会打动人，真情的流露才会产生震撼人的力量，它不矫揉造作，以朴素见美，把这种真情融进文字里，把真意倾注入文章中，就会打动人，读者看后就会产生共鸣，久久难忘。

而这，正是散文塑造的人物典型能深深打动人的根本原因！

2014 年 7 月 23 日

（此文刊于《四川散文》2014 年第 6 期，入选 2018 年 2 月团结出版社《读你》评论文集）

风骨成就真散文

——读梁恩明《贝加尔湖》随想

今年五月，四川省散文学会隆重推出了《四川省散文名家自选集》第一卷，梁恩明先生的《贝加尔湖》是其中的一集。前几年曾读过梁恩明先生的《人在逆旅》，给我留下极深的印象。这次再读《贝加尔湖》，感觉愈加美妙，这不仅因为书中那篇《贝加尔湖》已荣获全国第六届冰心散文奖，而是这本主要以游记散文为主体的散文集，不仅浓缩了梁恩明先生对生活、社会的所思所悟，更是作家个体风骨和气质的反映。大自然和异国风情在作家笔底投下的影像挥之不去。几片自由舒卷的白云，在冷风中飘飞，细语的白桦树林，贝加尔湖清晨的霞光闪现，熔铜的弯月，灼亮的星星，殷蓝的夜空，千姿百态的山峰，烟波浩渺的碧海蓝天，山水风物光明灿烂的色彩变幻，以及异域的历史文化和独特的心理感受，构成了梁恩明先生个人存在的自由空间，在那里，他表达着自己的爱恋，放飞着自己的心灵。这些都让我手不释卷，令我感触颇多。

当前，游记散文伴随着中国人旅游热的兴起，如春草般在散文园地蓬勃生长，但也出现了良莠不齐的现象。当阅读到那些"用游记散文做学问状、做考古状"的作品，冷得毫无激情，文字只剩下资料性的说明与实用性的议论的散文时，实在是觉得枯燥乏味；当阅读到那些仅仅是对自然景色做客观实录，对历史文化做理性评述，不体现作者的人格力量，不真诚袒露作者"心灵世界"的散文时，我同样觉得味同嚼蜡。所以当我读到梁恩明先生的游记散文时，我不仅被他富有诗意和充满韵味的语言所吸引，更被那种以现代意识的眼光，去洞察和思索自己所见到的人文景观所折服。在他的那些游记中，既有领略了美丽的自然风光之后从心灵中喷发出来的吟咏，又有洞察了纷繁复杂的历史与现实之后大脑中涌动出来的感受与沉思及阐发的真知灼见，这些使他的游记散文蕴蓄着浓郁的文化氛围与思想内涵，变得开阔而质地厚实，而这也正是深深地感染和吸引我的地方。梁恩明先生的散文给了我三个鲜明的感受：

一、具有深刻的思想内涵

作者的笔端游走在大自然五彩缤纷的景观、境界里，表现和发挥着大自然的魅力与诗意，以及作家挣脱名利的羁绊，返璞归真的精神自由，其中挥洒自如的文字，让人感受到作者在大自然中所获得的身心自由的欢畅，更重要的是游走在社会之中，关心的是时代风云、社会政治及现实人生。作者不是沉浸在自己的心灵世界里，而是从现实生活中摄取富于社会意义的事件、人物，寄寓自己对国家民族及异国他乡的深情关注和对社会问题的思考与忧虑。这在《贝加尔湖》《朝鲜行》《俄罗斯见闻》《风雨孟良崮》等文章中都有较多的反映。如作者在见到最原始生态的贝加尔湖时所发出的诘问："什么是自然保护？原生态的自然，人不去践踏，就是最好的保护。美国为什么有那么多的自然资源，封闭起来不开发？普京为什么敢与世上任何强国较劲？那是因为他们把西伯利亚封闭起来，保护得很完好的自然资源。哪像我们，沙尘暴已逼近京城，北方城市因缺水而正在沉陷，莫说给别人较劲，就是自己子孙后代的生存恐怕都成问题。"他在《贝加尔湖》中关于俄罗斯高尔察克和邓尼金两位历史人物的描述和剖析颇为发人深省，他写道："胜利者写的历史，毕竟不能长存；失败者被歪曲的历史，总会正本清源，有些被时代湮没了的人物，就是上帝也没有遗忘。"在进入朝鲜后所看到的鸭绿江大桥，桥的一头灯火辉煌，另一头清光寒色截然不同的情景后发问："这花花绿绿的半江艳火，莫非真的就煽不起对岸黑影中人的奢望？这高挂的皎月，难道就真的能把对岸中人的情思，过滤得像月色那般静谧？"在见识了朝鲜如同我国二十世纪五六十年代的落后状况后的发问："这就是平壤？这就是主体思想光耀了半个多世纪的一国之都？不是亲眼所见，就是上帝告诉我，我也不会相信。"以及与导游的谈话中所反映出的朝鲜人对领袖的个人崇拜和思想禁锢的心酸，在心里发出的慨叹："一个落后的民族，单有这股傲骨是远远不够的。时代在前进，社会在发展，我多么希望他们南北对话，经济启动后，这难能可贵的民族精神，不要被铜臭污染。"在《俄罗斯见闻》中，梁恩明先生在看到大群游行队伍，得知游行的目的是"要民主，要吃饭"后的一番慨叹："民主的含义绝不是我们随口高呼的那么简单。一个缺乏物质保障，没有民主程序设定，未经民主巡导的国家；一个既不能克制自己，又不懂得尊重他人，缺少法制意识的民族，过早的民主，就是灾难。我们上世纪四八年选国大代表，六六年搞'文化大革命'，不就是全民民主的尝试？其结果，是我们自己都羞于提起的耻辱。"当穿过林区，走近烟波浩渺的大海时，内心的冲动喷涌而出："这么辽阔的海域，当年是什么力量推动彼得大帝跨海北进的呢？我们的祖先，为什么只有躲去东瀛，繁衍子孙的历史，而没有跨海挥戈的历史？在汉唐时代，我们该是世上最先进最强大的民族了。可我们的祖先，为什么没有拿破仑那样的'用刺刀把文明送出去'的霸道理论，在人类历史上也风光几番，让今天来到异国的我们，也能沾上几分炫祖的荣光？可惜我们没有，这倒让我们坚守了清白；我们从来没有做过国际强盗，这也让我们多添了几分礼仪之邦的虚荣。这样的虚荣，延续至今，就连我们现代人的经商，也以不离开国门为荣，真是中庸之极。"这样的随景而感在梁恩明先生的文章中随处可见。

二、散发着浓郁的文化韵味

余秋雨的《文化苦旅》是我非常钟情的一本书，因为它散发着浓郁的文化气息，他把自己鲜活的文化生命融入笔端，从更高的层次上对现实历史进行着深切的眷顾，由此把当代散文推向了一个新的里程。而当我阅读梁恩明先生的《贝加尔湖》时，我同样读出了他书中浓郁的文化韵味。作者怀着强烈的历史责任感，将自己的人生体验融入文化思考之中，表现出了鲜明的精神个性和文化品格。当然这样做的前提是必须对那个地方的历史文化有比较深入的了解，这样作者在游走于历史与文化积淀深厚的人文胜迹中时，所看到的才不是简单的山光水色、精美建筑、残垣断壁、人物雕塑，而是一个民族、一个地域的历史兴衰、文化衍变和文化哲思。于是外在的景观和孤独的个人才可能被转变为历史文化的显示。当梁恩明先生在贝加尔湖、在西欧、在莫斯科、在芬兰、在德国、在美国、在国内等地游历时，他总能将见到的景物、人物、事物和历史遗迹与一段或悲怆、或辉煌、或痛苦的历史史实相连，从而引发出作者对历史的追忆叙述，使今日之景回响着历史的音律，使今天的足迹踩在历史的轨道上，从而产生穿越历史、纵横时空、评论时事、扣人心扉、给人启迪的效果。这里给我留下很深印象的是在对十二月党人流放西伯利亚贝加尔湖的那段历史的回顾后，对其历史功绩所作的评价。他说："伊尔库茨克，这个远离莫斯科的州府，最容易闹独立的边陲，在苏联解体时，竟然没有脱离俄罗斯，自立为国！不知是十二月党人在这片蛮荒的土壤里，最早播下了俄罗斯文化的种子，还是这片土地上的人们，与十二月党人有着剪不断的魂影？也许十二月党人，当年自己也没意识到，他们来到这里所做的力所能及的平凡事，对以后的俄罗斯民族有如此大的贡献。"其独特见解赋予了这篇文章深刻的精神内涵；同样，在《北欧六日记》中，他对芬兰等小国夹卧在大国之间，不依附于任何列强，自我生息，自立于世界民族之林的赞赏。在《德国日记》中，通过对德国发动第二次世界大战背景的剖析，让我们看到了一个涌现出很多哲学家、思想家的理性民族为什么会走上恶魔般的纳粹主义道路的缘由，他的那段文字："德国人早已摈弃了纳粹，已经反思那段历史悲剧。德国的总理能在犹太人的陵墓前跪下去，那跪下去的瞬间，世界人民不同程度地宽恕了他们曾经犯下的反人类罪行。"也让我产生了强烈的共鸣。可以说，读梁恩明先生的这些文章，也让我们对这些国家的历史和文化有了不同程度的了解。

三、风骨成就真散文

好的散文是要说真话、抒真情的，而说真话、抒真情则需要气度与胆量，有了气度与胆量，就形成了一个人为人为文的风骨。通过梁恩明先生的文章，我们可以看到他坦荡的胸怀和敢于说真话的胆量，在前面我所摘录的梁恩明先生的文字中，可以说都透着一种光明磊落的气度，一种有担当、有勇气的风骨。正如梁恩明先生在《获奖感言》中所说的那样："人的真情源于对生活的热爱，倾注于文，就成了或缠绵或磅礴的气韵，也就是我们说的文气。人无气，是死人；文无气，是死文。好的散文，不管文风是飘逸或凝重，都是为文者的气质、品学、性情、此情此景或彼情彼景真切感悟的流露，所谓风行水上，自然成文。虚情假意的文过饰非，不过是另一种掩耳盗铃。……风骨成就真散文。文之骨，在于见识，同样的东西，'横看成岭侧成峰，远近高低各不同'眼界就大不相同。'功夫在诗外'，为文者要历练的诗外功夫就是见识。有了真知灼见的慧眼是一回事。为文，敢不敢披露自己的真知灼见，又是另一回事。"这篇获奖感言，无疑是梁恩明先生真性情和追求风骨的自然流露与表达。通过《贝加尔湖》这本书，也证明游记散文是否具有独特的内涵和价值，是否能给读者以强烈的心灵和思想震撼，最关键的是看其具不具备精神的主体性。精神是作家的意志、能力、创造力的凝聚，是作家整个人格和心灵的表现。梁恩明先生的散文正是因为竭力写出了自己的感悟、对比与思索以及感情的震荡，才使他的散文洋溢着别样的魅力，深深打动着读者的心。

由于梁恩明先生的《贝加尔湖》具有以上鲜明的特点，使我在阅读过程中，与作者产生了一种心灵的感应和默契，并滋生出一种只可意会、不可言传的审美愉悦与心灵激荡。我想，这也许就是我为什么欣赏和喜欢这本书的原因吧！

2015 年 10 月

（此文刊于《四川散文》2015 年第 6 期，选入 2018 年 2 月团结出版社《读你》评论文集）

一束文学的亮光

——金科散文艺术研讨会综述

今天是一个温暖的日子。虽然已是冬天，天气有些寒冷，且雾锁蓉城，但我们却觉得温暖欢畅。这是因为今天的这个研讨会，因为金科先生去年推出的两部散文集《他乡絮语》和《皖风蜀韵》。这两本书中浓浓的乡思乡情和富有魅力的散文艺术，犹如一束文学的亮光，让我们的心中充满了欢愉，充满了诗意，这个研讨会也将让我们留下永久的记忆。

会议的主持人让我做个总结发言，我就谈几点个人的看法。

一、准备充分的研讨会

去年 11 月，金科的这两本散文集出版后，省散文学会理论部敏锐地觉察到，这两本书具有较高的散文艺术水平，具有值得深入研讨的价值。而金科本人又是一个求真务实的作家，他也正在对自己的散文创作进行理性的梳理和思考。他说："文学和写作，是我此生最大的也是最为持久的一个业余爱好，投入的时间和心血也是最多的。尤其是散文，似乎也到了应该总结一下成败得失的时候了。记得有位名人说过：人生中有些事情，即便自己做了百般努力，也未必能够得到别人的认可。那么，写到今天，究竟别人是怎样看待和评价我的散文？自己也很想做一个较为全面的了解和较为准确的把握。"同时，金科对理论部同仁的文学鉴赏水平和文学理论水平也一直是有着较高评价的，相信他的研讨会是会取得预期效果的。于是两者似有默契，一拍即合，很快便商定好举办一个"金科散文艺术研讨会"。

理论部很快将这件事情做了部署。经过一年多时间的充分准备和反复修改，形成了一批质量很高的评论文章。而金科本人则是做了更为充分的准备，他首先做了一个阅读调查，请了一些专业的和非专业的亲朋好友，从他的散文自选集里评选出10篇写得最成功、最受喜爱的作品。而我是他所请的第一位评选者。当时他为自己那本列入"四川省散文名家自选集"系列丛书里的《皖风蜀韵》，好像还感到有些忐忑不安，有些信心不足，担心得不到行家和读者的认可。我在反复阅读比较后，按照自己的鉴赏水平和眼光，一下从书中挑选出了15篇，并与他交换了意见。金科觉得有些意外，感叹说，就是专业作家的散文自选集，能有个几篇为读者所喜爱，就是相当成功的了。后来相继有二十多位读者做了这样的挑选。据目前的阅读调查统计，《皖风蜀韵》集子里，居然有百分之九十以上的作品，都为不同年龄、不同身份和不同职业的读者所喜爱。虽是仁者见仁，智者见智，但都认为金科这本自选集的质量相当高，放在"四川名家散文系列丛书"里，应是名副其实的。这样的结果，不仅增强了金科自身的信心，也为我们今天召开的这个研讨会增强了信心。

二、对金科的散文艺术进行了多角度的解读和研讨

今天的研讨会开了整整一天，这是破纪录的。大家的发言很踊跃，发言的质量也很高。大家从各自不同的视角，不同的眼光和不同的感受，对金科的散文艺术进行了深入细致的解读和研讨。

1. 关于文如其人

记得在去年举行的《他乡絮语》散文集的首发式上，就有不少文友对金科的人品和文品给出过"德艺双馨"的评价。而在今天的研讨会上，同样也有不少文友，包括备受尊敬的何承朴老先生，在发言中对金科的"文如其人"也做了不少的评价。这对于一个作家来说，的确应是很高的荣誉和褒奖了。

有人是这样评价金科的："文如其人，从这个意义上讲，读文就是在读人。因此我们能觉察到金科先生是在被中国传统文化熏染经年之后，在一种恬然的心境下畅快写作的。身处闹市却内心安宁，静观默察，对于人

生世态有着自己的认识和思考，笔下从而透出从容淡定的文字基调，正印证了'散文最具个性，一种人有一种人的散文'。而金科先生独具个性的散文，在于他在现实生活中做人的平和低调，这也正如北京著名文学评论家蒋守谦先生在评论金科散文时所说的那样：'他正在走向文格与人格相统一的美学境界。'"有人对"文如其人"做了进一步的注解，认为"应该是灵魂干净的人"；有人则做出了"其人平和，其文锋利，具备作家的良知、先知"和"真诚、厚道、朴实、清廉"的评价。成都知名老报人何承朴老先生，通过与金科三十多年的交往，举出具体事例，对金科概括总结出八个字来：朴实、认真、勤奋、正直。这些评价，也让我们对金科的人品与文品，有了更加感性和理性的认识和了解。

其实，我们抛开金科的这些特征，仅以召开这次研讨会的出发点为例，也可以从一个侧面来印证金科的"文如其人"。金科在一次理论部的会上，曾经专门谈了关于召开这个研讨会的初衷。他说，过去已经开过三次个人作品的研讨会，开得都很圆满、成功，给自己增添了写作散文的信心。但也有着一些遗憾，就是会上听到的都是溢美之词，所以他真心希望在理论部召开的这个研讨会上，能听到尽可能多的批评意见，并表示无论大家怎样评论他的散文，他都会入脑入耳，也都会做到"闻过则喜"的。此外，对于研讨会的召开形式，他也建议，开成一个小型的学术研讨交流会。不请领导和名家，不大张旗鼓、虚张声势，就是实实在在地进行学术交流研讨，使被评者得到客观、真实的评论，也使评论者得以相互切磋交流，彼此都能从中有所收获。这种真诚务实、谦虚低调的态度，让我们为之感动，也是对金科"文如其人"的很好体现。

2. 关于思想性、艺术性和可读性

有价值的散文作品，是应该同时具备思想性、艺术性和可读性这三条标准的。而金科散文中的一些精美篇章，是经得起这三条标准检验的。作家永远都是要靠作品来说话的，在这次研讨会上，很多人都对金科创作的《改造存心赶向前——关于祖父的人生随笔》《包河闲话》《人在他乡》《微风斜雨》《足矣！恺老》《市长先生和他的儿子》《至公堂随想》《都市微音》《老保姆》《他乡近邻》《灾难之后的第一个周末》《从雨果故居到安妮故居》这几篇散文给予了充分肯定和高度评价。大家通过对这些独具匠心的精品散文的分析探讨，论证了金科散文所具备的"三性"原则。这些都为我们准确把握金科散文的文学价值和社会意义提供了借鉴。有人说，金科有着一颗善良而正直的文心，写出的作品也是真正意义上的文学。有人甚至认为，金科的散文已经形成了自己的艺术风格，就是不看作者，只看文章，便可知道这就是金科散文了。一个作家能够形成自己独特的艺术风格，是非常不容易的，也正是一个作家走向成熟的重要标志。

3. 关于乡愁

可以说，金科的这两本散文集都是浸透了浓浓乡愁的书。那种炽热的思乡情怀，浓郁的恋乡心绪在书中四处弥漫，无处不有。他在抚摸故乡广袤土地的同时，也在深情地与自己现今生活的这座城市对话。书中所写的故乡安徽合肥，那些远去的乡贤，那些普普通通的凡人小事，那些需要细致考究和精心梳理的历史事件和历史文化，甚至是回归母校对校友们的演讲，无不浸透着他对故乡浓浓的情爱。而金科对于第二故乡的情怀，对于成都风土人情的解读也是那样的视角独特，别具情怀。面对金科的散文《微风斜雨》《都市微音》《他乡近邻》，恐怕就连那些土生土长的成都作家，也都会自叹不如了吧。

关于金科的乡愁散文，大家谈得很多，这也是金科散文艺术的一个显著特点。因为"人在他乡"的独特视角和别样感受，造就了金科一些别样的写作动因和艺术特色。他创作的这些散文告诉我们，乡愁是什么："乡愁就是一把富有记忆力和生命力的种子，当你离开故乡的第一天起，就已在你心底种下，它会随着你的离开而茁壮成长，直到爬满你的身体和心房……乡愁是一颗璀璨的宝石，在经过岁月年轮的梳理沉淀后，它越发的凝重、越发的闪亮，更是我们人生最为宝贵的财富……"

从大家的发言中可以看出，乡愁其实可以分为三个层次：第一个层次是对故乡亲友的思念；第二个层次是对故乡家园的怀念；第三个层次，也是最深层的，就是对故土人文精神和历史文化的深情眷恋。它既是一个时空概念，也是一个文化概念。因为有时，"故乡"或"故园"不仅是狭义上的出生地或是籍贯地，更包括了广义的精神家园。台湾作家白先勇先生把这个说成是"文化乡愁"，并曾解释道："也许你不明白，在美国我想家想得厉害。但那不是一个具体的'家'，一个房子，一个地方，或任何地方——而是这些地方，所有关于中国的记忆的总和，很难解释的，可是我真想得厉害。"著名作家贾平凹在其新作《秦腔》后记中也表现出了同样浓烈的文化乡愁情怀。他说："故乡几十年来一直是我写作的根据地，但我的大量作品取材于一个'泛故乡'的概念。"的确，广泛意义上的故乡，并非人之真正安居的家。真正的安居之所，乃在于那种能安顿灵魂的，文化、精神和心灵的认同和承认的"家"。而金科的故乡情结，无疑也是属于"文化乡愁"的范畴。否则，他也难以写出这一系列乡愁散文来。这些散文对于现今许许多多身在他乡的人来说，是会引起许多共鸣的。为什么今天大家对这点说了这么多，想来这应该也是金科散文中最为闪光，也是最能吸引读者的地方吧。

4. 关于序文和演讲的写作

在研讨中，有人专题评论了金科的序文。发现金科写的几篇序文竟然都未沿袭常规序文的写作套路，而是另辟蹊径，颇有创意，且引人入胜。金科打破了一些序文的常规写法，而以讲述故事为主线，介绍自己与作者关系的缘由，同时又展现了文集作者人品文品的和谐之美。不仅写出了序文的灵动和趣味，且又尽在序文的法理之中。评述者认为，一篇序文究竟写得好不好，不在于它是否符合某些序文的规范，更重要的是看它能否激发读者对于该书的阅读欲望。一篇精彩的序文，是打开这本书的大门，让读者情不自禁地想走进去探个究竟。品读金科《皖风蜀韵》集里的三篇序文，就使人产生了一种强烈渴求读到那三位老先生文集的愿望。这正是金科序文的高明和成功之处，也验证了"文无定法"的箴言。

今天还有人专题评论了金科的演讲。就《他乡絮语》中金科回到大学母校中文系的演讲，做了专题发言。评述者认为：金科演讲中的一些见解和观点，具体而生动，有很丰富的内容。金科将自己一些深层次的思考贡献给了听众。演讲不空洞，不虚伪，有厚重感。认为这样的演讲，不会只是在那短暂的几十分钟中有效，而是在演讲者的声音已经飘逝，听者已经散去之后，仍然让人觉得它值得反复阅读，值得回味、咀嚼，并能从中有所启迪和感悟。

应该说，这也是金科散文的一种艺术特色。艺术都是相通的。金科也说，这是第一次听到有人专题评论他的序文和演讲，是他散文研讨会中的一个新亮点。

5. 关于艺术特色

有人认为，金科的散文以其自己的艺术视角来观照和品评人生世态，并以其独特的艺术风格丰富和发展了散文的艺术表现力。在这一点上，大家也谈得比较多，很多文友的评论，是客观中肯和有理有据的。有的认为，金科的散文具有"疏朗淡雅、不疾不徐，娓娓道来，平易中见功力"的特质；有的认为，金科以散文艺术的形式，建立起了一个属于自己的"人物画廊"，他的"人物画廊"以不同时代的社会为背景，里面活动着各式各样，形形色色的人生世相，其创作手法常常借助于对生活片段的描绘，揭示出各种不同人物的个性和特色，从而使得笔下的人物栩栩如生，真实可信而又富有神韵。大家一致认为，金科创作的长达三万余字的长篇散文《改造存心赶向前——关于祖父的人生随笔》，堪称金科散文的代表之作。

这篇散文描述的是金科祖父跌宕起伏的风雨人生，是以随笔的形式写就的。有人认为，随笔是散文的一种文体格式，侧重于作者极具个性化的看法和感受，有着作者深刻认识和思考的一面。散文随笔的写作要求和难度都很高。创作一篇优秀的散文随笔，不仅需要生活的积累，需要写作经验的积累，更需要作者具有较高的思想水平和文学素养。金科的这篇散文随笔能够得到专家和读者的广泛点赞，就足以证明作者具备了这样的写作功力。在这篇作品里，金科不用凭空虚构的故事来说明人物的性格和行为，而是着重从描写对象本身固有的东西中，发掘出具有典型特征的生活细节，以之体现出过往的那个时代这样一种人物的真实性。应该说，祖父这个相当复杂而又难于把握的人物形象，被金科运用散文笔法刻画得相当成功。这个作品也是充分体现金科散文思想性、艺术性和可读性的一个具有代表性的精品力作。

从这篇散文中还反映出另一个特点，即金科适当地吸收了小说创作的艺术手法。这篇散文里不仅有人物，有故事，有情节，有着金科自己的认识和思考，还有着构思精巧的结构形式。在全文的谋篇布局上，金科力求以表情达意的最佳形式来沟通主题与材料的"内在联系"，使之成为读者与作者之间的"心灵桥梁"。作者以自己的主观情绪和认识走向为线索，来精心组织编排有关的内容。这种结构形式淡化了时间与空间框架的痕迹，主要根据作者对事物所产生的情绪、认识和思绪来构架作品的。这种结构的散文随着作者的意识流动而不断交错呈现。作者变换的情绪、认识的层次和思绪的伸缩跳跃就是结构的依据。论者认为，通过这个作品就不难看出，金科无疑是一位出色的散文作家。因为能将如此复杂的历史人物置身于如此宏阔的历史叙事之中，且几近达到浑然天成的艺术效果，并非一般的散文作家能够驾驭得了的。仅此而言，金科应是对四川散文做出了贡献的一位作家。金科的经纪人今天也谈到了几家影视公司对金科这篇散文的浓厚兴趣，也有力地说明了这个作品的价值和意义。

三、研讨会的形式对理论部具有里程碑式的意义

今天的这个研讨会，开得既隆重又热烈，大家畅所欲言，不拘形式。四川省作家协会党组书记、常务副主席侯志明先生，虽然是以金科友人身份前来捧场的，却也做了一个精彩发言。尤其是他谈到专业作家协会的一些文学工作和活动的情况，对我们民间文学社团和业余作者也是很有教益和启迪的。另外的几位嘉宾也有备而来，都做了很好的发言。而且，今天有几位发言人的文稿，都已在中国作家网、江山文学网、哔叽文学网和《四川散文》上发表了。

更为重要的是，这次研讨会是采用漫谈的形式，写了评论文章的不是照本宣科地念文稿；没有写成文章的即兴发言，也同样很精彩。这样的一

种研讨效果好，形式很吸引人，也凸显出了研讨会的学术氛围和学术水平，因此这次研讨会是开得非常成功的。我们过去也开过不少的作品研讨会，有的研讨会也做了精心的准备和策划，也取得了很好的效果。但我认为，今天的这个研讨会，无论是质量还是形式，都有了一个新的飞跃，上了一个新的台阶，这对于理论部而言，是具有里程碑意义的。这将促使我们今后的散文鉴赏与批评工作不断提高和进步。为此，我在这里首先要感谢理论部的同仁和参会嘉宾的创新精神和严肃认真的学术精神；同时也要感谢金科先生给我们提供了这样一种既务实，又宽松的良好学术研讨环境和氛围。

　　谢谢理论部全体同仁的辛苦付出！谢谢参会嘉宾的积极参与和热情洋溢的发言！

　　谢谢大家！

2017 年 11 月 25 日于成都市妇女儿童中心大厦

一座城市的灵魂

——冯荣光电视散文观后感

一直以来我都非常庆幸自己能工作和生活在成都这座城市。成都这座被水滋润得如亭亭玉立的女子般的城市，给了我太多温馨的感觉和温暖的记忆，以至于我只要一出门，看到的一景一物，都会触动心弦，有一种想写点文字的冲动。

我终究未写下只言片语，因为我的文字体现不了这座具有深厚历史文化底蕴而又加速现代化、国际化的城市的内核。我的内心常常处在一种既激情澎湃又冷静理智的状态。可我却在寻求和关注着反映这座城市灵魂的表现载体——无论是传统文字形式还是新兴媒体传播形式。终于，著名导演张艺谋带着他拍的第一部城市宣传片《成都，一座来了就不想离开的城市》来到了蓉城。我怀着极大的热情看了这部宣传片，但看完后却有些遗憾。虽然这部片子很唯美，视觉效果也非常好，但却感觉它在反映成都最本质的东西，即城市灵魂上还诠释得不够全面。成都这座城市的灵魂是什么？这一直是我在寻找的问题。值得欣慰的是，最近我观看了冯荣光先生赠予我的他自己拍摄制作的两部电视散文《银杏风舞的季节》《荷塘风语》后，我突然就有了感觉，我意识到，冯荣光先生的这两部电视散文，也许就是探寻这座城市灵魂的一个有益的尝试，一把破解这道难题的钥匙。

每个城市都有自己独有的特色和风骨。而成都这座城市，除妩媚、浪漫、闲适之外，还有着从容、恢宏、大气、刚强的人文气质，随着《银杏风舞的季节》和《荷塘风语》如诗如画般画面的展开，成都的这些特质得以展现。冯荣光先生以一种文化，一抹风情，向我传递着千年蓉城独特的魅力，这种魅力缠绵地叩击着我的心扉，让我在一缕秋风，一池夏荷，一地金黄，一碗茶香中，品味着蓉城文明悠远的气息，解读着成都这座城市的风骨。

在《银杏风舞的季节》中，片子开头就切入主题，把遍植蓉城、流溢着最富丽的金色的银杏树推到了观众的眼前，指出："银杏，让我生活的这座城市，有着从容热情和沉雄博大的人文气质。"其实这也是这部电视散文作品所要揭示的成都这座城市风骨的告白。在用大量的画面勾勒出成都萧瑟秋风中独立寒秋通体金子般炫亮的银杏多姿多彩的绰约风姿，以及成都人像迎接一个盛大的节日一样，携家带口，呼朋唤友，走进金光灿烂的画卷之中，在弥漫着浓浓的温馨的银杏风舞的季节，尽情享受着这靓丽风景带给人的轻松闲适又热情奔放的生命体验，从而渐趋完成对成都这座城市本质的认识和解读。当画面中出现那场撼人心魄的"银杏雨"，银杏叶翩翩起舞的优雅与一地金黄所呈现出的无比辉煌的壮美时，这座城市的尊严和气质就定格在了那即便落光了叶片，也伟岸挺拔的银杏树上。于是，作者对银杏树高洁品质的赞叹便动情地喷涌而出："在我看来，银杏是树中的智者，不张扬不跋扈，淡泊而高远；银杏是树中的仁者，将温暖普施于众生，而不求索取；银杏是树中的强者，不惧风霜严寒，笑对天塌地陷；银杏是树中的长寿者，与它同时代的恐龙早已成为化石，而它依然生命之树长绿。也许，成都人的性情与银杏息息相通，心有灵犀，所以将银杏作为这座城市的"市树"。银杏吸纳天地之灵气，内敛神定的气韵，有着亘远缥缈的灵魂，千百年来，银杏就深深扎根在这块古老的土地上。人们植种银杏，同时也植种了自己，植种了这座城市不朽的气质。"

同样，这样的意境在《荷塘风语》中也得到了淋漓尽致的发挥。《荷塘风语》以成都三圣乡千亩荷塘为背景，既写出了"荷花之美，美在天生丽质，不作粉饰；荷花之秀，秀在端庄淑雅，胸有乾坤"的无限风韵，也写出了荷花"红袖添香的柔情似水，剑胆琴心的壮怀激烈"的风骨。当荷花的娇羞、高洁，荷花在历经暴风雨后依然亭亭玉立艳红欲滴，荷叶更加青绿泛彩的画面呈现在眼前时，那令人怦然心动的荷之灵魂也凸显了出来。片子中那一段深情的咏诵"如果说'出淤泥而不染'是荷花的高洁品质，体现的只是洁身自好的谦谦君子风范，似乎意犹未尽。我以为，荷花是花中的奇女子，女中的伟丈夫。经过暴风雨的洗礼，与淫邪势力的抗争，荷花彰显出神圣不可侵犯的凛然风骨，敢同恶魔争高下的豪迈气概。风雨铸就了高贵的花魂，生命的尊严在雷电中得以最完美的诠释。"深深地打动了我，让我在无穷回味中领悟着这高贵的花魂带给我的启迪——因为这也是我们这座城市灵魂的写照呀！

这让我对这座城市肃然起敬——因为我突然联想到了2008年那场特大地震后，成都"的哥"和志愿者们自发奔赴灾区救灾、成都人迅速恢复生活常态，气定神闲而又热情如火地投入城市建设，让这座城市快速发展，变得愈加美丽与国际化的情景，这难道不正是对这座城市灵魂最准确的注解吗？

当我沉浸在这两部电视散文营造的人文风情和独特的意境中时，它们的另一方面也深深地吸引了我，那就是细腻唯美的艺术表现手法。

冯荣光先生将散文的情寓于景中，将成都这座城市的灵魂寓于金色灿烂的银杏和满池清雅的荷花之中，给我带来了一场视觉盛宴，让我在欣赏成都美景的同时，感悟和领略着这座城市的文化与风情，这让我对电视散文这种精致的艺术形式产生了无法抗拒的喜爱。

电视散文是把文学、美术、音乐、音响、朗诵等各类艺术要素融为一体的电视艺术新品种。它改变了散文原有的呈现方式，是散文载体的一次革命，即从平面呈现走向立体呈现。将电视与散文联姻后，其既具有文学性，包涵浓郁的情感，深邃的思想，广阔的社会生活时空等，给人以无限的想象审美空间，同时又具有电视性，以画面、音乐、色彩、字幕、声响等艺术元素构成直观的审美表现，在与观众的直接交流中，产生审美的即时互动效果。

应该说，这种艺术形式对美的要求是很高的。而片子要拍得唯美，文字是非常重要的环节。而这两部电视散文的文本本身就是抒情味很浓的优美散文。另外，细节也是重要的因素。冯荣光先生在这两部电视散文中，对细节进行了淋漓尽致的描绘，如飘飞的金色银杏叶和沧桑遒劲的银杏树交替出现，娇艳的荷花和雨后荷叶青翠欲滴的色彩相互映衬，女主角在不同的时间地点领略银杏树丰姿的眼神和动作，以及荷塘经历狂风暴雨的洗刷时那把游走在绿色波涛中的鲜红色雨伞等，都给人留下了深刻的记忆。除此之外，音乐在电视散文中的作用也是不可小视的。这两部作品的音乐婉转悠扬，让人回味悠长。如诗的语言配上精美的画面和悠扬的音乐，就为我们营造出了如诗如画的意境，让人在赏心悦目中将成都的文化与风骨细细品味，在品味的同时，感受和领略着成都这座城市经久的魅力。

2011 年 9 月

（此文刊于《散文潮》2012 年夏季卷、《老年文学》2012 年第 6 期，2017 年 12 月 29 日《天府影视》微刊刊出，选入团结出版社 2018 年《读你》评论文集）

俯身蜀地　仰望星空

——读张中信《成都书》散文卷随感

不久前与张中信先生相识，先后拜读了他的小说集《匪妻》、散文集《失语的村庄》《神韵巴蜀》《成都书》，以及正在创作中的短篇小说集《红尘书》，收获颇丰。先生给我的印象是豪放性情中透着一股儒雅之气，而他的文字也如其人般呈现出或清丽飘逸或凝重老道，或犀利明快，或幽默调侃的多面性特征。因其灵魂始终在故乡大巴山间穿梭游荡，20多部作品大多反映大巴山民间的奇闻轶事及生活在社会最基层的乡村干部、普通百姓的人生追求和生活际遇。其作品不仅耐读，而且"好看"，"好看"的评价虽然只有两个字，可在当今文学作品多如牛毛、质量良莠不齐的情况下，能得到读者喜欢，得到这个评价，实属不易。十年前，张中信辞别故土，辞别官场，来到成都这座被三千多年历史文化浸润的城市，做了个"休闲文人"。这座城市日新月异的变革牵动着他敏感的神经，他的情绪不由得激动、不由得心潮澎湃起来，他的思想、视野和胸怀也变得深邃开阔，他开始了一项艰难而充满挑战性的工作：研究蜀地文明，仰望成都的历史文化天空，从源远流长的历史文化长河中，梳理三千年的历史文脉。于是，一部历史文化散文集和姊妹篇新古体诗集《成都书》诞生了！我抛开一切物事，沉下心来，用两天的时间细细地阅读，沉浸其中。当张中信这位才华横溢的年轻诗人与作家，带着他的思考，用他独特的文字和叙事风格，梳理着成都这座不朽城市的三千年文脉，向我们展示出蜀地耀眼的历史文化跌宕起伏的际遇和中国文化的历史走向时，我的心也浸润在蜀地这片沃土上，我的眼睛也凝望着蜀地这片耀眼的天空，穿越三千年的时间隧道，与李白、杜甫、苏轼、陆游、司马相如、陈子昂、薛涛、花蕊夫人、杨慎、李调元、张问陶温柔相遇了，他们让我心潮澎湃，也让我潸然泪下。我情不自禁地拿起手机，想给他打个电话，告诉他我的感受，告诉他我是多么地喜欢这本书，但是我还是放下了手机，电话上三言两语说得清么？还是写下点文字谈点感受吧！

《成都书》清雅诗意、愤激昂扬、轻盈调侃的文字给我留下很深印象，也只有这样的文字，才配得上去书写闪耀蜀地、闪耀中华的这11位历史文化巨人。刚翻开书页，描写李白出生地漫坡渡的文字，就把我带入仙境："水是那样清，远远看去，云蒸雾腾，有些淡淡的白雾。天和水是不大分得清的，真是漫坡！岸上是一片淡黄的花树，夹着一些青竹，有些缥缈，有些空灵。"这样的文字，立刻让人觉得"诗仙"李白就应该出生在这样的仙境之中。对"诗圣"杜甫，他的文字则慷慨激越起来。当杜甫迈着沉滞的脚步，脸上布满忧国忧民的幽思和痛苦，行走在成都西郊浣花溪泥泞起伏的小径上，"安史之乱"尚未平息，朝廷政局动荡，人民处于水深火热之中，而居住的草堂因秋风暴雨的摧残而飘摇坍塌，联想到自己几十年来颠沛流离的所见所闻，他再也无法忍受压抑在心中的无限悲愤，写下了椎心泣血的《茅屋为秋风所破歌》。这悲天悯人的绝世呼喊，令张中信热血偾张，他写道："这呐喊声，穿越千年时空，在天府成都久久回荡，在华夏大地浩浩飘扬……"这样的文字，怎能不在我的心里激起千层波浪万顷海涛？

对司马相如和陈子昂，张中信的文字则轻快起来，他用略带调侃意味的文字，书写了司马相如财色兼收，是为御用文人歌功颂德的竞相夸耀和身处官场的无奈；写了陈子昂因家境富阔，年少时的顽皮和骄奢，为出名不惜斧劈高价买来的古琴的场面。这种在同一本书中，根据不同人物所处的不同政治环境、时代特征和人生际遇，使用不同的文字风格书写的文章，的确不能不让我对张中信驾驭文字的功夫感叹和赞赏！

考证和查阅大量资料，让闪烁蜀地光耀华夏的文化巨人立体、鲜活地呈现，是这本书的另一个显著特点。这一篇篇恢宏的篇章，除丰富的历史史料外，还巧妙地把鲜为人知的掌故、轶闻、趣事、传说用故事的形式串联起来，与当时的政治环境和蜀地的风土人情结合起来。于是，一个个人物便立体地、全方位地、鲜活地呈现在读者眼前。通过他张弛有度的文字，我们看到了李白济世救人，画扇救老妇的义举；因李白勇敢决绝的焚稿举动，才成就一个风华绝代大诗人的气魄；看到了李白一生与酒相伴，与月相呼，至死未从酒中醒来，临死亦追月而去的率性。看到了诗圣杜甫一生孤独飘零，死得寂寞凄凉、无声无息，历经半个世纪才魂归故里的悲凉。看到了苏轼别号"东坡"的由来，以及在一生最困难的时候，家乡青神县的陈慥、眉山人巢谷倾情相助，家乡成为苏东坡力量的源泉的动人故事。也了解到如《望庐山瀑布》《静夜思》《将进酒》《蜀道难》《赠汪伦》、"三吏""三别"这些流芳千古的经典诗词的写作背景，让我们透过历史的烟云，真实地了解到他们生活的那个时代的政治背景、社会形态和生活状况，让人不禁感慨万千，唏嘘泪流！

脱俗的见解，赋予了这本书独特的气质。《成都书》不仅还原了这些历史文化名人真实的社会背景、生活境遇、成长历程，刻画出中国历史文化名人对中国历史进程的推动，中国文人关注人民苦难、渴望建功立业的政治抱负。在书写李白、杜甫等11位名人跌宕起伏的命运中，审视和整理出中国历史文脉的走向，对一些历史文化名人不同的命运和对中国历史文化的贡献及一些历史事件，提出了自己独特的、脱俗的见解。如他剖析了李白不能施展政治抱负的原因后提出："如果玄宗皇帝不把李白送出长安，李白最终也成不了政治家，而中国诗坛上就不可能有一颗最闪亮的诗星，也就出不了这位'诗仙'了。"对杜甫的忧国忧民，虽创造出中国诗坛惊天地泣鬼神的"史诗"，却一生饱受苦难的原因，提出其"冷僻、生硬、苦涩、充满苦难感和火药味，读来让人压抑，让那些粉饰太平的官吏反感"，也不考虑统治者皇帝的感受，就那么真实地反映战乱带给国家、带给人民，带给自己的苦难，所以他受到人民的喜爱却不受统治者的待见。在《长安不见使人愁》一文中，针对杨贵妃"红颜误国"，他说："后人老爱评说杨玉环红颜误国，殊不知那位老玄宗治国理政三十多年，早已激情消磨，更兼迷恋长生不老，荒废朝政久矣，大唐帝国式微已是必然，与杨玉环又有多大关系呢？试想，一个红颜女子都可以祸乱的国家，它的政权还有延续的价值吗？"这些见解不仅令人耳目一新，也的确发人深省！

张中信从千年的历史中，梳理出这11个人对中华民族精神价值体系的贡献，诠释着蜀地对他们的滋养和包容，他们闪耀的诗魂和精神也沉淀在成都平原敦厚绵长而灵动的历史中，深刻地影响着成都这座历史文化名城的灵魂和风骨。我想这大概就是张中信写作《成都书》的初衷吧！

2018年1月27日

（此文刊于《四川散文》2018年第1期、四川文学网2018年2月9日、《琴台文艺》2018年第4期）

远去的青春芳华
——读余启瑜《轻描淡写》所感

收到余启瑜新出版的散文集《轻描淡写》时，我很欣喜，因为我一直都在期盼着这本书的问世。

我和作者是十多年的朋友。2006年7月16日我第一次参加四川省散文学会文友部的活动，便有幸与她认识，并被她的热情和健谈所吸引，发自内心地尊称她为"余老师"。

当我知道她是省内知名报纸《成都晚报》专刊部主任编辑时，便萌生了请她帮助指点我散文创作的想法，并从好友小革那里要了她的电子邮箱。当晚我便给她写了这样一封电邮：

"余老师：你好！由于小革的热情引荐，我第一次参加了四川省散文学会的文友活动，感到收获颇丰。回家后心情一直很好，因为，从此我的生活又有了一片新的天地。

参加这次活动不仅认识了很多朋友，还有幸结识了你这样一位才华横溢、热情健谈的大姐，我真的感到非常幸运。

我因还在上班，平时杂事较多，加上人也懒惰，不如小革勤奋，所以静下心来写文章的时间不多，有时写点，也是实在是有所感触才动笔，所以文章写得不多，且写作的水平也不高。之所以参加咱们散文学会的活动，也是想在各位老师和文友的指导帮助下，在散文写作上能有所进步。

在小革的鼓励下，我现将最近写的一篇拙作《回眸一笑也粲然》发给你，请你审阅，并提出宝贵的意见，我真诚地希望能得到余老师的指点与帮助。"

邮件发出后，第二天我便收到了她的回复："小袁：来信和文章一并收到。因为小草，我们又拥有了你，凡与文字打交道者，总是在不经意间就绕到了一起，应该说这也是一种缘分。说到写作，我以为那必定是有感而发，言为心声嘛！所以，情到深处时，那喷涌而出的定是好文章！

文章我已拜读。这是一篇以议论为主的散文，议论的主题是人生与经历。应该说，叙述是清楚的，语言也比较流畅，但我个人认为，因为缺乏生动的细节，所以还难以打动读者，需锤炼。

小袁，我是个极其率真的人，初次通信就直言不讳，你不会介意吧？以上看法仅供你参考。"

看完信后，一股暖流在心中涌动，我为余老师的热情和率真而感动，当我再仔细阅读那篇文章时，感到果然是空灵有余，生动不足。从此我在写作中便特别注意细节描写这个问题，也感到写出的文章有了温度、有了能感染人的气息。但那时我和她还停留在一般的文友关系上。直到2007年我发表在《四川散文》杂志上的一篇文章《凝望黄河》意外获得四川省散文学会"十佳散文奖"，又在颁奖大会后意外得知当时在评选"十佳散文奖"时，我的《凝望黄河》和《心随菊魂舞》两篇文章同时被评委们提名，并就哪篇应获奖展开了激烈的讨论，最后确定《凝望黄河》入选。两篇文章被提名一篇获奖，对我而言意义十分重大，因我刚加入四川省散文学会不久，还是四川省散文战线上的一名新兵，获奖增强了我的创作信心，也为散文学会评奖重在质量、重在鼓励新人这种良好的氛围而感动。怀着感激的心情，更促使我去认识他们，走近他们。慢慢地我发现，余老师不仅热情健谈，还是一个性情开朗率真、充满激情、不趋炎附势，爱憎分明、敢说真话，且极富正义感之人。她身上这种与众不同的特质令我钦佩，也吸引着我走近她，感受她的魅力。就这样我们成为能敞开胸怀、彼此真诚相待的朋友，我对她的称呼也由"余老师"改称为"余姐"。后来我担任四川省散文学会理论部部长、副会长后，余姐对我工作上的支持力度就更大了，不仅经常给我提一些好的建议，还在工作思路上给予拓展和帮助，为此，我是深怀感激之情的。对这样一位朋友的书，我当然要捧在手里，细细地品、慢慢地读。

余启瑜《轻描淡写》这本书的封面设计和书名，曾误导了我。封面是淡淡的绿色，那棵树也不壮硕，枝叶弯弯的，有些飘逸，再加上书名《轻描淡写》，给人诗和远方的想象。读罢这本书，一种与书名大相径庭的感觉——厚重、沉甸甸却在心中翻腾。

而我也时常在想，余姐之所以成为性格鲜明、独具特色的人，和她青春时期的成长经历一定有着密切的关联。那么她年轻时经历过什么？为什么她谈到在康定工作生活时会有那么复杂的情感表述？这一切，终于从《轻描淡写》这本书中得到了解答。

这本书不仅记录着作者对已逝亲人绵绵不绝的思念、对故乡浓浓的乡愁、在寒冷的高原小城康定度过的青春岁月，刻骨铭心的记忆、人在他乡思故乡的真情释放，更有着对自己所尊敬的名家的崇敬、平凡百姓的尊重与赞美，是作者几十年人生旅程的深情回望，更是作者个人性情的恣意挥洒。而其中在康定度过的那段在磨难中绽放的青春芳华，给我留下深刻的印象。因为我们每个人的青春年华都是独具魅力的，无论是甜蜜的或是苦涩的，美好的或是晦暗的，都充满了青春的悸动、憧憬、挣扎和无畏，而青春时期的经历对每个人的一生影响都是巨大的，这种影响是潜移默化的，也是深入骨髓的。从她的文章中，我寻找着她青春美丽的倩影，在岁月的沧桑中，我品读着她不羁的青春年华，与她一起欢笑，一起流泪，一起在雪域高原看雪花飘洒，听折多河激流奔涌的涛声，喝水井子清冽甘甜的井水，在高原美丽静谧的二道桥温泉中惬意畅快地沐浴，忍受着高原的寒冷，经受着痛苦的磨难，也感受着高原人真挚的情谊。那些远去的青春芳华，宛如一条时间的河流，在我的眼前流淌，也宛如冯小刚拍的那部《芳华》，令我感动、唏嘘。

青春在艰苦的环境中锻造。余姐出生并成长在重庆，毕业于四川省舞蹈学校，20世纪60年代分配到藏区甘孜州康定歌舞团工作。一个大城市的娇弱姑娘突然在漫天风雪中来到苍凉的雪域高原康定，那种来自地域、环境、生存条件的强烈反差足以让一个人毁灭，也足以让一个人坚强。余姐选择了坚强。她在《下雪的冬天》这篇文章中，记叙了寒冷给她的强烈冲击："60年代的康巴小城，当冰雪覆盖的时候，除了折多河湍急的奔流，以及河水撞击巨石发出的吼声，一切都是那么的荒芜、沉寂，只有从房顶上升腾的薄雾，和一扇扇窗户透出的朦胧昏暗的灯光，才能感觉到小城尚存的生气。"也让我们领略到了什么是高原的寒冷："早上用手去拿搪瓷脸盆，没准会粘下一块皮；明明是在艳阳高照的时候冲洗长头发，可热水还没流下地，就在头发的中、尾段结成了一缕缕的冰凌；走在雪地上，会被结冰的路面弄得冷不丁摔一跤，到河里清洗衣服，十个指头冻得又红又硬，要不停地朝着指尖哈气，才能找回一点点知觉；在室外待的时间长了，上下嘴唇竟会冻得僵硬而无法张合说话；乘大卡车、骑马下乡，到了目的地，四肢麻木得不听使唤，需要别人像举一块木头那样，把自己从车上或是马上抱到地面……"这样的寒冷，的确令人望而生畏，可寒冷中却又有那么多的温暖：与同伴在简陋的小屋里，围坐在火炉旁，随着漂浮的水雾，也漂浮起许多美丽的梦想；翻越近5000米冰雪弥漫的折多山、雀儿山，去康定军分区所属军营、兵站慰问演出时，男同事把解放牌卡车中最好的位置让给体弱、晕车及娇弱的小女子时，所感受到的亲如兄弟姐妹般的暖意；兵站的官兵们在风雪中列队等候、敲锣打鼓地迎接他们，坐在背包上冒着严寒观看露天演出，却在后台为演员升起熊熊燃烧的火炉。演出结束，回到兵营招待所，屋里炉火正红，桌上放着泡好的花茶，甚至那些素昧平生的战士们，会把一盆盆滚烫的热水端到每一间寝室，供演员卸妆、烫脚……官兵们至诚至真，那一颗颗滚烫的心，早已把大自然的严寒驱逐，把人世间的关爱深深印在了心里。面对这极其恶劣的自然环境，余姐没有抱怨，却用深情的笔记下了那些温暖的感受："在风声可以穿窗而过的小屋，温暖可以是一封封渗满父母怜爱的家书；在冰雪覆盖的荒原，温暖可以是一堵挡风的断垣或凹地，可以是与自己相依的马儿的体温，也可以是一塘氤氲的温泉，甚至是一个相互的搀扶，或是彼此一个会心的微笑；在乡村的民居和牧场的帐篷里，温暖就是一双双饱含期待的眼睛和一张张笑脸，就是一声声质朴的问候、一碗碗热气腾腾的酥油茶。于是我牢牢记住了一句藏族民谚：'走过了寒冷的雪山，才知道太阳的温暖。'在经历了太多的冷暖交替后，自然也深切地领悟到：'既然春是留不住的，也绝不会有过不去的冬天！'"于是，我们便听到了余姐青春的生命在寒冷严酷高原上拔节生长的声音，青春的活力在雪域高原如她的舞蹈般在跳跃、闪亮，她的彻悟和自我心灵对话也赋予了青春更多的热情、梦幻和绽放的力量。

青春在磨难中成长。青春是一首歌，是一首梦幻曲，但青春也是一条充满曲折的路，在这条路上有阳光灿烂、有阴晴雨雪，也有不同时代深深的烙印。余姐的青春时期是在雪域高原康定度过，而那个青春成长期也正处于一个非常特殊的历史时期。她在《爸爸的吻》这篇文章中写道："我所成长的岁月，是一个全面'禁欲'的时代。我们的环境和教育告诉我们，除父母和亲人而外，一切与异性的近距离和肢体接触，都会视为不良行为，甚至是道德问题。"而她第一次去甘孜州海拔4000多米的稻城演出，因高原反应剧烈头痛，请一位来过此地认得路的男同事带路到供销社去买止痛药，单位为这事居然专门召开"民主生活会"，批评她到基层演出时一男一女单独上街，不注意影响，要她做检讨。她无比愤慨地为自己争辩，但没用，最后愤然离开会场，此举带来严重的后果，是被停职反省。这对一个初涉人世的小女子无疑是很大的打击，但她没有流泪，只是感到孤独、无助和人际的冷漠。面对这样的打击，她的家庭教养及所受的教育，让她选择了坚强，从骨子里渗透出一种与命运抗争的无畏与勇气。但这样的打击还仅仅是开始，不久，她又面临着一场更为荒诞不经、更为严酷的打击——因如饥似渴地阅读19世纪英国批判现实主义文学女作家夏洛蒂·勃朗特的《简·爱》，她在"四清"运动和"文革"中被作为青年演员中的"资产阶级典型"，遭受重点批判。在之后一系列声势浩大的运动中，都成为众矢之的。那时的她刚满20岁，还是一个单纯、稚气未脱、对自己的人生之路充满美丽幻想的青春女孩，却因为读一本名著而遭遇人生路上的风刀霜剑，她为此不解、迷茫，但却没有退缩。她在《无愧青春苦读书》中写道："在经历了太多的屈辱和刁难之后，我终于从批判者日渐苍白无力的言辞中清醒地悟出：《简·爱》之所以能吸引我，正是它具有鲜明的反抗强权的精神和维护自己尊严、追求平等的突出个性。即便是我在仿效简·爱，可仿效如此一个光辉典范的妇女形象，何罪之有?! 老实说，真正意义上的'仿效'，乃是从我顿悟到简·爱最本质的精神所在那一刻才开始的。我从此把简·爱作为心中的偶像，在逆境中学会自尊、自强、自立、自爱，用坚忍不拔和顽强的意志走自己的路……"

　　痛苦和磨砺让余姐成熟起来，她再也不是那个弱小无助的小女孩，而是一个能承受痛苦，有独立人格，敢于藐视强权，按照自己的意愿生活，不断挑战自己，并最终让自己的青春焕发出炫目的光彩的人。

　　这样的青春芳华并没有远去，它如一首美妙的交响曲，流淌在我的心里，也流淌在读者的心里……

完稿于 2019 年 10 月 23 日
修改于 2019 年 10 月 26 日

　　（此文于《天府影视》2019 年 11 月 13 日刊出，获《天府影视》2019 年度优秀作品，《四川文艺》报 2020 年 6 月 1 日第 3 版刊出）

一种品格在飞扬
——读姜诗《香樟礼赞》的联想

姜诗先生是德阳市的一位著名散文作家，也是一位擅长写诗填词作赋的老师。最初知道姜诗先生大名是在《散文潮》杂志刊登的文章中，后来在一次文友聚会中得以见面，先生的谦和与彬彬有礼的举止言谈令人有一见如故之感，但给我留下深刻印象的是在2011年10月去西安参加"首届中国西部散文家论坛"的旅途中。四川省散文学会在卢子贵会长的率领下派出10个代表参加会议，我和姜诗先生便有了几日短暂的相处。旅途伴着隆隆的火车声，众文友倾心交谈，大家谈文学，谈时事，谈个人经历，彼此心意相通，友谊也在谈笑风生中得以加深。在交谈中，姜诗先生在肯定我写作的基础上，也指出了我应该注意的问题，并勉励我多观察生活，写出更多更好的作品，我对姜诗先生的博学和待人的诚恳也有了更深的感受。

近日，时值盛夏，不便外出，便宅在家中，找出近年的《散文潮》杂志，泡一壶上等的菊花香茶，边喝边翻阅文章，突然看到姜诗先生的《人间胜景巍螺山》（外二篇）时，竟然生出如见到先生本人般的亲切之感，便细细品读起来。这三篇文章都是托物抒情之作，而其中的《香樟礼赞》，虽然只是一篇五百字左右的短文，读后却让我有怦然心动的感觉。这是因为香樟树已经被他赋予了生命的灵性，赋予了勃勃的生机，整篇文章散发出一种热情洋溢的独特魅力，而这种魅力就是对香樟树所具备的"立身以直，正而有品，栉风沐雨，蓬勃向上"品格的欣赏与赞美。

　　这种欣赏与赞美并没有用过多的文字进行渲染，而是用"香樟之美，美在风骨独具；香樟之美，美在心向太阳；香樟之美，美在清香四溢"作为点睛之笔，分三个段落进行了描述。

　　在"香樟之美，美在风骨独具"中，作者写道："香樟，拔地参天，卓尔不群。有着强劲的风骨，轩昂的气度……凤翥山的香樟，得天地之灵气，受日月之精华，每一株都长得伸伸展展，笔直笔直，谁看了都会怦然心动，都会对这一大片又一大片亭亭玉立，英气勃勃的香樟留下极其深刻的印象。"寥寥数语，就把凤翥山香樟树拔地参天，笔直挺拔，英气逼人的风骨描绘了出来，给了读者一个直观立体的感觉，如亲临其境般感受到了香樟树那卓尔不群的独特风姿。在"香樟之美，美在心向太阳"中，作者则通过描写香樟树的生长过程，写香樟树"为了迎接鲜红的太阳，它一个劲地向上发展，往高处伸展枝叶，在竞争中茁壮成长。当它的树梢越冒越高，远远超过其他树种之后，它迎着春风，向着太阳，点头微笑，笑得那样舒心畅怀"的那种出类拔萃，超群出众的气概。把香樟树不甘落后，敢于竞争的内在气质揭示了出来，给人以深刻的启示。在"香樟之美，美在清香四溢"中，作者用简约的文字，通过描绘香樟树"这种淡雅宜人，沁人心脾的清香，令你心醉神迷，精神为之一振，即使在几天之后，也会回味出几缕幽香"，让读者体味到香樟树超凡脱俗的风姿，给人美的感受。

　　当我阅读完全文后，香樟树高贵的品格便凸显在我的眼前，也读出作者颂扬的这种品格，实质上是对当前飞速发展的社会经济条件下，作为社会人应具备的高贵品格的呼唤。

　　这让我对姜诗先生充满了敬佩，一则因为一篇短文能让读者品出其中蕴含的意味，给人深刻的启示，让人的精神境界得到提升，并不是一件容易的事，这其中反映了作家个人情操的修炼，是思想水平、认识水平以及在社会生活中形成的世界观、人生观、价值观在作品中的体现。文学是人学，作品反映人品，一个作家只有具备良好的思想和道德修养，才会对社会充满担当和责任感，从而创作出有深刻思想意义，能够影响读者乃至社会的价值取向的作品。而在今天这个价值多元化、社会道德滑坡的复杂社会环境中，我们是多么需要这些赞扬崇高品格、歌颂美好情操的作品呀！二是姜诗先生能在一篇500多字的短文中，塑造出香樟树丰满的艺术形象，让香樟树高贵的品格在读者心中飞扬，文章的立意起了十分重要的作用。立意，就是作家站在时代的高度，去观察、认识生活，提炼主题，使文章体现时代的精神，既反映时代，也作用于时代。文章的"意"，其实就是作者在体验生活中逐步孕育而成的一种思想，是作者的主观认识与客观实际相"撞击"的产物。唐代诗人杜牧曾说过"凡为文以意为主"，意思是文章的好坏，最主要是决定于立意，立意高、新颖，给人的教育、启发就大。这让我联想到一个问题，即文学创作中是否还需要倡导主流价值观的问题。在当下经济全球化的背景下，我们国家的经济在高速发展，人的精神追求和价值取向也呈多元化的趋势，在这种情况下，作家也必然会受其影响，创作出的作品也会呈现多元化的趋势，既有低劣、庸俗的作品，也有颂扬真善美、鞭挞假丑恶的作品；既有表现个人独特的社会生活体验的作品，也有表现中华民族最富活力的呼吸和时代最生动、最本质的情绪，反映时代和社会进步的作品。但是多元化决不等于文学作品的思想和艺术标准的降低，不等于主流文学的主导地位就可以边缘化，所以我们在反思当下道德滑坡、理想信念淡化等问题时，也应重视文学作品对提升人的思想境界和净化社会风气的作用，多创作出一些有益于人们思想素养提高和社会道德水准提升的作品，承担起作家对读者负责、对社会负责的重任。

2011年9月

（此文刊于《四川散文》2012年冬季卷，选入团结出版社2018年《读你》评论文集）

从容淡定侃生活

——读刘小革《迟到》絮语

在期盼中,小革的书《迟到》终于出版发行了。作为小革的朋友,我从心底为她高兴,因为在她步入人生最壮美的秋季时,收获了一份沉甸甸的秋之硕果。

这本书我读了两遍。

第一遍是在刚拿到书后。通常我看书,是一定会选择清净的地方的,特别是读朋友的书,会更加注重环境的选择,因为我认为,只有这样,才能细细地品出书的味道,才能享受这一份读书的趣味。但是,当时我却并不具备这样的条件,因为女儿的家正在装修,当时房屋里噪音不断,但我怎么也按捺不住一睹为快的欲望,于是找了个地方坐下读着这本书。很快我就被《迟到》深深吸引,竟然再也听不到那刺耳的噪声。那一篇篇文章在我眼前展示出一幅幅动人的画面和场景,我完全沉浸其中,心绪随作者的情感而跌宕起伏,我想我的面部表情一定也很丰富,因为我时而感动,内心充满一种温暖的感觉;时而激动,会情不自禁击手叫好,有一种酣畅淋漓的感觉;时而又忍俊不禁,在笑声中理解文章所蕴含的深刻思想。

读第二遍,是准备写读后感。这次是在安静的环境中读的,读得很惬意,很享受。令我意想不到的是,再次一篇篇地读着小革的文章,依然为书中的故事所吸引、所打动，依然读得兴趣盎然，读得滋味悠长。于是我给《迟到》这本书下了两个字的结论：好看！

之所以要下这样的结论，是因为这本书洋溢着一种对生活的热爱，对人生的从容淡定，和对社会的责任感。于是，她笔下的亲情、爱情、友情才那样的真挚感人，她所经历的那些陈年旧事才折射出时代的变迁，她所抨击嘲讽的社会现象才激起读者强烈的共鸣。

这本书具有如下几个特点：

一、文风朴实自然，彰显轻松自如

通读小革的文章，总是有一种很亲切的感觉，如同朋友之间在聊天，她在对我们侃侃而谈生活中所发生过的事，感觉如同一股清爽的原野之风扑面而来。散文这种文体，自由度相当大，可以写得华美灵动，也可以写得质朴自然；可以粗狂恣肆，也可以细腻淡雅。小革的文章就属于质朴自然的那种类型。这种写作风格，令小革的写作轻松自如，于是，她既可以用轻松的笔触追忆似水年华，用朴素的语言勾画出历史的嬗变、观念的更迭，让人耳目一新，回味无穷，也可以在不经意间就让读者体会到她与丈夫、女儿以及其他亲人之间浓浓的深情；一些曾感动过自己的事，轻松地从笔端流淌而出，让读者随她的情感起伏感知人性的善良和人世间的苦乐哀愁，同时又将笔端伸向社会生活的方方面面，甚至某些隐秘的地方，让人感受作者在心态和写作上的潇洒自如。我个人认为，这是小革最为可贵的一种创作风格和写作态度。而这种创作风格和写作态度，离不开作家所具备的深厚功力，即思想和艺术的修养必须到达一种较高的境界，对生活须持一种淡定从容的心境，才能对社会生活和人生进行细致入微的观察、提炼，才能在描绘社会、历史和自然风光中，通过丰满的形象塑造和生动的细节描写，融汇真挚的情感，蕴含深邃的哲理，再加上感悟生活和自由驾驭文字的能力，从而在写作中体现自己独特的审美个性。我们在小革的文章中，随时都会被一些看似不经意，实则是进行了高度提炼，蕴含着深刻思想的文字所打动。如《下乡的那些日子》中，她记叙了自己当知青时所经历的一些事，在"宰牛过年"中，她用淡淡的笔调写道："要过年了，家家户户要准备年货，每家人的叶儿粑是咸的，都是用自家的咸菜做心子，而甜的只是把糖精和在米粉里。最寒心的是马上要过年了，却没有一点'磨刀霍霍向猪羊'的热闹气氛，因为那些猪啊羊啊早都被当作资本主义尾巴割掉了！"这时她写了生产队长眼见社员们过年也沾不上油荤的不安，与几个队干部商量后，将一头病牛宰杀，连同杂碎、牛血，甚至牛皮分给社员和知青过年的事，她写道："过去只知道红军长征吃过牛皮，从没想到我们还会过上吃牛皮的日子，更不知道那又硬又厚的老牛皮怎么做来吃，因此，没去领分给我们的牛皮。老队长就说：'你们几个知青的那份牛皮我替你们煮好了再给你们吧。'"接着她写了大年三十，老队长和知青一起吃年夜饭的情景："这一晚，队上家家户户的茅草房里都飘出了炖牛肉的香味。老队长高兴地给我们说：'总算让大家过上了一个有肉吃的年了！'"文章到此本可以结束，但她却给了我们一个意想不到且非常精彩的结尾："然而刚过初三，老队长就被叫到公社挨批斗，罪名是：私宰耕牛，破坏'抓革命，促生产'！"在这篇文章中，她采用素描的方式，既给我们描绘了当时农村物质生活极度贫乏的状态，又将一位朴实亲切、甘冒政治风险、充满人性善良的老队长的形象刻画得生动丰满，还令读者在阅读中重新审视当时特定历史条件下的社会政治历史。而类似这样具有深刻思想性和充满思辨性的句子和段落，我们还可在《芒果啊芒果》《惹祸的书》《父亲和我的命运》等文章中看到。这的确让我对作者深厚的生活积累、提炼生活和表现生活的能力与智慧充满钦佩。

二、情感真切，从细微小事中挖掘出血浓于水的亲情

散文是从我们心灵深处流淌而出的真情实感，是对人生和一切美好事物抒发的向往，特别是描写亲情的文章更是如此。《迟到》这本书中的

《亲亲爱爱》一辑，便因融汇了作者对亲人满腔的热爱之情而让人怦然心动。比如在《哄老伴》《老伴为我过大寿》等篇目中，就把夫妻之间的真挚情意表现得淋漓尽致。特别是在《哄老伴》中，通过描写在一个夏天的晚上，因家里电路突然坏了，老伴着急乱发脾气，她不断安慰，使老伴情绪很快平静这样一件生活中的细微小事，使我们看到，一个在职场上毫不逊色于男性、担任部门领导的女性，在家庭里却是那样的贤良惠淑，而这会带给一个家庭怎样的温馨呀！随着她的文字，我们看到她与老伴传神的一幕："老伴听了我这一番话，心情好了许多，转身对着我的耳朵悄悄说：'在这昏黄的烛光下聊天，是有点浪漫，谢谢老婆！看来我还真要多修炼啊！'我忍不住笑他：'算了，你的脾气是改不了啰，还是你发火，我来当消防员嘛。'"而这种夫妻之间相濡以沫的深厚情意也给读者留下了深刻的印象。在《帮妈妈洗澡》《许先生》等文章中，作者同样抓住生活中细枝末节的小事进行挖掘提炼，写出了对妈妈，对身边所有亲人的爱。文章中所流露出的至情至性的深情厚谊，不仅能唤起读者珍视人间最珍贵的亲情、爱情和友情，更能让读者把沉淀在心底的爱释放出来，从而更爱自己的亲人和朋友。

三、关注生活、关注时代，敢于直抒胸臆

一个作家的作品，从本质上讲，应是关注社会生活，反映时代变迁，具有社会责任感的精神产品，因此对社会生活中的真、善、美要给予褒扬，而对一些错误的或不符合社会审美价值和道德规范的东西予以抨击，这才是一个作家所具备的基本素养和良知。现在，在文学圈子里，这种本末倒置的现象时有发生，这种情况对受众产生的不良影响也是显而易见的，凡有良知的人，都非常担忧。小革就是一个有良知、有正义感的人，她的文章特别是"品品说说"和"指指点点"等辑，就让人感受到一种凛然正气，一种不畏权威、敢于说真话的率真本性。如《高贵的座位》，直指国家大剧院建造上的奢侈之风；《说"色·戒"》中针对一些年轻人不仅

不恨那个汉奸易先生，反而同情他，甚至说"汉奸也是人"，一针见血地指出："我们不是在看一部普通的言情片，《色·戒》的历史背景是发生在中国人沦为亡国奴的最惨烈的年代，那些汉奸正如同电影中的易先生那样，双手沾满了中国人的鲜血，对汉奸讲人性，就是对整个中华民族不讲人性。我们可以想一想，当日本侵略者的军刀架在你的脖子上时，你还会对汉奸讲人性吗？我相信每一个有良知的中国人都不会！国耻怎能忘？所以我很想问：李安，你安的什么心？"同时对李安在影片中拍摄性爱场面所说的：拍电影就是触摸一个人的自我，每个人的内心深处都有很复杂的东西，要将这些表现出来不能讲道德，也不能讲法律，而是其中的模糊地带，这就是艺术。作者对此非常气愤，在文中质问："难道打着艺术的招牌，就真的可以不讲道德，不讲法律了吗？"在《笔为心声》中，小革对一位现代文化名人顺应当时的浮夸风，将"科学"随意吹嘘成"神话"，警醒自己"手中笔杆重如千斤"的那种社会责任感。在《保卫阅读》中，对当代文化名人余秋雨"在今天阅读已成为灾难"的观点也进行了抨击，尽管余秋雨是作者非常喜欢的一位作家，但对他的这一观点，她也提出了尖锐的看法，她质问道："余秋雨先生难道不清楚，作为一个学者，贬低阅读的意义是很能误导一些人，特别是年轻人的吗？为明辨是非，我只好站出来与他理论一番，以保卫'阅读'。"

  除了这种有理有据的评说外，对社会不正之风的批评，作者还进行了另一种写作手法的尝试。如《向芙蓉姐姐学习》一文，从标题到内容都让人耳目一新。虽然都是在抨击某些社会现象，但这篇文章并没有用激烈的言辞，而是反其道而行之，采用既诙谐幽默，又调侃风趣的语言，辛辣嘲讽了那种靠不正当手段在网络上一夜走红的现象，特别是结尾部分，非常精彩，她写道："突然听得背后一声大喝：'你小子敢学那个什么东西姐姐，你老妈俺就不活了！'糟了，写得太投入，没料老妈进来了！"这样的结尾，不仅进一步强化了令人捧腹的喜剧效果，又起到警醒世人的作用。

《迟到》这本书尽管是一本很值得一看的书，但由于作者长期从事新闻题材的写作，尊重客观事实似乎已成为创作中的思维定式，但我认为，散文既然是文学的一个类别，那么在创作中还是要体现"来源于生活而又高于生活"的原则，尽可能将文章写得更富文学色彩一些。当然这仅是我个人之见，在此与作者共商榷而已。

2011 年 11 月

（此文刊于《四川文艺报》2011 年 3 月 1 日第 3 版、《散文潮》2011 年夏季卷，入选 2018 年 2 月团结出版社《读你》评论文集）

徜徉在灵动的意境中

——浅析李临雅《流痕》创作特点

读着作家出版社新近推出的李临雅的散文集《流痕》一书，不禁被深深吸引，心中荡起情感的波澜。书中所描写的那些事、那些人、那些生活宛如一幅幅生动的图画，在我的眼前呈现出或水墨画似的淡雅韵味，或油画似的绚丽色彩，让我在这个初夏的日子里，感受着满目清幽和一腔灵动。

一、情景交融，充盈着心灵的律动

情景交融指文艺作品中环境的描写、气氛的渲染跟人物思想感情的抒发结合得很紧密，包括寓情于景和借景抒情。文学理论上的情景交融是意境创造的表现特征。我国近代文艺理论家王国维说："文学中有二元质焉：'曰景，曰情。'"所谓"情"指"感情""情绪""思想""想法"等作者主观的内在实质，是作品主旨；而"景"则指由人所遇、所想、所见的"人、事、物、景"所构成的社会生活图景，它是一种客观存在，反映在作品中就是对生活的再度呈现，是承载主旨的形象。意境的创作就是把二者集合起来的艺术。《流痕》一书中的许多文章，无论是写景还是写人，都显得形象鲜明突出，意境深远，表现出作者对大自然细致的观察，对社会现象深刻的领悟，对现实生活深切的感受。如《山村行》这篇文章，不仅通过虫声、蛙声和竹林、树叶、草丛的声响，把山村夜的静谧烘托出来，然后自然地联想到了当知青时，那个似乎与世隔绝的静悄悄的小山村中，那种超乎寻常的"静"似乎变成有形的东西笼罩着一切，由此从心灵里发出"人就是这样，在乡下时，向往城市的喧哗，久居闹市，又怀念乡村的宁静。向往现代化，追求文明程度的不断提高，却又留恋大自然的原始风貌，怀念远古的纯朴"的感叹，表达了一种在社会文明进化过程中现代人的迷茫与困惑。在《秋醉桂湖》中，她写道："不，那就是桂花的香味啊，曾经如雪如云，层层叠叠，纷繁喧哗的花儿朵儿们被风吹雨打过后，撒落在地上，飘进了水池，躺在了花草、树丛中，石阶、屋顶上，隐身在桂湖的每一个角落，让土里、水里、树里、草里、风里、雾里……到处都点染了它们的幽香，可谓，飞离枝头去，依然香如故。只不过不再是馥郁芬芳的浓香，而是一种若即若离、渐行渐远的薄香，它们和青草、绿树、残荷的气息，清新、湿润、洁净的空气的味道，浸润缱绻，形成了只有在这里才能闻得到的缥缥缈缈的淡雅的浅香，那是桂湖特有的芳香。"在这里，作者对风雨过后桂花的形、神、姿态都作了细致入微的描写，表达了作者对桂花这个秋天的小精灵的情感眷念，也令读者沉浸在风雨过后，桂花飘零却幽香处处的那种独特、灵动的意境之中。在《车过贝加尔湖》中，作者对场景的描写更是达到美妙的境地，她写道："眼睛定定地注视着车窗外。终于，一抹蓝色越来越近地扑入眼帘。有人欢呼起来：'贝加尔湖！'很多人都站到窗前，和美丽的'西伯利亚的蓝眼睛'对视着。可以看到的湖面越来越大，那望不到边的蓝色渐渐地充满了整个视野。在灿烂阳光的照射下，湖水就像巨大的蓝宝石，发着幽幽的蓝色的光芒。那是怎样的一种明丽、纯净的蓝色啊！苏联著名作家瓦·拉斯普京在他的一篇散文中描写过八月的贝加尔湖，那时候湖水变暖，礁石在水下闪闪发光，鱼儿大大方方地游集岸边，鸥鸟啾鸣，上下翻飞，岸边，山花烂漫，各种浆果俯拾皆是，不时地飘来一阵阵略带苦味的草香……而此刻，我们看到的四月的贝加尔湖，湖面极其平静，除了这冰清玉洁的蓝色，什么也没有。周围的一切，无论是还覆盖着白雪的远山，还是延绵不断的森林，一片静谧，有一种冷峻的美丽和不动声色的震撼力。"这段文字既真实生动又富于艺术魅力，不仅使读者身临其境，看到了如璀璨的蓝宝石般镶嵌在西伯利亚南缘的美丽的贝加尔湖，而且那望不到边际的冰清玉洁的蓝色似乎就在眼前触手可及，令读者浮想联翩，与作者共同体味着那种静谧、那种无边无际澄澈透明的蓝色所带给人心灵的宁静与对大自然无言的赞美。这段描写带给读者的审美体验相似于在欣赏一幅宁静悠远又色彩绮丽的油画。

二、以细节描写塑造鲜活的人物形象

说到细节描写，一般人通常会首先想到小说，其实，细节描写不只是小说独有，散文也需要细节的滋养。如果一篇散文没有细节，那么散文中的场景和人物形象就失去了血肉和神采，既不能打动自己，也不能打动读者。因此，散文对细节的呼唤正如龟裂的土地渴望雨水，萎靡的禾苗渴望琼浆。在读李临雅的《流痕》一书时，感觉她写人的文章给人留下非常深刻的印象，究其原因，就在于她塑造人物形象时，充分运用了细节描写。如《成金》，她写了一个被母亲抛弃，由爷爷照看的2岁孩子："他不是一个人摇摇晃晃在院子里走来走去，就是随便在哪个角落里坐着，或者干脆躺在地上，最常见的表情就是嘴巴微微地张着，两只眼睛呆呆地盯着什么地方，可以老半天也不动一下。很少听见他发出声音，包括哭声。有一次，一个老太婆看见他从垃圾桶里捡了一只小日光灯在手里玩，连忙叫他的爷爷给他拿掉，他紧紧抓住不愿放手。最后东西被夺掉了，他就躺倒在地上蹬打着两条腿，浑身上下蹭满了泥。后来，有人送给他一只绒毛的动物玩具，是一只几乎和他的个头一样高的小狗，他就成天拖着那小狗到处转悠，走累了，就和小狗一起坐在地上。小狗也和他一样，浑身上下污迹斑斑，灰头土脸的。看上去，他俩就像两只小动物，只不过一个会动，一个不会动。"这段朴实得近乎白描的细节描写，把一个2岁孩子的生存状态刻画得入木三分，令读者心情无比沉重，也引发了读者对这种社会现象的沉思。她在《想起一位诗人》中，同样运用细节描写并将它具体渗透到对人物、景物及场面描写之中，因而成功塑造了一位非常奇特的诗人形象。这个诗人是一个家具厂机修车间的工人，外貌丑陋肮脏，却有着细腻丰富的内心世界，常有抒情、缠绵的诗作在《青年作家》杂志上发表，而一个小家碧玉的姑娘因佩服诗人的才华爱上了他。由于作者对这两位人物的外貌、动作、神态等作了具体生动、细腻逼真的描写，因此使得作品中的人物形象栩栩如生，不但给人留下如《巴黎圣母院》里的卡西莫多和吉卜赛女郎在一起的感觉，而且达到了塑造典型化人物形象的目的。在《语言的尽头是音乐》中，作者对中央音乐学院毕业的四位青年才俊的描写也是各具风采，不但把他们身上各自的特质"俊美、清秀、憨厚、灵巧"进行了细致入微的刻画，也为他们演奏的音乐能与观众的心灵和精神世界相契合进行了合理的对接。由此可以看出，将人物的细微举止行动以及一些富有艺术表现力的细小事物进行细致描绘，对突出人物形象，展现人物性格会起到多么重大的作用。

三、灵感来自生活与作家内心世界碰撞的瞬间

大千世界呈现出千姿百态的魅力，我们的生活也是异彩纷呈，它为散文作家的写作提供了永不枯竭的创作源泉。但这一切对于作为个体的作家来说，倾其一生也不可能都囊入笔下，只有当这些外在的东西与作家的内心世界的某个"点"相碰撞，才可能闪烁出火花。而这个"点"就是突然找到的"感觉"。我们通常说的这个"感觉"，按照我的理解就是"灵感"。灵感即顿悟。托尔斯泰说："灵感就是突然显现出你所能做到的事。灵感的光芒越是强烈就越是要细心地去工作，去实现这一灵感。"灵感是突发性的，但也不是凭空产生的空中楼阁。它是一个知识和能力长期积淀的过程。灵感，最需要我们捕捉的，是它出现的刹那。在那种感觉中，作家会情不自禁地要将它记录下来。我曾听作者谈起过她在去台湾的旅途中创作

《无题》一诗的情况，她说在台湾，内心总有一种想写诗的冲动，但却找不到下笔的切入点。有一天，透过车窗看着掠过的景物，有一种时空交错感，突然脑中迸出"过去"一词，这灵光乍现让她突然来了感觉，忙拿出笔记本记了下来，然后稍加润色，这首诗便写成了。于是我就想到，临雅《流痕》一书中如《语言的尽头是音乐》《飞向虚无缥缈间》《生存与爱情》等文章，在写作的过程中一定也有过类似的经历，否则，这些文章读起来何以有一种空灵、飘逸和显意识与潜意识相互碰撞转化的感觉呢？

在《语言的尽头是音乐》中，作者对音乐的理解和冥想有一段非常精彩的描述："音乐中有轻松的享受，有沉重的焦虑，有短暂的挣扎和深刻的感悟，还有生活中曾经出现过的一转身、意味深长的一瞥……心灵在传统的约束中延伸出欲望，想要直白地抒发，向往无拘无束的自由生活境界。岁月的节奏激发出灵魂深处最原始的触动，感受快乐与幸福交织的美好年华。现代生活的五光十色，青春少年的灵魂躁动，我们都从那蜿蜒流转的旋律中听到了，看到了，体味到了。你听，两个失散的恋人，在汹涌的人潮中偶然相遇，惊奇、喜悦、狂乱、迫不及待、百感交集……你听，巫师在表演，时而高声呼喊，时而喃喃低语，时而疯狂，时而静默，一些人在她的表演中沉醉了，癫狂了，被降服了……乐曲从高峰到低谷，从舒缓到激烈，不是让人紧张得透不过气来，就是使人觉得仿佛神灵附身，将要迷茫地倒下去……还有，一朵花，一座岩石，一个地久天长，一个转瞬即逝，但此刻，它们共存于蓝天之下，默默地相对，轻柔的花瓣因为听见岩石深沉的呼吸而绽放……"读着这样的文字，读者也沉浸在一种灵动的意境中，沉醉在音乐直击心灵的迷醉中。这种对音乐的理解既是作者从小就受到酷爱音乐的父亲的熏陶，具备一定音乐素养的体现，也充分说明知识和生活的积累，会对创作中灵感的产生发生很大的影响。

综上所述，李临雅的散文集《流痕》是一本很有特点的书，当徜徉在她用真情和文字营造的灵动意境中时，读者也于审美之中体悟到生命的真谛、生活的哲理，因此，是值得我们很好地去阅读和体味的。

2011年6月

(此文刊于《散文潮》2011年秋季卷、《老年文学》2011年9月总第60期，选入团结出版社《读你》评论文集)

诗意的吟叹

——浅析晓荷散文的审美价值

晓荷的散文集《空山新雨》2011年出版发行后，我就阅读了这本书并被深深地吸引和打动，很冲动地想写点读后感之类的文字，但终究因心绪不宁未动笔。2013年，因担任"首届四川散文奖"的评委，又给了我阅读这本书的机会。当《空山新雨》经过评委们从近100本参评的书和380多篇散文作品中，在几次三番近乎苛求的评选中脱颖而出终至获奖时，想写点文字的念头再次冒了出来，却因家事缠身还是未动笔，直到今年突发疾病住院治疗，清闲寂寞中又捧起了这本书。或许是人生病后容易变得多愁善感，或许是清闲寂寞便于归纳思考问题，总之想写点文字，探究晓荷的散文为何总能拨动我的心弦，于是便有了这篇文章。

一、真挚坦率的心灵倾诉，使文章具有了强烈的情感震撼力

阅读晓荷的散文，我一遍遍地沉浸在她的心灵世界中，倾听着她与自然、社会、亲人、朋友的深情对话，体味着她对美好爱情的回望追忆，感受着她浸入骨髓的哀伤，经受着她真情潮水的猛烈冲击。她的文字似乎有一种魔力，裹挟着我与她共同经历那些不平凡和平凡的人和事，从中感受着她的心灵感应、顿彻顿悟和审美价值。

书写真实的生命体验，讲真话，抒真情，这是散文不同于其他文学类

别的特质，也是散文特别珍视的要素之一。白居易在《与元九书》一文中说："感人心者，莫先乎情。"就是说能感动人心的莫过于出自内心的东西。台湾作家林清玄也讲过一句很精辟的话："心美一切皆美，情深万象皆深。"作为最善于表现内心情感的散文，一个"真"字道尽了写好散文的真谛。纵观晓荷的散文，可以看出，无论是对亲情、友情、爱情的鸣奏心曲，对自然界一树一花一草的描摹写意，还是警句箴言般的哲思妙语，都体现着一个"真"字。这个"真"，构成了晓荷散文的文体意识和写作目标，这种"真"，使其眼睛不为尘世的浊雾所蒙蔽，而是通过对人、事、物的观察与思考，传达自己真切的人生体验，表现自己真实的精神世界，抒发自己真实的内心情感，将一个坦率、真诚、炽热的心灵展现在读者面前，这就使她的散文具有了强烈的情感震撼力。

在阅读中，我常常被作品中细腻、浓烈的情感打动。那些从作者心底流淌出的真情，或情思缱绻，或恬静从容，或凄清失落，或赤诚火热，诗意的咏叹如涓涓细流浸润于心，如声声丝竹在脑际萦绕。

在《写给妈妈》《老家、老屋、老妈》《我的好姐姐》《我跟弟弟》《中秋那一轮月圆》《有旅伴走在身边》等文章中，晓荷倾诉的是亲情和友情，这是她献给亲人和友人的心曲，一字一句皆实感，一枝一叶总关情。而其中《写给妈妈》感情含量最为丰富。90岁高龄的妈妈平时生活非常节俭，总舍不得为自己添置东西，说"人老了，不用赶时髦，能用就好。"潜台词却是"人要走了，这些东西就用不上了。"女儿为妈妈购买厨具，妈妈发出重重的叹息，指责女儿太会花钱。当女儿要离开妈妈时，妈妈却递给她一个烫金的红包——给女儿的生日礼物，而女儿的生日还远在年底。她写道："我拒绝，克制着心的颤抖，说：妈妈，到我的生日，我回家过好吗？那时候你再送我礼物好吗？

可是，万一那时候，妈妈不在了呢？

其实我已经知道妈妈心里想什么了！我开始喊：妈妈你怎么乱说话

啊！你怎么会不在？为什么说这样不吉利的话！喊着，喊着，我开始哭，妈妈也开始哭。母女俩抱在一起，一起哭……"这种母女之间相互依恋的深情，这份血浓于水的亲情，让我们也泪湿眼眶了。

在《空山新雨》中，爱情是另一个非常重要的主题，讲述的是作者经历过的和已逝去的爱情。那种欲说还休的追忆，那痛彻心扉的伤感，那一花一草一树一木都能勾起对爱人思念的深情，那份对自己"唯一的高度"的眷念，那种对爱人弃己而去，从痛不欲生中涅槃重生的豁达和对爱人深深的祝福，岂止让我们叹服作家心灵里流出来的真情？她让我们看到的是一个诗意女性高贵的灵魂和风度！她在《爱在心中，清泉长流》中写道："我们之间从来没有说过爱，过去是因为你的她和我的他，如今却只是你和我，因为我和你都明白，我们之间最永远的爱就是放弃……我们都是惜情懂爱的人。我们都懂得自爱是爱的操守和准则。有一种爱，是在情欲之上的守护和关注。不一定要朝晖夕阴，却可以一生一世。这样的一种相连相望，拥有，真的是天大的福分。"这种爱的默契和爱的操守，宣泄的是水晶般的纯情。在《爱在回眸处》《创造的生命，流动的爱情》《淡淡的想你》《流动的景，流浪的情》《女人不执着或许更美丽》《高山流水为今天作证》《她知道自己爱着》《爱是真实，行走的真实》等文章让我们读出了作者百转千回的爱的柔情。面对逝去的爱情，当从怨恨和痛苦中挣扎出来后，剩下的没有怨恨，只有牵挂，没有愤懑，只有祝福。那些剖析心灵的文字，那些对爱情本质的思考，都深深地打动着读者。"泪水摔在时光的墙上，不留瘢痕。一个人的路，为什么总携两个人的影？该忘却了！孤单的手偏偏抛不开你掌心的温存；空气中挥不去你混着烟味的鼻息，那样重浊的鼻息，可以掠夺一夜的睡眠，为什么不可以带走一身的想念？""我的'唯一的高度'，我曾经的爱人，究竟需要多久，才能将你和我们的故事存放在不再想起的日历里？拒绝你的信息，关闭你的号码，连你的朋友也中断了联系，有时候我觉得自己已经忘记了你，没有恨就应该没有爱了，可是有一天突然听说你过得不好，我的心还是痛了一下""……如果此刻的你站在你新屋的窗前，正好你的城市也有雪花飘摇，正好你的心里也在思念着，那么，就让我的思念融化在你心里，成为晶莹的祝福——你，一定要幸福着啊！""假如命运让我们擦身而过，而且从此不再相遇，那么还是祝福吧，我会真诚地祝福你，相信你也会真诚地祝福我——如果爱情美丽得只有祝福，也该是生命中值得纪念的感动了。""放下你的牵挂吧，因为在爱情这部词典里，真的不该有内疚，也不该有谁对得起谁。你付出了，用你的青春，一个男人最好的时段，那样尽心尽情地爱我，做我'唯一的高度'，支撑我支持我。真的相信你说的，婚姻中的日子，你没有除我之外的女人……还不够吗？这就够了！我是幸运的，因为虽然没能天长地久，但拥有的时候，真的很深很真很美。""再见吧，我的爱人！为爱而生的你，从此不必牵挂，更不必因内疚而打听我的消息。只管去爱吧，爱你自己，爱你的家人，也爱你如今的女人；而我，也是为爱而生的我，从此会将怨恨收起将思念放下——其实，当我可以追着日落看云看天的时候，许多的美丽便洁净着心；太阳在同一个天空，照着你也照着我，各自在光照之下活好自己吧，落下去的是太阳，升起来的还是太阳；只要太阳在，天空就会每一天都有新的活力和新的色彩。"人们常说，爱有多深，恨就有多深，可是，我们看到的只有爱，深入骨髓的爱，在不经意间自然流露的爱，人世间至真至纯的爱。这强烈的感情穿透力，的确把我们的心给揉碎了！

　　二、富有哲理的人生感悟，提升了散文的精神品位

　　晓荷散文的艺术魅力，除了表现在浓郁的情感抒发和强烈的情感震撼，说实话、抒真情、真实追忆自己的人生经历外，还表现在她将自己的人生感悟通过独特的语言和艺术表现手法呈现出来，使其带有某种思辨色彩和哲理性，从而彰显出鲜明的个性特征。

　　哲理，是思想的精华，是人们对生活的深刻思考和有价值的发现。散文是需要思想的，没有思想的散文只能是文字的堆砌。我记得散文评论家

李治修先生曾说过:"散文的最高境界是问鼎哲学。"因为哲理的艺术阐发,能大大提升散文的精神品位。晓荷是深谙其义的,在她的散文中,我们在不经意间就能读到她对生活的发现、体验和对哲理的寻觅、追索。有时直接阐发对人生、社会的哲理性思考,有时在写景记人中揉进自己对生命和生活的理性思辨,常常是借助一花一树、一叶一木等细微事物和自然景观来表达她的人生感悟,所以,我们在读晓荷的散文时,除了能得到一种审美愉悦外,更会为她对人生感悟和生命体验的表达而怦然心动。她以特有的温婉动人的文字,诗意的咏叹,将我们带进她丰富多彩的精神世界,感受着她心灵世界的真诚和对精神家园的守护。她在《爱的感觉真好》《在人世的一隅述说生命的轻重》《叶落也在叶绿时》等文中写道:"爱是什么?是对于生命的欣赏和感动,也是生命自身的滋养和领悟。""简单的爱,也许更流畅灵动,会更加的丰润生命和温暖生活。而这样的爱,自然地行走在生活之中,只要我们简单一些,能发现,也能拥有;只要我们精致一些,能珍惜,就能滋养。""站在你的身旁,抚着你龟裂而坚挺的肌肤,仰望你挣扎出条条瘢痕深深褶皱却依然螺旋而上的躯干,读你崎岖蜿蜒悲欢离合的生命故事,便再不能为自己的命运叹息了——人生百年,即使一天一个苦难,一年三百六十五种艰辛,堆积累计,也不如你千年经历的不幸深重啊!人为什么不能学你,执着坚韧地直面生活,以宁静之心,守望百年!""有什么比一片生长在花红叶绿中,静谧地躺着的落叶更具有大气浩然的美丽呢?曾经流淌阳光笑在枝头,而今回归大地亲近自然,选择死的同时也成全了生,那舒卷自如的潇洒和义无反顾的安详,不正是一只储满永恒的生命杯吗?"

在经历了婚变后,作者对爱情和女人有了新的独特的认识和思考,在《淡淡地想你》《凤凰情景》《流动的景,流浪的情》等文章中,作者对爱情的阐发和对女人的希冀无不充满新意和智慧。她说:"爱是没有得失的,正如漫天飞雪,尽管命运一旦融化,但一瞬一时的美丽和一生一世的情缘,都在无须言语的存在之中——消失也是永恒了。""都在行走,都是流动，谁在乎这一道风景并非那一道风景？此一时，彼一时，转瞬即逝，擦肩而过；人心流动，人性流动……有时候流动血样的痛，死样的冷，但谁说血和死不是最终最深的美丽呢？耶稣不就以钉十字架的血和死来成全了人类吗？爱是成全，不能成全这人，总会成全那人！激情错位，风景变换，如果人生是一本画册，就该一页一页地翻过去，也得一页一页地变换场景、故事和心情啊！""人的简单和执着，注定结果。人的虚伪与懦弱，决定悲剧。仅以爱情作为依靠，是女人的弱智，或许也是注定女人悲剧的因由了。"晓荷文章中这种情景和思想的交融，理性的思辨让我们不仅走进了作者真诚坦率的心灵世界，受到启迪和教益，也让我们明白一个道理：散文创作必须具备深刻的内涵和深远的意境，才能"寓尖锐于委婉，寄深刻于平淡"，与读者形成强烈的共鸣。同时也让我们窥探到作者追求的人格理想、创作方法和美学价值。

三、柔婉纤巧的语言，呈现出色彩斑斓的画面

读晓荷的散文，还有一种很温暖的感觉，那就是如诗如画的语言让我沉醉。无论是文中抒发的浓郁的情怀和美的景致，还是如薄雾般飘荡的淡淡哀愁和徐徐悲伤，都是发自内心的诗意咏叹，都使我对散文语言的魅力有了新的理解和认识，即：文学是语言艺术。散文语言有着比较强的个性化特质，更大的语言表现空间，也承载着更强的语言表意功能。散文语言不仅可以准确地再现主体情感，而且还能最大限度地再现出主体在审美创作方面的个性与修养。它带给人美的愉悦和美的享受，完全可以如绘画作品般呈现出斑斓的色彩。

在审美活动中，色彩的美感是一般美感中最大众化的形式。绘画的艺术，在很大程度上就是调色的艺术，赤橙黄绿青蓝紫，本来只是寻常色，可一旦色彩体现出感情的时候，那就显现出不一般的美了。散文创作也是如此。现实生活中的色彩世界，以及色彩赋予人们的丰富审美情趣，必然反映到散文创作中来，散文的色彩描写，也就必然具有一定的美学意义。

我不知道晓荷在散文创作中是有意识地运用这种调色的艺术，还是通过自然的表述来无痕迹地达到这种效果，总之"用语言绘画"的成效应该是可圈可点的。

在《女人风光》里，她描写的红云就像一副色彩斑斓的油画，又如凡·高笔下色彩艳丽的画，让我们领略着晚霞笼罩大海的夺人心魄的美："突然，海天相连的高远处，一朵云仿佛被点燃了，倏然就燃烧起来。那燃烧着的红云仿佛长了翅膀，箭样的穿透云天，顷刻间朵朵流云燃烧起来，顿时，半边天被烧红了，连沙滩连大海连人，都氤氲在一派火红色的燃烧中了。"这样的描写，我也恨不得身在其中，去感受那激情的燃烧了。在《知秋香雨》中，她的描写呈现出清新淡雅的色调："想不到昨夜近乎残暴的雨竟然会制作出如此水灵的雨痕，悬在藤梢，似小妹水晶般的唇；滴在花蕊，如大姐翡翠样的眼；落在叶片，是少妇珍珠似的泪；那一条拐一个弯引领大树小草寻找家门的路，也是湿漉漉的，像是妈妈守着小院望穿儿女路的目光……"不仅描绘出一幅鲜活俏皮的图画，而且写出了雨滴的韵味、感觉及神态。这样的神来之笔，激活了整个画面，顿时有一种盎然的生机仿佛流溢出来。在《重走知青路》中，那描绘出的田园牧歌似的自然风光则如一副浓淡相宜的水墨画，使人的整个身心都沉浸在恬静、闲适之中："一棵树站在田坎上，树的上方是蓝蓝的天缥缈的云；一笼竹掩映着几间屋，荷塘边摇着几只鸭子，田坎上走着一个女人；土地青黄相间，黄的是刚刚收割后的谷茬子，绿的是还没有开挖的红苕藤儿……云特别的飘逸，随意地在池塘里描出一幅写意画，轻灵地在树梢吟唱一首朦胧诗，又借一袭青瓦泥墙洒一段缥缈的相思情……"这不能不让我们感慨，散文语言的确具有绘画一般的表现力。我们知道，写景是很难的，而"寄情于景"则更难，难就难在不落俗套而有创见。作者以色彩点染，不仅写得形象生动、色彩明丽，如诗如画，也写出了自己内心的感受。在晓荷的散文中，景物描写往往与一定的色彩相联系，她巧妙地运用色彩词点化景物，所以作者主观心理色彩的不同而呈现出的不同色调，流露出的不同情韵，就在读者的头脑中形成一幅幅五彩缤纷、色彩绚丽、喧腾激越、淡泊宁静的艺术画面，使读者在审美活动中得到美的启迪和美的享受。

2015 年 7 月

（此文刊于《四川散文》2015 年第 5 期、《堆谷风》2015 年第 4 期，选入团结出版社 2018 年《读你》评论文集）

于细微处见深情
——从刘晓欧《火柴》的选材说起

最近在《四川散文》"堆谷风"栏目中，读到了一篇由刘晓欧写的题为《火柴》的散文，给了我眼前一亮的感觉，随即一种潮湿的、暖暖的情绪在心头弥漫。

这是一篇怀念童年、怀念爷爷的抒情散文。整篇散文笼罩着一丝淡淡的乡愁，这淡淡的乡愁中又蕴含了对无忧无虑童年生活的向往和祖孙之间浓浓深情的追忆。而那一个个火柴盒子，则是作者与爷爷之间心灵相通的见证者——火柴传递着爷爷对作者深沉的爱！

生命里最难忘的感动是亲情，而亲情又是我们生命中最平常最朴素的东西。它如水般静静地流淌在我们的生活中，悄悄滋养温暖着我们的身体和心灵，它永远是我们心中最温柔的角落。虽然我们会因为它的平常而忽略，因为它朴素而忘记，可是当我们伤痕累累，满心疲惫之时，最先想到的只能是我们的家和我们最亲的亲人。因此亲情是散文永恒的主题之一，而描写亲情的文章也俯拾皆是，其中能深深打动人的不同凡响的作品的确也不多见。这篇文章之所以能让人感动，也正是抓住了亲情中那一份纯朴、自然以及浸润在血液中延绵不绝如水般潮涌的对亲人的思念。但更重要的是我认为这篇文章在选材方面有其独到的地方。

对于一篇散文来说，要想产生好的效果，精心选择恰当的材料来表现主题尤为重要，特别是描写童年的文章更是如此。在人的一生中，旅途崎岖修远，前行的路上充满无数的变数，要想达到自己人生的目的，需要经过千锤百炼，很多经历会被人生的风雨磨蚀，但童年的经历却历久弥新。这是因为童年是人生的起点站，而故乡则是人一出生就生活的地方。故乡的花草树木、山水溪流，亲人的一颦一笑、亲吻责骂，邻里乡亲的音容笑貌，儿时伙伴的争吵嬉闹都如烙印般镌刻在自己的记忆中。但在写童年时，这些材料却不可能都纳入其中。因为选用什么样的材料，对一篇散文产生的效果至关重要。如果材料选取精当，就会起到"聚焦"的作用，写出来的散文就有较高的审美趣味，能给人美的享受。《火柴》的作者，也许深谙"弱水三千只取一瓢饮"的道理，选一瓢也许总有对三千弱水的遗憾，但只一瓢，就已足够，所以围绕"火柴"——实质是"爱"这一主题所选取的材料，是经过推敲的。这些看起来零散的、细微的、很不起眼的材料，被作者那种埋藏在心底的，对纯洁童年的怀念，还有思念爷爷的那根红线串在一起，表达出了"火柴"中所蕴藏的丰富内涵了。

作者在开篇就直奔主题，写了童年时山乡经常停电，爷爷领着他到小卖部买火柴，而小孩子怕黑，常会划亮一根火柴照亮回家的路。虽然一根火柴的光亮是弱小且短暂的，但却能让人鼓起勇气找到回家的路。这一束微弱的光，带给一个孩子的感觉，是家的温暖和光明。接着作者写了长大后离开山村的家，来到城市生活后的纷扰和内心的苦闷，巧妙地运用夜晚城市的灯光来衬托自己烦躁的心境。同样是光，却带给读者迥异的感觉。他在文章中写道："夜晚躺下时，路灯不会随我的入睡而熄灭，满街的灯光照亮我房间的一角，我尽力把窗帘布满窗台，不让一丝光亮射入，只为寻找农村黑暗中那空寂的感觉。这种感觉却不可多得，总有那一点不听话的光随意进入，去打扰我不想被打扰的心境，牵出我满脑的思想和情感，肆无忌惮地占据我的心，烦躁也就随之而生，每一夜都让我在梦与光的交织中挣扎。"这城市夜晚璀璨的灯光带给作者的感受是"打扰我不想被打扰的心境，牵出我满脑的思想和情感"，所以当母亲要他回家时，他在春节前便踏上了回家的路。"然而在火车上的这几百公里，我竭尽所能想把思想留下，让一个纯洁的我去见母亲，可我没有做到，我是带着满脸的疲愈和忧郁到家的。"这一段描写，让读者既感觉到作者对现实生活的无奈，又再次碰触到作者内心深处最柔软的角落，即对纯洁童年及亲人的依恋。

《火柴》一文在此之前的描写，也就是所选取的材料，与其说是巧于构思，不如说是对表现主题的铺垫，因为作者在后半部分继续挖掘出生活中那些"小"但却"深"的材料，运用细腻的情感表现手法和质朴的文字，将《火柴》这篇散文的内涵演绎和诠释了出来，让读者沉浸在一种美好的情感中。如作者回到爷爷的老屋，就感觉城市的喧闹、繁华在此时被抛掷脑后，没有那些多余的思想，回到了无忧无虑的童年，回到和爷爷在一起的时光。于是作者随手翻动小时候玩过的玩具，发现了"在抽屉角落一个纸盒里，我看到一盒盒有火柴、没火柴的盒子，有些是我小时候点完后的空盒子，有些是剩有火柴的盒子，那些没有动过的，我想是爷爷买下来留给我的。"文字在这里戛然而止，这短短的70多个字，则恰到好处地将爷爷对作者深沉的爱表达得韵味悠长。如果我们设想，作者在这段文字的后面再加上些自己的感叹或者再描写些别的什么东西，那就不会给我们留下想象和回味的余地，我们也不会从"火柴"这么微小的物件中，体味到爷爷对孙子这么细致入微而又博大的爱了。

接下来是结尾："我躺在老屋的炕上，划亮一根火柴，它燃起的那一刻，这弱小的、短暂的光，在黑暗中足以照亮一个人的内心。临走时，我特意怀揣了一盒，我在异乡，故乡就是那一支支火柴，每一次想家，家都会在我心中划亮，那一丁点，就足以燃起爷爷的爱，让我体会到温暖。"我认为，这个结尾不仅首尾照应得好，而且在看似平常中还蕴含了一种力量，因为它使结尾有了一种张力，使这篇散文有了更深的意义，使主题更为突出——在纷繁的红尘中，因为有了那一份亲情在，不管距离远近，无论喧嚣寂寞，我们的心始终是安稳从容的。

总之，这篇文章无论在使用材料还是写作方法上，都避免了陈旧乏味，做到了新颖妥帖，立意深刻，虽然没有荡气回肠的故事，却也深沉耐读。这使我联想到写散文应该注意的问题：一是要深刻地思考生活，对人生有深刻的感悟。这样才能发现生活中美的东西，发现生活中的诗意和哲理。只有对生活和人生有着深刻的思考，才会创作出具有深刻思想内涵的散文，才能征服更多的读者。二是要精于立意。散文的"意"是存在于深厚的生活土壤和浩瀚的生活海洋中的。要获得它，必须依靠我们对生活的深入观察、感受、理解。因此，散文立意只要从生活实际出发，凭着鲜明的感受，敏锐的观察力和丰富的想象力，就会在稍纵即逝的灵感中捕捉到心灵的颤动和思想的闪光。三是善于构思。构思是写作者对生活素材进行去粗取精、去伪存真、由此及彼、由表及里的加工和提炼。写作者要在构思中为散文的思想内容寻找尽量完美的艺术形式，使思想性与艺术性达到和谐的统一。

　　以上是我在读《火柴》一文中的一些感想，这些感想也许是肤浅的，也许还有不成熟的地方，但有感而不抒发，既是对作者的不尊重，也是对自己的不负责任，因此也就写了以上文字。如有不妥，请作者和读者们原谅！

2011 年 9 月

（此文刊于《堆谷风》2011 年第 3 期、《四川散文》2012 年春季卷）

和你一起看美国

——程奇生《近看美国》读后

因为四川省散文学会理论部要召开程奇生先生《近看美国》作品研讨会，也因为程奇生先生的这本书参加了"四川首届散文奖"的评选，更因为我的侄女梦雪马上就要启程去美国攻读博士学位，所以无论是作为四川省散文学会理论部的部长还是"四川首届散文奖"的评委，还是梦雪的亲人，我都需要认真、细致地拜读这本书！在这个炎热的夏季，当阅读成为我的主要生活时，所有的烦恼和忧伤都离我而去，阅读中的一路风景、一路哲思让我阅读的快感不断发酵，也让我的心胸不断开阔，思维的天窗也因书籍的滋养而更明净。

应该说，《近看美国》是一本耐人寻味的书，也是给我在这个炎热夏季里的阅读生活留下深刻印象的书。程奇生先生用自己在美国的生活经历，采用日记体的形式写成的这本书，为我们打开了一扇多角度了解美国这个创造了 20 世纪神话国度的窗口。

如果我们想为 20 世纪以来的社会话题做一个统计的话，那么美国显然是被人们提及最多的一个国家；如果可以用一个国家的名字来描述或者代表这 100 年的话，那么美国就是 20 世纪当之无愧的名字；如果有人把这 100 年中的人类赞美语言加以分类的话，那么美国得到的溢美之词无疑最多；如果把这 100 年间世界上的各种批评与斥责做一个归结的话，那么美国又当之无愧地是人们最该诅咒的一个国家。

那么美国究竟是一个什么样的国度，它为什么会成为世界关注的中心？我相信，许多人心中是充满了好奇与疑问的。因为仅在200多年前，美国还不是一个独立的国家，1776年的反英独立战争，才为这个现代超级大国奠定了基础，美国这个新兴国家才就此异常迅速地发展了起来。从19世纪80年代起，它就成了世界发达国家的代表，近年来虽然金融危机仍然是困扰美国的问题，但依然没有动摇它世界超级大国的地位，它依然吸引着世界各国的学子趋之若鹜，依然是移民首选的国度。这一切似乎都告诉我们，美国是一个我们必须正视的话题。但我们知道，真正的美国并不是靠神话塑造的，它的背后有无法割断的历史成因和广泛的社会基础。

长久以来，对于美国，我的心中是有一个愿望的，那就是飞越太平洋，踏上那片异域，亲自去看看和体验一下那里的生活和文化。这个愿望在今年的夏季似乎很快就要实现了，我顺利地办完了去美国的签证，本准备好送侄女梦雪到美国，然后做短暂的停留，到感兴趣的几个地方旅游，可是临了却因一些别的原因不得不放弃了这次赴美的计划。这实在是一件令人遗憾的事。好在程奇生先生的《近看美国》让我在深感遗憾的同时又有了一些慰藉：就随着程先生的笔触去神游美国吧，也许这种体验比浮光掠影地旅游会更加独具魅力呢？

果然，当我拿起这本书后就再也舍不得放下了，书中平实的语言，娓娓道来的记叙，客观记述不加任何评判的写实态度都深深地打动了我，而文中所反映的美国的生态环境、居家购物、社交礼仪、学校教育、社区活动、节日文化、画脸习俗、医疗制度、交通状况、宗教活动、选举游行等美国社会的风土人情、政治经济等更是让我重新认识了那个既熟悉又陌生的国度，而其中反映的自然生态和儿童成长的内容和灵动的文字给我留下特别深的印象。

优美的自然生态环境让人心驰神往。在书中，程奇生先生几篇记叙美国森林公园的文章给我留下极深的印象，进入公园，就像投入大自然的怀抱，空气清新宜人，萋萋绿草、巍峨大树一望无垠，鲜花绚丽多彩、湖水清澈见底，小鸟等动物与人和谐相处，优美的自然生态环境使城市和乡村风景如画。

随着程奇生先生对在美国的孙女、孙儿生活和受教育情况的描述，我看到一个完全不同于我们的儿童成长和接受教育的社会氛围和环境。美国的学校没有应试教育，学校好坏很难从教学成果这个层面做判断，因此儿童的教育较为轻松、实用，对儿童基本不施加压力，任其天性自由发展。老师要讲的课堂知识，都在教学中解决，回家后没有课外作业负担，即使有，也是几分钟就做完了，剩下的时间大都是自己玩，或看课外书。学校还有校车每天接送孩子，而校车的安全程度远远大于私家车，学生只要交纳很少的钱就可以享受从家门到校门的接送服务。美国人不娇惯孩子，崇尚户外活动，只要有机会都会让孩子到外面玩，很少会把孩子关在家里学习，而是想方设法为孩子创造玩的条件，让孩子在课外时间和周末尽情地参加各种活动和体育运动。我还从书中看到，美国的公共设施几乎全都充分地考虑到了儿童的需求和爱好，为儿童设想得非常周到，公园都有儿童游乐设施，图书馆都有儿童图书室。图书馆还会为不同年龄段的孩子举办各种有意义的活动，美国人都习惯从图书馆借书而很少买书……这些都让我耳目一新，因此我的脑中印满了程先生的孙子孙女无拘无束自由生活和活动的场景。其他如美国的交通、医疗保险和家庭医生制度、选举和州、县政府的简陋，以及注重保护历史遗迹等文化现象，也给我留下极深的印象，让我透过程先生经过精心选材和谋篇布局、生动细致描写而又简短的文字，思考着东西方文化的差异，咀嚼着耐人寻味的方方面面。

平实的文字与灵动的词组巧妙结合，成为阅读中的另一道风景。在捧读程奇生先生的《近看美国》一书时，一个一个别出心裁的词语从文中跳出来，映入我的眼帘，于是不由自主地感叹，文字真是个不可思议的东西，特别是当平实的文字与灵动的词组精心组合在一起，所产生的效果也会成为另一道风景时，这种锤炼文字的功夫就的确是冰冻三尺非一日之寒了。正如程奇生先生的女儿林歌尔在《亲情与文字》一文中所说的那样："父亲的文字已经接近较高的文学境界。这样的文字就有了弹性，有了想象的空间以及延伸的可能性。让读者自己去感、去品、去悟、去发挥……如果有心，还可以拨开文字的外衣，去发现和探寻其中的内涵和深意。由此，父亲的文字便厚重和大气起来，有了气象。"阅读中，我常常被程奇生先生的神来之笔打动，如在描写飞机的飞行时，他是这样写的："飞机急速上升，只见太阳鲜红的脸庞在窗口上下闪动几下，没有冲进机来，就没奈何地沉下去了"，这里的"冲"和"沉"都极富动感；在参观国会大厦时，还耳机给讲解员的场面也写得非常生动："收耳机忙不过来，就干脆伸直双手，叫大家把耳机往他（她）的手臂上挂，一时他（她）的两只手就挂满了耳机。耳机线长，耳机又多，有几十个，这时他（她）的双手就像裹着一层黑布，吊着长长的黑须肿胀起来。"这里的"肿胀"读来也让人浮想联翩，忍俊不禁；还有如"去机场路过华盛顿上空的飞机，藏不住身，被我从树的缝隙里，一架一架收进照相机""说是街，实际上只有20户人家，而且排列很不整齐，有的跑到坡上，有的缩进林里""公园里有许多大树，经不住风雨雷电，倒在地上休息了""天空突然扯开，一片暗绿的湿地里，立着密密麻麻的没皮没叶的光杆高树"……句子中的"藏不住身""跑到坡上""缩进林里""倒在地上休息了""天空突然扯开"等形容，都让文章灵动起来，让其内在的情味、意蕴、理趣等得到充分的表现，使文章具有了一定的质感，也成为留给读者的一道特别的风景。

虽然程奇生先生的这本书给我留下了深刻的印象，但读后也有一些遗憾，如书中缺少记述美国社会中发生的一些诸如暴力、吸毒、性泛滥等另一张面孔的描写，如果增加一些这方面的描写，《近看美国》这本书就会显得更为真实和厚重。不过，也许程先生在美停留的时间只有半年，不一定就会看到这些负面的东西，从这个角度讲，这个建议就显得有些牵强了。另外书中的图片如果是彩色插图也许效果会更好，但愿本书在以后的再版中能注意这个问题。

2011 年 9 月

（此文刊于《四川散文》2012 年春季卷）

人民是天

——观看电影《郑培民》有感

好久以来没有这样被感动过了。电影《郑培民》让我感动得泪流满面，并使我的心灵又一次受到洗礼。

湘西，重峦叠嶂中，一条蜿蜒的公路盘山而下，宛如一条银色的带子从山岭飘然而至。公路上，彩旗飘飘，锣鼓喧天，朴实的苗岭山民身穿节日盛装，翘首以待从远处传来的新公路通车的第一声指令。这就是电影的开始和结尾展现在我们眼前的画面。

电影的画面切换到了十年前，刚刚出任湘西自治州州委书记的郑培民，拖着病体、杵着木棍到全州最偏远、最贫困的火龙坪村考察。村民极度贫困的生活条件让郑培民震惊和感伤，他连夜召开了党支部会分析火龙坪村贫困的原因，向村民郑重许下一个承诺：一定要帮助火龙坪村修建一条连通山外世界的公路，让山里世界和山外世界息息相通，让贫困的山民早日富起来。从此，郑培民的生命就和这条山路、这块土地联系在了一起。影片以回忆的方式重点描写了郑培民同志在调任湘西前后，一直以"做官先做人，万事民为先"作为自己的准则，廉洁从政，尽职尽责，鞠躬尽瘁，为改变贫穷的湘西所做的一系列感人的事。他以自己的实际行动指明了一条真正的中国共产党领导应该走的路，一条带领人民走向富裕的路，从而赢得了人民群众的衷心赞誉。

影片之所以能够打动观众的心，我认为正是因影片本身的质朴。质朴的人、质朴的事、质朴的叙事方式，质朴得就如同我们生活中天天遇到的人和事。影片的故事是在与郑培民有过交往的几个普通人中深情地展开，通过这几个普通人刻骨铭心的思念和怀想，让人在潸然泪下的同时不禁感慨："一个共产党员用自己的一生来实践他对贫苦山区人民的一个承诺。这样的官多好，这样的朋友多好，这样的人多好。"影片描述的是一个优秀共产党员的形象，但跟以往类似的宣传影片不同，该片描述郑培民这一典型时非常人性化，非常真实，让观众在欣赏之余有一种非常强烈的时代感。比如，郑培民在下乡考察期间积劳成疾累倒了，他想到的是有可能再也看不到爱人，无法弥补多年来因忙于工作而对家人的亏欠；准备赴京参与十六大筹备工作之际，他带上爱人去公园拍照，享受短暂的二人世界，同时也向爱人一吐心中的愧疚之情。与他形成对应的另外一位湘西的干部，虽然也很想为湘西的父老乡亲们做实事，但他为官的立场却一直摇摆不定，在修路资金短缺的压力面前，他选择了去向群众摊派；在政绩的压力面前，他选择了挪用修路资金。最后，怒其不争的郑培民准备将其撤职，还是乡亲们前来为他请愿，面对此情此景，郑培民语重心长地教育他："你这个干部不是我提拔的，是人民选了你，赋予了你权力，你要为人民办实事。"寥寥数语，振聋发聩，发人深省。

每个人都会选择一条自己要走的路，这条路该怎么选？郑培民同志选择的是一条为人民谋利益的风雪路途，官做得虽不轻松，但却以实际行动赢得了人们的尊重。党的形象是抽象的，而一个党员的形象是具体的，党是由众多党员所组成的，每一位党员，尤其是领导干部的形象关系到党的执政能力和长治久安。本片所塑造的是一个以民为本，勤勤恳恳为人民工作，忠于党，忠于国家，一身正气，两袖清风党员领导干部的形象。这部影片在很多方面唤起了人们对现实更多的思考。让我们的心灵得到一次洗礼，思想得到一次升华。

2004 年 5 月

(此文刊于《天府影视》2018 年 7 月 1 日"影评"栏目)

有一种爱，痛彻肺腑
——《山楂树之恋》为什么能动人心魄

已是凌晨4点了，床头的灯依旧亮着。我拥被而坐，斜靠在床上看着一本书。身旁的丈夫沉沉地睡着，打着均匀的鼾。他哪里知道，此刻我的感动、我的忧伤正在这夜的帷幕中倾情而出。

此时，我的眼里早已蓄满了泪，眼睛一眨，泪水便如断线的珠子滚落下来，心像被刀子割了似的，钻心地痛，我想我的心也在哭泣——为静秋，为老三，为他们凄美的爱情，为远去的那段早已在记忆中尘封的岁月，为一个叫艾米的作家写的那本书——《山楂树之恋》。

可爱的山楂树啊，白花开满枝头，
亲爱的山楂树啊，你为何发愁？
……
最勇敢最可爱的，到底是哪一个，
亲爱的山楂树啊，请你告诉我。

故事就在这首美丽凄婉的俄国经典情歌《山楂树》的铺垫中展开。

这是一个发生在20世纪70年代初的故事，那是一个人们思想受到禁锢，心理、生理都极度压抑却又对美好的事物充满憧憬的年代。一个出身不好的城市姑娘静秋与一个军区司令员的儿子老三真挚相爱，但却经历了生离死别的凄惨遭遇。这生离死别揉进了太多那个特殊年代的痕迹，而在静秋与老三悲情的人生中却闪烁着人性的美和光芒。

悲苦的年代产生了世上最圣洁的爱情。

常和朋友感叹，我们正生活在一个被物质化了的时代，充斥在我们周围的是金钱与财富、权力与贪婪、暴力与性泛滥，就连人类最美好的情感——爱情，也被时下一些人烙上浓浓的商品的印记。而《山楂树之恋》中的老三——孙建新，让我重新感受到了爱的尊严与神圣。

老三对静秋的爱是深入骨髓的。这种爱已经超越了单纯的儿女之情，也不再是物欲与情欲的演绎。由于特殊的家庭背景，使他拥有了那个特殊年代中别的男人很难具备的素养。在他的身上，在爱情面前的炽热和纯朴与超越那个时代的清醒和理性是那么和谐地并存着，让我们看到了一个至善至美、至纯至真的人物形象。

老三真的让我好感动！

当老三敞开自己炽热的胸怀去爱静秋时，表现出来的却是默默地付出。当静秋不愿接受老三的帮助，去打零工挣钱补贴家用，脚底被石灰烧了很多小洞时，老三心疼得泪流满面。当静秋不肯上医院治疗时，老三用刀在自己的左手背上划了一刀……

当面对静秋的自卑时，他让静秋认识到自己所拥有的才华，并告诉静秋，她父母蒙受的不白之冤，并不是他们的过错……三十年河东，三十年河西，今天被人瞧不起的人，说不定明天就是最受欢迎的人，所以不必为这些社会强加的东西而自卑。要知道，在那种特殊的政治背景和社会舆论中，人人说话都谨小慎微，不敢越雷池半步，而老三却用他独特的政治鉴别力和观察社会的能力，鼓励静秋战胜自卑，坦荡做人。

为了让静秋能顺利顶职转正，他强压住对静秋狂热的爱恋，答应静秋的母亲一年一个月不再见静秋。当他对静秋的爱如火山般爆发，想要带着对静秋的爱飞到极乐世界去时，也没忘了要将一个完整的静秋交给以后爱她的男人。当知道自己将不久于人世时，他悄然离开了静秋，为的是让静秋能无忧无虑地生活，能够坚强地活下去。

我泪流满面！

这是无私的大爱，这种爱，光芒四射又令人痛彻肺腑！

2008 年 1 月

（此文刊于《散文潮》2008 年春季卷、《堆谷风》2008 年第 1 期）

凝固在岁月中的人生音符

"在时空转换与岁月流逝中，人生旅途上总有一抹风景，无论经历多长时间，都能萦绕于心间；总有一抹情怀，伴着岁月的风雨，都能荡起心底柔柔的暖。曾经拥有的谁也无法抹去，那些或感动或痛苦的片段被封存在记忆里，经久而不褪色，人生路上，多味人生使人咀嚼回味。"这是我在看了四川省散文学会最近出版发行的《四川散文大观》第7辑"多彩人生"中的那些文章后所生发出的感慨。应该说，之所以有这样的感慨，源于编辑这本书的主编们独特的视角和这辑文章的真实情感和丰沛思想，它在我阅读的过程中如闪电瞬间照亮了心田，又如一缕阳光，让荒芜的心田瞬间滋长出繁花。

重情感恩，折射出人性中最美好的光辉。"多彩人生"中有多篇涉及人在纷繁复杂的社会中应采取的人生态度的文章，它们从不同的侧面道出了"人要重情感恩"的肺腑箴言，而其中百岁老人马识途先生的文章《我当名誉主编了》、李致的《缅怀江明》、卢子贵的《彩蝶飞舞》，读后令人心中生出阵阵暖意。一个在国内外享有盛誉的作家和文化名人，居然心甘情愿地当上了《四川文学》杂志社的名誉主编，并引以为荣，其缘由是《四川文学》是马老踏进文学圣殿的第一道门槛，是他在文学百花园中驰骋了60多年的主阵地，是他应《四川文学》常务副主编高虹的请求，愿意回馈和帮助《四川文学》在改版时取得一定社会效应的举动。一种感恩的情怀扑面而来，让整篇文章熠熠生辉。而李致的《缅怀江明》，则用深情的笔触，记述了作者与江明"文革"期间在"五七"干校和同在四川人民出版社工作时的一段难忘的经历与在逆境中建立的深厚情谊，特别是文中那句"出版社没有陷于内斗，与江明头脑清醒，执行政策好是分不开的，不能因为江明离开了出版社而忽视了他的功绩"似一股暖流在心中流淌，让人不能不为这种重情重义，对帮助过自己的人念念不忘其功绩的高尚人格而感动。卢子贵的《彩蝶飞舞》则以秋天为意象，直抒胸臆地阐发了自己对"生命的秋天"应取的态度："如果不知道珍惜自己，胡乱折腾，其结果恐怕比秋声摧残万物更可怕。"同时通过对满目凋零，"凄凄切切，呼号喷发"的落叶和那个穿红衣扎小辫，蹦蹦跳跳、飘飘忽忽，像彩蝶飞舞的小姑娘稚声奶气地提醒作者："这里有梯坎，老人家要当心点。"并用手机的亮光帮作者平稳走下石梯的强烈对比描写中，使读者看到了一位老人和一个小女孩纯净透明的心，体味到作者因小姑娘的纯真而从心底流淌出的对生命的感叹："这不就是秋天里的春天吗？"这三篇文章通篇都没有感恩的字眼，但读者却从字里行间读出了浓浓的重情感恩，而"重情感恩"则是人性中最美好的光辉，是当下社会急切呼唤的美好品格之一。

爱情之花，让风雨人生溢满馨香。亲情、友情和爱情，是文学作品永恒的主题，而爱情的甜蜜和独有的芬芳，则让这个主题绽放出奇异的光彩。因为世界上没有任何一种鲜花，能够像爱情这朵心灵滋养的鲜花那样奇特、绚丽；也没有任何一种花香，能如爱情之花香得那样浓郁持久。在人生旅途上，收获了爱情的人是幸福的，而历经风雨的爱情却历久弥新，则是爱情的神话。这神话并没有披着神秘的外衣，而是如水般浸润着平淡的生活，两个人或相濡以沫地走完人生之路，或在心里永存那份纯洁的爱，这或许就是爱情的至高境界了。田正芳《带雨的玫瑰》一文中，绵绵秋雨中云子不肯买伞，记忆深处飘摇而出的那条永林从伙食费中省下钱给云子买的湖绿色百褶裙，而因为拮据，又将百褶裙变卖后准备给永林和孩子们买两把伞，以及在雨中不买伞却买了一束黄色玫瑰花蕾，那束黄玫瑰在家中绚丽绽放，那条从未穿过的百褶裙和那把没买的雨伞成为心中永远的温馨记忆。那束开放在云子心中永远美丽的玫瑰，让人们体味到艰辛漫长的平凡日子里，因爱情的滋养而心中充满幸福。向洪亭的《老伴》，则向读者展示了一对老夫妻，虽然物质生活简单，但精神生活富有，一个赋诗，一个书法，珠联璧合，浪漫依旧，几十年风雨同舟，患难相扶，爱情之花如他们在结婚纪念日里老伴特意买的那盆红玫瑰般美丽开放。作者的一句"人生不求有多少财富，只要平安、健康，有丰富的精神生活足矣，夫妻恩爱到白头，是人生中最幸福的境界。"道出了爱情的真谛，让读者掩卷之后还回味无穷。而何一东的《祝福不相忘》，则描写了在漫漫人生旅途上虽然与纯洁的爱情擦肩而过，却彼此牵挂，真诚祝福曾经的爱人永远幸福的宽阔胸怀和美好的情愫。这样的文章给人的感触是很深的，它让我们看到了爱情之花让风雨人生浸满了馨香的美丽，品味着在爱情甘露滋养下人生的绚丽多姿和生活的韵味。

注重细节描写和情节的跌宕起伏，使文章呈现出摇曳多姿的情态。"多彩人生"的文章大多是写人物的，但不管是人物的心灵世界，还是人生经历，都写得淳朴感人，有些还比较注重细节描写和情节的渲染，这使得散文这种文体在写人记事方面显得立体和饱满起来，也使收进这辑的文章无论是内容还是形式都呈现出多姿多彩、摇曳生辉的情态。这在裘山山的《失之交臂的二等功》、余勋禾的《流沙河教我识星空》、谭凯的《雪楼访洛夫》、叶红的《人与蕨的叠景》、余启瑜的《守自行车的老太婆》、吴映兰的《奶奶的铜烟杆》、章夫的《百年外婆》、林克强的《班花》、贾登荣的《"黑人"彭幺》、胡毅的《平凡的爸爸》等文章中体现得尤为突出。如余勋禾的《流沙河教我识星空》用饱满深情的笔触，描写了少年时期的作者与九哥流沙河遥望星空的情景，九哥渊博的天文知识和带神话色彩的故事，让作者的想象似长了翅膀一样飞向渺远的太空。这些集知识性和趣味性为一体的天文知识让作者沉迷不已。他运用细节描写成功地把这种沉迷展现在读者眼前："某一夜，我在一条路上对空观察，两边全是水田，周遭蛙鼓如歌。有时为选取角度，需要横竖进退移步调整，'扑通'一声，那次我失去平衡踩下水田，待拔出腿来，凉鞋却陷进泥里，我不得不挽起袖口，从田泥中掏出那只鞋，自己已笑得合不拢嘴了：'如果可以一心两用，那才好呢……'连天上的星星，似乎也在眨眼笑我的痴迷。"这段文字因细节描写的润色，让人看到了一个痴迷天文知识的少年的天真顽皮和童趣，给全文增添了不少韵致。而在情节渲染上，余启瑜的《守自行车的老太婆》和吴映兰的《奶奶的铜烟杆》同样让人领略到散文情节渲染的魅力。在《守自行车的老太婆》中，作者讲述了公厕门前一位"七十岁上下，脸色黝黑瘦削，布满皱纹，上眼睑松弛地搭下来，把眼睛弄成了三角眼，嘴也有些瘪了，尤其是在她张开嘴衔烟的时候，还能看到她残缺的牙。因为她卖烟，又因为她抽烟，就很难想象她含饴弄孙的慈祥"的卖香烟的老太婆，因城市清理"出摊占道"烟摊消失，又在公厕对面的电信局营业厅门前突然冒出的自行车寄存点当了一位守车人，收费不按规定收2角，偏要收取3角，因此招来大家的不满。当作者去寄存自己那辆崭新的"欧拜克"自行车时，这个身材矮小外表看起来有点散乱的老人却要收取5角钱的寄存费，引发作者心中的愤然。后作者交完电话费去取车时，发现自己的自行车钥匙不见了，正在焦急寻找时，那个守自行车的老太婆将钥匙交给了作者，使作者对老太婆的种种偏见顿时消失，而从此每存车时都会给老太婆一个会心的微笑，没有见到老太婆后心中甚至充满牵挂。这一系列的细致描写。由于作者富于戏剧性的矛盾冲突和事态发展描写而层层递进，活灵活现地刻画和讴歌了一位生活在社会底层、生活拮据，其貌不扬的小人物美好的内心世界，既体现了作者行文的细密周到，又展现了作品的艺术感染力。同样，这种跌宕起伏的情节安排在吴映兰的《奶奶的铜烟杆》中也得到很好的体现，使读者在读完整篇文章后不得不为奶奶和她的铜烟杆的传奇经历而心动不已，并留下挥之不去的深刻印象。

　　这让我体会到，有了感人至深的细节描写，文章就具有了别样的意蕴，散文中的形象和感情就能丰满并具有勃勃生气。而情节则不仅能给作品的表现力提供帮助，让作品中塑造的人物鲜活起来，也有助于文章主题的表达，更好地增强作品的感染力和艺术性。

从这个意义上来说，我们是要感谢这本书的编者和作者的，因为那些凝固在岁月中的人生音符，是可以让我们的心变得柔软又温润的。

2014 年 7 月

(此文刊于《四川散文》2014 年第 4 期，选入团结出版社 2018 年《读你》评论文集)

心灵的栖居

——在诗歌中留下最美好的时光

2020年7月初，因新冠肺炎疫情在全球肆虐，美国确诊病例已超过320万例，死亡人数已达13万例以上，在这个充满了悲情的夏天，因买不到回国的机票，我还滞留在美国女儿的家中，为不能按时回国而黯然神伤。

忽一日，在微信中收到萧开秀老师2018年度创作的诗集，尽管已是凌晨一点，仍迫不及待点开文档。在阅读中，一个温婉贤淑、情感细腻、将生活诗化了的女诗人向我款款走来，一种别样的情愫在心中萦绕，颇有春风拂面、心境清凉的感觉，又似乎寻找到安放身心的精神港湾，让惊惶疲惫的身心得到舒缓。

在接下来的日子里，只要有空闲时间，我都流连在她的诗作里，品味着那些韵味十足的心灵之歌，感受着她生命脉搏的跳动，理解着她对爱情、亲情、友情、乡愁以及诗歌的深切眷恋与脉脉情丝……

与萧开秀老师相识大约是在2010年左右，是在参加成都市"每月十五"文学社和"散花楼女子诗社"活动时认识的，交往中给我留下待人谦和、为人真诚、办事稳妥的印象。最近我国著名的诗坛常青树、"七月派"诗人和回族文学的标志性作家木斧先生今年3月15日与世长辞前，颤抖着手，在《心中蓄满露水的诗人——木斧评传》一书的封面上，为她写下"萧开秀，永别了，身上留下匆忙现金70元左右，请邮邮此"

的临终遗言，嘱托她将书邮寄给他的10位友人。而她也不负木斧老诗人的嘱托，费尽周折实现了他的遗愿，并完成了木斧精心选编的《木斧散文选》的校对、印刷和出版等一切事宜。这也进一步印证了我之前的印象。

  初识萧开秀老师时只是零星读过一些她的诗作，直到后来读了她的诗集《抿嘴的夕阳》后，才发现她的诗全然没有她这个年纪的垂暮之气，而是充满了一种创作的激情，透着女性诗人特有的清丽婉约、绵软轻柔的情调，保留着一种少女的情怀和在孤独中生命意识的充实感。而这本新的诗集不仅继续保留了这些特点，让我更为震惊和由衷佩服的是，她居然在2018年写下了409首诗，几乎是每天都有诗作，甚至有时一天之内创作了20首诗！

  为此，我深切地感受到，诗歌已深入到她的灵魂之中，成为她心灵的栖居之所，并让诗意葱茏的生活，留下了缤纷的色彩和耐人寻味的意蕴。

  她也让我意识到，作为一个诗人，在创作中一定要敞开心灵，不但要善于讴歌真善美，还要善于发掘和解读人类面临的终极问题，如自由、爱情、友情、亲情、乡愁、生老病死，等等。这些是每个人在面对生活时，都无法回避的现实问题，而一个优秀的诗人，则可以用自己独特的理解，站在哲学的高度来诠释它们。在萧开秀老师的诗集中，这些问题都多有涉及。特别是其中占不少篇幅的爱情诗深深地打动了我，这些诗极富女性的深情与细腻、纯洁与清澈，还有余音袅袅的美好与遗憾，后来我才知道，她曾在情窦初开的年龄，遇见了她一生唯一的真爱，但时势所迫，造化弄人，他们在各自的人生轨道中，相互守望着那份纯真的爱情，又由爱情演化为两个家庭的亲情。这种美好的情感长留心上，伴随她度过漫长的岁月。她用真情直抒胸臆，用纯真的语言，让心灵得到慰藉，既留下了自己一段时期的生命形态和心境状态，留住了生命中最美好的时光，又对读者产生了思想、道德方面的积极影响，构建了一个具有审美价值的精神港湾。

此外，这本诗集中的个别诗句，感觉有些晦涩难懂，也许是我欣赏的角度有问题，更主要是我对诗歌的写作还是一个初学者，对诗歌的理解尚需努力。

　　以上是我阅读萧开秀老师诗作后的一点粗浅看法，不妥之处，请萧开秀老师海涵！

2020 年 7 月 15 日于美国圣地亚哥

下 篇

静看花开

每一朵花儿，都有独特的芳香……

深入开掘　思辨创新
　　——序《穿越生命》
◎卢子贵

　　袁瑞珍同志原在技术性很强的中国核动力研究设计院工作，但她一直热爱文学，喜欢写作，作品不少，有的还在全国性报刊上发表过。退下来后，她参加了省散文学会，从事散文理论研究活动。经过她和理论部同仁的共同努力，把这个部门办得有声有色，引人注目。

　　大前年，我们一起去西安参加中国西部散文家论坛，请她在大会上发了个言。她在发言中说，搞散文理论研究，要学些经典著作，汲取古人的创作经验，更重要的是要结合散文创作实际，体会理论的重要，促使创作与评论并驾齐驱。她的发言言简意赅，受到大家的好评。

　　袁瑞珍同志学习努力，工作认真，很有办事能力，她原是中国核动力研究设计院党委工作部副部长，主管院宣传工作，现为省散文学会副会长。我们鼓励她多读书，多写作，多出作品，该出书时就出书。因为只有这样，才能充分展示作者的聪明才智，寄寓人生，从中获得美的慰藉。

　　当代散文作者众多，题材广泛，手法多样，语言新奇，可谓繁花似锦。但也有不少散文，不是浮泛，就是低浅，不是豪奢，就是空洞，很难触动人心，产生美感。散文作家应当有更多的思考，有表现复杂现实生活的能力，有打破惯性，不断创新的敏感和勇气。

　　最近袁瑞珍同志送来她写的散文集《穿越生命》清样稿，邀我写序。我读完之后，不禁连连叫好。因为它与当前散文创作普遍存在的问题恰恰相反，不是泛泛停留于表面，而是深入发掘，进行思辨创新，这就特别可贵。

　　这本散文集的各篇文章，都是现实生活的生动反映。其中6万多字的长篇散文《穿越生命》，写的是作者的外孙女。这个小孩正在读小学，天真烂漫，成绩优异，不仅能歌善舞，还能绘画、写诗。在读课文《风》时，这位小孩竟然写出了这样的诗句："谁也没有看见过风／不用说我和你了／但花瓣飞翔的时候／我们知道风来玩了／谁也没有看见过风／不用说我和你了／但是小草仰着头的时候／我们知道风来说话了。"这样的小孩，怎能不让老师喜欢，同学亲近，全家人都把她当作掌上明珠呢！可是在7岁半时，小孩患上了特别难治的白血病。从中药到西药，由成都医院，转到北京医院，又由北京医院联系美国医院。但是，由于病情不断恶化，这个小孩8岁半就去世了。在这近一年的治疗过程中，孩子的母亲和继父竭尽全力，想尽各种办法，花费了许多精力和财力。孩子的亲生父亲和外公外婆也参加到抢救队伍，他们团结合作，任劳任怨，投入抢治工作，不遗余力。这篇作品表达了作者对于生命的珍爱和思考，表现了人性的善良和光辉，所以读完这篇文章，不禁泪流满面，深受感动。

　　这本书还有多篇中短篇散文，虽不能说篇篇都精美，但都有独到之处，使人感到不同凡响。

　　学无止境，文无定法。我们的散文作品与当代优秀散文相比，还有很大差距，愿和瑞珍同志一起来深入挖掘，思辨创新，写出更多更好的散文。

2016年12月16日于成都浣花溪畔曼云斋

　　【注】卢子贵，原系四川省广电厅厅长、党组书记、总编辑，曾担任中国电视艺术家协会副主席、四川省电视艺术家协会主席，四川省散文学会创立者之一并任四川省散文学会会长。著名散文作家，荣获第七届冰心散文奖、四川文艺终身成就奖、中国散文学会"突出贡献奖"。已于2019年5月3日因病去世，享年87岁。

一朵绽放的永恒之花
——散文集《灿烂瞬间》序言

◎张立华

读罢袁瑞珍女士《灿烂瞬间》这本散文集，掩卷深思，感触良多。这是一部有情感温度、有思想艺术水平的散文佳作。文集中有岁月静好的时光，有至暗时刻的身心磨难，更有纵情山水间畅快淋漓的情感表达，也有辛勤工作带给她的别样情思。她所在的中国核动力研究设计院，是国家的战略高科技研究设计院，也是自然科学和人文科学交互生长的神奇地方，既承担着潜艇核动力的研制、我国第三代核电"华龙一号"的研发，也非常重视文化建设，重视文学创作。这里的科技人员不仅为我国国防现代化和核电国产化做出了杰出的贡献，同时也是热爱文学、艺术，具有人文情怀的人。所以这个具有浓厚学术氛围和良好科研环境的地方，也孕育着文学的种子，然后生根、发芽、开花。

文集用四个篇章涵盖了作者几十年的人生经历，浓缩了作者对社会、生活、工作的不同理解和感知体验，记录了她生命中最难忘的灿烂瞬间。她对故乡的怀恋，对生活的向往，对工作的热情，对生命的敬畏，对旅行的热爱，都是对美好人生的礼赞。这些无疑对她的文学创作是一笔宝贵的财富。她的人生是丰富的，经历过生死离别的痛苦，经历过地震这种大自然的洗礼，她的人生虽有遗憾，但每一时刻都充斥着爱的温暖，人间有爱日月长，心底无私天地宽。文集中深情的文字如一颗颗真善美的种子，根植于广袤的沃土，绽放出不败的生命之花；那些难忘的往事拨动着她的心弦，也带给我们更多的生活启示，去寻找生命中的希望之光。

人们常说，家是温暖的港湾，是一个充满爱的地方，它是疲惫时的一盏暖灯，是人们心灵的栖息处，它让我们的生活充满幸福和希望。

在开篇中，作者展示给我们的每一篇文章，虽短小精悍，但入情入理，阐释着对美好生活的深情与思索，饱含着生命的哲理。这些生活的片段，不是调色板的随意拼凑，而是每一个生命瞬间的最美绽放，是质朴纯真的语言，所迸发出的都是浓浓的爱，真挚的情。那字里行间藏着难以言表的至爱深情，但她笔力所及处又能克制情感，收放自如，创作手法达到了一定的高度。

生活走着走着，离开我们的亲人会越来越多，这是生命的无常。她经历的切肤之痛，让她对人生有了更深的理解，也只有这样的人生思辨，信念坚守，闪光的思想才能在此刻升华。她那些触动心灵的语言和女性的视角，娓娓道来更具艺术感染力，也是其人格精神的写照。那些往事又像一杯醇香的老酒，只有在慢慢品味中，才会感觉到它所散发的芬芳。她是一个热爱生活，有着仁爱之心，关注生命而又勇于担当的人。不难看出，她对人生体验有着新的认知，道出亲情、友情、爱情和生命的可贵，她对人性道德的底线和人性价值也进行了深刻的思考，这是作者精神海拔高度的提升。

这些篇什文字如生活的切片，用一个个感人的故事串联起世间温情的记忆。这是一种穿越生命的爱的呼唤，更是一种纯粹的良知与渴望。每个读者都会不约而同抵达她生命的灿烂瞬间，与作者产生心与心的共鸣，感悟此刻生命的不凡和伟大，让我们从中充满希望并获取养分，积聚起新的能量。

每个人都有无法言说的苦楚，但这是生活中都将面临的问题。只有坚持，接受挑战，才能勇敢地走下去。正如作家在文集中所言："不必去抱怨路途的不平，不必去斥责路途的曲折。你以洒脱不羁的超然神态，将奔腾的热情呈现在我的眼前，于是，你生命的所有意义，便在深秋的大地上绽放。"这朵生命之花只有历经风雨，才能激情绽放，凝固成永不凋零的能量，点亮我们未来的路。

作者来自四川省夹江县，是从"中国核动力工程的摇篮"中走出来的散文作家，她是青衣江水滋养出的美丽女子，她把对故乡、对中国核动力研究设计院的一往情深落墨于方寸之间。她的文学梦、读书梦、作家梦逐一实现，在不断地超越自己中，这些理想信念始终铭记在心，给予她人生旅途上的心灵慰藉和前行动力。

散文家需要敏感的神经，跟着内心行走，寄情于山水之间，抒发感怀，知行合一。这是行者对大地的歌咏，我们的身体和灵魂，总有一个在路上。故乡的云和雨让她魂牵梦绕，心与心相连，情与情相牵，梦里依稀不了情。这里是她心灵的归属地，眉山、德阳、广元、宜宾、乐山等都留下了她的足迹，她用坚实的脚步丈量大地的初心，汲取思想的甘露，滋养着她的心灵。只有心中载着巨大的善，心里才会多一点爱，这片土地才会多一份美丽。

作为一个蜀地散文家，她不单单是抒写家乡的美景，传播故乡的风土人情，描写她所在单位的那些为共和国的强盛而奋力拼搏的科学家和科研工作者的动人故事，更纵览整个蜀地的文化风貌。她的笔下如一幅幅精美的蜀绣画卷，徐徐铺展开来，唤醒我们对这些城市和那些已经逝去的岁月的清晰记忆。这是对故乡文化的保护，更是对蜀地文化的传承，为这方沃土留下了文化根脉和文化记忆。我想，这也是一种乡愁，而不是离开家乡才有的那份乡愁。

她的笔墨不只是蜀地，也点墨于神州各地，更横跨东西半球，把文学的视野放在更广阔的地方，来表达不同地域、不同人种、超越国界的文化融合。听见内心的声音，感到彼此的温暖，寻找人生路上美好的相遇，发现生命中精彩的瞬间。不管是在红色的圣地、文学的地标、核动力科学的殿堂，还是那些文化古镇、现代乡村，抑或是大洋彼岸的异域见闻，都随着她细腻的笔触，如鸟儿放飞的翅膀逐梦其间，最终抵达心灵的远方。这是对人性的理解和映照，对时代主旋律的讴歌与赞扬，对大自然的赞美与忧思，更有她独到的见解和危机意识，这也是一个文学工作者所应有的责任与担当。

我时常在想，有一天我会走入一片奇异的风景。那些诗化的语言，雕刻在时光的隧道里，留存着爱的温度。在竹林微风中，飘来一缕沁人心脾的幽香，在绵绵细雨中，回荡着一曲宁静致远的禅音。这本散文集展示的就是这样的一片风景，带给我心海中曾经梦幻过的那片蔚蓝。

我们不难看出，作者对文学的这份痴恋，已经成为她生命中不可或缺的一部分。作者进入写作状态时自觉屏蔽外界的杂音，保有一颗宁静纯粹的心。她通过深刻的思考拓展着读者的思维和感官的边界。她的文字轻快、细腻而又感性，颇有美感，给我们带来许多愉悦的享受，但更多的是对生活的感悟。她用文字疗伤，用语言抚平伤疤，她的每一个字符与内心都在进行着较量，最终源源不断流向笔端。这种文学的神秘力量是可遇不可求的。她的这种不放弃，不妥协，勇于坚持的写作态度，是她走向成功的必然。江河只有放低自己，才能容纳百川，只有激发潜能，坚持创新，才能赢得成功的曙光。

对于一个作家来说，首先要保持独特的写作风格，通过新的视角发现不一样的美，要深入思考，勤于观察，不人云亦云，不随波逐流，创作出叩击读者心灵、有价值内容、有思想穿透力的散文佳作。我们的作品不可能赢得所有读者的喜爱，但可以独辟蹊径，为社会小众服务。我们的散文作品更应该关注当下青年人的生活、女性的情感、日趋渐热的旅行文学等，尤其是散文作家，更应该成为与万水千山私奔的旅行者。不拿出私奔的勇气，不写出有深度的佳作，就不会让作品有持久的生命力，也不可能唤起广大读者的共鸣。

当今的文学创作其实是面临着很多挑战的。文学创作环境也不容乐观，但我们应该以乐观的、积极的生活态度去顺应时代的发展，通过挖掘人的内心世界，来做出自己的努力和改变，让这个世界变得温暖而美好。

我因为工作的关系与瑞珍女士多有见面，她给我的印象是一位优雅和善的知识女性。因为她的心中有一颗文艺的种子,所以才结出美好的散文硕果。她在繁忙的工作与生活中还坚持默默耕耘在文学的土地上,在生活的海洋中勇于探索,这是每一个写作者应该持有的态度。

这本文集,让我认识了一种花——依米花。这是一种沙漠之花,但它更是一种顽强不屈的生命之花。书中那些唯美的语言,富于哲理的思辨,让生命的芳华悄然绽放;那些刻骨铭心的亲情、友情、同志情,以及知青生活的峥嵘岁月,都像依米花一样不断地扎根深处,顽强生长,在逆境中坚持到底,才能迎来瞬间绽放的璀璨时刻。正如作者所描述的那朵娇艳绚丽的依米花——"用五年扎根、第六年吐蕊、两天的花期,在非洲干旱灼热的戈壁滩上,这是一个多么艰难而又痛苦,多么执着而又热烈的生命历程啊!这简直就是一种生命的极致——把轰轰烈烈的生命悄然化为了短暂的美丽。"依米花用生命的智慧给了我们更多的启迪,那就是:"只要生命一次,就要美丽一次。"

这朵花,她不是昙花一现的转瞬即逝,她永远都不会凋零,她即使枯萎也带给我们奋发向上的力量,让生命走向丰盈,最终幻化成人间大爱。这是我们共同的美好愿景,她将在美好的瞬间凝固永恒。

我衷心祝愿作者有更多、更美的散文佳作问世,给我们的生活带来美的享受和爱的温暖。等到有一天,当我们把散文爱到地老天荒的时候,文学之火还在激情燃烧,我想,那将是我们灿烂生命的一个美好底色!

2019 年 9 月 9 日于北京

【注】张立华,中国散文学会常务副秘书长、中国当代著名散文家。

深信人间有大爱

◎张人士

袁瑞珍的散文集《穿越生命》，给我留下深刻的印象，那种超越世俗的大爱，让我深受感动。我一直想为此写点什么，但琐务冗繁，因此搁置多时，于今才开始动笔。

认识袁瑞珍已有多年，我记得她曾是中国核动力研究设计院的高级政工师，退休后才加入四川省散文学会。她钟情于文学，为此下过许多功夫，因此一入学会便脱颖而出。她热情善良，情感细腻，感受敏锐，在生活上追求精致唯美。这些特点也反映在她早期的文字里，因而难免略有雕琢之痕。但她勤奋好学，写作很快便渐臻佳境。庄子说："既雕既琢，复归于朴。"袁瑞珍的散文也逐渐脱去雕琢之迹，而呈现出质朴自然的风韵。2017年，她的散文集《穿越生命》出版，并于次年荣获第八届"冰心散文奖"。

《穿越生命》一书分为"爱的礼赞""悠悠心曲""山水行吟"三辑。全书语言平实，但平中见奇；叙事自然，而暗藏巧思；感情强烈，却又从容不迫。

在外孙女璐璐身患白血病住院期间，袁瑞珍夫妇不顾年事已高，日夜为璐璐治病四处奔波。然而祸不单行，她自己又摔成重伤。躺在急诊室病床上，疼痛让她彻夜难眠。她无时无刻不挂念璐璐的病情，便开始着手记录挽救小生命的过程。由于右手无法使用笔和电脑，便尝试用左手在手机备忘录上一个字一个字地构词成篇，写下了两万多字的日记。此即是《穿越生命》这篇散文的雏形。

在我们交谈中得知她正在着手创作以救治患白血病的外孙女璐璐为题材的散文，并告诉我已经写了八千多字，题目暂定为《春天的梦魇》。我感觉这是个非同一般、情感丰富，很具现实意义的创作题材，于是建议她增加文字，扩成长篇散文。一段时间后，她告诉我，这篇文章写完了，共六万余字，题目改为《穿越生命》。

这篇文章长而有致，细而不蔓，纤而不乱，全文紧扣璐璐治病的主线，将所有亲人朋友如金线穿珠般地串联起来，汇合成一个护卫左右奉献爱心的团体，再现了人性之美，谱写了一曲荡气回肠的人间大爱之赞歌。语言朴实自然，叙事从容不迫，情感浓郁丰沛，极富文学才华，堪称一篇不可多得的鸿篇佳作。

《穿越生命》讲述了作者只有七岁的外孙女璐璐从生病到离开人世的全过程。在这篇六万多字的散文里，不论是继父伍忻诚、生父张冀对璐璐的深沉大爱，还是亲人朋友之间的互帮互助，抑或医生、护士、同学、老师对病中璐璐的热心关怀，无不让人动容。面对生命，他们心中生发出的善意、友爱和敬重，都让读者感受到了善的温柔和爱的暖意。

继父伍忻诚对紫影母女的爱，尤其让人感动。紫影离婚后，带着璐璐与忻诚走到了一起。虽然与璐璐并无血缘之亲，但忻诚却用浓烈的爱"让这个重组的家庭充满了温馨与浪漫，特别与璐璐相处得宛如亲生父亲一般。"这份爱体现在实际行动上，他曾规划过对璐璐的培养，计划让她出国留学，"要上小学时，曾为选择上哪所小学颇费了些心思。"尽管作者也猜测"这些举动并非单纯地体现出对璐璐的爱，而是爱屋及乌，从更深层面体现了他对女儿深深的爱。"但又有什么可苛责的呢？璐璐曾数次要求改姓伍，就是对忻诚之爱的感恩与回应。

当得知璐璐血液出现病变后，忻诚的言行举止，实在感人至深。作者用细腻入微的笔触，再现了他的爱女心切和家庭担当："一会儿，忻诚急匆匆赶到医院，见面劈头就问：'是不是医生搞错了，璐璐的血液怎么可能有问题？'又从我手里接过那张化验单，仔细地看着，脸上露出紧张的神色。他抱起孩子，向急诊观察室走去，脚步竟有些凌乱，也许这不到一百米的距离在他的脚下是那样长，他恨不能一步就把孩子送入病房。"

当突然遭此大变、全家人六神无主时，忻诚用临危不乱的坚定和沉着，抚平了大家的慌乱情绪："第一，依靠当前高速发展的现代医学科学技术；第二，依靠我们具备的一定经济能力；第三，依靠亲情的强大力量。"于是，救治行动有条不紊地展开。他的决心坚定不移，贯穿始终。知璐璐病重时，他对儿童医学专家王焗教授说："为了孩子，我会尽一切力量的。"他托舅舅打听国外和国内哪家医院治疗白血病最权威，"如果国外好，我就送璐璐去国外治疗，如果北京好，那就去北京治疗，我要不惜一切代价挽救璐璐的生命。"并安慰哭泣的紫影："我是下定决心给璐璐治病的，只要有百分之一的希望，我就要做百分之百的努力！"在璐璐治病期间，他辗转奔波，照顾璐璐，筹措费用，即使面对赴美国治疗巨额费用，他"无论如何也要去搏一下"。当最终无力回天时，他"带着绝望的神情来到探视窗"，"眼里蓄满了泪水，眼镜的镜片上一片模糊。"

这份人间大爱，让北京一家医院管理公司老总蔡强深受感动，也让北京出租车司机金涛啧啧称奇。作为岳母，作者对他也欣赏有加，甚至感觉他是"老天恩赐给女儿、我和丈夫最珍贵的礼物"，并慨叹"在当今这个真爱贬值的社会背景下，在那么容易失之交臂的情况下，能牵手茫茫人海，是一件多么幸运的事，女儿何其有幸能够与之携手，否则如何抗击这人生路上的暴雨狂风？"

生父张冀闻知消息后，也放下了旧时心结，全力以赴加入救治女儿的团队中。得知女儿患了白血病时，他的"眼泪吧嗒吧嗒地往下掉，一声不吭，脸上呈现出绝望的表情，这个突如其来的消息瞬间将他彻底打懵"。其后，在经济压力巨大的情况下，他陆续给璐璐筹措了十七万元费用，"已经尽了最大的努力"。当救治无望时，他遭受了极大痛苦，在寒冬的夜晚，徘徊于北京街头，"任凭呼啸的北风鞭打在身上，心像掉入冰窟般一片凄凉。"

璐璐去世时，守在病床一侧的张冀"看着女儿，眼里含着泪，握着女儿的手摇了摇，便步履踉跄地走出移植仓，来到一处无人的地方靠墙站着，双手捂住脸，眼泪便无声地从指间溢出，突然站立不稳，整个身子顺着墙滑下去跌坐在地面，随着一声低沉压抑的哭声从胸腔里出来，便不可抑制地抽动着双肩，大声地、绝望地哭起来。"如闻其声，如见其人，如感其情，其失女之痛，宛在眼前，不禁令人感同身受。

在这场生死竞赛中，还有紫影小姨、三嫂、小许阿姨、外公外婆等一众亲人朋友，都为挽救璐璐的生命尽心尽力地互帮互助。或献血，或筹钱，或为就医提供便利，或亲自到医院照顾……需要献血，十数位外地和在蓉亲友匆匆汇聚成都血液中心；在化疗期间，紫影小姨不断与医生护士沟通，小许阿姨每天换着花样给璐璐做可口的饭菜，外公则无论晴雨每日三次开车往医院送饭，三嫂则不厌其烦地为璐璐清洗消毒；到北京医治要花钱，袁瑞珍夫妇便将全部积蓄转给了紫影；张冀的大姐从成都赶到北京，"所有人几乎一夜未眠，在提心吊胆中挨到天亮"……

不仅如此，不少萍水相逢的人也加入这场拯救生命的行动中。其中，有那些生病期间来为璐璐补课和从未教过璐璐但却来医院看望璐璐的老师们，有那位素昧平生却主动要"为挽救这小女孩的生命出一份力"的北京出租车司机金涛，有那位为璐璐清理口腔创面时"心疼得直掉眼泪"的北京护士，还有那家为璐璐联系美国医院的中介公司——这家公司为孩子赴美治病做了大量工作，虽然最终未能成行，但根据合同应付费用五万元，可他们却提出不收费用，他们真心诚意对孩子关怀而宁可赔本，这是何其可贵！

除夕之夜，北京大雪纷飞，在医院病房里，却"充溢着和睦与温馨"。大家聚在一起吃饺子，气氛轻松而融洽。张冀衷心感谢忻诚，感谢大家为挽救女儿所做出的种种努力，说到动情之处，不觉下泪。"这种氛围极容易滋生感慨，因为它触碰到人心中最柔软也是最有力量的地方——爱与善良。"虽已承担巨大的经济压力，忻诚却主动提出将十七万块钱退还给张冀。他说："万一孩子真走了，不管怎么说我们还有苗苗，可张冀就没有孩子了，这对他的打击太大了。而且他目前处于创业阶段，经济上肯定不宽裕，还得重新组建家庭，开始新的生活，把这个钱退给他，也算是我们尽点心意吧。"能如此善待妻子前夫，忻诚之胸襟何其广阔！他的爱何其伟大！

为了不伤张冀的自尊，又切实能帮到他，袁瑞珍夫妇决定遵照忻诚建议，借机告知张冀将过去所欠十五万元欠款一笔勾销。在面对即将失去共同挚爱的悲痛之余，大家用宽容和爱互相慰藉，相互温暖，让感情和心灵得到升华。"我看着忻诚，看着女儿，看着张冀，看着屋里所有的人，看着他们脸上流溢出的真诚与善良，一种温暖的情愫如花儿般绽放。"

《穿越生命》，袁瑞珍用充满感恩的笔触讴歌超越亲情、感天动地的人间大爱，表现了人性之美以及爱的伟大。而这也正是作者所要表达的思想内涵："一旦我们把爱、真诚与善良给了别人，自己也会收获生命的美好。"

可以说，《穿越生命》一书，是一首生命的颂歌，亦是作者的心灵史诗。除包含《穿越生命》的"爱的礼赞"之外，"幽幽心曲""山水行吟"两辑。三辑内容虽大异其趣，但在精神层面却是融会贯通的。它们都是通过对寻常事物的描写，达到穿越生命，歌颂生命，敬畏生命的精神目的。其间，既有对飘落在田野中的青春记忆，也有高原秋韵的灿烂瞬间；既有徜徉书海的精神放逐，也有墓前独语的肝肠寸断……作者或回忆、或观照、或沉思、或颖悟，没有华丽辞藻，只是简单讲述，但却是对生命的大爱和敬畏。喀纳斯湖、摩崖佛龛、大漠戈壁、黄河丽江，但凡足履所至，皆形之于笔端，寄心迹于天地，立万象于胸怀，一山半水，只花片草，都富于主观色彩，而具有了形而上的意义。

《灿烂瞬间》是仅有六百余字的短文，描写了在非洲戈壁滩上一种名叫"依米花"的植物。依米花"没有根系，它只有唯一的一条主根，孤独地蜿蜒盘曲着钻入地底深处，寻找有水的地方。"它的寿命大约为六年，但前五年都在干燥、坚硬的地下寻找水源，一点点积聚养分，第六年里才在地面开花，绽放出四色的花朵，绚烂无比。而花朵绽放的时间却极短，两天后，花朵开始凋零，在耗尽了自己所有的养分后，花朵随母株一起香消玉殒。六年艰难求生，只为两天绽放的美丽，着实令人震撼！

在《凝望黄河》一文中，她将黄河的狂野和桀骜，写得声情并茂，如画如歌："我迷醉地望着黄河，黄河在我的视野中浩浩地无拘束地流动，无矫饰地转弯，携着黄土高原上的泥沙，经年不息、地老天荒地流淌。突然，我听到了黄河水流动的声音，这声音来自河的深处，哗哗地带着野性，带着一泻千里的豪情，穿过千山万壑，穿透厚厚实实的历史岁月，在我的耳边轰然响起。

轰然响起的还有我的心跳。伴随着起伏的心潮，此刻的黄河在我的眼前奔涌着，奔涌的涛声成为黄土高原上浩叹的历史长歌。"

此时，作者的心已与黄河融为一体，这是来自生命深处的大爱和感动。也许正是因为这份大爱和感动，袁瑞珍才像依米花那样一生求索，"只要生命一次，就要美丽一次"，才像黄河那样奋勇向前，最终造就了《穿越生命》的璀璨绽放。

2020 年 4 月 24 日

（此文刊于《四川经济日报》2020 年 7 月 1 日第 6 版）

【注】张人士，中国作家协会会员、国家一级作家，巴金文学院原副院长。曾出版长篇、中短篇小说集。荣获第七届"冰心散文奖"，现任四川省散文作家联谊会会长。

文学是人生苦旅上的一抹朝阳

◎李银昭

一

日子进入了深秋，进入了清冷的季节。

然而，不论多么清冷，都无法改变今天我们这间屋子里的热情，也无法改变围坐在一起的我们每个人心中洋溢着的温暖。

这热情，这温暖是因为袁瑞珍和她《穿越生命》这本书。

总之，是文学，是诗意的生命，让我们相聚。

二

初识袁瑞珍是在第八届冰心散文奖的颁奖会上。前几天，在东坡故里眉山，四川省散文作家联谊会上，我们又见面了。但每次见面，我们彼此交流甚少，知之不多。此次座谈会前，拜读了她出版的这部作品。阅读中，有关文学与生命，我们为什么喜欢文学，文学究竟能给我们带来什么……类似的话题，又在脑子里出现。后来，袁瑞珍打电话说，让我在会上发言，并提前告诉发言的题目。通话还没结束，"文学是人生苦旅上的一抹朝阳"这句话，一下就跳了出来。

为什么一下就跳出这个题目呢？首先是袁瑞珍的书，让我再次看到，一个文学爱好者，几十年的坚持和那颗虔诚的文学之心，以及文学对普通人的生命的照耀。

看一个国家的文明，只消考察三件事：看他们怎样看待小孩子；看他们怎样看待女人；看他们怎样利用闲暇时间。如果这话没错，那么，看一个人，看一个家庭，也可以从这三件事去看。

袁瑞珍的《穿越生命》，是一篇非虚构散文，讲述了她只有7岁的外孙女璐璐从生病到离开人世的全过程。在这篇六万字的散文里，不论是医生、护士、同学、老师对待病中的小璐璐，还是女儿的丈夫忻诚、前夫张冀对待紫影，抑或岳父岳母对待前女婿、现女婿，各种人，各种关系，面对生命，心中生发出的善意、友爱和敬重，都让读者感受到了善的温柔和爱的暖意。关于这篇文章，前面几位专家都进行了专业的分析和解读，估计后面的专家还会与大家分享，我就不多说了。我还是回到刚刚说的第三件事上，看今天这个会的主人袁瑞珍是"怎样利用闲暇时间"。

下班回到家，夜深人静，"从书柜里取出一本藏书，进入文学的世界"，在那里"有缕缕阳光，抚慰我烦躁或孤寂的心灵，和书中的景物相对，令我心旌摇曳，目迷神驰。读书使我脸上的愁云随优美通达的文字而舒展，读书使我不羁的灵魂有了一个停靠的驿站，读书使我变得热情、开朗、坦荡又快乐，生活焕发炫目的光彩。"

一个人的品味如何，不是看他上班做什么，而是看他下班的时间做什么。袁瑞珍的业余时间是在阅读，是在亲近文学。

让人生变得热情、开朗、快乐，这就是她在阅读中得到的收获。

让生命焕发出炫目的光彩，这就是她在亲近文学中获得的价值。

三

说了袁瑞珍的业余时间，再来说说她的作品。

对于文学作品，每一个人都有不同的标准。就袁瑞珍这本书来说，除了"爱的礼赞"外，还有"幽幽心曲""山水行吟"两个部分的文章。在这些文章中，给我印象最深刻的，是一篇写花的短文。关于花的题材，古今中外的文学作品,可谓浩如烟海,就不去举例说了。而袁瑞珍这篇只有600多字,名叫《灿烂瞬间》的文章,却给了我不少启迪。

那袁瑞珍写的是什么花呢?

在非洲戈壁滩上,生长着一种名叫"依米花"的植物。它的花很漂亮,很娇艳,每朵花有四个花瓣,花瓣各分红、白、黄、蓝四个颜色。戈壁滩缺水,植物开花需求大量的水分。在非洲戈壁滩,植物大多有庞大的根系,用来采集水,以供植物对水分的需求。但是,依米花只有一条主根,它就靠这唯一的主根,孤独地,蜿蜒盘曲着钻入地底深处,寻找有水的地方。

依米花的寿命大概是六年,但她前五年都在干燥、坚硬的地下寻找水源, 点点积聚养分,在汲取完开花所需的全部水分后,到了第六年里,才在地面开花,绽放出四色的花朵。花朵绽放却只有两天时间,两天后,花朵开始凋零了,在耗尽了自己所有的养分后,花朵随母株一起香消玉殒。

五年扎根,找水,储备,就为了给花提供养料,而花期只有两天,这是一个多么执着、艰难的过程,为了瞬间的盛开,为了瞬间的美丽,唯一的主根,在戈壁滩坚硬的地底下,苦苦地求生,顽强地求一次美丽的绽放。

这篇短文,没有华丽的辞藻,没有诗意般的语感,只是简单地讲述,但读罢就两个字:震撼。这是对心灵和生命意识的震撼。

写依米花的这篇短文,读后为什么能给人以震撼呢?

花,是植物,长在野外,长在无水的戈壁滩;人,是万物之灵,但花与人有共同之处,那就是生命。因为生命,通过花,让我们想到了人自己的生命,人自己的命运。

从时间来看,人类在地球上生存的时间,说有700万年,也有说300万年,不论是多少,这个数字,听起来很是渺茫。由此,一个人的生命与人类发展的历程相比,实在太短暂,短暂得只是一瞬都说不上。

从空间来看,比如峨眉山,在10公里距离,都能看见,如果放大到100倍,在1000公里外,就无法看见峨眉山了,假设继续放大下去,1000个1000倍。我不懂天文学,对数学也很陌生,但我知道,这样推算下去,地球在宇宙中会变成一粒看不见的微尘。

地球如此，宇宙如此。我们再回到那篇短文。

依米花的生命，镜像着人的生命，花与人同命。

袁瑞珍对文学的热爱，对文学的亲近，写出《灿烂瞬间》这样的作品，已经很好了。每一个热爱文学的人，不一定都要成为文学大家，成为鲁迅、雨果、海明威。袁瑞珍的文学路告诉我们：一个人，几十年热爱文学，不一定有利，但文学能给人一颗安定的心，心安，就是成功；一个人，一生热爱文学，不一定能出名，但文学能使人心存爱意，有爱，就是成就。文学，从物质层面去看，真没太多价值，但，文学，对爱她的人，是艰难世道最后的安身立命之所。所以文学对人的生命有关，对生命的绽放有关。文学对人的生命的照耀，就如太阳对依米花的照耀。人和花都不易，太艰难，都是扎根在大地，求生，等待生命的绽放，哪怕只是一次，哪怕只是一个瞬间。今天这个会，我们大家就是来见证的，见证袁瑞珍作为一个普通人，作为一个坚持了几十年的文学爱好者，她在文学的滋养和照耀下的一次生命的绽放。

四

分享了袁瑞珍的业余时间和她的作品，最后我还要说一下今天这个会。这是由袁瑞珍退休前的单位，中国核动力研究设计院主办的。这家科研单位被誉为"中国核动力工程摇篮"，单位的性质，跟文学，跟艺术，跟人文一点都沾不上边，但他们为一个退休职工组织了这次文学研讨会，此举不仅让人感到温暖，还让我想到了世界著名科学家、著名物理学家爱因斯坦，他就是一位爱好文学艺术的科学家的典型代表，他有句名言，大意是，对我而言，死亡意味着再也不能阅读歌德的诗歌，不能欣赏莫扎特的音乐。还有当代的乔布斯，他之所以能把苹果做到全世界去，让数亿人喜欢，就在于苹果的人性化设计，而乔布斯与大多数商业巨子不同的是，他非常热爱文学，热爱艺术，尤其是东方艺术，为此，他专门到印度学习艺术和研究宗教。

科学，文学，这两个不同的学科，好像是没多大关联，就如同一条山脉两边不同的河流，但是，河流只有不断地交汇，才能终成大海。人也如此，科学，文学艺术，是人站立的左腿和右腿，是人飞向天空的左翅膀和右翅膀。

由此，今天这个会由中国核动力研究设计院来主办，也正说明，该院之所以能取得无数个中国唯一，正因为有一群不仅懂科学，而且还热爱文学艺术，有情怀的人，才撑起了中国核动力工程研究设计的一方天地。

2018年10月25日

（此文刊于《四川经济日报》2019年2月22日副刊版、《天府影视》2018年12月3日"佳作赏析"专栏。获2019年四川省报纸副刊新闻二等奖）

【注】李银昭，四川经济日报社社长、总编辑，第八届"冰心散文奖"获得者，四川大学文新学院研究生，在《天津文学》《美文》《四川文学》《青年作家》发表散文、小说百余万字，先后20多次获国家、四川省级文学、新闻奖。曾服役于成都军区战旗话剧团。

对象，意象，气象
——袁瑞珍散文"三观"浅观
◎周闻道

坦白说，平时文友赠书及自己购书较多，许多书并没有认真阅读，似乎收藏在书架上，也就拥有，需时可随手而得。

包括袁瑞珍的《穿越生命》。

我是要参加这本书的研讨会，总得在会上说几句，也不能信口开河，才不得不临阵磨刀，花了点时间，把这本书从书架上抽出。是从序、附录和后记等靴帽开始的。这是我的阅读习惯，可省时省事，因为从别人的阅读感知中可寻找捷径。可这次我错了。不仅没有省时省事，还出现了近来阅读中少有的欲罢不能。

书的靴帽都有一个共同的精神指向：《穿越生命》。不是这本书，而是这篇文，虽然这本书也是由这篇散文命名。强烈的冲击是爱与感动——那种超越世俗与人性狭隘的大爱震撼心灵的感动。我相信，无论该书序、附录还是后记的作者，在先于我的阅读中，已将情感深融其中，达到了朱莉娅·克里斯塔瓦在《爱的童话》里所说的在精神上"解放自我"的境界，在一种近似宗教的信仰框架下，重塑了自己内心生活旧有的经验和深度。显然，他们的这种情感很快传递给了我，让我也像朱莉娅·克里斯塔瓦一样"相信自我价值，相信爱和被爱的力量，因为这是我们与生俱来的责任"。

于是我快快阅读，从占据全书近一半体量的《穿越生命》开始，从袁瑞珍散文的对象、意象和气象"三观"入手，走近她的审美世界，再从她的文本入手，思考文学的介入与在场写作的多种可能性。

对象。任何作品都有一个对象世界，这个世界是你关注的目标，也是你写作的动因。对象世界不完全是题材，还包括题材背后的整个意义，是文字指向的意象世界。

袁瑞珍这本书由三辑构成，第一辑中的《穿越生命》一文是全书的重点，也可以说是灵魂。作品通过作者一家人围绕其外孙女璐璐患血液病的救治过程，呈现了人性之美好、道德之崇高及爱的伟大。这是作者所要表达的思想内涵，也是作品奉献给社会的精神资源。

第二辑"悠悠心曲"，可视为作者的心灵简史，它通过庸常的琐碎呈现出来。其中，既有对飘落在田野中的青春的追忆，也有与女儿闺蜜般的凭海对白；既有地震瞬间的惊魂一刻，也有徜徉书海的精神放逐；有高原秋韵的灿烂瞬间，也有墓前独语的肝肠寸断，还有自然山川的行走思考，感物抒情。在这些生命留痕中，作者或直观、或静思、或感悟，以文字让思想外化，每每让人看见电石火光般的精神火花，哪怕照亮一段路、一方天，也觉得拥有笃定的自信，或怡然。文学的审美功能，在不知不觉中已经实现。

第三辑"山水行吟"，实际上是作者的足旅屐迹。在中国传统的进德修业中，行万里路与读万卷书具有同样意义。作家的纵情山水，与一般人的游山玩水区别在于，作家是在场的，不是停留于风景表面的美丽。而是用灵魂贴近对象，用心与自然事物沟通，深刻地了解对象，然后从中发现背后的人文意义。当作家把这种发现付诸文本，山水就成了一个审美标本，具有普遍的精神价值。事实上，在这一辑中，无论静态的喀纳斯湖、摩崖佛龛、大漠戈壁，还是流动的黄河丽江，在作者文字里，都富有很强的主观色彩。

三辑内容虽大异其趣，但在精神层面又是融会贯通的。它们的共同特点，都是作者亲力亲为、用心感知的对象世界；而且，内容大都是日常生活，甚至有些琐碎，没有所谓"宏大叙事"。她的心里似乎时时记着凯文·奥顿奈尔的话："当'宏大体系'向你挑战，或将你吞没，请亮出你的解构主义工具，将它们打碎，就好像把钢结构玩具的螺丝卸下来。"通过作者的书写，客观的对象具有了精神的意义，让人们在阅读作品时，能够感受到一个有别于原貌的形而上世界。这样的在场写作，让人感到格外亲切。

意象。所谓意象，就是意义形象。散文作为一种抒情叙事文体，在表达意义时，既不是像小说那样用故事和人物，也不是像诗歌那样用韵律与格律等，而是用形象。特别是篇幅较短的精美散文，如果寻找到了一个好的意象，必将大大增强审美表达效果。阅读《穿越生命》，我先为意象的缺失而遗憾。但当我一篇篇往下读时，逐渐发现了个中秘密：袁瑞珍采用的是"意在象外"的散点透视手法，用一个贯穿始终的"情"，来表达对对象世界的发现。再用这个"情"去品读她的作品就会发现，无论数万字的长篇，还是几百字的短章，无不触摸到那个"情"的涌动：亲情、友情、爱情、人情。在这个"情"下，从全书到单篇，文脉一下打通了。

其实，这种"散点透视"手法，在中国绘画和其他造型艺术中并不鲜见。它与西洋画的表现明显不同。西洋画更多讲究"焦点透视"。就像照相一样，观察者固定在一个点位上，把能摄入镜头的物象如实地照下来。可是，因为受空间的限制，视域以外的东西就不能摄入了。散点透视中，画家把物象在平面上表现出来，使其具有立体感和远近空间感。而"散点"和"透视"，恰好又给细节创造了丰富的空间，并因此构成袁瑞珍散文的一大特色。这种散点式的光亮，更容易洞幽烛微，照向深处，发现更深刻的意义所在。它使我想起法国现代主义作家露西·艾瑞格瑞在《内窥镜：作为他者的女人》中的话："燃烧的玻璃就是她内部的精神。这种精神走出黑洞洞的洞穴，像一个光源，把它周围的胸膛照亮。"因此"散"只是形式的，而围绕自己的核心意象——情"透视"，洞察世界的真相，发现人性的美与丑、真与假、美与恶，才是最重要的。

气象。文学作品的气象，是通过作品叙事流和意象所呈现出来的境界、格调和气势。无疑，《穿越生命》的气象是开阔的、大气的、高尚的，呈现一种情到深处见崇高的浩然之气。包括：

情的气象。我们在阅读时不能忘记，袁瑞珍也是女人，虽然在书中她大都以婆婆、母亲、大姐等身份出现，但这并不改变她作为一个女性共性的情感特征：感性、脆弱、甚至有点"小矫情""小忧伤"。但是，事实却恰恰相反。无论在撕心裂肺地书写抢救小外孙生命的漫长过程中，还是与已经成人的女儿"面朝大海，春暖花开"式的礁石对谈中，或者艰难而充满激情的知青岁月，她都悲喜自若，从容淡定，把深深的情受控于一种笃定的隐忍，"不为物喜，不为己悲"，看不出任何"小女人"散文中常见矫情、狭隘与小气。哪怕是在突然发现小璐璐其病的晴天霹雳、四处求医无效的焦急、生命垂危时的绝望、以及安葬时的肝肠寸断等，面对这样许多人难以承受的痛，作者对情的把控，也表现出了极大的节制与隐忍。仿佛这样的灾难不是发生在她的身上，她只是一位冷静的旁观者，在给你讲述一个悲剧怎样毁灭世间美好的故事。这种抒情的节制与隐忍，不是对情的扼杀与压抑，而是升华。这与其说是一种散文的气象，不如说是一种做人的气象和教养的力量。

爱的气象。爱是人类最珍贵的精神现象。文学作为人学，当然离不开爱。但不同的爱，往往呈现出人的不同境界与格调。《穿越生命》书写了复杂的爱，包括祖孙之爱、母女之爱、夫妻之爱、父女之爱、同学之爱、师生之爱、社会之爱等等。通过这些错综复杂的爱，让我们看到一种与众不同的、令人生敬的爱的崇高气象。

最令人崇敬的是忻诚、张冀、紫影与璐璐之间的情感纠葛。

这是一个重组的特殊家庭，忻诚与紫影是现任夫妻，张冀与紫影是离异夫妻；紫影是璐璐的生母，张冀与忻诚分别是璐璐的生父养父。小璐璐一场突如其来的大病，把两个本已各立门户的家庭又扯到了一起。面对灾难，我们没有看到"大难临头各自飞"的丑陋，没有看到许多离异家庭中常出现的仇恨、狭隘、怨艾、尴尬、纠缠、推诿、躲避。而是齐心协力的关爱、救治、尊重、付出、责任与大爱，及对他人的着想、体谅。人性的美、爱情的美和亲情的美，都在一场特殊的生命灾难与人生际遇中登场，让人毋庸置疑。

文的气象。作为文学的介入，是依靠语言来实现的。呈现存在的意义，传达世界的终极价值，都离不开语言。正如维特根斯坦所说："语言的界限就是世界的界限，对语言的驱使有多大，世界就有多大。语言不是工具，而是我们的存在方式。"文贵质朴自然，语言的最高境界是东坡说的"辞达"，散文尤甚。散文对语言有很高的要求。袁瑞珍散文语言的最大特色，就是质朴自然，并因此构成了《穿越生命》的文字气象，主要通过三方面表现出：

一是叙事的质朴。书中的文章，包括洋洋六万字的压轴篇章，都没有大开大合的"宏大叙事"。甚至叙述手法，也大都是采用传统的顺序、插叙、倒叙之类，没有花样翻新的创新。读她的文章，犹如在秋日的午后，抬两只木凳坐在阳台，沐一身阳光，听邻家大姐唠家常。或者怀着一身的好奇，步入春天的原野，踏着未苏醒的朝露，与一些刚刚发芽的青草相携而行，追逐梦的远方。

二是文字的质朴。海德格尔提出的"语言是存在的家"，表明了语言与存在的不可分割，语言与存在"同在"。哲学要求的语言不是日常的语言工具，而是更具体、更实在的语言，是"在""同在"的"语言"。追求汉语回归和语言表达的极限之美，学会最具感染力的表达、最让人无法抗拒的言说，是一切尊重并敬畏语言的作家追求的目标。显然，袁瑞珍也在为此努力。在她的散文中，我们看不到华丽的辞藻、夸张的形容、过度的修辞，所有语言都是文字原生态的，就像从生活中信手拈来，带着自己的指纹。可是，她通过自己营造的语言王国，又把自己想要表达的都表达了。

三是抒情的隐忍。《穿越生命》中，各种复杂关系的情都娓娓道来，既以真动人，不肆虚假，又有一种于无声处听惊雷的震撼，让人在不知不觉中，顺着她的叙事流，进入她的情景框架，直到被她俘虏。这种隐忍的抒情，谓之冷抒情，是散文"拒绝抒情"后，情感表达在更高境界层面的回归，是在场写作追求的抒情气象。

更重要的是，我们在这种隐忍的抒情中，似乎只看见"痛"，而没有看见"恨"。心肝宝贝似的小孙女遭遇如此不测，各方的大爱叠加于身，却又无可奈何，目睹一个美丽生命的一步步被毁灭。现代医学、医疗体制机制及其背后的社会病灶，难道没有让袁瑞珍及其亲人有"恨"的东西吗？不可能。但作者对此好像视而不见，把全部的痛概由自己承担。在《穿越生命》中，对刚得知璐璐可能患血液病时的震惊与无措，她是这样叙述的："戴一副黑框眼镜的男医生面无表情地对我和女儿说：'这小女孩的血常规不正常，血小板只有17，正常人应该在100~400之间，太低了……恐怕是血液出现病变。'我和女儿瞬间似从云端跌入低谷，傻了般目瞪口呆。一种不祥的预感袭来，'莫非是白血病？我的孙女得了白血病？'女儿跌坐在椅子上，早已哭成个泪人。我的嘴唇颤抖着，想对女儿说什么，却吐不出一个字。"

是的，只有痛，没有"恨"，就像一再受挫，有满腔的痛，而从未曾有恨的东坡一样。我想，也许是作者长期在体制内，受正统教育多了，囿于思维，或碍于身份，不愿去触及这个当下的痛。也许是作者故意隐忍，怕放逐的情感难于收拾。"报复社会未尝不可。因为，这个上帝创造的社会让你感到被驱逐。和解和宽恕是道德成熟的标志。但当你进入批判状态，无法向前并超越批判，解放者的诱惑就难以抗拒。那么，就毁坏神圣的真理"（罗杰·斯古特《现代哲学导论和概览》）。我们从中看见的却是崇高与大象。

袁瑞珍散文在对象的把握、叙事的风格、意义的发现，以及文字表现等方面，都有不俗的表现。当然，如果能以更加在场与介入的姿态，把书写放置于更广泛深刻复杂的社会环境,去除现象的遮蔽,从源头上追索与发现悲剧的成因,把个人的痛与社会的痛的脉络打通,并寻求疗治之策,文章会有更加宏阔的气象与意义。叙述的简洁也会更加增添文章的艺术美感。这是需要我们共同努力的。

2018 年 10 月 25 日

(此文刊于《中国散文家》杂志 2018~2019 年度精选、《在场主义散文》2018 年 11 月 29 日)

【注】 周闻道,本名周仲明,系文学硕士,作家,经济学家,《在场》杂志主编。中国作家协会会员,在场主义散文流派创始人,中国第一位创立文学流派的政府官员。在《人民文学》《花城》《当代》《钟山》《美文》《散文》等海内外文学报刊发表作品 600 余万字,曾长期担任香港《信报》《商报》《经济日报》等财经专栏作家。已出版文学专著 13 部、经济学专著 3 部。有多篇作品收入《大学语文》、人教版高中语文教辅、高考联赛试题及各种选本。获全国及省级以上文学奖多项。

至情至性　细节取胜
——袁瑞珍散文《穿越生命》简析
◎蒋大海

袁瑞珍女士的散文集《穿越生命》获得第八届冰心散文奖，这是对她多年来散文创作成绩的肯定。作者是一位优秀的散文家，她以优美的文笔把生活中的所见所闻、所思所感倾注笔端，为人们奉献出一篇篇有温度有深度的散文力作，把正能量撒播在人们心田。

《穿越生命》一文是作者新出版的散文集《穿越生命》的首篇，也被作者用作书名，足见这篇散文在作者这部作品集中的分量，把它视为《穿越生命》一书的扛鼎之作，应是没有问题的。窥一斑而知全豹。通过对这篇散文的赏析，当可感知作者散文的一些特点乃至创作路径。从这篇散文看，有以下几个特点：

一、至情至性，以情感人

这篇散文，写的是作者的外孙女。讲她的品学兼优、多才多艺、能歌善舞、天真可爱，老师经常表扬、同学都爱亲近、全家视为掌上明珠，美丽的生命花朵刚刚绽放，却在7岁半不幸患上白血病，虽经全家人无比关心和遍寻中外著名医院、中西医结合治疗，但仍然没有留住这个可爱的小生命的催人泪下的故事。

作者是这个名叫璐璐的小女孩的外婆，为她的成长倾注了大量心血和汗水。不仅她，包括这个孩子的年轻父母和孩子的爷爷、奶奶、外公等，都与这个孩子血脉相连,并对这个孩子寄托着殷切的期望。但没有想到的是,这个如花朵如朝阳般的孩子会患上白血病。使得一家人顿时陷入绝望之中,然而又不甘心命运的恶作剧,全家人动员起来,想尽办法,鼓励孩子并同孩子一道,顽强地同死神斗争。在这场与噩运的抗争中,体现了父母和爷爷、奶奶、外公、外婆对孩子的挚爱,社会(包括医护人员、亲友和老师、同学们)对孩子的大爱。他们经历了各种心灵的煎熬,掺和着绝望与希望、泪水与欢笑。作者与孩子特别贴心,对孩子患上绝症极为痛苦,不遗余力地参与了对孩子的全程抢救,所经受的压力、悲欢、苦痛是局外人难以想象的。把这种亲身经历写出来,既是对孩子的纪念,也是对孩子生命的记录,同时把孩子和全家人抗击病魔的不屈不挠精神、社会体现出的人性光辉传递给世人,而让孩子的生命得到延续,从肉体生命穿越到精神生命。

作者是这个故事的亲历者,写作这篇文章时,她的笔端饱含着感情,倾注着她对孩子的爱与疼,感恩着亲友和社会的助与扶,正是这种至情至性的行文,带给人们特别的感动和震撼。

二、细节取胜,真实可信

应该说,社会上类似的故事,我们都接触到一些,但它们给予我们的心灵震撼和精神价值都没有这篇散文给予的丰富和巨大。这不仅仅是因为新闻报道局限于客观事实的浅层表述,而文学作品的描写是深度呈现而更能深入心灵。要真正能够打动人心,文学作品也不能雷同和粗疏,它必须是能够描写出唯一的独特的"这一个",这就需要细节——作者用慧眼发现的或是亲身经历的与众不同的细节,去反映所要描写的事物的状态、精神及气场。

作者是熟谙这一点的,她以女性作家的细心,捕捉和感知到了不同场景不同心态下,一些属于一家人"抢救孩子"这一特定境况下才会有的"唯一"细节。通过这些细节的描写,将事物表现得贴切、生动、传神,大大增加了可信度和感染力。

如作者对人满为患的病房病区场景的描述："病房早已住满患儿，长长的走道上一张紧挨着一张病床……有些患儿因化疗导致头发全部掉光，女孩子若不是穿着花睡衣，根本辨不出性别。一个个小光头白晃晃的在我们眼前晃动……走道上闹哄哄的，不像个病房，倒像个市场。"这样的描写极为形象，一下子就将我们带入那个压抑的嘈杂的特定的病区环境。

又如写璐璐初患病时那种心情和状态："心情烦躁的璐璐见这么多人来看自己，竟然一个都不想见，扯过被子将脸蒙上，不吭一声。见此情况，众亲友心中更加难受。"这个细节把璐璐患病时那种异于成人的复杂任性的孩童心态表现出来了，而有别于其他许多孩童在有人看望时的情景。

再如描写璐璐做完第八个化疗疗程，主治医生对其病情作出"完全缓解"的结论时，作者写道："这四个字宛若春风，融化了我们心中冰块，又如阳光，驱散了心中的阴霾……意味着璐璐终于走出死亡的阴影，生命之花将又一次在风雨中绽放。紫影难抑激动的心情，用颤抖的手在那本厚厚的、记录每天用药和体症变化的笔记本上写下10个大字：'璐璐胜利了！不用住院了！'这十个字中有两个如水墨画般浸染得有些朦胧，那是被紫影落下的激动的泪水浸染，也是数月来焦虑与压抑、绝望与希冀瞬间情感释放的真情告白。"这段文字，将独特细节的细腻描写与自然引发的感慨结合起来，刻画出当事人的内心活动，感染力很强。

类似的细节还有很多，不再一一赘述。

三、语言平实，温润如玉

散文是语言的艺术。一个成熟的作家，必定是一个具有自身语言风格的作家。如何形成自己的语言特色或风格，是一个有抱负的作家孜孜不倦追求的目标。

从这篇散文的行文中可以感知到作者对语言的锤炼和运用，已经基本形成了自己的语言风格，那便是一种平实隽永、温润如玉的语言。不论是叙事还是抒情，作者绝少使用华丽的辞藻和堆砌形容词，而是运用平实温润的语言，采用一种几近白描的手法，对人和事进行叙述描写，这是需要对事物的敏锐洞察力和文字驾驭功力的。作者较好地做到了这一点。

同时，作者的语言也是简洁的，即便在描写景物、渲染气氛时，也比较节制，没有游离主题地为写景而写景、为渲染而渲染的冗言赘语。这是难能可贵的。

相信作者在今后的散文创作中，将再接再厉，更上层楼，通过自己的作品，为保持我们母语的纯洁性、增强它的魅力作出应有的贡献！

2018年10月12日

（此文刊于2018年11月28日《大洋文艺》"佳作赏析"专栏）

【注】蒋大海，四川省作家协会、中国散文学会会员。现为四川省散文作家联谊会、四川省法治文化研究会副会长、四川省德阳市散文学会名誉会长、德阳市作家协会名誉副主席、《德阳散文》编委会名誉主任。出版有长篇小说、长诗、散文、散文诗、电影剧本、报告文学等8部著作，散文集《时空之眼》获第八届冰心散文奖。

袁瑞珍和她的散文

◎金　科

对于袁瑞珍，我是先读了她的散文然后才稔知其人的。

十五六年前，我在就任四川省散文学会秘书长期间，曾经倡导并组织过从学会会刊《散文潮》（后为《四川散文》）上发表的作品里，每年评选一次"十佳散文"的活动。为此，我十分关注获奖作者和他们的作品。

已经记不清是在哪一届的获奖名单里，我看见了一个生疏的名字：袁瑞珍，以后便留意起她的散文来。袁瑞珍的散文具有女性散文常有的对事物的敏感和描写的细腻，文笔严谨，语言隽永，颇为精致。尤其是她的游记散文，观察细微，感受深切，写得相当出彩。几年之后，我在主编《川渝散文百家》文集时，便将袁瑞珍列为百家之一，选用了她的一篇游记散文《凝望黄河》，尽管那时的她还没有出过散文集。但是凭着我对她作品的感觉，她应该是位很有潜力的散文作家。袁瑞珍当过知青，做过工人，曾在政府机关工作过，又在单位的多个部门里担任过领导。丰厚的人生阅历和对于文学的执着精神，相信她是会写出更好的作品来的。

果然有一天，袁瑞珍告诉我，她写了一篇长达六万余字的长篇散文，请我先看看，提提意见。

当我用怀疑和挑剔的眼光一气读完她的这篇名为《穿越生命》的长篇散文后，不由发出了由衷的赞叹。无疑，这是袁瑞珍苦心经营的一篇呕心沥血之作，更是一篇成功的"伤感之作"。整个作品写得波澜起伏，扣人心弦，令人不忍释卷。这大概就是作品的魅力吧？我向来以为，一位散文作家即便是著作等身，远不如厚积薄发，打响一文。袁瑞珍这篇厚重的散文力作果然也就打响了，荣获了第八届"冰心散文奖"。那天，当我从外地归来听到这个喜讯时，并未感到意外。

而让我真正感到意外的，则是这篇获奖作品的研讨会。因为这个研讨会是袁瑞珍原先所在的单位为她举办的。

袁瑞珍原先所在的单位并非什么文化单位，而是一家科研院所。袁瑞珍在这家科研院所里也并非什么重要人物，更何况，她从那里退休已经长达十多年的时间了。那么，袁瑞珍何以还能够受到如此这般的礼遇和厚待呢？我猜想，那是因为她给单位里的人们留下了非常好的印象吧。

那天的研讨会，袁瑞珍原先工作的单位里，来了很多的领导和同事，研讨会开了整整一天，开得精彩而热烈。我注意到，那些曾经与袁瑞珍共事多年的人，在谈她如何为文时，话语似乎并不太多。而谈她如何为人的，却接二连三，滔滔不绝。说来道去，总而言之，袁瑞珍是一位人品甚佳的好人。

通过这个研讨会，也进一步印证了自己对于袁瑞珍的良好印象。

袁瑞珍给我留下良好印象的一件事，也是一直令我难以忘怀的。多年前，我的一篇小说在《北京文学》发表后，三年过去，竟被北京市东城区选做了中考语文阅读试题。袁瑞珍听说后，很快便将这篇作品试题，转给了她在一所重点中学做老师的女儿，以为更加广泛的传播——

还有一件小事，也同样令我难忘。

我的散文自选集《皖风蜀韵》出版后，本应是一件值得高兴的事，而我却感到相当的忐忑不安。因为这本书是放在"四川省散文名家自选集"系列丛书里的。于是我就想请一些读者来充当评委，从我的这本书里挑选出他们感觉较好的10篇散文来。以我的读书经验，一本自选集，如能够有几篇作品能够为广大读者所认可，就足可聊以自慰了。

我所想到的第一位评委就是袁瑞珍。因为她不仅散文写得好，而且对于文学也有着很高的鉴赏水平，曾经担任过省散文学会理论部的部长。结果也是出乎意外，袁瑞珍居然擅自突破了我的"底线"，她从这本书里，挑选出了15篇佳作来，而她给我解释的理由则是"佳作连连，难于取舍"。仅从这两件小事来看，在"文人相轻"的圈子里，真可谓是难能可贵了。

  我还曾和袁瑞珍在一起工作过，就是共同参与"四川省散文名家自选集"的编辑工作。我做了作家高缨先生的特邀编辑，她做了作家王火先生的特邀编辑。后来我们又在一起参与《川鲁现代散文精选》的编审工作。我们还曾多次一同外出采风和参加笔会，从这些接触和活动中，我更加觉得她是一位"文如其人"的作家。

  曾经看到一些写小说的知名作家说过，他们之所以始终不敢去触碰散文，就是因为害怕读者会从中看出他们的真实面目和内心世界来。

  的确，在很多时候，通过一位作家所写的散文，就大概可以知晓这位作家是个什么样的人物了。散文正是一种展示作家"心灵深处"和"文如其人"的最佳文体。不过，也有着许许多多的例外。在散文作家的队伍里，作品和人品相去甚远的，也是大有人在的，也早已是见惯不惊的一种现象了。

  正因为如此，我才写下了这样的题目来：袁瑞珍和她的散文。在我们当今所处的这个时代和社会里，想要成为一个人格和文格相统一的散文作家，也并非易事。

  鉴此，我愿与袁瑞珍共勉。

2019年初秋写于成都西华大学

  【注】金科，原四川省安全生产监督管理局老干部处处长、四川省散文作家联谊会副会长、中国散文学会会员、四川省作家协会会员、散文、随笔作家。已出版多部散文、随笔集。荣获"四川散文奖"等多种全国、省级文学大奖。其作品《一箱葡萄》近年被多个省市作为中考语文试题。

人类灵魂的抖音

——读袁瑞珍《穿越生命》有感

◎桥 歌

亲情之于人类，是巴心巴肝的；生命之于人类，是至高无上的。在亲情与生命这种极端、极致、极其敏感的题材上下笔，可以说是在刀刃上行走，是在用刀尖剜割人的心肝与肺腑，其惨烈是常人不可想象的。《穿越生命》就是一部用刀尖当笔，蘸着殷红的心之血书写成的一部人类与病魔抗争的划时代的文学佳作，一曲大爱无垠的生命绝唱！

这部长达6万多字的纪实散文，恕我孤陋寡闻，是我有生以来读到的最真实生动、最感人肺腑、最催人泪下的精品之作。在拜读该部大作的过程中，我哭过多少次，流下多少泪？已经无法统计了。读罢作品，我强烈地感到，这不仅是璐璐生命的"穿越"，对笔者也是一次净化心灵的洗礼！我深为作者如大洋般博大的胸襟感佩不已，深为作者坚韧不拔的意志力感佩不已，深为作者书中描写的为抢救小璐璐生命的亲人以及众多好心人的奉献精神感佩不已！

当下，新媒体层出不穷，一种很受大家欢迎的"抖音"问世，即用手机把身边随时发生的人，或事，或景，及时地客观地拍摄下来，上传朋友圈，或褒，或贬，或娱乐，或警示，观者一目了然。窃以为，《穿越生命》不是很像拉长了的抖音版吗？她将亲情的伟大，友情的珍贵，用如椽的大笔书写出来，并在注重客观真实的原则下，以情动人，以爱感人，叙议结合，浓缩升华，堪称人类灵魂的抖音！下面仅从三个方面谈点个人的一孔之见。

一、亲情的伟大，彰显人类共同面对灾难的核聚变

在灾难面前，最能彰显人性本质的就是亲情。"宛如一个炸雷在头顶炸响，我一下懵了，不知身在何方，也不知手里拿着的那张纸是什么东西，只是下意识地用双手去搂着我的孙女，紧紧地搂着，生怕她像风一样呼地就没了。"这样的开头实在高妙之极！没有半句多余的话，单刀直入，一下就抓住了读者的心。不仅作家本人"一下懵了"，就连我这不知情的普通读者，读到这儿其神经也一下子紧张起来。

一个才满8岁的小女孩，人生的道路才刚刚起步。可以说还不算花朵，只能算花骨朵。她是那么优秀，不仅在校获得"公学之星""礼仪之星""艺术之星""读书小博士"等殊荣，而且能歌善舞，具备钢琴、绘画等多种才艺，是那么逗人喜爱。面对突然降临的灾难，怎不叫亲人们伤心欲绝，肝肠寸断？于是，一家人就进入了一场与"白血病"这种病魔进行顽强而殊死的"战争"。这场战争可说是非常之惨烈，因为它直击人类最脆弱的神经，伤害的是人类最敏感的心灵。

在这场"战争"中，继父忻诚堪称主帅，也是作者在作品中着重描写的一号男主角。他集中华民族忠、孝、慈或曰真、善、美等品质于一身，在突临的灾难面前，敢于负责，勇于担当，是当今社会优秀男人的楷模和典范。当他从爱妻紫影的电话中得知这不幸的消息后，立即"急匆匆赶到医院，见面劈头就问：'是不是医生搞错了，璐璐的血液怎么可能出问题？'又从我手里接过那张化验单，仔细地看着，脸上露出紧张的神色。他抱起孩子，向急诊观察室走去，脚步竟有些凌乱，也许这不到一百米的距离在他的脚下是那样长，他恨不能一步就把孩子送入病房。"这儿，有语言，有行动。将一个继父的内心痛苦和舐犊之情写得惟妙惟肖。

在为小璐璐的治疗过程中，忻诚一贯坚持"用药上尽量用功效好，副

作用少的药物，经费问题不用考虑太多，为了孩子，我们会尽一切力量的。"为了减轻璐璐生病带来的对爱妻和岳父岳母以及所有亲人的伤痛，忻诚尽最大的努力把单位的工作和家中的事务安排得妥妥帖帖，同时还经常鼓励身边的亲人们"要有信心！反正我是下定决心要尽全力给璐璐治病的，不管结局如何，只要有百分之一的希望，我就要做百分之百的努力！"在此基础上，他还不忘提醒身边的亲人们，"在璐璐面前千万注意不能流泪。"

　　作为继父，忻诚宽阔的胸怀很是叫人称道。当初紫影与前夫张冀协议离婚时，曾议定由张冀每月给璐璐生活费600元，教育费和医疗费各承担一半。结果作为亲生父亲的张冀却没兑现，忻诚也不主张紫影去要。璐璐得此重病后，作者本人认为，作为亲生父亲的张冀应当承担一定的经济义务，决定与张冀面谈。可忻诚得知后却坚决不同意岳母去找张冀，理由是："璐璐的监护人是紫影，我和紫影结了婚，璐璐便是我的女儿。作为父亲，我就要承担起养育她的责任和义务，就不要对张冀说医疗费的问题了，花再多的钱，那也是我的事。"铿锵有力，掷地有声，这就是顶天立地的男子汉！

　　特别是对璐璐，忻诚更是无微不至，"不是亲生胜似亲生"。难怪璐璐在弥留之际，还一再提醒妈妈将自己的姓改为跟继父姓，"妈妈，我不姓张，我姓伍，我的名字叫伍雪轩。"笔者认为，这是懂事的女儿对继父的恩报，也是最大褒奖！

　　对忻诚的所作所为，社会各界均给予了极高的评价。见多识广的北京盛诺一家医院管理有限公司的蔡总，"为眼前这个男人浑身透出的那种诚意、善良、仁义、大气等气质所深深感动。他伸出手，紧紧握住忻诚的手，没说一句话，使劲摇了摇，却能感觉到此刻的他胸中正涌起阵阵波澜。"此时无声胜有声！当素昧平生的首都北京一个名叫金涛的"的哥"得知忻诚的行为后，十分惊叹，伸出大拇指连声夸赞："不简单哪！我今天可是开了眼啦！原来只出现在小说和电视剧里的事，今天让我亲眼看到了。你是个大好人啊！"多么朴实的语言！原谅他不懂文学创作。他哪里知道，小说和电视剧里的故事，就是现实生活中的真实再现和反映，没有现实生活那来文学作品?!

在这场与病魔的"战争"中，除了璐璐的继父、母亲外，还有一位举足轻重的人物，可以称为这场"战争"的总指挥或总协调，那就是璐璐的外婆，即作者本人。中国有句俗话，叫"隔代亲"，在现实生活中，爷爷奶奶、外公外婆对孙辈的爱简直不摆了。当得知外孙女得此重病后，作家"整个人如掉入冰窟，冰凉冰凉的，从头到脚"，"心便像被撕裂般疼痛不已。"是啊，再坚强的人，在面对自己最亲的人遭此不幸时，都会有这种痛不欲生的感觉的。我敢说，如果阎王爷拿着生死簿让她选择的话，作者一定会眼睛都不眨一下就在"死"的一栏内签下自己的大名。把生的权利留给后代，替后代去死，这就是亲情的伟大所在。然而，"如果"是不能取代现实的。在全家人都沉浸在极度悲痛之中时，作者表现出了超强的定力。她迅速地调整好自己的心态，对下一步该做什么和怎么做等事宜进行了逐一梳理和安排。最难能可贵的是，为防止"次生灾难"的发生，她一开始在电话中都未告诉张冀璐璐得此重病的真实消息，担心"张冀的父母年事已高，在不明就里的情况下，猛然得到这个消息，一时无法接受而致身心受到损害。"由于内心极度痛苦悲伤和照顾外孙女日夜奔波，作者本人可说是累得筋疲力尽，心力交瘁，外出散心中才不幸摔坏了腿。因思念病床上的外孙女，坚持立即赶回成都。同时祈祷上苍："用这种飞来的横祸换得璐璐病情的彻底治愈。"什么叫骨肉之情？这就叫骨肉之情！

在众多的亲人中，作者对璐璐亲生父亲张冀的描写也很出彩。在现实生活中，儿女离婚后不是亲人就是仇人的事例比比皆是。大哭大闹者有之，相互指责者有之，形同路人者有之。可在作者笔下，没有对前女婿的半点伤责和贬低之词，反而对其变化给予了实事求是的赞扬。张冀进门仍然喊作家为"妈"，作家感慨万千，"现在两人离婚了，反倒喊我妈了，这倒反映了一个问题，也许经历了这些年的波折，现在开始醒悟了，长大了，心里竟为他感到一丝高兴。"作者在作品中不仅写了张冀为外孙女输血小板、干细胞和粒细胞，而且还具体描写了在北京的除夕之夜，张冀主动为他们购买饺子之事。"那晚张冀的话特别多","说到动情处,竟眼睛湿润,有泪光在闪。"由此,作者非常感慨:"看着他们脸上流溢出的真诚与善良,一种温暖的情愫如花儿般绽放。它让我体味到真诚与善良的美好,又透过这美好还原了爱与善良所蕴含的意义:一旦我们把爱、真诚与善良给了别人,自己也会收获生命的美好!"从整部作品看,对张冀的着墨虽不多,但却把张冀过去见面连招呼都不打,到现在"话特别多"的转变过程给写活了。这不仅透露出作者的写作才能和技巧,更映衬出作者高洁的人品和博大的胸襟。

在《穿越生命》中还写了许多亲人,比如璐璐的外公为抢救外孙女的生命不仅四处奔波,而且"无论刮风下雨一天三次开车往医院送饭";无私善良的小姨婆在这场"战争"中,充分发挥自己医生的优势,不仅到处找关系托人情,而且还坚持轮流守护侄孙女。小璐璐后期住进"移植仓"里,三个亲人轮流看护,可小姨婆"在里边连续待了几天,累得腰椎病发作"都不肯回宾馆休息……

由于本文篇幅所限,这里就不一一叙述了。正是由于众多亲人无垠的大爱,才使小璐璐从内心深处深感人世间的温暖,生发出对生的强烈希冀和渴望。值得欣慰的是,小璐璐在生前亲身感受到了众亲这种大爱产生的核聚变,目睹了众亲在与自己身上的病魔"作战"中,争分夺秒地抢时间,毫不利己地献爱心的顽强和大无畏,并且在亲人爱的重重包围中升入了天国……

二、友情的珍贵,最大限度地降低灾难的疼痛度

除了亲情的伟大外,友情的珍贵也是该作品中的一大亮点。璐璐生病住院的消息传开后,众亲戚、朋友、老师、同学等均表现出了极大的关怀,纷纷参与了与病魔"作战"的行列之中。此病急需大量的血小板,而"血小板医院是没有现成的",必须由患儿亲友捐献。得此消息后,十几位在成都的亲友匆匆汇聚到成都血液中心。第一个做检测的就是与紫影"宛若一对姐妹"的王峰,她说:"'这次就输我的吧,多输点!'语气坚决,

不容置疑。王峰躺在采血机旁，俊俏的脸颊透着两朵红云，神情安然，鲜红的血液便在她的体内和机器中循环，淡黄色的血小板被分离出来进入血液袋中。"多好的亲友啊！语言不多，却非常传神。"多输点"三个字，可以说比金子还珍贵！第二个是忻诚的妹夫段绍均，他和一帮亲友得到消息后，专门从遂宁火速赶来成都。众亲友表示，"随时需要，随时通知，即刻便到。"如此深明大义的亲友，可感天地，泣鬼神！

　　当璐璐的老师和同学得知她生病住院后，那种师生情和同学情也是十分珍贵的。早上，作者为外孙女办理休学手续来到学校，正逢升旗仪式结束。"璐璐的班主任李老师和同学们蜂拥着进入教室，当看到我时，一下安静了，几乎所有的孩子都仰着脸，用明亮和询问的眼睛看着我，几位女孩子向我跑来，拉着我的手问：'婆婆，璐璐病好了吗？她什么时候回来上课呀？'接着其他孩子也簇拥在我身边，七嘴八舌地说：'婆婆，婆婆，你叫璐璐快回来上课吧，我们都好想她呀！'"这些天真烂漫的语言和动作，真实生动，可视可感，同学之情溢于言表！李老师见作者动容忙对孩子们说："'婆婆会把你们对璐璐的关心带给她的，我们大家给璐璐加油，让她战胜疾病，早日回到课堂和我们一起学习，大家说好不好！'教室里立即响起孩子们洪亮的声音：'好！'"这洪亮的声音，一定会传到璐璐的耳鼓！班主任老师这种机智地因势利导，为自己的爱徒祈祷加油的话语，读来也叫人泪下。学校的苏校长得知璐璐的病情后，马上提出"学校领导和老师及班上的学生派点代表去探望鼓励一下璐璐"的请求。当得知医院消毒原因不能前往后，又立即征求作者的意见："我们学校能为你们做点什么？"这不是一般的发问，这是人间大爱的生动体现！

　　更叫人动容的是，班上新来的班主任易春艳，将一张全班的"全家福"照片托人带给了病床上的璐璐，这给璐璐带来了莫大的安慰。"璐璐拿着这张照片看了好久，一个一个地辨认着同学，说着他们的名字，还在一个作业本上写下同学的姓名，脸上带着幸福的表情。"收到照片的第二天，易老师还带着8名班里推选出来的学生代表来到医院探望璐璐。当易老师把其他没来的24名同学写的信交给璐璐时，璐璐那股高兴劲简直不摆了。几天里，璐璐躺在病床上反复翻看着这些用不同语言写成的鼓励和加油的信件，确实为她战胜病魔增添了无穷的力量。

为了表达对老师和全班同学的感激之情，璐璐躺在病床上用白纸精心折叠了35只小兔子。圣诞节前夕，由璐璐的外公送到学校。当外公将这特殊礼物交给老师时，坚强的外公"竟感情失控悲伤得声泪俱下"。笔者以为，这35只小白兔，不能简单地理解为是用纸折成的，它的每一只，都凝聚着小璐璐对学校老师和全班同学深深的眷恋和纯真的友爱之情！

在璐璐与病魔的斗争中，医护人员的作用也是非常显著的。作者在作品中写了好几位医生和护士，笔者认为，初莉医生应当算是其中最典型的代表。初医生是这家大型医院主管骨髓移植的专科主任，不仅医术高明，而且对人也很和善。"在全国医院里搞骨髓移植的一般都是男医生，女的做这个手术和研究的很少，因为要承受巨大的压力，但既然选择了这个，我就会义无反顾地走下去。"当接手璐璐的治疗后，初医生运用几十年的临床经验，"一直在查找收集国外的资料，研究治疗方案，希望有所突破。"由此可见，初医生对璐璐的治疗是尽心尽责的。医疗科学的滞后是客观存在的，因此还需要医生们今后继续精进，积极探索人类疾病治疗的一切禁区。

还值得一提的是那些不为人知的社会人士，他们也为璐璐与病魔作战给予了大力支持和鼓励。当地武警部队的官兵，得知一个小女孩急需血小板抢救后，都踊跃报名捐献；张冀高中和大学的同学得知此情后，纷纷表示"一旦需要大家都会伸出援助之手"。

上述这一切，不仅彰显了友情的珍贵和人性的光辉，而且有效地降低了灾难带给璐璐及其亲人们的疼痛度。正如作者在作品中所说："谁说'人心不古，世风日下'？在璐璐生病的日子里，我们周围无论是亲朋好友还是璐璐的学校老师都给了璐璐极大的关怀和爱护。我们这个社会，虽然还有一些诟病，有不尽如人意的地方，可真、善、美依然是我们社会生活的主流！"

三、社情的大治，乃是减少类似灾难发生的根本保证

在《穿越生命》中，还有一个闪光点很值得探究，或值得引起全社会的高度重视，那就是张璐璐、曾倩碧们小小年纪，为什么会患上如此疾病？这类疾病该如何根治？

璐璐确诊为白血病后，便迅速送到6楼的"儿童血液科"病房。让作者万万没想到的是，"病房早已住满患儿，长长的走道上一张紧挨着一张病床，全部住满了患白血病的孩子。有几个月的婴儿，也有十四五岁的大孩子，个个面容苍白。有些患儿因化疗导致头发全部掉光，女孩子若不是穿着花睡衣，根本辨不出性别。"据该科护士透露："前几年还没这么多，也不知咋搞的，今年得这个病的特别多，我们科病房收治能力都超极限了。"由此可见，患这种疾病的孩子多得叫人不可理解。

紧接着，作者为我们重点介绍了一个叫曾倩碧的小女孩。倩碧才9岁，是成都三圣乡小学三年级学生。不仅人长得乖巧漂亮，而且性格开朗活泼，"最喜欢唱歌和运动"，在学校运动会上"跑步得过第一"。就是这么一个优秀的孩子，不幸得了淋巴细胞白血病，已经属于"中危"类型了。可怜生长在农村，父母靠打工度日。"孩子不生病我们还基本过得去，可一生病，还是这样的重病，天就塌了。"倩碧的父母为了凑钱给孩子治病，已经欠下了很多债，连亲戚朋友都不愿意再借钱给他们了。倩碧的母亲愁肠百结，"眼睛红红的，脸色苍白，整个人很憔悴，三十多的人，看起来却像四十多岁。"可怜的父母，在病魔面前显得十分无助，只得选择"放弃治疗，让孩子回家自生自灭算了"。都说孩子是父母身上掉下来的一块肉，可是，可是……"你说我们这当父母的，怎么可能眼看着她一天天走向死亡？这是一条活鲜鲜的生命啊！可是，钱呢？我们没有钱啊！"其凄惨之声，真叫人痛断肝肠！

病魔，给孩子及其亲人们造成的身体和心灵的伤害是多么巨大啊！难怪坚强的璐璐都痛得"用头撞被子，在床上翻滚，"大声哭着问妈妈："我为什么会得这种病啊？"振聋发聩，发人深省！

作者通过璐璐的口发出的诘问，宛如战国时期爱国诗人屈原面对黑暗的苍天发出的"天问"；恰似20世纪初鲁迅先生在中国最黑暗的时代向全社会发出"救救孩子"的"呐喊"！

作者在作品中一语中的予以了回答："难道经济的快速发展和人类竭尽全力发展起来的高科技，真的是一把双刃剑，在给我们创造便宜舒适的生活条件的同时，也在自掘坟墓？为什么这么多的孩子会得这个病，难道和环境污染没有密切的联系？"

这一"问"一"答"，可谓摸准了现今我国社会跳动的脉搏，指出了当今社会的痛点，同时也深化了作品的主题。

可恨的是，目前社会上一些不法分子为了追逐自身的私利，道德沦丧，天良丧尽，严重破坏了人类的生存环境。空气和水资源被严重污染。人类生存必备的阳光、空气和水，其中三分之二出现了危机。雾霾天气越来越多，小溪大河已难觅干净的水源；食品行业造假并不罕见，三聚氰胺、毒大米、毒奶粉、苏丹红、地沟油等等屡禁不止，像春日的韭菜，割了一茬又一茬；医疗行业"宰你不商量"，不仅药品价格高得吓死人，而且连儿童疫苗这样严管的药品都造假，且"你方唱罢我登场"……在如此险恶的环境中，细菌大量繁殖，病魔大行其道。处在成长发育期的孩子们，自然就成了病魔追逐的对象。璐璐们的病就是这样得来的。

如何减少此类重病的发生？一旦发生后如何得到有效的救治？这是笔者读完《穿越生命》后急欲寻找的问题。窃认为，当前应该切实做到以下"三抓"：

一是抓法治源头，建立健全相关法律法规，严格依法办事。客观地讲，近些年来，我国制定的法律法规也不少了，为规范我国政治、经济、社会生活发挥了重要作用。但是，在执法中却存在诸多问题。比如改革开放初期，一些不法分子见利忘义，胆大妄为，制售三聚氰胺、毒大米、毒奶粉、苏丹红等违禁食品，给百姓的身体和生命安全造成了极大的伤害。然而我们有关执法部门却执法不公，打击不力，重罪轻判，结果后患无穷。"民以食为天，食以安为先。"食品安全是关系到百姓身体健康和生命安全的头等大事。假如当初我们有关执法部门将这类案件，不是作为"制假售假"而是作为"谋财害命"案来处理，该枪毙的枪毙，杀一儆百，杀十儆千，就不会出现当今如此众多的假冒伪劣商品了。须知，沉疴用重典。对犯罪分子的宽容，就是对人民群众的犯罪。可以说，正是由于当时个别腐败官员和相关执法机关的包庇纵容，轻描淡写，才使违法犯罪分子们因犯罪成本太低而一犯再犯。吉林省长春长生公司2017年11月，因生产一批百白破疫苗效价指标不合格，被国家食药监总局责令立即停止使用后，不到8个月又发现该公司狂犬病疫苗严重造假。人命关天啦，怎能当儿戏！笔者不得不问：企业明知是犯罪而一再为之，法律何在？众多有关部门去哪儿了，监管何在？据报道，该公司董事长高某某等18名犯罪嫌疑人已经依法逮捕，案件还在审理之中。笔者在此希望，相关执法和司法机关，一定要在审明案情的基础上，顶格惩处，该杀的一定要立即执行，不杀也要终身监禁。千万不能大事化小，罚点款，坐几年牢后又放虎归山。只有这样，才能刹住食品药品违法造假的妖风，以此告慰张璐璐、曾倩碧等不幸儿童的在天之冤魂！

二是抓环境治理，坚持科学发展观，逐步修复被破坏的生态。习近平总书记说得好："绿水青山，就是金山银山。"过去那种违背自然规律的一味强调经济发展的观点，实践证明是偏颇的，必须从思想深处予以彻底纠正。只有生态环境好转了，细菌病毒才会失去生成的土壤，各类怪病才会得到有效的防治。一个个鲜活生命的夭折，我们的代价太大了！再不下狠心整治，中华民族可就真的危险了！

三是抓医疗改革，逐步建立完善大病统筹和重病政府救治制度。我国是发展中国家，更是社会主义国家，这是我国社会制度决定的。因此，医疗应当是全民医疗，医院不应当是逐利的地方。当前，无论公办还是私立医院，均以赚钱为目的，把"救死扶伤"的根本宗旨丢光了。医院大门无论朝哪方开，"有病无钱莫进来"。就是进来了，不交够足额的经费也是不行的。因此，许多像曾倩碧这样的家庭就只好选择回家等死一条道。看了实在让人伤心、寒心和痛心！笔者认为，当前这种医疗制度已经到了非改不可的地步了。首先必须把虚高的药价压下来，建议政府相关部门认真履职，监督彻查，尽量减少中间环节，回归药品的正常价位。其次是加快建立完善全民大病统筹和重病政府救治制度，特别是政府救治制度要尽快跟上，不能让普通老百姓因为一人得重病而拖垮一大家人的现象继续发生。再次是充分体现社会主义制度的优越性，加快我国医疗体制改革步伐。笔者认为，医疗与教育一样是民生重点，不能完全产业化。应该坚持以公办为主民办为辅，绝对不能以盈利为目的。改革的重点，应该立足现实，着眼长远，逐步建立健全具有中国特色的全民医疗保障体制。

2018年10月

（此文刊于《天府影视》2018年12月6日"佳作赏析"专栏）

【注】桥歌，本名乔德春，四川西充人，中国散文学会会员，四川省作家协会会员和省文艺评论家协会会员，历任四川省散文学会副会长、四川省法治文化研究会副会长、四川省散文作家联谊会副会长等职。早年从事国防科研工作，20世纪90年代中叶转业到省司法厅机关工作，后调省劳教局（省戒毒管理局）任副局长至退休。长期坚持业余文学创作，在诗歌、散文、小说和影视剧本创作等方面均有涉猎并收获颇丰。已在省以上报刊发表文学作品300多篇；公开出版文学著作10余部；其中多篇（部）荣获全国、全省奖项。入编《中国专家大辞典》和《全国优秀复转军人传略》等文献。

含泪捧读《穿越生命》
——关于一篇亲情散文的通信

◎李治修

瑞珍：你好！

收到大作，我一口气读完这篇盼望已久的纪实散文。整整三天我都在这篇泪水浸泡、情感煎熬的字里行间穿行，是你行文的感情线、思想线引导我穿越生命、穿越血缘、穿越人性；看你们用亲人的爱放飞着璐璐幼小的心灵，用尽一切方式减轻她的痛苦，用尽一切手段挽救她的生命；在企盼、祈祷中每个成员都以最大的爱心、耐心、责任心，一直把璐璐护送到远离尘寰的净土，让她的灵魂在幸福、安恬中最后到达天堂。

读罢这篇长达近6万字的亲情散文，我首先感到这是你在痛苦中挣扎体验出的真情实感，凭借你那支洗练、细腻、生动、诗意般的笔触，划拨着"人类的天性中那根柔和而细腻的弦"（别林斯基语），才给我的心灵深处带来如此巨大的震撼。这又一次证明了列夫·托尔斯泰一句经验之谈："自己体验过的情感，又打动了读者才叫作艺术。"也只有艺术才能让人如此地沉陷其中，不能自拔！同时还得承认：当我捧读这篇《穿越生命》的长文时，强烈地感到这人间大爱不仅从小璐璐心灵上穿越，也让我接受了一次净化灵魂的洗礼。

通读这篇《穿越生命》的长文，我感到小璐璐虽然生命短暂，但也在亲人们细致入微的呵护下，充分享受到了真正的人生，最后怀着一颗感恩的心离开了人间。我相信小璐璐天使般的灵性会长留人间，像一颗小小的卫星盘旋在亲人们心上，永远飞翔在爱的轨道上，保持着幸福与甜蜜的永恒。因此我要为小璐璐祈祷，为小璐璐唱一支安魂曲。

在阅读《穿越生命》的过程中，也同时让我对散文创作置入了一些新的理念：散文既是心灵的自我对话，同样也是情感的自恋、自赏和自我消解。要进入这样的写作境界，关键就在于把握一个"自"字——即自恋、自赏和自我消解。

《穿越生命》时间跨度近十个月，全文展示了为小璐璐治疗的全过程，也体现出了一个爱的臻于至善过程，可以说这篇几万字的亲情散文做到了长而有致，细而不蔓，纤而不乱。全文紧紧扣住小璐璐治病的主线，把所有的亲人金线穿珠般地串联起来，团聚组合成一个护卫左右奉献爱心的团队。让人又一次体验到用人性美、人情美、人寰美谱写的一曲人间大爱的赞歌，这支歌也臻妙入微地把人的心灵升华到一个崇高的境界。

这篇散文有好些细致、绵延、生动的情节揪心断肠、催人泪下，有如珍珠喷泉般地叠叠而出，让我的心随你行文的感情跌宕起伏而偾张、而痛惜、而感叹唏嘘。

小璐璐生前的聪明、活泼和善解人意，成了亲人难以忘却的痛，因而在哀伤中，自然会引出不尽的话题。你列举小璐璐生前写的一首诗引起我的注意：

风
——二年级一班张璐璐

谁也没有看见过风
不用说我和你了
但是花瓣飞翔的时候
我们知道风来玩了

谁也没有看见过风
不用说我和你了
但是小草仰着头的时候
我们知道风来说话了

　　这是孩子观察自然的童真发现，可以看出小作者对诗的感应灵性，同时让我联想到顾城8岁时写的《杨树》：

树丢了一只胳膊，
睁开了一只眼睛。

　　顾城的《杨树》同璐璐的《风》，都充满了童趣和童真。特别还是儿童阶段的诗人顾城，从观察中表现出来的灵性，也能给成人以哲学上的思考：杨树虽然付出了沉重代价，但在生活中骤然清醒过来。

　　当然这儿并非把璐璐与顾城相提并论，也并不是说小璐璐的《风》写得有多好，但从孩提阶段出发，从小璐璐的认知和感应来看，那聪慧的诗意感应却让我格外赞赏，同时也让我发现了小璐璐的先天慧根，更让我觉得这也是小璐璐与病魔抗争有如此卓异表现的一个注释。读到此不由人情难自禁地加深了哀伤和惋惜。

　　更有一个令人特别震撼的细节是，当小璐璐生命进入极限时，最后竟冲破血缘阻隔，在垂危时脱口而出地大喊："我姓伍，我不姓张！"这真是一个孩子表达内心感恩的极致！当我读到这儿，在痛惜、惋惜时又怎能不热泪盈眶呢？

　　同样文中有着特殊关系的紫影、忻诚、张冀给读者留下的印象也极其深刻。前后对比，三人的态度都十分感人，其中忻诚尤为优秀出色，更令人感叹不止。他们在以小璐璐为纽带，表现出的"爱"与"悟"既合乎常理又超乎常情，更令人感叹不止。

　　婚姻关系的维系，在我国进入经济大变革时期，必然会随之而产生相应的维系、组合方式。婚姻维系已经冲击了家庭，挑战了传统，这是社会发展的一个趋势。但对婚变后关系处理，人们似乎在观念、气度上还不能雍容、大度地适应和面对。婚变后的双方能妥善处理好关系的人不多，往往不是遗恨难消的宿敌就是互不相关的冷漠陌路。然而他们三人由于身份、关系的特殊，在一切为了小璐璐，一切从"爱"出发的驱动下，使彼此间那种尴尬、不便随之冰释了。令人尤为赞赏有加的是，除夕之夜张冀、紫影、忻诚共同守岁中的一席谈话和相互体谅的表现，也让我如亲临其景地受到感染，现不避引证烦冗地抄录于此：

　　除夕之夜，天气格外寒冷，天空纷纷扬扬下起了大雪，雪花像蝴蝶似的扑向窗玻璃，在玻璃上撞一下，又翩翩地飞向墙的一角。也许是过年了，亲人们都来到身边，璐璐心里高兴，病情比较稳定，移植仓里便只留下三嫂一人照料，紫影和小姨回到宾馆与我们团聚。宾馆的一间房中，一只电饭煲被揭开了盖子，锅里炖着的鸡汤正在沸腾，香味随着雾气弥漫在房间里，这是我丈夫和小许白天去医院附近的菜市买回来的，一张茶几被临时当成了餐桌，上面放着几样熟食和碗筷。忻诚用筷子戳了一下电饭煲里炖着的鸡，见鸡已炖好，便对岳父和我说："我们还是比那些医生护士好些，至少我们还可以简单地过个年。爸，你去把张冀和他的女友请来，我们大家团聚一下吧"。我丈夫出来走到张冀住的房间准备敲门时，却见张冀和他的女友正从电梯里出来，手中提着几个塑料饭盒，往我们住的房间走去。"张冀，我正要去叫你们，今天是除夕，我们大家聚一下吧！"张冀笑笑说："爸，我们已经在外边吃过饭了。"边说边走进我们的房间，把塑料饭盒放在桌上。大家七嘴八舌地请张冀和他的女友和我们一起坐下吃饭，张冀连连推让说："真的不用客气，我们已经吃过了，这医院附近的餐馆不像成都什么都有卖的，这儿就只有饺子。我给你们买了些回来，就算简单地过个年吧。"我忙说："谢谢，张冀想得周到。"房间里的气氛顿时显得轻松融洽起来，连日来的焦虑、紧张、悲伤的情绪也被这个特殊的除夕之夜的气氛暂时驱逐到一边。大家边吃边聊，聊起了璐璐的病情，聊起了陆道培医院的医生、护士良好的医德医风，聊起了中国与发达国家医学发展的差距，还聊起了应该早点把璐璐送到北京或美国的医院治疗等。这些话题中有赞扬，有自责，也有祝愿，充溢着和睦与温馨。那晚张冀的话特别多，他真诚地感谢忻诚，感谢我们为挽救女儿所做出的种种努力，说到动情处，竟眼睛湿润，有泪光在闪。这种氛围极容易滋生感慨，因为它触碰到人心中最柔软也是最有力量的地方——爱与善良。

忻诚轻轻走到我身边对我耳语："妈，你和爸出去一下，我想跟你们商量个事。"便推着轮椅到房间外。我问："什么事？"忻诚说："我有个想法，想把张冀给璐璐治病的十七万元钱退给他。"

"为什么要退？"

"我看璐璐是凶多吉少，万一孩子真走了，对紫影是个很大的打击，同样对张冀也是。但不管怎么说我们还有苗苗，可张冀就没有孩子了，这对他的打击是巨大的。还有，他目前处于创业阶段，经济上肯定不宽裕，还得重新组建家庭，开始新的生活，把这个钱退给他，也算是我们尽点心意吧。"忻诚的话音一落，我心里又涌动着一股热浪，这个忻诚，随时随地为他人着想，怎么就不想想自己承担着多大的经济压力呢？

"这样做恐怕不太妥当，因为张冀特别在乎这个孩子，他给璐璐这个钱，也是尽父亲的责任，你若退给他，他面子上过不去，自尊心也会受到刺激，他是不会接受的。我觉得我们换一种方式处理这个问题，也许张冀能接受。"

"什么方式？"我的丈夫和忻诚不约而同问道。

"他不是还欠我们十五万吗？说好了要还的，干脆就不要他还了，你看这样处理行吗？"我用探询的眼神看着我的丈夫。他略为沉思了一下，点点头说："这个办法可行，这样既不伤他的自尊，也切实帮助了他。不过，我们养老的钱可就真的被折腾光了。"忻诚听了，笑了一下说："只要爸同意，我看这也不失为一个好办法。至于养老问题，你们也没必要担心，有我和紫影呢，我们会孝敬你们的。"回到房间，我瞅了个时机把我们的决定告诉了张冀，他先是愣了一下，然后发自内心地说了声谢谢。

我看着忻诚，看着女儿，看着张冀，看着屋里所有的人，看着他们脸上流溢出的真诚与善良，一种温暖的情愫如花儿般绽放。它让我体味到真诚与善良的美好，又透过这美好还原了爱与善良所蕴含的意义：一旦我们把爱、真诚与善良给了别人，自己也会收获生命的美好！

读罢这段熨帖温馨的朴实文字能不动容？故而这个"除夕之夜"也顿然让在场的人如沐春风！但我同时也觉得这些"大人"的表现，不也从一个侧面烘托了小璐璐的影响吗？

此外在这次抢救行动中，由于你抒写时的照应得当，笔墨适度收放，也让身居"外围"的老师、同学、医生凸显出人与人的真挚和关爱，相信同样会给读者留下鲜活印象。

文学批评见仁见智。读罢这样有心性的散文，我忍不住提笔写下这些文字。但个人的体验感知未必能"穿越"作者的情感，更难免有浅尝辄止的局限，因而管窥之见仅供参阅。

2016年12月4日

（此文收入《穿越生命》"附录"专辑）

【注】李治修，重庆市作家协会会员、四川省散文学会会员。小说、诗歌、散文、儿童文学、文学翻译作家、四川省著名散文评论家。长篇小说《飞天大熊猫》获"世界华文赛奖"，电视散文《挂在墙上的童年》、儿童文学《太阳神笛》《我爱大熊猫》、散文集《美的和弦》、诗歌《祖国在召唤》《历史的风景线》等获全国性文学大奖。

袁瑞珍散文美谫论

◎李治修

国学大师王国维在《人间词话》中有一句让大家耳熟能详的告诫："散文易学而难工。"为何"难工"？从形式看散文是一种极端自由的文体，因为"自由"就难于把握。文学艺术的多面手苏轼，在谈写散文的体验时说，"吾文如万斛泉源，不择地而出，在平地滔滔汩汩,虽一日千里无难。及其与山石曲折、随物赋形而不可知也。所可知者，常行于所当行，常止于不可不止，如是而已矣，其他虽吾亦不能知也。"（引自《说文》）苏轼的"随地赋形而不可知"，其实就是根据写作时的情感流动而定，没有固定模式，仅凭作者审美感应。这是一种灵性、悟性，既不能"数字化编程"，也不能量化，完全得根据作者的审美体验而定。

散文作家、第八届冰心散文奖获得者袁瑞珍女士就具有这方面的优势，故而她从事业余文学写作的时间虽然不长，可是从她笔下奔涌而出的文字却令人瞩目。她的散文具有精致简约的结构，高昂激越的旋律，明快爽飒的节奏，华丽纤秾的辞藻，热情奔放的文风，隽永含蓄的意蕴，精警奇突的哲思，并形成了诗意美的鲜明特色。

具体体现在以下几个方面：

一、她用激情饱和的笔触，给读者以强烈的感染，将读者带入诗意的娱情审美之中

如《高原秋韵》起笔便是一声呼告："高原，我来了，在这秋意浓浓

的十月！来不及洗去风尘，眼前的秋色秋景，如清澈的山泉浸润着我的双目，于是，秋声秋韵撩起了心中的梦。"接着作者笔下频频闪光，不断跳出诗意美的句式来："美丽的石榴花——高原的女儿，用两个最平常的动作，完成对秋天的敬仰：抬头仰望，那是一种崇拜，双手合十，那是一份感激。"特别是其中的"抬头仰望，那是一种崇拜，双手合十，那是一份感激。"让人有咳唾成珠，落笔飞英之感。

在《心随菊魂舞》中也"舞"得活泼灵动，欢跃清新："一场秋雨，送走了夏的余韵，萧瑟秋风中，我寻觅着秋的精灵。那不就是秋的精灵吗？那原野中盛开的黄的、白的、紫的菊！于是我的思绪便被摇曳的菊轻托着在秋空中飞舞，飞舞着的我与菊之魂灵不期而遇。"在行文中迎风翩翩起舞，将读者带进了作者的情感磁场。

二、她在作品的结构上具有诗的韵律和动感，往往以诗意的跌宕方式，时空场景变换方式，实现行文间的衔接和递进，形成诗一般的意蕴

作者在《岁月·历史》中，用两个"据说"体现出感情节奏："据说，一只美丽的瓢虫落进松树的泪滴，居然千万年后成为琥珀一枚；据说，数年轮，就能得知大树的年龄。可究竟有谁知道岁月是怎样悄然逝去，又怎样溶为化石？"将对大自然的感悟，对客观世界的认识，层层推进，步步深化，给人以铿锵复沓之感。

《戈壁猎奇》包含三个短篇。在《触摸魔鬼城》中，作者笔下展示的雅丹地貌，散发出的亘古荒凉气息，透出的粗犷、苍凉和孤傲。特别是一当风沙飐起，魔鬼城便现出"魔鬼"的狰狞面目："刚才还是晴空万里，瞬间便阴云密布，狂风卷着黄沙打在人的脸上，眼睛也睁不开了，突然一种像野兽般的怪叫声呼啸而来，顷刻这种怪叫声又演变成好似人被卡着脖子拼死挣扎时发出的沉闷声响，继而又变成一种尖细的凄厉叫声，令人心惊胆战，毛骨悚然。再将眼睛睁开一条缝看了看那些土包，此刻在风中似乎正张牙舞爪地舞动着，变得形同魔鬼狰狞……"活脱脱再现了魔鬼城的"魔鬼"形象。可是当风沙静息之后，沙漠日落给读者展现的又是另一番神奇景象："通红的太阳没有一丝犹豫，它不断地坠落，坠落，静静的湖面上映照出一轮火红的太阳,一湖碧水顷刻间变成了金红色。落日的余晖就这样以它金子般的灿烂与辉煌,坦坦荡荡地表达着对大地最热烈最深沉的爱恋与忠贞。那一刻,我静静地站在湖岸上,目睹着这沙漠绿洲中最瑰丽的落日奇观……"进而联想到日出,回环婉曲地引出对落日的赞美:"它的生命虽然短暂,却毫无保留把最美丽的一瞬献给了大地,完成了生命的升华。"

作者将魔鬼城风沙的施暴,落日余晖的妩媚,两相对照,通过场景变换,不仅转换自然,而且也使行文有一种节奏感,同时也表达出了作者乐天知命的人生感悟。

在《玲珑精致布尔津》中,作者从沙漠中走来,采用影视艺术的"淡入"手法,先是看到"突然,地表颜色有一些淡淡的绿,当绿色渐渐多起来时,蒙古包、牛、羊开始零星地在眼前出现。就这样,在日落时分,我们穿过古尔班通古特沙漠,来到了另一片水草丰美之地"——阿尔泰山脚下的额尔齐斯河平原的一个小镇布尔津。

对这个中、俄、蒙、哈四国交界的边远小镇,作者寥寥几笔就勾勒出"干净整洁,绿意盎然,四五层高充满异域风情的楼房色彩清新明丽,街道和马路两旁种满了各色鲜花,城外清澈的布尔津河与额尔齐斯河相会"的地貌、特色和风光,展开了对这个小镇的细致生动描绘。从大街的市容,灯火的炽盛,市声的热闹,把一个域外小镇写得热气腾腾,氤氲无比,如闻声见形,身临其境;将图瓦人、哈萨克人、俄罗斯人交融生活的情调风情写得旖旎迷人。来到这个玲珑精致的域外小镇,宛若与世外桃源不期而遇,令人心醉神迷,从文中透出的生活韵律和节奏,似乎那条城外的布尔津河,也正从读者心上悠悠淌过……

三、她在用词遣句上,语言灵动而优美,让人感到新奇别致,描眼前景,抒心中情,表现得准确、生动、空灵、新颖、独特

如悼念"5·12"汶川大地震罹难者的《夜色中的栀子花》,作者写道:"我捧一把夜的月光,将路照亮;捧一把花的芬芳,洒一路香。"其中的两

个捧字不仅用得灵动，而且也把作者对逝者的悼念情怀，在凝重凄美，沉郁透迤中也不失哀婉的诗意。

特别是《墓前独语》，写得委婉有致、无限深情。文字既精短又洗练，情感上缠绵悱恻、抒写得既纤细哀怨又柔情万缕，失去爱侣的思念，字字浸透热泪，甚至让人不忍卒读！

故事内容十分简单：

一场偶发的车祸，给妻子留下的终生遗恨。作者以凝重的笔法，诗一般的句子切入："思念穿透冰凉的土地，那张硬朗的脸就活过来了。"一下就攫住了读者。那揪心的疼痛，形成一种悲凉、孤独、沉郁的情调。作者将长达十年的哀思，不断变换角度、时空，抒写下琳在墓前的一次次"独语"："走吧，我们去赴那场约会，今天，我接你来了。""宽宽，你听到了吗？我来接你了。""你怎么就不管我了呢？你说好要一直陪着我的呀。"而且琳每一声令人心碎的呼唤、叹息，不是伴着"琳的喃喃自语"，就是"望着墓碑上已经褪色的照片，呼唤着他的乳名"；不是"琳长长叹息一声"，就是"琳眼里噙着的泪水就洒在那束康乃馨上"等等，这些相伴相随的附加词，更让琳的"独语"令人生出针刺般的疼痛，产生了感同身受的艺术效果。

最后作者才简扼地交代了那场车祸给琳，给琳的家人带来的痛苦和熬煎。作者使用了"从此""后来""从此""从此"几个转折词，十分干练地再现了"此恨绵绵无绝期"的遗恨、牵挂、落寞和思念。

全文前后照应，浑然一体，十分紧凑。更想不到的是煞尾处，作者突然来了一笔："这时，一缕阳光从斑驳的林间洒落在琳的肩上，许是老天也被琳的这份痴情和孤寂所感动，想给她一丝慰藉吧。"这一笔恰似向深潭中投下一枚石子，溅起激灵的波澜。这真是文已尽，意难收的一笔！不由让人想起别林斯基的一句名言："在人的天性中有一根柔和而细腻的弦必须妥善地加以处理。"据此也引起悬念：痛苦中沉沦挣扎的琳，如何面对不幸，妥善处理这根"柔和而细腻的弦"呢？

此外，在《白菊》中也同样可见："晶莹如玉的世界，是你魂灵梦幻中的伊甸园……我的思绪与你的魂灵相携，轻舞着飘进那一片洁白的圣地……于是，我的整个世界弥漫着白菊的清香。心中只是一片白莹莹如梦如幻的怀想……你朗朗的笑便穿过窗棂，在我们温暖的家中回荡……"

以上诗意化句式，滚珠泻玉般地奔涌而出，让人目不暇接，同时也让人看到作者灼灼其华的才思。

四、诗意美具有众多美质

比如清新质朴、简洁明快、委婉含蓄、柔情凄美、豪放激荡等等。袁瑞珍作品中的诗意美，具象化为豪迈激越的文风，荡气回肠的大气，婉转复沓的抒情，火花飞迸的哲思。在修辞上色彩秾丽，有如油画般的斑斓；在意蕴上文采飞扬、气势磅礴；在情感上具有强烈的冲击力，感染力和吸引力，有如司空图在《二十四诗品·豪放》中所说："天风浪浪，海山苍苍，真力弥满，万象在傍"般的宏阔。

作者的《凝望黄河》写得穿越历史，纵贯古今，宏阔而大气，深切而动情。从梦中思念落笔，以一个姑娘看到黄河的惊呼入题："快看，黄河！那是黄河！"立即激发出作者对母亲河的情怀："我凝望着流逝的黄河，突然有了想亲近它的冲动。正好，有一健壮的西北汉子驾着褐黄色的羊皮筏子向我们飘来。我穿上红色的救生衣，屈腿坐上被黄河水浸得湿漉漉的羊皮筏子后，我将双手伸进了黄河。啊！我终于触摸到了黄河！"这是作者心灵与黄河的对接，这是一个炎黄子孙对黄河的血脉般依存，让人在心灵上与作者一道产生强烈的律动与共鸣！

同时作者对黄河展开了一动一静的抒写："黄河母亲"的塑像，作了细致而生动的描绘和评说，表达出一个炎黄子孙的无限崇敬和膜拜；用系列分分合合镜头，展现黄河流域的社会发展，一扫"陇中苦瘠甲天下"的陈旧观念。

在对黄河的动态描写中，更不乏精彩之笔。如"正午的阳光照在河面上，河里像满溢着一川铜水，河面上跳荡着金红色的光点。"将黄河写得气势浩荡宏阔，特别是其中"一川铜水"的比拟，特别贴切精准，充分显示出作者的观察力。在作者笔下的黄河浪，推动人的感情与节奏奔腾向前，浩浩荡荡，大气如虹。那"黄河之水天上来"的气魄，让"我听到黄河的流动声……轰然响起的还有我的心跳……奔涌的涛声成为黄土高原上浩叹的历史长歌。"总之，作者一系列回顾、思索和咏叹，为读者展现出了九曲黄河的一轴苍茫宏阔画卷，让读者心潮随黄河浪澎湃激荡，让人感到"吟咏之间，吐纳珠玉之声；眉睫之前，卷舒风云之色。"（刘勰《文心雕龙·神思》）

通读《凝望黄河》也给人一个重要启示：所谓豪放大气不是"口号"式的空洞"豪言壮语"，而是一个作者气质、情怀、素养在审美中的体现。

五、袁瑞珍的散文不仅以诗意美为特色，同时频频闪烁出哲思

哲思更是蕴含在诗意美中的黄金比。袁瑞珍的好些散文不经意间就闪现诗意的格言警语，十分难能可贵。如作者笔下的《灿烂瞬间》，写生长在非洲戈壁滩上的依米花用五年扎根，六年吐蕊，而且仅有两天的花期！

依米花在非洲戈壁滩上艰难又痛苦，执着而又热烈的生命历程，体现了生命的极致，而且把这轰轰烈烈的极致悄然化为短暂的美丽。因此写到这儿，作者抑制不住内心的激动说："从此，这幅图片，不，应该是这株叫依米花的植物永远活在我的心中。从此，依米花用生命的智慧给了我启迪，那就是：只要生命一次，就要美丽一次。"

好个"只要生命一次，就要美丽一次"！这简直就是飞来之笔，读后让人心灵为之强烈震动！通读《灿烂瞬间》可谓是文虽短，蕴含大，哲思深。更给人提供了一种人生思考！

像这样的警句，在袁瑞珍散文中随处可见：如在《徜徉书境人自乐》中的人生态度，在《深情凝望》《千佛崖咏叹》中的哲思妙想。

值得指出的是，美学虽是哲学的一个分支，在文学审美中，要自然而然进入哲学堂奥，而不是牵强附会地"哲学化"，这才能成为美学、哲学、文学一体化的上乘之作。

六、袁瑞珍的散文不仅具有诗意美的鲜明特色，同时在写作中也具有驾驭题材的能力

她长篇能举重若轻，短篇则精致玲珑，让读者随同作者一起，进入审美的最佳境界；或怡然陶醉，或感叹不置，或思绪纷呈，或启迪人生……在阅读中获得美的享受，美的感应，美的陶冶。

《穿越生命》6万多字，这是她的第一篇长篇散文。长篇散文主要是凭一条情感流动线的运行，情牵意绕地体现为草蛇灰线、伏脉千里般的情感流动。作者在抢救小璐璐的生命过程中，使这种骨肉之爱，不断放射出"爱"的能量，使一场抢救行动，演绎成突破血缘深情的一场爱心行动。不仅穿越生命，穿越血缘，更穿越了世俗，穿越了"伦理"，穿越了地域！使这场对小璐璐的抢救行动，化作了一场爱的穿越大行动，歌颂了人性美，使文章主题得到了深化：突破了亲情血缘之爱，演化为由人性体现出的一个时代下的大爱。文章虽长，行文却灵动而不空泛，紧凑而不拖沓，紧紧抓住了读者。

在短篇中，袁瑞珍更以精巧玲珑见长。大都写得轻俏灵动，飘逸潇洒，活泼清新，富于青春活力，生活气息。在结构上也不拘一格，摇曳多姿。如《海枯石烂》不过187字，却别开生面，境界独出：一只海鸥飞来，"我的一生追寻，今终了却夙愿，可以让我为您唱支歌吗？"读到这儿，人们会发问：为何海鸥会对伤痕累累的礁石发出"醉了般呢喃"呢？让读者一头雾水。继后看"伤痕累累的礁石喜极而悲，哭了又笑了"的回答，"你唱吧，我就等着这一天呢，无论风有多急，浪有多高！因为我的灵魂里也有一支歌在回荡，那支歌是千年不变的承诺！"读至此顿然冰释了心中的疑窦：原来是为的一份坚守，一个承诺！这让人想起古代的"尾生抱柱"，国外的《魂断蓝桥》。

也就是这样的一问一答，对这座"海枯石烂"礁石屹立海中，承受浪花冲击作了诠释：寄寓了爱情的坚守、承诺，而且心如磐石，哪怕是海枯石烂！于是"海枯石烂"就成了海鸥和礁石心灵上的约定，化作一座与天地同寿的丰碑。这篇超短散文真可谓是"片言可以明百意,坐驰可以役万景。"(引自刘禹锡《董氏武陵集记》)其他优秀短篇更有《地震发生时,那惊魂一刻》《有一种友情叫牵挂》《回眸一笑也粲然》等等。

　　记得美国著名作家福克纳说过,成为作家必须具备三个条件:经验、观察和联想。其实这三者就是审美发现、审美转化和审美创造的综合能力;这也决定了一个作家成就大小。比如美术界的绘画艺术:从某一角度看,画匠与画家在技巧上,甚至可以旗鼓相当,但往往在审美中综合功力上存在着差异,也就有了画家与画匠之分。希望作者在审美上多下功夫,"用自己的眼睛去看别人见过的东西,在别人司空见惯的东西上发现美。"(法国寓言诗人封丹)而且要将文学审美升华到哲学的高度。因为文学的最高境界应该是问鼎哲学;举凡最好的艺术家必然是从哲学去思考艺术的思想精英。

2018 年 11 月 3 日

　　【注】李治修,重庆市作家协会会员、四川省散文学会会员。小说、诗歌、散文、儿童文学、文学翻译作家、四川省著名散文评论家。长篇小说《飞天大熊猫》获"世界华文赛奖",电视散文《挂在墙上的童年》、儿童文学《太阳神笛》《我爱大熊猫》、散文集《美的和弦》、诗歌《祖国在召唤》《历史的风景线》等获全国性文学大奖。

丽句与深采并流　偶意共逸韵俱发
——论散文的诗意美兼评袁瑞珍散文创作特色（序言）
◎李治修

　　诗意是文学作品中历来被读者和评论家称道的美。无论是小说、戏剧、诗歌以及其他涉及文学艺术的作品，人们往往会以"如诗如画""充满诗意"等一类赞词加以褒扬，足见文学艺术的审美活动中，人们对诗意美的价值取向。

　　但什么是诗意美？虽然被人们常常挂在嘴边，可说起来颇费口舌，欲说透也绝非三言两语，轻而易举。不过当文学艺术审美涉及"诗意"的话题时，人们往往会发出这样的感叹：唉，真是只可意会不可言传！其实感叹者在"意会"与"言传"之间的临界点上，就已经找到了自己欣赏的"诗意"（一种非语言所能表达的性灵美中的妙谛）；其实"诗意"往往就寄居在"临界点"这个含蓄的位置上。所谓诗意也就是我们在文学艺术审美中，将审美活动与人生体验高度融合为一体时，从中体味到的难于表述、形容、比喻的艺术美感和人生况味。那么，具体地说诗意是什么？窃以为诗意最一般的内涵应该包括诗思和诗情，属于诗的内容和意境所体现的美感元素。在诗意的几个层面中，特别是能给人以美感或有强烈抒情意味的特质至关重要。已故诗人、文学理论家何其芳对诗意作了既浅近又贴切的表述："诗意似乎就是这样的东西：它是从社会生活和自然界直接提供出来的、经过创作者的感动而又能够激动别人的、一种新鲜优美的文学

艺术的内容的要素。"(《工人歌谣选》序)

其实在我们生活中,诗意无所不在,人们不仅对文学艺术讲求诗意,在日常生活起居中,生存环境中,也会追求诗意。法国17世纪最具天才的数学家、物理学家、哲学家布莱兹·帕斯卡尔(Blaise Pascal, 1623—1662年)就说过:"人应该诗意地活在这片土地上,这是人类的一种追求,一种理想。"

既然人的天性都是爱美的,那么作为"自我心灵对话"的散文,审美往往就同诗意密不可分,因而在创作中追求诗意美更不待言说。问题在于写作中如何创造出诗意美来。

近读袁瑞珍女士的散文,不难从中寻找到散文美的"诗踪"。

首先,散文的诗意美是作者的笔触蘸满饱和激情,给读者以强烈的感染,将读者带入诗意的娱情审美之中。英国十九世纪最重要的浪漫主义诗人渥兹华斯说过:"每一首好诗都是强烈感情的自然流露。"而诗人一生也始终把"微贱的田园生活"当作萌发诗意的苗床;而在那些斑斓的苗圃里,天真的儿童间、纯洁的鲜花丛以及欢快的飞鸟中,都是他心灵的钟情所在,故而他的清纯、自然且具有浓郁诗情的作品,让他赢得了"湖畔派诗人"的美誉。写诗如此,具有诗意美的散文也应当如此。袁瑞珍的散文也同样如此!她不仅崇尚自然,抒写纯情,而且一落笔就能扣住读者的心弦,给人以美感,给人以呼应。这是她的散文诗意美中一个值得注意的重要特色。如《高原秋韵》落笔时便采用了一声呼告语:"高原,我来了,在这秋意浓浓的十月!来不及洗去风尘,眼前的秋色秋景,如清澈的山泉浸润着我的双目,于是,秋声秋韵撩起了心中的梦。"这样的开头先声夺人,宛若给深秋高原投下一把火,用作者的激情点燃读者的激情。作者在洋洋洒洒数万言的长篇纪实散文《穿越生命》中,不仅让我们看到作者鲜明浓郁的诗意美的行文特色,更让我们看到了作者驾驭长篇题材的能力。文章开头就是"一声晴天霹雳",推出一个让人撕心裂肺的镜头:"宛如一个炸雷在头顶炸响,我一下懵了,不知身在何方,也不知手里拿着的那张纸是什么东西，只是下意识地用双手去搂着我的孙女，紧紧地搂着，生怕她像风一样呼地就没了。"这样紧凑几笔，立刻将读者带进极其突兀的悲凉中，让人身临其境地如闻"头顶突然轰响一声炸雷"。也为全文的抒写作了蓄势和定位。不仅从激情中体现出诗情，而且是毫无矫饰的自然纯情。跳出了为作文而作文的谋篇布局窠臼，全文更以张弛有度疾徐自如的节奏，随着作者感情的流泄，以强烈的感染力紧紧攫住了读者。

通读作者几篇"强烈感情自然流露"之作，让人发现这样的开篇立意，这样的抒发情怀，是作者表达情感的一个突出优势。她的《海枯石烂》写到波涛中的礁石时，就十分引人入胜："海上，一座礁石，如钢铸铁浇般屹立在惊涛骇浪中。"她的《墓前独语》就让人被深深打动："手抚着墓碑，心就和你贴在一起了，思念穿透冰凉的土地，那张硬朗的脸就活过来了。"她的《心随菊魂舞》就格外让人瞩目："一场秋雨，送走了夏的余韵，萧瑟秋风中，我寻觅着秋的精灵。那不就是秋的精灵吗？那原野中盛开的黄的、白的、紫的菊！于是我的思绪便被摇曳的菊轻托着在秋空中飞舞，飞舞着的我与菊之魂灵不期而遇。"这些篇什都以强势突出的手法，把读者带进了作者的情感磁场。

其次，具有诗意美的散文，其结构同样具有诗的韵律和动感，在段落与段落间，往往以诗意的跌宕方式来实现行文的衔接和层层递进。苏联评论家康·巴乌斯托夫斯基在他的《金蔷薇》一书中指出："真正的散文总有自己的节奏。"的确！具有诗意美的散文，更能在意蕴上、语言上给读者传达出自身的情感节奏。

袁瑞珍的散文在行文起伏中，体现了苏联康·巴乌斯托夫斯基所说的节奏感，并成为她的散文诗意美中一个特色。

如《墓前独语》就十分精短。全文仅仅861字，却以富于诗意的表达，讲述了一个催人泪下的故事：一对年轻情侣因一次偶然车祸，从此阴阳相隔，给幸存的妻子琳带来了不尽的哀伤和怀念。事故出于偶然，爱情铸就了永恒！全文无过多细节，而是情感的组合，多角度的"拍摄"。可见抒写情怀的散文，主要不在细节而在情韵意蕴。通过情感跌宕的抒写，体现出铿锵、强烈的行文节奏。

同样在《岁月·历史》中，作者就用两个"据说"，表达出一种感情的节奏："据说，一只美丽的瓢虫落进松树的泪滴，居然千万年后成为琥珀一枚；据说，数年轮，就能得知大树的年龄。可究竟有谁知道岁月是怎样悄然逝去，又怎样溶为化石？"作者在对大自然的感悟中，将自己对客观世界的认识，层层推进，步步深化。在《灿烂瞬间》中，作者首先写到"无比艳丽的依米花"的艰辛成长过程，最后用富于节奏感的句式收尾："从此，这幅图片，不，应该是这株叫依米的植物永远活在了我的心中。从此，依米花用生命的智慧给了我启迪，那就是：'只要生命一次，就要美丽一次。'"让人对依米花的生存，在认识上获得了腾跃升华！特别是其中的"只要生命一次，就要美丽一次。"简直就是生命向世俗的宣战！这么一句活得自信、自主、自持的话，就成了生命价值观，生存取向的格言警语；既有积极意义的生存判断，更有值得深思的生存哲理！

特别值得一提的是，作者近期的一篇散文《车轮上的国度》，写得开阔自如，舒朗大气，曲折回环。作者一路上观察着、思考着，创作灵感也随之喷薄而出，在车轮滚滚的转动中，形成一种节奏感。大有一泻千里的畅快！

读《车轮上的国度》，让人更有进一步的发现：作者风格中的诗意美，不仅仅在文字清新秾丽上，更在她的行云流水般的韵味上，激情饱和的气势上，含蓄隽永的意蕴上。

在袁瑞珍的散文中，诗意美的特色随处可见，据此也从中让人感悟到，散文的诗意美至少应当具备以下美学元素：

诗意美首先是激情飞扬，用作者的激动，去掀起读者感情的波涛。同时在激情飞扬中，更要体现诗的韵律，即跌宕、跳跃的特色。通过跳跃转换式的抒写，让行文显得情感跌宕，摇曳多姿。正如前面所提及的苏联评论家康·巴乌斯托夫斯基在他的《金蔷薇》中所说的那样："真正的散文总有自己的节奏。"比如作者的《墓前独语》：先是由墓前的镜头，推出两人的感情及联翩怀想，以跳跃的行文节奏，将几个典型片段，巧妙地组接成几个"抓拍"到的典型镜头，就引领读者进入"十年生死两茫茫，不思量，自难忘，千里孤坟，无处话凄凉"（引自苏轼怀念亡妻王弗所作的《江城子·乙卯正月二十夜记梦》）的凄迷意境中去。从中也让人看到：一个简单故事经由与诗意美的对接、组织，也就有了格外感人的艺术魅力。可见结构上采用诗的表现手法，实现诗意的谋篇布局，散文也就更能激发、掌控着读者的情感，引起读者心灵产生出强烈的共鸣，同时让读者在阅读中，扣踏着情韵的铿锵节奏，进入心灵感应的超拔境界。

更如《凝望黄河》以梦想开始，跌宕跳跃到旅游成行，再过渡到从历史义化背景，从雕像、从黄河景观多角度地描绘，写出了对母亲河的感悟和真情，同时在文风上也显得视野开阔，转换自如，大气磅礴。

试看：

"我凝视着流逝的黄河，突然间有了想亲近它的冲动。正好，一位健壮的西北汉子驾着一只黄褐色的羊皮筏子向我们飘来。我们穿上橘红色的救生衣，屈腿坐上被黄河水浸得湿漉漉的羊皮筏子上后，我将双手伸进了黄河。啊！我终于触摸到了黄河！一种温润、欣喜的感觉顷刻溢满全身。黄河对我而言，是一条既熟悉又陌生的河流，说熟悉，是因为黄河是我们中华民族的母亲河，从小就在念着它、唱着它。说陌生，是因为我从来就没有如此真切地看到过它，触摸过它。"

写至此作者笔锋巧妙一转，进一步写到黄河畔那尊著名的"黄河母亲"的雕像，那自然流露出的心怀虔敬的情感，也深深打动了读者，引起华夏儿女的共鸣：

"这是一尊硕大的石雕，由一位母亲和一位婴儿组成。母亲半躺着，神态恬静安详，嘴角挂着笑意，目光望向广垠大地，脸上荡漾着慈爱的笑容，怀中匍匐的婴儿活泼健壮。我看到阳光下的黄河母亲眼中透着如水的灵性，额上饱含日月的精华，皱纹中绽放着绵长而深沉的爱，脸颊灿烂着一抹红晕，丰满的胸脯分泌着柔情的乳汁，一袭浑黄的衣裙飘飞，衬着身体的优美曲线，浑身散发着圣洁的光芒，在黄河浩瀚的烟波中，深情地激荡生命之水。我被这尊雕塑深深地震撼了，身上的血液沸腾起来。黄河——母亲，我细细抚摸着石雕上的纹路，在心里呼唤着历尽沧桑，哺育中华儿女的神圣母亲。"

其中更以传神之笔刻写出石雕背后的黄河："正静静地躺在陇原的黄土地上，没有浪头，没有水花，缓缓地流动着，正午的阳光照在河面上，河里像满溢着一川铜水，河面上跳荡着金红色的光点。"文中"满溢着一川铜水"的比拟又是多么的准确、精当、传神啊！而且作者在文中的视角主、客转换，更令行文摇曳多姿，境界迭出。

在《玲珑精致布尔津》中，作者笔下的沙漠日落，读之令人怦然心动："通红的太阳没有一丝犹豫，它不断地坠落，坠落，静静的湖面上映照出一轮火红的太阳，一湖碧水顷刻间变成了金红色。落日的余晖就这样以它金子般的灿烂与辉煌，坦坦荡荡地表达着对大地最热烈最深沉的爱恋与忠贞。那一刻，我静静地站在湖岸上，目睹着这沙漠绿洲中最瑰丽的落日奇观，突然悟到，日出日归，这是永恒的轮回。日出固然霞光万道，活力四射，充满了生命的张力，但落日也同样的绚丽壮美，它的生命虽然短暂，却毫无保留把最美丽的一瞬献给了大地，完成了生命的升华。人的生命不也应该如此吗？"

其他如《心随菊魂舞》写出菊的千姿百态，表现出意蕴中的诗意美，读来令人感到，其实也就是一组诗体散文。

再次，形成散文的诗意美，固然要在用词遣句上，体现语言的灵动和优美，但同时也应当着重指出的是：诗意的语言不是辞藻的堆砌，亦非用苍白的叹词装饰，也绝不是脱离情感需要的脂粉堆积、油彩涂抹。其实，"真正懂得艺术的人，都知道什么是美，而一般人只满足于一些浮华的色彩。"（歌德语）因此散文的诗意美不是鄙俗浮华的浓妆艳抹，而是贴切传神中的精妙准确，灵动轻盈中包含的丰富意蕴和机趣哲理，从而在行文中，也才能取得激情飞扬，设喻新颖，韵律复沓的艺术效果。

统而概之一句话：散文的诗意美，应该是散文的外在，诗歌的内蕴；在用词遣句上"诵之行云流水，听之金声玉振，观之明霞散绮，讲之独茧抽丝。"（明·谢榛《四溟诗话》第一卷）

更由于袁瑞珍散文具有诗意美的特质，也让我们据此对散文的诗意美从语言上概括出四大特色：

一是频频闪烁出哲思。记得罗丹在《论巴尔扎克》中认为哲学是文学艺术的含金量的体现，作品的高下就在于对哲学的追问，所以他说："一个雕刻家，如果没有哲学思想，那么，他只是一个干粗活的工匠；一个艺术家，如果没有哲学思想，那么，他只是一个供玩乐的艺人。"的确！任何经得住历史风雨剥蚀的伟大著作，最终都得问鼎哲学。托尔斯泰的《复活》、巴尔扎克的《人间喜剧》、曹雪芹的《红楼梦》、鲁迅的《阿Q正传》以及《呐喊》《彷徨》等等。小说如此，诗歌同样如此。作为散文要体现出诗意美，哲思更是蕴含其中的重要黄金。

读袁瑞珍的好些散文，其中带着诗意的格言警语，真如喷泉吐珠，连绵而来。如《有一种友情叫牵挂》中作者是这样体验、阐释"友情"："在我人生的旅途上，曾结识了各种不同的人，也就与之有了各种相遇之缘，这其间不乏我欣赏并想走近的人和欣赏我想走近我的人。随着岁月的流逝，这种相遇之缘在我生命的河流中起起落落。在缘起缘落之中，彼此能真诚相待的友情犹如大浪淘沙般被保存了下来，成为弥足珍贵的那种被称之为'牵挂'的友情。"在《女人四十也潇洒》中，作者直面岁月的沧桑，表露出40岁女人的自信，读来更是不同凡响："40岁的女人不该自惭形秽，你成熟的风韵少女学也学不来；40岁的女人不该叹息，只要热爱生活，生活就会甜甜蜜蜜；40岁的女人不该停止对事业的追求，一分耕耘总会有一分收获。40岁的女人潇洒地告别40岁的界碑，大步走向生命的另一段里程。"

二是隽美中富于动感。如何将散文写成一篇美文，除了在意蕴上追求理趣、机锋的独创性外，在语言方面必须多下功夫。当然不是那种"寻章摘句老雕虫"的迂阔，更非尽量选择一些自认为"纤秾香艳"的词汇，玩一玩积木似的文字堆砌；而是恰到好处地做到准确、空灵、新颖、独到，在行文中有自己的发现和创意。

我们知道在修辞学中，把文风分为藻丽与平实、明快与含蓄、繁丰与简洁六体三组；但把握修辞的原则是"适度"。不能让藻丽变成花哨，平实变成呆板，明快变成浅露，含蓄变成晦涩，繁丰变成冗杂，简洁变成枯燥。

在这方面，作者的散文也颇见才思和功力。比如在《高原秋韵》中"苍劲的胡杨树以奔放的热情泼洒着辉煌的色彩，以落叶的方式宣扬秋天的丰厚。这一刻，胡杨树将成熟的美丽，绽放为生命的绝唱。"其中"泼洒着辉煌"这一偏正式结构的应用就给人以清新之感。"山民拾掇着日子，将心血与汗水，收藏于厚坯垒起的房中。"其中的"拾掇"二字在朴素中不失为一种创意。再如《夜色中的栀子花》中："我捧一把夜的月光，将路照亮；捧一把花的芬芳，洒一路香。"其中的两个"捧"字不仅用得十分灵动，而且更把作者对罹难者既沉重又凄美的悼念表达得诗意葱茏。

三是空灵轻俏的别致。散文诗与散文的重要区别是：散文诗句式跳脱，藏意象于旋律，讲求谋篇布局的含蓄，讲求用词遣句的诗意表达。散文当然有别于散文诗；但具有诗意美的散文，更靠近散文诗。在一定程度上显露出散文诗的某些基本特质。特别是在句式、辞藻上有一定考究，注重空灵、优美、轻俏。

总之，读袁瑞珍的散文时不时表现出散文诗的灵动和颖悟，那具有诗意美的别致句式，诗意的用词，随时都从作者的记叙抒情中凸显出来。例如《触摸魔鬼城》中就有这样一段精彩的文字：

"轻轻地抚摸着斑驳的岩石，踩着轻响的沙砾，我突然醒悟，原来大自然是那么的公平，虽让这方圆百里寸草不生，但却悄悄用另一种形式让它绽放异彩。而这些奇特的造型沙丘不论在我眼中像什么，它们都是与强风抗争的胜利者，尽管已经遍体鳞伤，甚至被风蚀成峥嵘的模样，但依然在悲壮、坦然地迎接下一次对抗。谁说这些山丘没有鲜活的生命？它们的生命是如此的瑰丽、顽强！"

在《高原秋韵》中，有的地方突然在一闪之间，跳出诗意美的句式："美丽的石榴花——高原的女儿，用两个最平常的动作，完成对秋天的敬仰：抬头仰望，那是一种崇拜，双手合十，那是一份感激。"特别是其中的"抬头仰望，那是一种崇拜，双手合十，那是一份感激"这样一些文字，不就是诗意化了的排比修辞么？！像这样的空灵、别致的诗意化句子，更给人以咳唾成珠，落笔飞英之感。

再如"礁石哭了又笑了，指着裸露的黑色躯体说：你唱吧，我就等着这一天呀，无论风有多急，浪有多高！因为我的灵魂里也有一首歌在回荡，那首歌是千年不变的承诺！"（引自《海枯石烂》）如"我的内心常常被一种温软的情愫所包裹，总有一份感动在涌动。"（引自《心灵叶片》）如"手抚着墓碑，心就和你贴在一起了，思念穿透冰凉的土地，那张硬朗的脸就活过来了。"（引自《墓前独语》）如"于是我的思绪便被摇曳的菊轻托着在秋空中飞舞，飞舞着的我与菊之魂灵不期而遇。"（引自《心随菊魂舞》）如"晶莹如玉的世界，是你魂灵梦幻中的伊甸园……我的思绪与你的魂灵相携，轻舞着飘进那一片洁白的圣地……于是，我的整个世界弥漫着白菊的清香。心中只是一片白莹莹如梦如幻的怀想……你朗朗的笑便穿过窗棂，在我们温暖的家中回荡……"（引自《白菊》）如《穿越生命》中更是琳琅满目，难以撷取其片段，只好使用模糊逻辑语言"等等，等等"以笼统代之……

四是散文的诗意美是句式别致、跳脱和空灵的美。其实散文诗与具有诗意美的散文是一苗中的两枝。散文诗藏意象于旋律中，追求用词遣句的乐感等等。具有诗意美的散文，更接近散文诗：既具有散文诗的基本特质，但抒写上却更为放纵散漫。其实有的散文也就是诗、文合一，更有人对此类散文称之为"诗体散文"。袁瑞珍在《高原秋韵》中，突兀闪宕出的诗意美句式，如"美丽的石榴花——高原的女儿，用两个最平常的动作，完成对秋天的敬仰：抬头仰望，那是一种崇拜，双手合十，那是一份感激"就介乎二者之间。

通观袁瑞珍的散文，突然想起法国博物学家、作家布封说的一段话："所谓写得好，就是想得好，感觉得好，表达得好，同时又有智慧，又有心灵，又有审美力。"仅以此掠美为赠，供作者今后创作中参照。

2010年11月27日深夜成稿
2019年9月10日最后定稿

【注】 李治修，重庆市作家协会会员、四川省散文学会会员。小说、诗歌、散文、儿童文学、文学翻译作家、四川省著名散文评论家。长篇小说《飞天大熊猫》获"世界华文赛奖"，电视散文《挂在墙上的童年》、儿童文学《太阳神笛》《我爱大熊猫》、散文集《美的和弦》、诗歌《祖国在召唤》《历史的风景线》等获全国性文学大奖。

旅游文学中要有"我"
——袁瑞珍近作《车轮上的国度》漫评
◎李治修

游记不一定要走了多远，近在咫尺之游也可以作记，也能够成为稀古之文存世。如苏轼的前、后《赤壁赋》、柳宗元的《永州八记》(《始得西山宴游记》《钴鉧潭记》《钴鉧潭西小丘记》《小石潭记》《袁家渴记》《石渠记》《石涧记》《小石城山记》)；远行更可能为一个才华横溢的作者带来完成鸿篇巨制的契机：如徐霞客的《徐霞客游记》、刘鹗的《老残游记》，如美国作家梭罗的散文集《瓦尔登湖》、英国作家狄更斯的《游美札记》、俄国作家屠格涅夫的《猎人笔记》等等。总之，无论长短，在游记中，好作品中都少不了"我"。这儿所指的"我"，当然不是作者在文中的自称叙法，而是文中体现出"内在的我"：是我的视野，我的观感，我的品评，我的思考，我的判断，我的体验，我的角度，我的审美……如果言虽美而思之浅，如果见地有而流于泛，也就算不得成功之作。

读过的游记中千篇一律，浮光掠影者居多，只不过记的是作者行踪足迹，少有启发和发现，认识和体验，更说不上让读者从文中获得熏陶、感染和同化。

近读袁瑞珍《车轮上的国度》让人耳目一新。新就新在文中有"我"：无论是选材，立意，切入以及文中的表述都属于作者所独有，其文风、意蕴、用词、评说都没有"大众化"而是个人式的"这一个"，因而不是套话，不是俗话，不是描摹，不是仿效，更不是东施效颦。

读《车轮上的国度》引起我极大兴趣。旅游者坐在车上一声"一个建立在汽车轮子上的国度"的感叹，并由此浮想联翩，创作灵感随之喷薄而出，形成人在旅途这类同题材中独具特色的佳构。"诗意美"是袁瑞珍作品中的最大特色，这篇文章也让人有了更进一步的发现：袁瑞珍作品风格中的"诗意美"，不仅仅在她的文字清新秾丽上，更在她的行云流水般的韵味上，激情饱和的气势上，含蓄隽永的意蕴上，更在她极富诗意审美的先天气质与后天艺术趣旨上。总之，这些鲜明特色在《车轮上的国度》中有了更好的体现。

坐在汽车上飙公路，眺望车窗外一掠而过的自然风光，固然是一件惬意而畅快的事，可令人想不到的是，在此常事常理中，竟然出人意外地触发了作者审美意识——这个世界上的超级大国，她的旖旎风光、富强繁荣都源于"车轮"。作者由此联想开去，由表及里地把这个"车轮上的国度"放在历史文化、经济政治、地域环境、发展机遇等层面上加以观察审视、分析思考，使行文有了高度的概括力，丰富的想象力，准确中肯的判断力以及饶有情趣的诗意美！

通读这篇散文，同时也让我不觉间感慨系之：一个散文家，不仅要掌握文学语言，同时也要善于使用评述、判断、结论等鉴赏评价、理论逻辑式的语言，表达自己所思所想所见所论；因此一个散文家也不妨是一个"杂家"。除了文学之外，应当具有较为全面的文化知识修养，这样在运笔行文时才不会扼腕掣肘，力不从心，才能进入从自由到必然的游刃有余境界。

在《车轮上的国度》中，作者对叙述、评价、判断、论说、鉴赏等表述语言的交互使用，应付自如，在一定程度上体现出"昆乱不挡"的修养和"散功"！更透过这些句式，体现出作者行文中诗意美的"浪漫想象"，同时也反映出作者敏锐的观察力和精湛的想象力——当然也充分反映出了作者在写作中的诗人气质。窃以为一个具有诗人气质的作者，无论使用何种文体，都会透出一种固有的诗意美的文风来。如莱蒙托夫的《当代英雄》，如白桦的《猎人姑娘》。这些作品虽系小说，可是行文中却有一种诗的韵律流动。简言之，坐在车上的旅客，换作别人，也未必会因为坐在

"轮子上"而产生出"车轮上的国度"的联想吧？艺术气质不同，审美情趣不同，自然就有不同构思和表现角度。

举凡到美国旅游的旅游者，普遍是"风光"一番之后，大抵笔下的"游记"总把目光放在物质的浅表层印象上，读这样的游记，往往给人以轻飘飘的浅浮与"一般化"虚荣与自炫的感觉。这类泛滥成灾的游记令人无法评说。所谓"已成家数，有疵易露；家数未成，有疵难评。"（引自明·谢榛《四溟诗话（二）》）大概也就是这个道理。不过从根本原因看是这类应景"游记"缺少了自己的独特发现和体验。袁瑞珍的这篇《车轮上的国度》就大大不同！关键是作者坐在车上，一下就张开了最能揭示主旨、升华意境、涵盖内容的文眼，大有"雕昒青云睡眼开"的势头！因而无论从向度上观察，从维度上思考，这篇散文都应该是作者近期的一篇力作。

首先作者跳出了写游记的窠臼（特别是美国之行一类缺乏自我意识的游记），紧紧把握住事物发展的本质和精神内核，从"车轮"上找到文章立意的切入点——从这个国家发展公路，以及用"轮子"带动政治经济、文化文明的历史说开去。

好个"车轮上的国度"！这是多么值得玩味的用词！美国作为世界先进大国，从经济基础到上层建筑都很复杂，够我们用一千只复眼去观察，去审视，去思考。然而作者却把如此复杂的现象，做了最简单、最本质的化解——将美国放到"车轮上"窥视述说！然后从"车轮"上去展开想象思考，从视觉印象中去提高认识，对美国作了深刻的观察、解剖、阐释、描述和抒写。郁达夫曾有句名言："一粒沙里看世界，半瓣花上说人情。"由此让人想到"从一粒沙上说世界，从一滴水中看阳光"的哲学思维。这样的视角，这样的立意也给这篇散文带来了成功的契机。

美国交通发达，无论是水路、陆路、航路都形成了立体交织状态。我们要问，为什么作者只从密如蛛网的公路中着墨于"66号公路浸润着深深的怀旧情结"和"美若天堂的1号公路"呢？当然作者有自己的选择目光；而从这样的选择中也正反映了作者关于"公路的话题"自有自己独到的认知和见解：

作者在《人与车似乎合二为一》《给美国装上"轮子"的人》的两节中

分别写出了美国的公路在美国人生活中起到的掌控制约作用与美国公路发达对工业——特别是汽车行业的刺激与作用。在这样的叙写与表达之间让人真切地感受到了美国的先进，美国人的生活享受与消费习惯构成的美国风情。

特别是作者用高度凝练的语言表述的美国人的生活方式等等都十分精彩："美国几乎平均人手一车，人们一般不习惯走路，就连一公里内的路程也要开车。走路、跑步、骑自行车等是用于锻炼身体的项目……我刚到美国时，看到那些六七十岁甚至年龄更大白发苍苍、老态龙钟的老头老太也驾车风驰电掣地奔跑在公路上……汽车的普及，也导致美国人喜欢住在郊外……因为郊外空气新鲜，地势开阔，房屋舒适宽敞，环境优美，以车代步，距离在车轮的转动下，已经不是问题……在我沿美国西海岸旅行时，常常看到一辆一辆的房车在公路上行驶。出于好奇，我曾实地探察过一个房车营地，近距离看过房车里桌椅板凳，厨房厕所，床和沙发等生活设施。开车旅行的人可以在汽车旅馆住宿，也可以交费在洗衣房里用洗衣机和烘干机洗、烘衣服，一般花费一两个小时，两三美元就可以将脏衣服还原成洁净干爽的衣服了。这些车轮上的服务可谓细致周到……"

经过我"摘编"下来的这些文字，是评判式的记述，简约概括，评判中既中肯又准确，娓娓道来，透迤有度，读之不枯燥，不烦冗，不卖弄，而且引人入胜。这就是作者的记述功力！但以上的描写都不过是全文铺垫，着力点和精华部分却在《66号公路浸润着深深的怀旧情结》和《美若天堂的1号公路》两节。

作者以金曼小镇的怀旧风光为视点，展开了一系列精粹生动的描写："当汽车进入茫茫戈壁沙漠时，有关66号公路的纪念标识便不时映入眼帘，美国人的怀旧情结在这条公路上展露无遗。特别是金曼小镇，可以说是领略66号公路怀旧文化的绝佳之地。小镇上有陆军航空兵博物馆，馆藏了很多二战时期的纪念物，有最古老的火车历史陈列站，停着老式机车和美国铁路大发展时期的历史文物，一种岁月的沧桑感便迎面扑来。这个小镇所有的一切都与66号公路的历史文化有关，所有的一切都被笼罩在一种深深的怀旧情绪中。"

在《美若天堂的1号公路》的描写中，作者更以生动、流畅、细腻的笔触，重现了"天堂般的1号公路"上天堂般的绚丽画廊："1号公路由北至南连接着旧金山与洛杉矶，全长1000多公里，沿途连接了数个明珠一般散落在太平洋沿岸的小镇，串起了蒙特利、十七哩、卡梅尔等著名小镇和名胜。在这条路上，一侧是碧波万顷的太平洋，浪花拍打着岩石，海水在阳光的照耀下或蓝或绿。那些在峭壁下散发着氤氲气息的漩涡，浪花夹杂海草在水面上下翻滚，显现出奇妙的翡翠色的海面令人心旷神怡；另一侧则是灰黄色的岩壁。岩壁上时而是郁郁葱葱的森林，时而是裸露的山石。路面随着地势起伏，一会儿可在悬崖上远眺升腾的海雾，一会儿又在海滩前感受浪花的温柔。凭借着这些得天独厚的自然环境，曾被评为全球10大最美海岸公路。"

够了！就这么一段生动的描写也足以让我们心醉神迷。

作者的文笔历来就如同油画般的斑斓瑰丽，以这样的方式再现了"这条路天堂般的加州1号公路"。读着作者这些轻柔而优美的行文，不仅令人赏心悦目，更有了"我欲乘飞去"的惬意之感！

在作者由灵巧的评判叙述方式转入生动大气的刻画中，更是浮雕镂刻地再现了笔下的"艺术品"。其中粗细均衡，虚实相生，远近照应，断续关联，互为主客的再现，让人感到这个《车轮上的国度》风光真是美不胜收。读过之后，我更以欣喜、赞赏的目光，期待着作者有更多更好的作品问世！

2019年8月16日

（此文刊发于《大洋文艺》2019年11月18日"开卷有益"专栏）

【注】李治修，重庆市作家协会会员、四川省散文学会会员。小说、诗歌、散文、儿童文学、文学翻译作家、四川省著名散文评论家。长篇小说《飞天大熊猫》获"世界华文赛奖"，电视散文《挂在墙上的童年》、儿童文学《太阳神笛》《我爱大熊猫》、散文集《美的和弦》、诗歌《祖国在召唤》《历史的风景线》等获全国性文学大奖。

让文字在追寻的长河中流淌
——袁瑞珍散文赏析

◎余启瑜

驶进同一个港湾的船，迟早都会不期而遇，我和小袁的相识，亦是如此。

小袁性格温婉、贤淑，处事缜密，待人宽厚。在生活中，她是个追求圆满和精致的人，这一点，从她亲自上阵，从选材到布局，耗时长久的两次精装住房，以及不怕劳神地在家烤面包、熬咖啡，即可见一斑。因此，她的这种特征，也体现在她的写作之中。

我以为，成功的散文写作，在投入了真情实感，把握了微妙的细节之后，至关重要的就是文字表达了。选择什么样的语言来承载你的思想和情感？毫无疑问，自然是文学语言。因为只有文学语言才能赋予你对语言表达的创造性，突出你的个体风格，使有限的语言去包含无限的意蕴。纵观小袁的散文作品，不难发现，她十分注重语言的提炼，从选材、命题到成文，都贯穿着以平淡求精致，以过程谋收获的精神特征，从而奠定了她笔调的风格和文字的美感。

品评小袁的作品，无法绕开的是《穿越生命》。这个长篇散文，我不仅看过最初的版本，而且，正是因为它在不断地被打磨、完善，最终获得"冰心散文奖"之后，小袁的散文才走向公众视野。从生活的角度讲，小袁应该是受命运之神眷顾的，在她的成长过程中，几乎没有大的跌宕起伏，直到外孙女遭遇不幸，加上她自己意外摔伤骨折的双重打击，她的生活和整个精神世界，才跌到了最低谷。任何一个经历了大悲大难的人，都会寻找一种方式，来宣泄自己积压的情感，小袁对文学的钟爱，决定了她所选择的方式——写作。而写作，恰好是一种最好的自我温暖。所有的人生都是一种纪念，只有让外孙女如花的生命和浓厚的亲情永远活在自己的文字里，才能了然！好的作品，通常诞生于饱满的激情，因此，我有理由相信，《穿越生命》就是由悲情到激情的一次成功转换！

从写作时间的顺序和内容上看，《夜色中的栀子花》这篇文章生成在《穿越生命》之前。而此时的小袁，对于"5·12"汶川特大地震的灾难，以及生死的概念是客观的，也是理性的，因此，读者在《夜色中的栀子花》中，能够感觉到，作者没有在媒体报道的血腥惨烈的场面作过多停留，而是一面借夜晚沁人心脾的栀子花香，来驱散连日来的阴霾和伤痛。另一面却以不多的笔墨，通过两个极其平凡的小人物的遭遇：被掩埋80小时的货车司机陈坚，以及把妻子遗体绑在自己背上回家的吴家方，使那个千年的追问："问世间情为何物，直教人生死相许。"至死不渝的情怀催人泪下！"让世人，让我领略了什么是真正伟大的爱情，领略了如栀子花般普通的中国人在面对巨大灾难时迸发的爱的浪漫情怀。"文章进入尾声，作者以安宁、缓慢的节奏，带领读者跟随她的脚步"在这夜色温柔的绿地中，我脚下的那条盛开着栀子花的小路延伸着，此刻似与天幕连成了一体，那是一条通往天堂的路吗？圣洁的栀子花将把人间这绝美的爱情迎入天堂？我捧一把夜的月光，将路照亮；捧一把花的芬芳，洒一路香。"文章笔调清雅、温婉，淡化了巨大灾难的惨烈和悲切，突出了人性和情感的升华，同时，也符合小袁的审美情趣。

《凝望黄河》和《水墨高县》两篇文章，都是表现的河流，同样是以水为主体，但是，因为牢牢地抓住了不同的地域、不同的历史、以及不同的风貌、特征，就使气势澎湃的黄河与水墨画般静静流淌的南广河，在作者笔下相映成趣。相比之下，其实我个人认为，《水墨高县》并不是小袁比较出彩的文章，然而，由于我十分了解这篇文章的写作背景，所以，我知道，在选择命题突破、表达内容方面，小袁的确花了些工夫。但是，因为拘泥于笔会采风的心理压力，在具体的叙述中却缺乏适当的剪裁和取舍，不仅有面面俱到之嫌，而且让人感到与《水墨高县》开篇清秀的意境逐渐有些偏移。但《凝望黄河》，却是作者完全处于没有任务、只有心情的状态下，用了整个身心去体验、去感受黄河奔流直下的磅礴气概，以及中华文明摇篮的博大精深，从对黄河的深情凝望之中，运用排比句的手法和铿锵的节奏，穿越时空，穿越历史与变革，让饱满的激情和黄河之水一道一泻千里，利用一气呵成的紧凑，把文章推向高潮！

排比句的运用，可以使文字和叙述更加严密透彻，可以把情感抒发得淋漓尽致。而且，排比句读起来朗朗上口，有一股强大的力量，来增强文章的表达效果。

其实，在《凝望黄河》一文中，读者通过叙述知道，作者凝望的黄河，是在兰州地段，那里的黄河水是平缓的，甚至河水"没有流动，好像是在移动呢！"那么，那连续四个气势磅礴，从"涛声中奔涌而来"的黄河之水从何而来呢？以我之见，这正是作者触景生情，拓宽思路，以丰富的思维和联想，把眼前的黄河，延伸到历史的黄河，使文章的立意得到提升。

《凝望黄河》一改小袁惯常温婉、清雅的笔调，写出了黄河排山倒海的恢宏气势，可以说是在写作习惯和风格上，完成了一次成功的尝试和突破！

……

多少笑声是写作唤起的，多少眼泪也是写作揩干的。

如果说写作是一棵常青树，那么，浇灌它的必定是出自心田的清泉；如果说写作是一朵开不败的鲜花，那么，照耀它的必定是从心中升起的太阳；如果说写作是一条永不干枯的河流，那么，我衷心祝愿小袁的文字，永远在追寻的长河中流淌！

2018 年 12 月 28 日于恒大城老叶子书屋

【注】余启瑜，原《成都日报》主任编辑、四川省散文学会副会长、散文作家。"四川散文奖"获得者，并有作品获得省级新闻、文学奖。出版有散文集《轻描淡写》和评论集。

秀外慧中的瑞珍

◎刘小苹

我与文友大都是先有文字相交，日子长了，性情相近者渐渐成为朋友。可瑞珍不一样，我们是做朋友在先，做文友在后。我们彼此最为了解，也最为理解。对许多人，许多事，我们并不需要语言的交流，都能知道对方所思所想，即便有差异，也都能理解对方。

二十多年前，我们分别在核工业系统两个研究院从事宣传工作，刚开始只是认识，还不太熟悉。

轻轻拉开回忆的帷幕，那是一次参加四川省国防工办组织的去青岛海尔集团学习企业文化建设的活动。到达青岛的当天晚上，我们同居一室，随意聊天，未曾想竟然互相吸引，不知不觉通宵未眠。谈的那些事已经走得很遥远，留在心间的只是那种一见如故的感觉，那种相见恨晚的感叹，那种久逢知己的惊喜，那种话语如清泉滋润心田的惬意。

那个不眠之夜，成为我们友谊的起点。

其实，我和瑞珍性情上是有差异的，我比较粗线条，而她却十分精致。打个不一定恰当的比方，我有些像一幅纵笔随意浓墨泼洒的写意山水画，而她则是一幅精巧细密艳丽高雅的工笔花鸟图。比如生活中我的所用之物，重在实用，只求方便。而瑞珍不然，从穿着的一衣一帽到使用的一杯一盏，都会精挑细选，讲求精美，既要实用还要追求仪式感。虽然我们风格不同，可并不妨碍我们的友谊。我常用欣赏的目光来细细品味瑞珍，她过去对待工作积极认真的态度，今天对待文学精雕细琢的执着，始终令我佩服。

工作中，她是那种特别能给自己找麻烦的人。宣传部门的工作，本来多数只是些软指标。可她不辞辛劳，偏要把软指标变成硬指标，然后通过细致入微的工作，圆满地完成一个个硬指标。她就任单位宣传部部长后，将单位的内部报纸由四版改为了八版，由黑白报改成了彩色报，积极为单位创建最佳省级文明单位做大量达标建设工作、把思想政治工作研究会的研究与单位的科研生产、管理工作相结合，使政研会的工作充满了活力，受到院党政领导和科研管理部门的重视。在科研单位引进"企业文化建设"理念，开展了一系列的企业文化建设工作，还参与院庆策划活动并亲自创作节目等。最难得的是通过她及同仁的努力，在他们研究院创办了"堆谷文学社"及文学季刊《堆谷风》，成为整个核工业系统职工文化建设中一簇鲜艳的花丛。

我知她从小就有一个作家梦，在她退休后，介绍她加入了四川省散文学会。而她，进入文学圈子真是如鱼得水，很快成为后起之秀。正如她在生活上追求精致唯美一样，她的散文不仅立意高远，而且特别追求精致唯美。故而在她初期的散文中，有时难免会留下雕琢之痕。然而，在对文学不懈的追求中，近年来她的散文已然走向了"天然去雕饰"佳境。而且精致依然，唯美如故。展卷赏读她的近作《高贵的弯腰》《乡村逐梦》《丹棱的天空在飘雨》等篇章，给我以毫无瑕疵的丝缎般光滑的质感，美好而自然，精致而大气。

上苍是不会忽视辛勤耕耘者的，有付出就会有收获。2018 年，瑞珍的散文集《穿越生命》荣获第八届冰心散文奖。其中最为出彩的当然是《穿越生命》这一篇。由于我们的亲密关系，我也许比其他人更能读懂这篇长达 6 万字的散文。这是一篇被泪水和爱浸透了的文字。

我仿佛回到了 2012 年。

那一年网络盛传玛雅预言要发生毁灭性的世界大灾难，但我从不相信这样的无稽之谈，每天心情坦然地迎接太阳的升起。

然而，在 4 月的一天，我们四川散文学会理论部活动，平日里笑声朗朗的瑞珍却异常沉静。我问她是否身体不适，她再也控制不住，声音颤抖地说："我家出大事了！"

我的心咯噔一下，脑袋突然空白。啊！能有什么大事？

瑞珍眼泪夺眶而出："璐璐得了白血病！"

"不可能，不可能啊！"我眼前蹦出了一个健康聪明活泼的小姑娘。红扑扑的小脸蛋，圆润白胖的胳膊腿儿，穿着粉色纱裙，踮着脚尖一边转圈一边欢快地叫喊：奶奶！奶奶！你们看我跳芭蕾舞！这就是璐璐。她看了电视上的芭蕾舞就自学模仿，跳得可像模像样啦！

我又看见一个小女孩像一条小鱼，自由自在地在水中游来游去。这也是小璐璐，小宝贝的游泳也是自学成才呢！

还有一个摇头晃脑背古诗的小女孩、一个拿着画笔画"爸爸妈妈和我"的小女孩、一个正在弹钢琴的小女孩、一个用英语演讲的小女孩……都是小璐璐。小璐璐的影子瞬间填满了我的脑海。

灾难真的降临了！它不能毁灭世界，但足可以毁灭一个家庭！

但我不愿往坏处想，我和瑞珍一样，怀着希望，相信小璐璐一定会康复！

接下来的十个月，是怎样的十个月啊！这十个月的所有经历，我都如同亲历。因为所有的希望、焦虑和痛苦，瑞珍都告诉了我。我眼睁睁看着她度过那些焦虑和痛苦的日子，却束手无策。只能祈祷老天爷、上帝、观音菩萨、真主……我所有知道和不知道的神，你们都显显灵吧，保佑小璐璐能转危为安！

瑞珍全家倾尽全力配合医院，一次次地制定医治方案，一次次地寻医求药。一会儿走投无路，一会儿似乎又柳暗花明。从成都到北京直到美国，从西医到中医直至民间秘方，找了最权威的医生，住进了顶级的医院，用了最昂贵的进口药物……

然而，小璐璐"这朵曾经带露的花蕾还没来得及绽放就被无情的暴雨狂风折断了花茎！她走了！撇下她热爱的这个世界、眷念的亲人、朋友和老师、同学！她生命的钟摆永远定格在 2013 年 2 月 16 日 23 点零 6 分。

此时她8岁半,人生的脚步仅走了3120天……"真的就"像风一样呼地就没了!"

我找不到任何语言来宽慰瑞珍。我知道,任何语言都无法抚慰瑞珍那颗被痛苦撕成碎片的心!

瑞珍记下:"在安葬小璐璐的葬礼上,发生了一件奇事:下葬仪式开始时,现场一片静寂,突然凭空起了一阵大风,天色瞬间黯淡,树摇叶动,风声大作。10分钟后风停,陵园又恢复了春日融融的样子,阳光洒满园区,植物和花草在阳光下熠熠生辉。所有在场的人无不称奇,都说这是老天在告诉我们,我可爱的小孙女已经成为小天使,被这一阵风儿托起扶摇直上天堂,而我们对她永久怀念的词句:'怎么爱你也不够,一片深情付苍穹。'似乎正应对了当时的奇观。"

透过泪水,我看见小璐璐的妈妈每天都坚持写病情日记,记下每一次治疗方案,记下每一个治疗过程,小心翼翼,如履薄冰,生怕记错一字,走错一步,救不了自己亲爱的女儿。小璐璐的外公外婆,也就是瑞珍和她先生,也不顾年事已高,日夜为小璐璐四处奔波。

岂知就在这节骨眼上,瑞珍自己又摔成了重伤,她"躺在急诊室的病床上,疼痛让我一夜无眠,想到孙女璐璐的后续治疗还需要我的照顾,却在这时意外摔伤,真是祸不单行,心里不断谴责自己为什么做事这么不小心。可又转念一想,莫非冥冥之中上苍有意作此安排?但愿我能用这飞来横祸换得璐璐病情的彻底治愈!"住在医院,心里无时无刻不挂念着小璐璐的病情,开始记录挽救小生命的过程。"但我的右手无法使用笔和电脑,便尝试着使用手机上的备忘录功能,写下《璐璐病间札记》的标题。从这天开始,我用左手在手机上按拼音键,一个拼音一个拼音地构成词组,写下了2万多字的日记。"这就是《穿越生命》这篇散文的雏形。

为了挽救小璐璐的生命,小璐璐的生父、舅公、姨婆、姨妈、舅舅和许多亲人朋友,都尽心尽力。老师和同学也给病中的小璐璐送来了温暖……

而最让人感动的是小璐璐的继父,与小璐璐没有血缘关系,却用浓浓的爱,为小璐璐撑起一把绿色的生命之伞。

当突然得知小璐璐患白血病全家人六神无主时,他成了全家人的主心骨。是他的话，让全家不再慌乱。他说："第一，依靠当前高速发展的现代医学科学技术；第二，依靠我们具备的一定的经济能力；第三，依靠亲情的强大力量。"俨然是一个临危不惧、沉着应战的指挥员。

难怪瑞珍感叹："……这些举动并非单纯地体现出对璐璐的爱，而是爱屋及乌，从更深层面体现了他对女儿深深的爱……在当今这个真爱贬值的社会背景下，在那么容易失之交臂的情况下，能牵手茫茫人海，是一件多么幸运的事，女儿何其有幸能够与之携手，否则如何抗击这人生路上的暴雨风狂？"

然而，小璐璐巨额的治疗费用也让瑞珍和她先生心里很矛盾，既希望璐璐得到最好的医治，又不忍心给女婿造成如此大的经济压力，毕竟他不是璐璐的亲生父亲啊！可女婿说："只要璐璐还有百分之一的希望，我就要做百分之百的努力！"这就是父爱如山，有这样的继父，谁能说小璐璐不幸福呢？

小璐璐，让我告诉你，你的生命虽然短暂，但你得到了那么多人世间最美丽的关爱，你虽然不幸，但你更是幸福的啊！

虽然，无尽的爱最终没能留住小璐璐，可瑞珍永远不会忘记那许多为小璐璐献出爱心的人们。在《穿越生命》中，她用充满感恩的笔触讴歌超越亲情、感动天地的人间大爱！

我们被那许多无私地为小璐璐献血的人们感动；被那位素不相识的北京出租车司机主动要"为挽救这小女孩的生命出一份力！"而感动；为那位从未教过小璐璐却带着学生去医院探望小璐璐的老师感动……

还有那家为小璐璐联系美国医院的中介公司，为孩子赴美治病做了大量工作。虽然孩子最终未能去美国，但根据合同应付费用5万元。可他们却提出不收取这笔费用，他们真心诚意对孩子关怀而宁可赔本，这又是多么难能可贵！而小璐璐的继父感动之余，仍坚持把5万元付给了公司。

还有小璐璐继父虽已承担了很大的经济压力，却主动提出要把小璐璐的生父给的十七万元钱退还："万一孩子真走了，不管怎么说我们还有苗苗，可张冀就没有孩子了，这对他的打击太大了。而且他目前处于创业阶段，经济上肯定不宽裕，还得重新组建家庭，开始新的生活，把这个钱退给他，也算是我们尽点心意吧。"能如此善待妻子前夫的男子，当有多么宽广的胸襟！

瑞珍想得更周到：张冀给璐璐这个钱，是尽父亲的责任，若退给他，自尊心会受到刺激，他是不会接受的。为了既不伤张冀的自尊，又能切实帮助到他。瑞珍对张冀说："你现在经济不宽裕，过去向我们老两口借的十五万元就不用还了。"在面临即将失去共同最亲爱的小璐璐的悲痛之时，他们用宽容和爱互相慰藉，相互温暖，让心灵得到升华。

小璐璐走了，但爱还在继续。

小璐璐的妈妈后来为她生了一个小妹妹。半年之后璐璐妈妈去医院捐献自己的骨髓，希望为救治白血病患儿尽一份心意。他们还为一个因经济困难无力做骨髓移植手术的患者，伸出援助之手，让那个患者的亲属在与亲人生离死别的巨大悲痛中，感受到人世间还有一种无私的爱，让他们冰冷的心得到一丝温暖。

《穿越生命》不仅是生命与病魔抗争的礼赞，更是一曲爱的交响乐。从瑞珍含泪的文字中，我们的情感也得到升华："世界上唯有两样东西让我们深深感动：一是我们头顶灿烂的星空，一是我们内心崇高的道德。"灿烂的星空就是我们的理想，而实现理想的途径就是要具备崇高的道德。"一旦我们把爱、真诚与善良给了别人，自己也会收获生命的美好！"

这就是瑞珍，我的好妹妹。

2019 年 12 月 1 日

(此文刊于《大洋文艺》2019 年 12 月 2 日"生活中的美"专栏)

【注】刘小革，原核工业西南物理研究院党委宣传部部长、四川省散文学会副秘书长、理论部部长，中国散文学会会员、四川省作家协会会员、成都市作家协会会员、散文作家。已出版散文集《迟到》《有一种痛》和评论集。先后获全国、四川散文奖等新闻、文学大奖。

从亲情叙事到主流叙事

——读大散文《穿越生命》杂感

◎郎德辉

袁瑞珍女士的《穿越生命》是近年来四川散文界出现的一篇不可多得的大散文，它恰似一阵清新的风吹过，给大散文和非虚构类作品干预生活以力量和鼓动，在大散文创作方面给我们带来很大震撼和思考。一位在痛感中写作的女作家，一个敢于直面人生苦难，敢于披露"事实真相"的记录者，用她看似自然平和的笔触，完成了一次对自我生命和群体生命意识的穿越。正是她的这种超越传统散文文本和跨文体的写作方式，成就了《穿越生命》的独树一帜而荣获第八届冰心散文奖，使这部作品呈现给众多读者很大的惊喜。

《穿越生命》对大散文文本的全新表达和作者对传统散文改良所作的探索，以及作者所经历的对自身创作生命的洗礼给人以深刻的启示。众所周知，在诗歌、散文、小说、戏剧这四大文学体裁或者说四大文学样式中，散文是最接地气、最受读者喜爱的文学样式。但是长期以来，传统散文那种吟花、吟草、叹人生、颂亲情的小美文已落入"爹呀、娘呀、儿女情长呀"的无病呻吟和小资情调的孤芳自赏的俗套。这种小美文的文本表达，束缚了散文作者的创作思路和僵化了他们的思想和情感。然而，大散文《穿越生命》在狭窄的散文创作的空间另辟蹊径，在文本的题材性质、结构类型、人物塑造和表达手法诸方面实现了重大突破，对传统散文文本进行了改良，走出了散文创作的"沼泽地"。从传统散文的"小我""小爱"，延伸到关注生命、关注人性、关注社会的"大爱"，这种"生命高于一切"的理念贯穿于该文的主题，以及作者亲历"灾难真相"的写实风格，使《穿越生命》成为一部对大散文文本的全新表达的非虚构类作品，传递出其拓展散文文本空间，对传统散文改良的信号。进入新时期，多元化的文化和多样化的生活使大散文和非虚构类的文学所发散的全新散文理念，与传统散文的理念发生了激烈碰撞。大散文和非虚构类作品冲撞着传统散文的规范性，把其政论性和抒情性大力张扬和放大，这样就使大散文和非虚构类作品的思想性和批判性得以凸显出来。《穿越生命》的作者在痛感中理智地讲述，把私密的亲情叙事延伸到颇具社会意义的主流叙事，这正是该文成为大散文的标志。凡写"亲情叙事"的散文，最容易落入小美文的俗套。但《穿越生命》的作者直面家庭灾难的勇气和亲历自己孙女璐璐从身患白血病到不到一年就去世的真相，袒露"怎么爱你都不够，一片深情付苍穹"心怀的真情和大爱，这正是对传统散文的规范性和抒情性的大力扩展，使大散文的"煽情"特征得以表现，从而使该文具有了大散文的必要元素。

　　家庭是社会的细胞，它又是生活中每一个人避风的港湾。家庭的和谐与否，更是关系到社会稳定的大事。《穿越生命》虽是讲述家庭亲情故事的散文，但它在文本的题材性质的处理、在人物塑造和表现手法方面颇具匠心。忻诚这个人物的成功刻画，完成了"亲情叙事"的蜕变，让该文找到"魂"，给非虚构类文学人物画廊增添了又一个鲜活的文学形象，使该文得以从"亲情叙事"延伸到"主流叙事"而产生了质的飞跃。且看作者安排的忻诚这个人物在全文中的第一次"亮相"："女儿从包里掏出手机，带着哭声给女婿忻诚打了电话。一会儿，忻诚急匆匆赶到医院，见面劈头就问：'是不是医生搞错了，璐璐的血液怎么可能有问题？'又从我手里接过那张化验单，仔细地看着，脸上露出紧张的神色。他抱起孩子，向急诊室走去，脚步有些凌乱……"一个继父，中国传统意义中的"后爹",把璐璐视为己出,比亲生女儿还亲。短短的一段文字,作者从忻诚的一句问话和凌乱的脚步,就完成了忻诚这个全文重要人物的肖像描写,为刻画颇具社会意义的这一个文学形象埋下了伏笔。作者对忻诚形体语言的描写也很到位:"忻诚三步并作两步往骨穿室走去""轻轻抱起孩子回到过道的病床。"当璐璐生命垂危之际,忻诚说的一段话被作者记录下来:"我有个想法,想把张冀给璐璐治病的17万元钱退给他。"这个善举,采取了不要璐璐生父张冀还欠作者夫妇的15万元钱的方式来实现的。这个智慧之举,所散发的人间大爱和善良,在文中得到了真实的表达,也使该文的主流叙事显得真实自然。于是,经济这个杠杆,在大爱的力量作用下,给忻诚这个继父、"后爹"赋予了积极的社会意义,这就是"一个人爱的最高境界是爱别人"(孔繁森语)读到此,忻诚这位继父、"后爹"身上所表现出的善良与爱心、责任与担当,完全颠覆了人们心目中那些自私暴戾的后爹形象。忻诚这个形象的成功塑造所具有的思想和教育意义,也使《穿越生命》这篇大散文富有了敬畏生命、礼赞生命的审美价值。

  大散文是一种对传统散文文本在题材性质、结构类型、人物塑造和表现手法等方面改良的载体;是作者通过"煽情""政论"和"抒情"的大肆张扬,对个体和时代精神的散文化表达。《穿越生命》这篇大散文的"魂",即是忻诚这个人物从该文中一路走来的一言一行,一举一动,是作者经过深层次的思考和情感积淀而寻找到的自身和时代精神,是久违的大爱甘露浇灌出的人性之花,是对人们经历的灾难和勇敢面对灾难的最好纪念。《穿越生命》的这种写作方式,就是在回答"生存还是毁灭"这个人生严峻问题的行走中边走边写,把作者思想和情感的碎片拼接出纪实的文字,并赋予忻诚这个人物的理想色彩,把非虚构类文体从现实伸向家庭和社会生活领域,拓展了大散文的创作空间。且看该文中的这段文字:"晚上8点45分,忻诚带着绝望的神情来到探视窗。看着那个曾经聪明伶俐、活泼可爱的小生命,那个只要回家便黏着他甜甜地叫爸爸的女儿,此刻正乖乖地躺在床上陷入昏迷状态,再不能喊他、亲他,不能与他笑,与他哭，与他撒娇与他玩耍与他跳舞与他奔跑，突然心里像被刀片割了似的，钻心地痛……"这种写实风格所产生的"煽情"效果极具冲击力，引起读者强烈的共鸣。这一表现手法，借鉴了小说的白描，特别是小说的人物刻画和环境烘托手法，文体的写作，打破了散文叙事、抒情的规范化，使《穿越生命》这篇大散文在思想和情感方面极具震撼力。

大散文对传统散文的改良，还表现在创作方法的创新。大凡是大散文写作，大都会在创作过程中借鉴或运用西方现代派（也称西方现代主义）的创作方法。《穿越生命》在讲述璐璐生性爱美、喜欢写诗作画的章节，很典型地运用了西方现代派中的自然主义的表现手法。这种追求绝对的客观性和崇尚纯真及自然，对现实生活做记录式的写真，颇为感染人、打动人。且看该文中的这段文字："奶奶像雪花一样温和，奶奶我被你打动了。你是一位诗人，你是可以当上诗人的，因为你是一名作者。""不久她就开始试着学写诗，并在《公学的童话》校刊上发表了《春天的雨》：春雨滴滴答/种子说/下吧下吧/我要喝水/我要发芽……"作者借孙女之口，道出了血缘亲情的天然和纯真。这种借孙女之笔崇尚自然和纯真的表现手法，具有一种惊人的思想和艺术力量，使这篇大散文颇具性格和个性色彩，读起来走心。

如果说大散文《穿越生命》有哪些不足的话，我以为它在政论性表达上还略显不足。要写好一篇大散文或非虚构类作品，作者要具有特别的敏锐和勇气，去直面一些不能规避的社会问题。在写作时调整和把控好自己的思想和情绪，把自己的爱与恨发散到文字里。怎么发散？这就是大散文的政论性和批判性之所在。纵观大散文《穿越生命》，它在政论性方面，把作者的"爱"抒发到了极致，但在批判性方面用墨不多。本文中的小主人公璐璐从求医到去世这短短的一年不到的时间，一方面表现了亲人竭尽全力的付出和无私大爱，另一方面也反映了一些社会问题。诸如对当下社会青少年儿童疾病的预防、医疗保障和大病统筹等现状，以及医院的一些乱象的揭示和思考。如果作者把观察到的这些现象和问题，通过一些情节的设置和细节的描写，以政论的手法表现出来，就会使该文更具有思想性和批判性以及干预生活的启示意义，使读者阅读起来更解渴、更走心了。即使该文存在这样或那样的不足，但瑕不掩瑜。《穿越生命》不失为一篇振聋发聩的大散文优秀力作。

2018 年 10 月 30 日定稿于成都

（此文刊于《天府影视》2018 年 12 月 24 日"佳作赏析"专栏）

【注】郎德辉，《四川新生报》记者、编辑部副主任、四川广播电视台《读书时间》《农村信箱》《法律维权服务》等栏目记者、编辑，四川省散文学会副会长，四川省作家协会会员，小说、散文、电视散文作家，作品获"四川省广播电视政府奖""四川散文创作奖"。已出版小说、散文集多部。

留在心头　留在笔下
——读袁瑞珍《穿越生命》

◎李临雅

《穿越生命》是袁瑞珍对于她的孙女璐璐生病到去世全过程的一段记录，可谓椎心泣血之作。她在经历了那样的变故之后，痛定思痛，和几个文友说起要写一个东西，大家都认为，这么刻骨铭心、撕心裂肺、伤筋动骨的经历，肯定应该记下来。

《穿越生命》的初稿写好后，小袁发给一些文友看，我在读的过程中就有万千感受，过后写了一段话给她："流着泪读完了你的文章。凄美之作，伤心的经历，优美的叙述。生命无常、痛彻心扉、生离死别、爱与善良、亲情、友情、人心……太多的东西让人唏嘘。如果没有文学之笔，那些艰难跌宕的过程、曲折心路的起伏就都会渐渐地随风飘去。你为你的亲人们留下了一部不愿再回顾，却也绝不愿忘却的记录。你为你的孙女璐璐留下了一座纪念碑，让她美好的小小少女的形象在那些文字中鲜活地永存。你也为你自己了却了一段心灵的重负，把它完整地、深深地放进了一个轻易不再触碰的地方，在经历了不是人人都可能经受的人生的深刻磨砺之后，再重新面对生活，把经过淬炼的感情奉献给你的亲人们……"

人性是相通的，尽管这样的事情没有发生在自己身上，但是对于亲人间的生离死别，对于失去孩子的痛苦，每个人都感同身受，特别能够理解。想起美国有一次校园枪击事件，死了好多小学生，时任美国总统的奥巴马说了一段话，大意是，这些逝去的孩子，作为生命的个体，不能再有完整的人生，没有了一次一次的毕业典礼，没有成人礼，没有婚礼……也就是说，为什么人们会对小孩子夭折特别感到痛心，特别不能接受，特别感到痛惜。是因为觉得这些孩子的人生还没有开始就结束了，生命之花还没有开放就衰落了。那种痛心，那种惋惜，难以用语言表达，怎么形容都不为过。

《穿越生命》写了璐璐的病程，也写了小袁一家人在这个过程中的所有努力、所有艰难悲痛的经历和心路历程，更记录了亲情、友情，客观而真实地再现了人性在灾难面前的种种展示……而所有这些，他们必然会留在心头，但对于写作者来说，更要留在笔下。

现实生活中很多人的人生都是丰富、曲折、很有故事的，很多人都有一些不一般的经历、阅历，但是很少有人能把它记下来、写出来，于是随着时间的推移，也就真正地往事如烟，再没有了痕迹，最多也就是个人的一些记忆碎片。从这一点说，作家们，从事写作的人，是很幸运的，他们用文字记录生活，记录感情，包括极具私人色彩的生活和感情，把现实生活上升成为文学作品，从个别中提炼出带普遍性的意义。这样的作品一经发表，成书，在社会上流传，就不再只属于个人，而是成为社会的集体财富，集体记忆，成了一种永恒。无论什么时候读起来，那当初的故事，都还是生动的，鲜活的。

而你写的东西，表达的思想和感情是真善美的，是积极向上的，健康的，就会给人以影响（当然，坏的也会有影响），这样一来，这些东西，这些优秀的文学作品就会成为人类创造的精神财富的点滴，或者说组成部分。这样说，一点都不夸张（有很多实例）。而且，除了精神层面的意义，有时候有的作品还会有一些很具体、很实用的价值。比如说著名作家周国平有一本书《妞妞》，写他的女儿。他的妻子怀着那个孩子的时候，得了重感冒，一个没有经验的医生给她照了 X 光，结果孩子得了一种很特殊的病，生下来只活了几岁。周国平把这个孩子生病的全过程，也就是她整个生命的过程都记录了下来，不光是写她的病，病情的发展、演化，也写了人的感情体验、心路过程。人和人之间的冲突、纠结，因为他是作家，是用文学语言来表达的，写得很详细，很形象。他这本书出版以后，美国一个医学研究机构把它作为对这种病的一个典型个案保存下来。从某种意义上说，他个人的痛苦，个人经历的记录为人类也做了贡献。所以，不要小看文学作品的意义。也不要小看作家的劳动。

对于写作的人来说，所有的经历、阅历，所有的见闻，不管是什么样的，都可能成为文学创作的素材，都是一笔财富，都是不应该被浪费的。越是特别的经历，越不能放弃。表现生活，探究人性，是作家的责任和义务。如果面对生活中的重大事件，对人的感情有极大冲击力的事件，对集中表现人性、人心的典型事件无动于衷，就是一种失职。

面对生活中的磨难、灾难、意外、伤痛等等，重要的是怎样去看待它、对待它、表现它。怎样走出痛苦，重新勇敢地生活，把命运给予我们的东西不光是留在心头，更要留在笔下。袁瑞珍的这部作品，就是一个成功的范例。

2018年10月23日

【注】李临雅，原《晚霞报》编辑、《四川散文》编辑、四川省散文学会理论部副部长、成都市金牛区作协副主席、中国散文学会会员、四川省作家协会会员、成都市作家协会会员，四川散文奖获得者。已出版《流痕》《海外归来的龙门阵》《另外一种风景——非洲札记》多部散文、随笔、评论集。

天使翅膀上的一缕阳光
——谈袁瑞珍散文《穿越生命》的艺术特色

◎江铭记

作者在一篇作品中，在运用语言、主题思想、故事情节、人物命运等等方面，传达给读者的特殊感受，就是作品的艺术特色。

袁瑞珍为人，阳光开朗，重友谊，遇事不争，常作退后一步想，待人圆融大度。因此，她的文章既有诗一般的优雅，又有一股洒脱飘逸之气，像晾在阳光下拉成"帛"的蜜，透明且带凉甜，读之胸臆舒张。长篇散文《穿越生命》是袁瑞珍在散文创作上的一次飞跃。在《穿越生命》以前的散文，尽管在语言的诗化、描写的空灵、主题思想的新颖以及结构等方面做过不小的努力，但在主题思想的开掘上，仍有些"小我"的自恋；在注重了描写空灵的同时，难免有些笔墨恣肆。因此，李治修老师在《丽句与深采并流，偶意共逸韵俱发——论散文的诗意美兼评袁瑞珍散文创作特色》一文中指出：要防止"从空灵而退化成为空洞。"一语中的。在《穿越生命》一文中，作者很好地克服了以前散文写作上的一些不足，上升到一个新的层次。这是一次飞跃。她对生活的理解，对人的心理解构，对事件的透析能力，以及主题思想的开掘，都是一次"井喷"式的迸发。一篇好的作品，应该有一个相应的好的外在形式来容纳，有一种独到的技巧，将不断变换的时空中出现的人、事、物天衣无缝地安排进去，使作品产生极大的艺术魅力。虽然说"文学的最高境界是无技巧"但任何天人合一的事物，都有微雨轻尘，雪泥鸿爪可寻。

首先要解构的是《穿越生命》一文的结构。

一、结构疏朗开阔，包容紧密

《穿越生命》一文所描述的是一个小生命的不幸。但它与国计民生相比，只是一个家庭的不幸，很容易写得很平凡，或者很悲痛。平凡的作品抓不住人心，悲痛能够收到同情，不能使人受到心灵的撞击，不能产生强大的艺术魅力。这就需要作者运用写作技巧，将小题材写出大格局来。结构显得非常重要。用《文学的基本原理》中的论述来说，"在叙事性作品中，结构主要表现在情节的安排和组织上。"《穿越生命》的结构很跳跃，劈出的空间很开阔，包容性很大。

在第二章里，大家都在为璐璐不能尽快作"骨穿"准确诊断出病症时，作者却插叙了一大段女婿忻诚与璐璐父女之间的亲密描写："……当璐璐张开手臂像一只漂亮的花蝴蝶般扑进忻诚的怀里，嘴里嚷着'爸爸我给你加油'小嘴便亲一下忻诚脸颊的时候；当忻诚驮着璐璐在客厅的地板上玩骑马的游戏，或拉着璐璐的小手转圈跳舞的时候；当忻诚带着璐璐在海滩上拾贝壳、玩沙雕，在大海里追逐浪花的时候……我常常盯着璐璐想：'这孩子也算幸运，命中遇上个这么好的继父……你可要好好成长啊！'"这一段叙述，写出了忻诚和璐璐不是亲生胜似亲生的父女深情。

在第五章里，作者在为孩子的病情确诊着急，为孩子的病床着急，为需要大量的血小板找血源着急，为孩子的治疗费用着急的时候，在第六章，作者却把生死攸关的孩子放在病床上，自己坐在了"金苹果公学"里。她写道："这是一个阴冷的初春的早晨，天空阴沉沉的，飘着若有若无的零星小雨，路面有些湿润，微风刮过，树叶摇摆着，发出沙沙的响声，人身上便觉一阵寒意。我紧了紧风衣的领子，向璐璐就读的金苹果公学走去……"这一段抒情的描写，看似离开了主题，但通过看到孙女画的画，作的诗，璐璐的各种奖状等等，立即触景生情。这么聪明乖巧的外孙女还能不能重新回到学校呢？想到她严重的病情，不由得热泪潸然而下……也更加坚定了一定要战胜白血病，让外孙女重新回到她心爱的学校，不惜一切代价的信念。

在第十七章结尾处这样写道："2月16日上午，11点35分，小姨的手机突然响了，紫影在电话里急促地说璐璐正在抢救，让我们速到移植仓。于是我坐上轮椅，小妹推着我就往医院跑。从宾馆到医院路面空无一人，大雪依旧不停地飘洒，隆冬的'燕达'已是一片白色世界。呼啸的北风舞动着漫天的雪花，雪片飘积在路面和两侧的行道树上。凛冽的寒风狂暴地扑打在我的面颊上，呜咽着往人身上死命地钻。小妹慌乱的脚步声和轮椅碾在雪地上发出的嘎吱声特别地刺耳。我的心咚咚地跳着，紧张得快要从胸膛里蹦出来……"这一段描写，预示着一个小生命即将结束，生命苍白如飞舞的雪花，无望的心里冰凉彻骨。这个时候，人的心最容易牢固地钉在病人的身上，脑子里出现"空洞"，什么也不想，什么也想不起来。也许作者当时什么也没想，但下笔作文时，你不能将一大段空白时间让读者去惶惑，作者避开主要人物逐渐消失的生命体征来写一段雪地的凄清空旷，更给人一种无助的悲凉彻骨，欲哭无泪的凄怆绝望。

这些笔墨并不显得突兀或多余，它彰显出的是结构上的开合有度。让故事走出病房，暂时离开孩子，走进一个更广阔的叙事环境中去。从而，使一篇发生在病房里的故事，具有了更大的想象空间。散文理论中有一句"形散而神不散"的论述，什么叫"形散？"具体到《穿越生命》这部散文里来理解，就是写病房里的故事，一定不要纠结在病房里，纠结，文章就气紧脉绝；什么叫"神不散"？就是离开了病房，但笔墨始终不要离开主要人物。离开不是横生枝节，而是更加深化主要人物的形象。结构不只是一篇文章的框架，更是一种胸怀，一种气度。真正做到大地无垠，山河纵横，自然有无边风云，气象万千。

二、细节描写的艺术魅力

细节是文章的筋肉血脉。筋肉强劲，血脉旺盛，人才有气魄神韵。袁瑞珍善于抓住细节。《穿越生命》一文中的细节很多，重点是在治疗白血病，治疗的手段是最重要的细节。抓住了这些细节，就抓住了读者感情最柔软的地方。

笔墨细腻，是袁瑞珍所有散文的一个特点，在《穿越生命》长篇散文中，细腻更见突出。孩子住进病房，首先找医生问病情，找朋友献血，许多事一下子纠缠到一起，很难件件写得清晰，但作者一支笔，非常冷静，逐一呈现出来。在第3页第2段第3行写道："女儿从包里掏出手机，带着哭声给女婿忻诚打了个电话。一会儿，忻诚急匆匆赶到医院，见面劈头就问：'是不是医生搞错了，璐璐的血液怎么可能有问题？'又从我手里接过那张化验单，仔细地看着，脸上露出紧张的神色。他抱起孩子，向急诊观察室走去，脚步竟有些凌乱，也许这不到一百米的距离在他脚下是那么长，他恨不能一步就把孩子送入病房。进入急诊室后，医生立即进行紧急处理，一边发出病危通知书，一边输入止血药，并征求我们的意见，是否愿意输入体免疫球蛋白……一次要输入10瓶……第二天抽血化验，血小板不升反降，又输入10瓶，仍然没有上升的趋势，情况非常紧急，必须立刻输入血小板。而血小板医院是没有现成的，必须由患儿亲友捐献，捐献者需身体健康，与患儿的O型血相匹配。于是立刻电话通知各亲友。"

这一段文字，叙述了八个层次的事件，件件脉络清晰，断续交集，错落有致。

最抓住读者心灵的，是对细节的描写。比较专业的治疗技术，比如"骨穿""打鞘"这些读起来十分文明，形象非常娟秀，如穿着白大褂，亭亭玉立在面前的白衣天使。其实是魔鬼样狰狞，非常的残酷。

且说"骨穿"，作者在第10页第3段写道："病床上，孙女璐璐正在使劲地哭，大声央求着：'爸爸，我不做骨穿。妈妈，你去给医生说，我不做骨穿！'

'要做的，做骨穿才能确诊你得的是什么病，才能确定怎么吃药治疗。'

'可是我听别的小朋友说，做骨穿很疼，我怕，我就是不做。'

'好了，听话，……这个骨穿是一定要做的。'女儿眼里噙满了泪花，哽咽着说。"

"……忻诚抱起哭闹不止的孙女，将她送入骨穿室……一会儿，那扇紧闭的门里传出孙女声嘶力竭的哭声。丈夫和女婿忙离开护士站向走道的另一端走去。在这个时刻选择离开，也许是男人掩饰自己慌乱情绪的一种方式。我和女儿却挪不动脚步，我们就那样站着，眼泪不断地往外涌。"接着，作者回忆起在20世纪90年代她自己做过的一次骨髓穿刺的亲身经历。"我曾因病到华西医院做过一次骨髓穿刺……那种恐惧感突如其来，无法逃遁，让人不寒而栗又刻骨铭心……一周后我去拿检查报告单，却被告知染色体检查数据不确切，需要重新做骨髓穿刺，于是我断然拒绝，扭头就回了单位。我一个成年人尚且如此，何况一个还不满8岁的孩子？想到此，心便撕裂般疼痛起来。"

"我一定要记住这个日子，现在是2012年4月4日下午两点，我的孙女第一次做'骨穿'，我在心里对自己说，因为无论检查结果是否确诊白血病，这样的骨穿将伴随着今后的治疗经常进行。"

想想都叫人感到可怕。更可怕的还有"打鞘"。在12页倒数第3段里，王焖教授演说了"打鞘"。

"什么叫'打鞘'？是做手术吗？"女儿一听到这个名词就紧张起来。

"你别紧张，'打鞘'是俗称，医学上叫'腰椎穿刺'，是白血病患儿一个常见操作。在血管与脑脊膜间存在着一种天然的组织屏障——血脑屏障，致使大多数经血管内给予的全身性化疗药物，很难通过此屏障并在脑脊液中达到有效的治疗浓度，会使中枢神经系统成为白血病细胞的'庇护所'及复发的根源。因此，对于明确合并'脑白'者，'打鞘'是重要的治疗方式之一。"王焖教授说得十分轻松，就像一次科普。但作为读者的我们读了这段文字，心里都沉甸甸的，更何况我们的小天使和她的爸爸妈妈，爷爷奶奶的心情是多么沉痛！了解了现代医疗的手段，也看清了文明的残酷。1842年，德国的病理学家鲁道夫·魏尔啸首次识别了白血病，已经快两百年，人类治疗白血病的方法还这么血腥，工具还这么狰狞。难道就不能发明出更人性化更有效的治疗手段？我们只能谴责临床医学的麻木不仁。

在 13 页第 2 段，作者写道："女儿突然生出一种极度的恐惧，'这么小的孩子要经历这么痛苦的治疗，上天啊，你怎么这么残酷？'女儿心中悲愤地问道。"但恐惧和悲愤挡不住死神的脚步，随着时间的推移，一步一步走近璐璐。死亡是可怕的，第一次经历死亡，更是一次考验。

作者在 38 页最后一段写道："这是一个有点诡异的夜晚，空气中飘浮着一丝死亡的气息。六楼走道里突然安静下来——有悲伤的哭声从紧闭的病房中传来。那是撕心裂肺的哭声，让人不由得心悸。有人轻轻说了一句：'6 号病床那个女孩走了。'……所有患儿和家长脸上都罩上一层阴冷和恐怖的神色……这是璐璐第一次经历一个孩子的死亡，第一次真切地闻到死亡的气息。我不知道这件事对璐璐幼小心灵的冲击有多大，也不知道她在那个晚上经历过怎样的心路历程，总之，孩子似乎在一夜之间长大了。在接下来的化疗中，不再哭闹，吃东西吐了后漱漱口再吃，吃药吐了后再接着吃……就连她最害怕的'骨髓穿刺'和'打鞘'也不需要我们陪伴，而是自己走进治疗室接受手术……最后连做手术的那个女医生都感动不已，特意到病房对我们说：'张璐璐太坚强了，坚强得让我都不忍下手！'说这话时那个女医生眼里包着一汪泪水，几度哽咽——有时候一个孩子的坚强会戳痛人心底最柔软的爱的触角……而我们却为璐璐的乖巧、勇敢和坚强心疼——那是一种心尖上发颤、深入骨髓的心疼，这种心疼不知怎样描绘、如何表达……"

这些细节的描写，让我们看到了现代医学科学在疾病面前的软弱乏力，对死神到来的无助，对一个乖巧聪明、求生欲极强的孩子起死回生的乏术。这些细节也告诉人们，白血病患者在接受治疗过程中的痛苦。这种痛苦是说不清楚的，是撕心裂肺，割肉剜心似的。正是这些细节描写，让读者的心也在痛苦流血。通过这些细节，才引起了我们的共鸣。

三、一群人在为璐璐阻挡死神

长篇散文《穿越生命》里，写了一群人，这是作者最成功的地方。散文写人，与小说作品里写人是不一样的。小说写的人，大多是作者平时长期观察积累起来的素材。更重要的是，小说是根据积累的素材提炼出来的，是虚构的人物。散文则是根据平时生活中的人物，通过作者仔细观察，抓住了他们的表现特征，这些人物是真实的。唯其是真实的，这样的人物更难写。特别要写出人物不同的表现特征更难，它需要作者平时细致观察各种人物的内心和神态，需要作者长期的写作磨炼。袁瑞珍在《穿越生命》以前的散文，都比较短，也有一些人物形象在里面，那些形象，大多数是作者自己，或者是山水景物。也因为短，才承载不起人物的分量和活动的空间，像《穿越生命》一文中写了这么多人物，尚属第一次。说明袁瑞珍已经有很强的文字驾驭能力，不但可以写散文，还具有写作其他体裁作品的能力。

粗约的统计，在《穿越生命》长篇散文中，约有40多个人物出现。每个人物都带有他（她）们的个性特征：侠义心肠的杨洁、儒雅厚重的王焗教授、外表冷静心肠火热的初莉教授、慷慨献血的王峰、做事干练的三嫂，都有个性，就连那一大群未曾露过面的武警战士，都能体会到他们的呼吸和灼人的体温，都与小璐璐的命运交集在一起。这一群人都紧紧围在璐璐的周围，用每个人的"念力"为她阻挡着死神。着墨最多的当然是作者一家人和璐璐的继父忻诚。

忻诚是璐璐的继父，是起决定作用的人物，每临重大的变故袭来，都是忻诚用肩膀扛住，做出决断。他在经济、精神、爱心各方面付出都是最大的。更难做到的是，作者在同一个场景中，写出每一个人的不同反应。

"电梯等候厅里的灯光有些灰暗，给人的脸上罩上了一层阴影，我和女儿一直在不停地擦眼泪，大家都在揪心地等待孩子的确诊。

'咋个那么不凑巧嘛，赶上个清明节的小长假，要不这个检查早做了。'璐璐的外公有些急躁。

忻诚抬头看了岳父一眼说：'爸，你也别急，这事都遇上了，急也没用。'

'不能确诊，怎么对症治疗呀？'

'这几天用药后，还是有点效果，璐璐的眼睛都开始消肿了。'

'是呀，大家要有信心，我有三个依靠。'

'三个依靠？啥子意思？'女儿的小舅有些疑惑。

'第一，依靠当前高速发展的现代医学科学技术；第二，依靠我们具备的一定经济实力；第三，依靠亲情的强大力量。'忻诚的语气中透着一股坚定和魄力，神情像在公司里决策一件重大事情。

我心中为之一振：'这话说得可真好。既提纲挈领，又具体可为，不愧是企业老总的气魄。'"

张冀的出场是不见其人，先闻其声：在第15页第一自然段第一行："在一间茶楼包间里，我们夫妇、女儿，还有我的小弟围坐在一张茶桌边等待张冀……我们约定的时间已过去了半个小时，人还没到，不仅有些着急，我便从手提包里掏出手机，给张冀打了个电话。电话中他告诉我路上堵车，一会就到，声音有些慵懒，带着一股漫不经心的味道。'吱'的一声，包间的门被推开了，张冀走了进来，见除我之外，还有其他三个曾经熟悉的人，不仅有些诧异，眉梢向上挑了一下，眼睛看着紫影目光有些疑惑。"就这短短一段文字，写出了张冀面部和心里的许多活动。

忻诚和紫影是一对夫妻，是璐璐的父母，是承担着痛苦和纠结最重的人。作者在写他们夫妻的心绪变化时，更是倾尽了感情和笔墨。在第19页写道："'紫影，跟你商量个事。'忻诚对正在为璐璐写治疗笔记的女儿说。紫影抬起头，合上那本16开的笔记本，将遮住眼睛略带卷曲的一缕长发拢到耳后，用疲惫的眼神望着忻诚：'什么事呀？''我看璐璐住院也不是一天两天就能出院的，恐怕得做好打持久战的准备，虽然有妈妈和小姨在医院帮着照看，但时间久了，你身体会吃不消的。再说了，苗苗才刚满一岁，也经常哭闹找妈妈，你在医院心里也牵挂着她，我与妹夫商量了一下，准备把他嫂子请来专门照顾璐璐，这样你也可以有点休息时间，我现在最怕的就是把你和妈给拖垮了，你看这样安排可以吗？''那好呀，这样我就可以抽点时间回家看看苗苗。忘了问你，苗苗这几天情况怎么样，她吃饭乖吗？有没有生病呀？杨姐带她上早教课迟到没有？''你就别操那么多心了，苗苗一切都好。'听忻诚这么说，女儿疲惫的脸上露出了笑容，瞬间恢复了往日的妩媚。这个时候，忻诚的体贴让她的心理得到极大的慰藉，向忻诚投去感激的一瞥。"这是对璐璐将要长期治疗的安排，是夫妻间的情感交流，也是对妻子的体贴爱护。这一段描写，细致入微，把眼角眉梢间流露出来的爱都传神出来了。生活中难免会遇到乌云蔽日的时候，"明天"和"不幸"，不知哪个先到。有这如惊鸿一瞥的眼波流转，人们才能勇敢地去面对不幸。

在第87页，璐璐不幸停止呼吸。在场所有的人都悲切痛苦，但表现出来的形式各不相同。作者写道：

"……11点零6分，璐璐停止了呼吸，生命的灯黯然熄灭……

忻诚的眼里蓄满了泪水，眼镜的镜片上一片模糊……

紫影哭着，放声地哭着，不断亲吻着女儿的脸，用手抚摸着女儿的眼睛和脸颊……

在病床的一侧，璐璐的生父张冀看着女儿，眼里含着泪，握着女儿的手摇了摇，便脚步踉跄地走出移植仓……突然站立不稳，整个身子顺着墙滑下去，跌坐在地面，随着一声低沉压抑的哭声从胸腔里出来，便不可抑制地抽动双肩，大声地、绝望地哭起来。

璐璐的外公在移植仓的过道里早已涕泪纵横，泣不成声，他想进入移植仓去最后抱一抱外孙女，却挪不动脚步……

而我则目睹着璐璐从昏迷到死亡的过程，心早就被悲伤与痛苦摧残得千疮百孔……"

《穿越生命》一文中写人，是十分成功的。

四、在生死面前的人生况味

躺在病床上的璐璐，不仅考验着现代医学对抗死神的抗战能力，也在考验着许许多多亲人的"人生意识"。"人生意识"是余秋雨先生在他的《艺术创造学》里提出来的。大意是在文学艺术的作品中，要把人的生命的整个过程进行考察。这涉及文学的最终目标。一直以来，我们都坚持"文学是人学"的观点，自以为抓住了文学的本质，其实是很片面的。培根说过："艺术是人与自然相乘。"这句话的全部含意是"人"的"自然过程"，就是人生。这段话放到张璐璐面前有点大。但其实不然，从张璐璐身上反映出来的，就是一种"人生况味"。这是人生的本味。人生况味最直接的反映就是"人情冷暖""升迁荣辱""世态炎凉"等等。从张璐璐身上反映出来的人生况味，就是为治好张璐璐的病，她的亲人们翻过的一道又一道"坎"。

人生无常，灾难随时可能降临我们头上。人生有常，打点一副好心态，应对突然降临的灾难，这是作者的气象。她在《穿越生命》的14页写道："我们必须平静，平静地面对生活突然给我们的惊喜、幸福和苦难……当这个念头在我的脑中一闪而过时，那种椎心的痛居然逐渐消退。是的，每个人在面对突然变故时，感觉都是一样的，或惊恐万状，或痛不欲生，但最终每个人的结局都不相同，这里比的是定力。这个定力不是别的，就是心态……所以无论我们遭遇了什么，都要选择保持一个好的心态，这样你就不会过分地活在悲痛中，而是以阳光的心态去面对突然而至的打击和苦难，你就是自己命运的主宰者。"

我们见过很多风云人物，他们在一个稳定的环境里，把事件处理得八面生辉，而在突发事件面前往往失了"方寸"，张皇失措，进退两难。这就是心态失衡导致的才力耗损，耽误了大事。

作者的家庭在经济上具有一定的实力，但当"白血病"一旦确诊，也引起了一阵慌乱。在治病资金的筹集上，让作者也尝够了"人生况味"。在21页作者写道："……我突然感觉胸口有点堵得慌，便在电梯等候间的椅子上坐下来。其实在我送他们出病房时，我是想给他们谈璐璐治疗费问题的，但话到嘴边又咽了回去，因为忻诚不让我给张冀和他家里人提起这事。"忻诚把璐璐当成了他的亲生孩子一样疼爱着，承担起了全部的责任和义务。而璐璐的这个病不一般，眼下每天的花费都是几千，如果一旦出现特殊情况，得花多少钱真还说不清楚。而眼下忻诚公司的一些项目又"多有亏损，资金周转出现问题，如果让忻诚硬撑着，似乎也不太合适。张冀每次到医院看望璐璐，都是沉默寡言的，从未提起过璐璐医疗费的问题，甚至连每月600元的生活费及教育费和医疗费都没有兑现。现在璐璐病重住院,该不该与张冀谈医疗费,这事倒挺让我纠结的。"

回到病房,见孙女璐璐因为怕掉头发变得难看,"哇"的一声哭了起来。此时,作者除了细声细气地开导孩子,就是:"我将孙女搂在怀里,在她额头上亲了一下,心里却像打翻了五味瓶,酸甜苦辣各色杂陈的滋味如浪般在心里涌动,眼里便有些潮湿,我使劲忍住,没让眼泪掉下来。"这一段叙述可以说作者的心里是泣不成声。最后,作者将所有股票抛掉,加上她和丈夫两人的工资卡,全都交给女儿,作为外孙女璐璐的医疗费。

赴美救治,这几乎是遥远的天边露出的一线亮光。当一切手续准备就绪,小璐璐的病情突变。取消赴美,是明智的选择。但赴美治病是小璐璐心中最美的一道亮光,如果将这最后一道亮光关断,小璐璐眼里,对人世间一点希望也看不见了。小璐璐留给她的亲人们又一个两难选择。这时,一个涉世未深的女孩,用她与璐璐一样晶莹透亮的心,替小璐璐想到了。侄女雪雪说:"我认为,如果取消美国之行,璐璐就看不到希望。如果有最坏的结果出现,也应该让她在希望中离开人世。"这等于是替所有关爱着璐璐的亲人们作出了最后的抉择。作者用一张人世间最美的纱巾包裹住了那个最残酷的现实,让小璐璐藏在纱巾后面,眼睛一直追着那一线微弱的希望之光,走到了生命的尽头……在生死面前,人性得到了升华,《穿越生命》又超越了生命。

这一步一步的艰难抉择,这一层一层的人生况味,让作者心里注满了人生百味。正是这些人生况味,让所有读者的心,跟作者紧紧连在一起,引起心理上的共鸣。我相信,所有读者都不会遇到作者所面对的灾难,但所有读者都会在各自的人生旅途中,品尝到跟作者一样的"人生况味",或者,若干年后,所有读者在尝到人生况味时,会油然记起这本书来。这是文学带给读者的升华。

爱是贯穿《穿越生命》一文的主题,爱的阳光一直温暖着璐璐,照着她一直追着前面的希望,直到生命的最后,这缕希望的光都没有熄灭。成为"天使"的璐璐,带着这一缕爱的阳光,慢慢飞向天堂。

我们常说"家国不幸,诗人幸。"家国不幸,给作家提供了透视生活的视野和抒发悲悯情怀的对象。可以说，小天使张璐璐，能生在袁瑞珍这样爱意融融的家庭里，是她的幸运；这个题材能撞到袁瑞珍手里，更是一种幸运。自科学认识了白血病近两百年，在全国、甚至全世界有那么多患白血病的儿童死亡，我们还没有看到一篇文章像《穿越生命》一样，详细描述白血病儿童，在现代医学科学的怀抱里痛苦挣扎的文学作品。也许是我们见识寡陋。从这个角度来看，袁瑞珍的《穿越生命》不仅仅是具有一种文学的高度，更具有了深远的价值意义。

2018年10月19日

【注】江铭记，原中国核动力院二所党支部书记、堆谷文学社社长、四川省散文学会理论部副部长、小说、诗歌、散文作家，其文学作品常见诸各级报刊。"四川散文奖"获得者。出版有评论集。

漫话《穿越生命》的写作技巧
——简论细节

◎吴中奇

写这篇文章时值秋分，昼夜平分，阴阳均衡，自然如此；春思秋愁，苦乐兼备，人生亦同，毫无例外。奇遇佳节，婵娟羞见，遍插茱萸，却少一人，今夕何夕？

读书人看此书，心苦掩卷稍息；作文人看此书，噙泪搁笔停写；著述人看此书，能不动心伤情？

话说本书细节，文章学的历史告诉我们，描述细节，古已有之，且甚重视，并非始自今日。我以为从古至今，还没有人超越太史公在《史记》中，对人物形象细节的重视与描述。从《列传》里看到的实例太多，此处不欲赘述。只想说明笔者选题作文的初衷，意在评述强调细节和情节在写作中的重要性。

《穿越生命》由于作者重视与调动了写作技巧——"细节描述"，展示了"意在言外"强大的艺术魅力。这不，细节在这特殊语境里所展示的功能：本书通过细节，达到了言简意赅，以小博大，见微知著的目的。

《穿越生命》的主人公是作者不满8岁的孙女，不幸患上白血病，主线是患儿璐璐治病的全过程。笔者在读此书时，时觉心酸，老眼噙泪，不得不时暂且掩卷调整情绪、心态和气息。这里不妨模仿作者的倒叙笔法，简单说明璐璐有多么可爱。试看："璐璐生性爱美，对美的事物似乎有一种天然的悟性，从小就喜欢花花草草，喜欢外出旅游，又喜欢弹琴跳舞，喜欢玩漂亮的玩具，穿漂亮的衣服……四岁就搭配衣服，而且效果绝佳。"这里略引几句作者描述，足见这个人见人爱的乖孩子。她的早逝能不令人揪心顿脚，痛彻肺腑！能不引人深思更多关联的问题？

　　细节开头，作者在首页便开宗明义地指出，孙女璐璐因病入住"省内一著名医院"。注意，这儿没用"某"，而是"著名"，通观全文这个用词颇富深意。既照顾后面"病房早已住满患儿，长长的走道上一张紧挨着一张病床，全住满了患白血病的孩子，有几个月的婴儿，也有十四五岁的大孩子……走道上闹哄哄的，不像病房，倒像个市场。"护士说了真话："能收进院住到过道已经不错……"又为后文北京院士指出四川某著名医院的判断失误、用药保守和两次失去移植机会设下伏笔。

　　在此笔者极想顺带说几句题外话，笔者对此深有体会，感同身受，如今联想起来还不乏切肤之痛。

　　难忘的2006年！

　　我原装的另一半，本身患有高危心衰病史，突发高烧，伴有左大腿腹股沟流出黑色液体，也被四川某著名医院（四川的三甲医院有哪些？哪家医院可以称为"著名"医院，我想四川人都心知肚明！）入住感染科。疮口术后，久不愈合，两次活检，CT两盘，未见异常？！术后七天过去，伤口仍不愈合，两周结束，创口依旧，劝令出院。家附近有家省级医院，适值一位朋友系该院肿瘤胸外专家，留美数年的陈君系我旧交，海归未久，经他目测，初定为癌。年轻硕士，乃病床主管，狂妄自大，不以为然，创口依旧，只好手术，取出直径约五厘米的球形肉团，经活检，结论"恶性黑色素瘤"，属于皮肤癌。据称病灶在左脚小指，需要截肢。夫妻同声拒绝。尽管妻的"癌症"对我们来说，犹如晴天霹雳，当时的精神压力，可想而知，妻很坚强，没有流露出绝望情绪。她的希望全部寄托在我身上，她对中医不无信任，一则她目睹我母亲的卵巢癌，是我在听取也是前述这家"著名"医院多科会诊结论，由于高龄，不能手术，不久人世，放弃治疗。我呢，俗话说：死马当活马医。凭借老爹是成都、乐山颇具盛名的老中医，在我儿时耳闻目染和所受熏陶，加之利用纸质专业医书和互联网印证，我采用中西医药结合，终于挽留母亲八年有余。母亲最后年高岁老，因摔跤事故过世。妻亦在创口痊愈后又因感冒并发心衰而辞世。

其所以不厌其烦地耗费文字，旨在说明作者在细节上采用了"春秋笔法"。不说我家遭遇，只说这号称一个"著名"的医院，由于让患儿失去两次移植的机会，从而使一朵含苞欲放，将来可能还是一朵开不败的花朵，就如此这般早早凋零。再者例如对我的亲人，医方就因怕承担责任而放弃治疗。这些过与错，缺与失，我们能向谁诉说？真是欲哭无泪，投诉无门。所谓天定人寿，已经尽力，合理送终，如之奈何？从此以后，我是再不迷信，因为盛名之下，其实难副！

我现在才体会到难怪尼采把道德分为两种："有独立心而勇敢者曰贵族道德；谦逊而服从者曰奴隶道德。"由此进一步证明作者用细节阐述实现了"见微知著，意在言外"。对我而言，则是同病相怜，感同身受！医改哦医改，何时才改得与国际接轨？患者才得到有监护和评估的有效诊治？在此，我盼有权者别让患者和家属长时间无奈地在等待中痛苦地呻吟！由此使人联想起如今医患纠纷不少，这自然有医患双方各自的主观原因，设想主管职能部门能否在这些方面多动点脑筋多想点办法呢？

笔者建议：1.立法要跟进；2.成立专业法庭接受投诉与告诉；3.法庭的主要任务是调解与裁定；4.组成人员当是懂行的医学与司法人员；5.一审定案，个别特殊情况可申诉。借以保证医患双方的合法权益受到公正待遇。

细节一，作者的女婿"抱起孩子，向急诊观察室走去，脚步竟有些凌乱，也许这不到一百米的距离在他的脚下是那样长，他恨不能一步就把孩子送入病房。"短短不到50个字，把一个视为己出的孩子，三步并作两步地送进病房，急促的情绪，爱的深度和纯真都表露无遗。

细节二，在这个第一章结尾前的小小段落里，提出了生活中的重大问题，质疑了环境污染和食品安全。质疑有根据吗？有！一、怎么会有这么多娃娃得血液病呢？二、护士说，今年得这个病的特别多，我们科病房收治能力都超极限了；三、地沟油、三聚氰胺和水与空气。总之，"连大人都遭不住，不要说小孩了……"

我只能说一句话，作者的良心，对社会的责任感，彰显得十分透明。我再多一句话，都是苍白无力的多余话。家庭的灾难已成为作者心头永久的痛，对此，我还能再说什么呢？否则就有在伤口上撒盐之嫌了。

细节三，却很令人揪心。据称，急性淋巴细胞白血病有三个类型，究竟属于哪种类型，要"送北京检验的结果才能确定。"天哪！救命胜似救火，四川成都，虽然算不上先进的发达地区，但也不完全是落后的山区，何况成都是正在迈向西部中心的国际城市，却如此空缺众多患者或许都需要的检验设备，令人很难理解。偌大的成都市乃至四川省均无此设备，人们有理由质问：中央财政每年投入那么多钱，怎么用的？主管职能部门的领导们干啥去了？"著名"医院的领导者难道不懂行？面对生命，尤其是祖国的花朵，对此，能不由人产生出愤怒？

恰好，这一切也没有逃脱作者锐敏的眼光，当然更逃不脱作者的无情鞭挞。

细节四，钱，在现代，是许多人为之神魂颠倒，乃至不顾身家性命，甚至于杀人越货，可见这个财神，对人们是具有多么强大的诱惑力！而且，钱，简直就是个对人十分敏感的玩意儿。不是吗？如今有点像古人说"人皆嫌命窘，谁不见钱亲"？所以钱能通神，钱能开路，不胫而走，飞满天下！

作者看清了当今社会存在的物欲横流，道德沦丧，尔虞我诈，虚情假意，真爱贬值的现实。且慢，作者却也不失时宜地发现社会生活中的亮点，这也是作者从以下几个细节表现的：璐璐的继父向作者的表白："璐璐的监护人是紫影，我和紫影结了婚，璐璐便是我的女儿，作为父亲，我就要承担起养育她的责任和义务……花再多的钱，那也是我的事。"

哇！听，一个现代的真正男子汉，一个大气凛然的男子汉，一个勇于承担责任的男子汉，一个充满人格魅力的男子汉，一个感情充沛热情似火的男子汉。这些话不多说了，明眼人一看作家笔下流露出的情绪细节，即可得出自然的结论。

细节五，外景与心境的相互作用力。"窗外那棵有七八层楼房高的硕大槐树在风雨中摇摆，垂挂在枝条上的槐角被风雨撕扯着飘来荡去，如同我此刻的心境，悬吊吊的，摸不着边际。"心境，究竟如何表现，因为它无声、无形、无色，是比较空灵的概念，作家使用修辞手段加以形容，对比陪衬，使心境得到比较直观具体形象的表现。

　　细节六，当生命的热情被点燃，生命的航船也立即起航。当璐璐听见他爸爸忻诚告诉她："苗苗整天都在叫姐姐呢！你好好治病，病好了回去陪苗苗玩，好吗？"孩子很听话，答应："好的！我吃药的时间到了吧？快给我倒水，我要吃药！"毋庸多说，就凭这一句话，一个表现，足见璐璐是个多懂事，多么乖的孩子！

　　孰知孩子即将面对恐怖的八次化疗？笔者揣摩恐怕这正是移植的好机会，却被单纯的化疗延误了最有效的治疗时机。若是这个估计不错，这种缺失漏误，后果可想而知，家长找谁倾诉？平时我们都说"救人一命胜造七级浮屠"，反之呢？体征消失，无力挽救，合理合法，家属能怎样呢？一切问题，医方都可以一笔带过！这里也没有一点要玷污我们可爱的白衣天使，更无意不尊重医护人员的辛勤劳动和付出。相反，倒是要向他们致以崇高的敬意！

　　细节七，既是细节也算是情节。必须说，璐璐和同情与善良并存。与此同时，也给社会提出一个重大课题。一天璐璐病房来了一个九岁名叫倩碧的女孩，也是白血病孩，由于家穷，医疗费用已经不堪重负，拟放弃治疗。一月后，紫影再见同病的女孩倩碧去医院打针，已经判若两人，回到病房哽咽着说："刚才看到倩碧了，估计死神要来接她走了。"这话被"璐璐听见了，没说话，眼角滴下清亮的泪珠"。如果璐璐的这清亮的泪珠能说话，一定会说，亲爱的倩碧姐姐，我多么同情你，爱怜你，我却无力帮助你！

　　笔者已年逾耄耋，不得不感叹：人事、财政和卫生部门的执事们，你们疲倦了小睡一会是可以的，但不能久久装睡哦！天下寒士都急切地盼望你们急民众之急，把那些被权贵占用的医疗资源，拱让给急需的患者；把谋取暴利的"二传手""三传手"，送到它们该去的地方；众望所归的是早点把全民公费医疗提上议事日程，满足寒士们的获得感；小国、穷国都能做到的，我们应该也全能做到！

细节八，真善美仍然是社会生活的主流。几个细节构成一幅幅图画："师生情"是一幅充满情长谊深的清淡素描；复制、补充前述亲情：这个"无锡行"可以说成是在患儿病情缓解时，抓紧时间有意"放飞心情"。然而心情是无法放飞的。且看作家不慎摔倒受伤，首先想到的是"但愿我这飞来横祸换来璐璐病情的彻底治愈！"对此，我只能说"可怜天下父母心"！人真，心真，情更真！返蓉途中受到川航一路特殊照顾，可见这社会还是情满天下！北京的士司机对忻诚说的暖人心窝的话，以及璐璐生父经久站着看望璐璐，都十足体现了人类"性本善"的人性本质特征。

无可奈何不得不结的结尾。本来全书里还有下半部内容，还有更多精妙的细节描述，但由于笔者自私，考虑到自己年高岁迈，难御刺激，再者不忍再次目睹这活泼、天真、充满朝气与天赋的花季少女，竟然被病魔早早夺走生命，所以只好割爱煞尾。这儿，只能指望人类在医疗领域少犯点主观错误，便是普撒恩雨了。

医学作为科技，它的发展还有很长的路要走。"人定胜天"那也仅仅是鼓励人们上进的用语。我们只有耐心等待科技的春天早点降临人间！

逝者已矣，生者节哀！

八四叟吴中奇戊戌年孟冬于江安河畔鹭湖宫顽石斋

【注】吴中奇，曾任四川省茶叶公司秘书，在四川省农业银行学校工作，系《民营企业导报》倡办者，中华学校、省级会计师事务所注册会计师兼法人代表。两次荣获民建优秀会员称号。中华国学会、中国散文学会写作中心创作员、四川省散文学会会员。作品多发表于省级以上报刊，文章多被收入国家级散文、诗歌类出版物。

珍贵生命，留下精彩
——读袁瑞珍《穿越生命》散文集有感

◎吴　微

近日拜读袁瑞珍老师《穿越生命》一书，首先被其标题所吸引，虽然不是那么惊世骇俗，却感觉蕴含至高的伟大和至上的恢宏，囊括了天道同存万象本心，恒久奋发、拼搏不止的本质，勃发出生命昂扬的力度，令人振奋、深思，领略到哲理的启迪和对自身存在价值的拷问。

书中《穿越生命》这一篇最扣人心弦。一位美丽可爱、多才多艺的8岁小女孩璐璐不幸患上了白血病，为了战胜病魔，忍受着各种痛苦的治疗和煎熬，而陪伴的亲友，看着娇嫩的躯体、无助的挣扎、嘶哑的哭喊，病情的反复，也在饱尝椎心的煎熬和巨大的精神折磨。生与死牵动着每个人的神经，它的概念此刻已经变成实质的事实形态，人们必须接受残酷的演变，来不得半点敷衍和勉强。于是，在一项项计划制定、实施各种治病方案时，亲友们空前团结，凝聚出超越冷漠前嫌的力量，也在无形化解彼此心灵的藩篱隔阂，进行着人间暖晴的接力。与其说拯救女孩的生命是责任是爱心，那这场发生在医院拯救生命的赛跑，就是要除去感情的干扰，理性的决断无法预测的结果，迎接现实与时间，生命和感情，坚持和放弃之战。

我的神识扫过文字，走进那与病魔抗争，期望奇迹发生能够重新涅槃的美丽女孩，抚摸她蕴藏着生的愿望而单薄的身体，看她咬紧牙关忍受痛苦的治疗，还很懂事地安慰大人，用笑脸迎接每一天，我不禁潸然泪下……最终，亲友们付出了极大的辛劳，度过了无数黑白颠倒的时日，小女孩还是告别了人世，告别了亲人，如流星坠殒，如蓓蕾未绽而凋落。生命脆弱如此，没有等到亲友为她戴上桂冠，竟夭折在了希望的路上；一个娇美的灵魂，尚未尝到成长的快乐，却湮灭于眷念的世间。那是怎样的痛彻心扉呀，令人心为之悲，气为之囿，神为之散！痛定思痛后剩下的遗憾如刺如刃，让生者辗转反侧来追溯死亡的源头，扼杀生命的元凶，我们要问这与生态环境的破坏，食品过度使用化学品、造假、科技的迟滞等等没有关系吗？谁应该为此负责？谁应该承担洗涤生命污点的责任？

《穿越生命》不仅表现了人物复杂的感情纠葛和事件一波三折的起伏，也巧妙地透露社会深层的命题，比起写拯救生命的过程还要更具现实性、直接性。这样一条显线、一条隐线相互交织铺排，自然而流畅，深刻而率直，勾勒出生命的无常本质与意外的不可逆转，使本文的主旨提纲挈领，在导引事件发生的空间不断升华、跌宕、冲突中，给人惊心动魄震撼的同时，把公众关注的社会认识问题，保护与发展的问题，生存与价值的问题，一一摆在我们面前，孰轻孰重，答案自在人心。

《穿越生命》还让人意识到人生的短暂，生的权利和幸福尤其不易，所以，人们愿历经各种苦难，顶住一切压力，承人之不能忍，容天下难容事，把最美好的关切留给至爱亲朋乃至陌生人，哪怕自己的爱残缺，哪怕自己力有不逮，仍然持之以恒，锲而不舍，给了读者有力的诠释。文章的叙事在视野的累积上，宣示了一种纯粹而朴素的感情，一次比一次强烈的情节铺垫的场景，让读者看到了生与死无情的较量，看到了意志和情感交替造就的紧张氛围，沉入焦虑时，高音般升扬的感受撞击戛然而止，弥漫廻绕的音韵里，体会命运在这一时刻的纠结、急切、痛苦、无奈和离去，这恰恰彰显了穿越生命的精神内核，难以规避，深埋记忆，于大彻大悟前，勿需把持理智，以悲悯的庄严，宽容的肃穆接受惨烈；不必固守愁城，以卑微的理解，渺小的豁达去安抚疯狂，活着，为生命的尊严起舞，燃烧自己；逝去，为生命的轮回高歌，重塑信心，还有什么是死亡能够超越自我更高级的真谛呢！

我想，这就是作者将这篇力作的艺术和思想价值，以及散发着知性美和温婉的意态，通过潜心的笔触告诉我们生命的精髓不是无迹可寻，而是有例可援，有证可依！

如果把生命的存在定义为流动的诗意，那么《飘落在田野中的青春》就是一曲时代的悲歌。作者小小年纪响应上山下乡号召，满怀着理想抱负来到广阔天地的农村插队，单纯地想按照狄更斯的想法："我一直确信不移地认为，当我为改变自己的贫穷或默默无闻的处境而奋斗的时候，有一个思想一直给我以力量。"那样充满了激情，克服各种困难和群众打成一片，为了赚够口粮工分，拼命劳作，想凭一己之力改变些什么，多做些什么，以此印证自己的人生观世界观。但身边发生了互相诬陷迫害，任意罗织罪名，尊严被粗暴侵害，人性沦丧，道德崩坍的疯狂行径后，信念被打上了被欺骗被伤害的烙印，美梦随之破灭，寂寞和空虚占据了生活，眼见贫穷和浩劫像苦难的火焰四处蔓延，却无力制止人为的灾难，青春充斥了黑暗，精神陷入迷茫，无所适从……

作者翔实地描写，我感觉情绪是压抑的，黯然的，凄凉的，"文化大革命"那段历史曾席卷全国，触及了多少人的灵魂深处，至今虽然国运中兴，但余痛未消，伤痕犹在，提起是不想忘记教训，不想沉沦内心的诘问，让自己体无完肤地面对明天；作者同时也是坚强的，笔下重温，撇开不堪之痛，向我们昭示了她风雨过后见彩虹的心境，把快乐热情给予身边人，将眼泪留待未来美好的生活，留给收获的每个骄人的成就。米歇潘说过："生命是一条艰险的狭谷，只有勇敢的人才能通过。"这句话无疑是对作者的经历最好的注解。

以上两篇是本书最具代表性的作品，没有刻意预设主观层次的关系，而是真实的遵循事件进程自然流露，毫不矫情，字里行间标记了穿越生命的意义，满心满眼读到的是平凡的丰满，怀旧的底色，内敛的怆然和奋斗的沧桑。解析品尝那些五味杂陈，研磨深刻含义时，自己也在体验历史的穿越，灵魂的穿越，眼界和气度的穿越，想象力和发散性思维扩展到了一个高层的维度，思想进入了最大化活动。法国著名思想家帕斯卡尔认为："人类能够从本身的认知上认识到事物为什么发生，证明了人的伟大。"一片渺小的苇叶，能承载生命之重飘游四海，而无穷的思想之剑，却可斩断沧海分割宇宙。所以，俯仰生死契阔的永恒即"我们全部的尊严就在于思想。"同理，《穿越生命》通过一个个生命活动的写实，将崇高的信念和精神世界凝结为思想结晶，化为实现理想的力量，支撑唯人唯文自我发展的方向，才有了研究生命，热爱生命，珍惜生命的源动力，才有了雕琢生命，把握生命，装扮生命的大奇迹，留下文化瑰宝，留下人生的精彩。

以上是我阅读《穿越生命》这本书的感悟，欢迎文友们争鸣。借此，我衷心祝愿瑞珍老师文学之路常青，生命之花盛妍！

2018年10月18日

(此文刊于《天府影视》2018年12月1日"开卷有益"专栏)

【注】吴微，原四川省文联《文艺报》副刊编辑，现为《四川散文》《在场主义散文》《天府影视》编辑、中国散文学会会员、四川省作家协会会员、四川省散文学会会员，出版有《奔向墨脱的灵魂》散文集。近年有散文作品获得中国散文、四川散文优秀奖以及其他文学平台举办的征文奖项。

袁瑞珍电视散文《高原秋韵》赏析

◎远　帆

电视散文是近年来出现的一种有韵致、有声音、有画面的散文文体。由于表现力丰富而显得多姿多彩，颇受青年的喜爱和喝彩。

当我接触电视散文《高原秋韵》以后，一个80多岁的散文爱好者，居然强烈地受到这种文体的感染并赞美有加。

我确实被四川省散文学会袁瑞珍女士拍摄并撰文的电视散文所吸引，反复播看：那高原深秋的韵致拍得很美，茂密的秋林、奇异的大山、摇曳壮阔的繁枝茂叶、湛蓝高远的天空、衣着靓丽的藏族姑娘、参天的胡杨树、山寨里错落的建筑、森林里旷野中旅游者和摄影者们的长枪短炮，对准绚丽多姿的美景，咔嚓声此起彼伏。现代人的雀跃、欢呼、藏族同胞的歌舞，使得高原梦幻般的仙境显得无比的生动、高远、深情……

这一切，都是在得体而富于高原特色的音乐里进行的。如果说是《高原秋韵》浓郁的画面吸引了我，还不如说是那如泣如诉、令人荡气回肠的歌声征服了我，贯穿全片的音乐紧紧抓住观片人的心绪，和画面浑然一体，极为贴切。忽而低沉回旋，忽而高亢洒脱，在观者不可抑止的亢奋中，适时推出字幕"一道绝版的风景，一派秋意的盛典"推波助澜，音乐一直按照"秋韵"延伸，使观者的艺术享受达到高潮。我说的歌声之美，不是"青藏高原"唱到最高处时让人有一览无余、尽了的感觉。本片中的歌声悠远绵长，总是缠绕着画面，一刻也不分离，让观者始终饱和着一种不能自拔的情绪。如果说本片的成功来自散文的魅力、来自高原深秋的美景，不如说音乐是成功的一半。

电视散文片的拍摄，从《高原秋韵》得到的启示是：音乐是电视散文的灵魂，无论画面拍摄多好，忽视了音乐所具备的伟大力量，都是要大打折扣的。电视散文片除了画面、音乐，第三个便是文品了。

《高原秋韵》的文字也写得很美。"高原，我来了，在这秋意浓浓的十月！"开门见山的这声呼告，让观者的情绪一下高涨，随作者立刻汇入高原秋色之中。结尾"在金黄的树林中行走，在灿烂的阳光里行走，在灵光环绕的雪山上行走，我沉醉在秋天高原的勃勃生机中，欢呼与跳跃定格为高原秋韵中永恒的瞬间。"也给人留下回味与丰富的想象空间。整个文字和创作饱含着作者对康巴高原秋色的眷恋与深情。

我赞美作者的聪明。《高原秋韵》的拍摄，画面如此地壮丽迷人，她没有选取初秋的浅薄与稚嫩，晚秋的残破与悲凉，而是选取深秋。深秋是成熟迷人的季节，收获的季节，故而，此片才如此让人陶醉。

当然，此片也不是十全十美。因为电视散文，文字要求需十分精美、传神，观者在欣赏画面时，也要忙着分心去看字幕。这有些削弱观赏的整体效果，且画面上文字的朗诵配音是一男声，如果把字幕换成一个女声轻缓抒情的画外音，会不会更好些呢？《高原秋韵》以浓烈的秋之韵，达到了"静谧、浓情、壮阔"的效果，使我们获得了浓烈的艺术享受，是难能可贵的。

我和作者，都先后奉献于国防工业，因散文创作走到一起来了。瑞珍早年曾是"知青"、缫丝厂女工，1986年自学考试获大专文凭，供职于中国核动力研究设计院。2018年她创作的散文集《穿越生命》获得第八届"冰心散文奖"。我为之引以为傲。

写于2008年岁末

修改于2018年9月

（此文刊于《四川文艺》报 2009 年 6 月 1 日第 4 版、《大洋文艺》2018 年 1 月 16 日"电视散文评"专栏，并获 2018 年《大洋文艺》优秀作品奖）

【注】远帆，本名曹树清，四川宜宾人，现年 85 岁。中国散文学会会员，四川省作家协会会员，原任四川省散文学会副会长、文友部部长，现任四川省散文学会顾问。1954 年 9 月开始发表文学作品，主编有反映中国航空航天人的《翱翔的山鹰》一书（40 万字）；曾荣获首届"天府文学奖"、首届"四川散文奖"等文学奖项。

怀旧中的反思

——浅议袁瑞珍散文《飘落在田野中的青春》

◎王大可

　　21世纪已走完了18年，2018年的步履依然强健。五十年前那场知识青年上山下乡运动的参与者——1700多万知青走到今天，已实实在在地垂暮了，因而怀旧于他们来说是自然而然的事。这并不是闲暇时的一种闪念，怀旧亦可看成是对人生的梳理，因而是刻意的大脑行为。生于苏联、接近花甲年岁的斯维特兰娜·博伊姆博士著有《怀旧的未来》一书，书中把怀旧分为两类，即修复型怀旧和反思型怀旧，可谓中肯。

　　《飘落在田野中的青春》是作者袁瑞珍在其散文集《穿越生命》中的一篇长文，以几个线性片段串缀成篇，可看成是反思型的怀旧作品。

　　此文开篇便写"文革"之火从大、中、小学燃起，速成燎原之势，学校顺势而为，"停课闹革命"了。不知道"问题严重性"的袁瑞珍自然不能置身事外，随波逐流地加入了红卫兵；继而又汇入红卫兵大串联的洪流去到首都，接受领袖的接见。狂热、兴奋散去后，才发现过去有条不紊的秩序不存在了，就读的那所中学大门也无期限地紧闭着。直到次年秋风又起，一年多的时光逝去后重新坐于课堂，又发现课堂已不能还原于昔日，因没有新教材，不是灌输政治就是复习已学过的知识，师生都在混时间。这悲哀的气氛还没见到散去的意味，却又迎来了知识青年"上山下乡"的最高指示——持续十年的上山下乡运动的帷幕因此迅疾拉开。

学校还在忙着动员学生、说服家长以及做其他相关工作时，袁瑞珍却和一个要好的同学陈泽民已有了自告奋勇之举：她们"异想天开地想到内蒙古大草原去"插队落户，并把这一想法付诸行动，给1966年红卫兵大串联时在北京认识的内蒙古姑娘常月娥去信，表达了她们"对'天苍苍，野茫茫，风吹草低见牛羊'的内蒙古大草原的向往，希望到艰苦的地方锻炼自己，建设边疆。"要常月娥帮助她们"实现去内蒙古大草原插队落户的愿望"。很快就收到了常月娥的回信。信中赞扬了她们到条件差、生活艰苦的内蒙古插队落户的想法，同时也提醒她们在艰苦生活的条件下远离故土和亲人，会遇到很多困难，希望她们最好在当地插队落户。

　　常月娥婉转地拒绝了她们的请求后，袁瑞珍又与同学陈泽民谋划去她父亲所在的新疆建设兵团，理由是当时有一首歌令她们年轻的心"澎湃不已"。而那首歌这样唱道："我们新疆好地方啊，天山南北好牧场，戈壁沙滩变良田，积雪融化灌农庄……"多美好的地方，多广阔的天地！到农村，何不到这样的地方更能施展抱负，更能"大有作为"！于是陈泽民即刻给她父亲去信，要父亲向所在团部转达她们的意愿和决心。陈泽民很快就收到了父亲的回信，告知团部同意接纳她们，这令她们亢奋，甚至欣喜若狂。

　　接下来，这对尚未涉世的小姐妹便悄然做起了前往的相关准备。可哪有不透风的墙？上山下乡这个大环境的使然，袁瑞珍的母亲对此是敏感的，有一天便严肃地对袁瑞珍说："你千万不要东想西想的，那些地方去了你会后悔的，还是老老实实到夹江农村，以后大家相互都有个照应。"一盆冷水从头浇到脚，袁瑞珍或许是清醒了，或许是执拗不过母亲，最终顺从地去到了母亲给她联系的夹江城郊农村插队落户。而陈泽民则去到了距县城较远的农村。

　　在读者眼里，看似轻快的笔触，实则充满了对那个特定时期祸国殃民做法的控诉；也反映出了未曾涉世的袁瑞珍及其好友的天真烂漫，甚至称得上可爱的矫情，而这种天真的情感、不切实际的想法与做法，险些把她们带入不可预知的未来。可以这样说，如果不是经历过太多政治运动并正受挫折的母亲为其端正方向，袁瑞珍的人生轨迹不会是后来走过的那样，会出现极大的反差，甚至会一路伴随着后悔。事实上，许多兵团军垦拓荒者后来再也没回到生养他们的故土，与亲人们的彼此牵挂终成彼此一生的情结。当然，这一天真、幼稚的想法也为后来袁瑞珍在乡下遭遇艰苦、困厄而因此走向成熟做了铺垫。

作者写作此文时，近半个世纪已逝去，但那个显得十分特别的时间和场面如镌刻般地在内心凸显出来："1969年1月14日上午9点，夹江县城公园广场上彩旗飞舞，人潮如海，夹江县首批上山下乡知识青年欢送大会在此举行。会场上，锣鼓喧天，口号声此起彼伏，'上山下乡干革命，广阔天地炼红心'等标语挂在醒目的位置，但参加欢送会的人却各怀心事，知青们的父母亲友脸上的表情有的凝重，有的悲伤，有的强颜欢笑。因为大家都不知道，自己的孩子到农村后将面临怎样的处境、怎样的命运。欢送仪式结束后，各公社干部便领着知青，哭着、笑着，乘车的乘车，走路的走路，奔赴插队落户的农村了。"

这样的场面，当过知青的人都不陌生，是因为都经历过。把十六七岁的孩子送往前途未卜的乡下生活，是那个时代父母执行政策的无奈，但他们把这种无奈转化为坚强，抑制着内心的焦虑与哀伤，至多就是眼眶湿润，而"强颜为欢"是为了不把感伤传递给尚未成年却要到艰苦的农村的孩子。在时易世变的今天，已是暮年的知青们大抵也还能忆起那个面临转身时刻的内心活动，以及送别父母的叮咛和哀怨的神情。

这个场面，还可以试着从表现手法上去分析。

我们知道诗歌创作应注重情景交融，即情因景生，景以情合。通常情况是以乐景写乐情，以哀景抒哀情；但运用反衬手法，就可以以乐景写哀情，以哀景抒乐情。王维的《送元二使安西》："渭城朝雨浥轻尘，客舍青青柳色新。劝君更尽一杯酒，西出阳关无故人。"诗人头两句写温暖春天的美好景色，是为了突出（反衬）他送别朋友的悲伤和对"西出阳关无故人"的同情。当然，这种反衬手法也可以用于小说和散文。

以上引录的着墨不多的叙写中，既有场面描写又有神态描写等。彩旗标语飘飞、锣鼓声声喧天的"欢送大会",给人视觉、听觉的冲击是强烈的,感觉欢快送别的气氛是浓厚的,然而知青的父母和亲友们却是一副或"凝重"或"悲伤"或"强颜欢笑"的神情,这是内心哀伤的不同外化体现。可见这不是以乐景写乐情的顺写,而是以乐景写哀情的反写;"以乐写哀",更突显了知青及其家长们内心的悲伤。

因为是在城郊农村插队落户,带着简单行李的袁瑞珍与好些同路人不多时就到了公社。公社领导接见他们并勉励后,前来接袁瑞珍的生产队副队长以示欢迎后抱歉地对她说:"但你住的地方还没有安排好。"这给幼稚单纯、想尽快获得锻炼、早日"大有作为"的袁瑞珍"当头一瓢冷水",即刻把她的"心浇了个透凉,眼泪'哗'地流了出来。在失望和沮丧中",她只好又回到家里。

不几天,住房问题暂时性地解决了。尽管居住的房屋是临时的,但里面陈设着用知青安置费购置的木床、双屉桌、木凳、木柜,简陋的厨房里有做饭的锅灶,食用的碗筷,总算给想尽快融入农村生活的袁瑞珍以慰藉。其实当年知青插队落户的生产队没准备好安置知青的房屋并不鲜见,论原因,有的是知青安置费未按时拨给生产队,穷困的生产队无钱垫支;有的是生产队临时挪用了知青安置费。

住房问题解决了,袁瑞珍开始了于她来说全新的农村生活,想象与现实的碰撞算是给她上了一堂深刻的课,让她有了先前从未有过的感悟,她写道:"到了农村,理想和现实的差距凸显,所谓'上山下乡干革命'的内容很苍白,日晒雨淋、肩挑背磨的艰苦劳动成为生活的主要内容,而所有的农活都需要从头学起。"系列农活"从头学起"到学成,就意味着要长久地吃苦受累,这就不是呼喊几句空泛的政治口号那样轻松了。的确好些农活都离不开"肩挑背磨",如打谷晒谷、送公粮,给作物浇粪水,作物收割归仓、柴火归放等等,这些都是重体力活。即使是挖田播种玉米、高粱、小麦和下水田栽秧等,因持续时间长,也需要体力来支撑。农忙时,早出晚归,天晴一身汗,雨天一身泥。然而农活不仅仅是苦累能概括的,还得加上一个"脏"。袁瑞珍对此刻骨铭心,说第一次随社员给作物浇粪水使用了粪档,自己尚能忍受,可点胡豆,用手抓撒的底肥却令她始料未及,恶心作呕。她在文中对此做了如下描述:"但点胡豆时,第一次用手抓混合了人畜粪便的灰肥时所经历的那一幕却令人终生难忘。忍住难闻的味道,好不容易伸出右手抓了一把灰肥撒在杵出的胡豆窝里,心里突然恶心想吐,但强忍住怕其他社员笑话。收工回到住房,用肥皂洗手四五次仍觉得有粪便的臭味,又洗几次后才开始烧火做饭,可饭吃到嘴里却哇一声全吐出来,竟吐得翻肠倒肚,眼泪长淌。"

农活脏是心理上的感觉,农活累是体力上的透支。生活在农村,不怕脏、不怕累的关口都得过,过不了,就别想生活下去。笔者当年下乡的同学中,有一人就待在城里通过关系找零工干,在一建筑工地挑灰浆,相对于干农活不脏却累,一天挣一元,向生产队缴0.4元,换取一个全劳力一天的工分(10分)。生产队年终结算下来,10分的价值才0.15元,生产队何乐而不为?他的做法能说是投机取巧?他付出了辛劳,还为穷困的生产队挣得了可贵的现金,就不应遭到非议。还好,袁瑞珍就这一次没齿难忘的呕吐经历以及对自己"已经是农民"的理解,令她闯过了农活脏的心理关口,以至她"以后担粪水,衣服或裤腿被粪水浸湿,也不再当回事了"。套用一句当年表彰先进知青使用频率较高的话说,这叫"脱胎换骨,与贫下中农打成了一片"。走过这样的心理路程并最终闯关,可以说是那个年代千百万知青所共有的经历,其间,未成年的他们内心渗出血泪的挣扎和哀鸣有谁知道!

在农村,干农活的脏累是一方面,而在那个连国家都穷困的年代,生存条件也十分恶劣。袁瑞珍文中提到有一次大队书记发挥知青的作用,要她跟随他和另一人去"割资本主义的尾巴"。他们走进一农户家里,见到一中年男人正"全神贯注制作毛刷"。书记讲了政策后,随即要没收已做好的毛刷。那男人急忙护着装毛刷的背篼,以哀求的神情和语气说道:"周书记,我娃儿病了,喂的鸡又得鸡瘟死了,没钱给娃儿看病,连屋头买盐巴的钱都没得,我做几个毛刷去换点钱,你就宽容一下嘛!"女主人见两个男人紧拽着背篼僵持着,抑制不住心中的愤懑,大声喊道:"做把毛刷你们都要管，我娃儿病了没钱看病你们咋不管呢？"随后女人坐地号啕，使得书记动了恻隐之心，才收起了强硬的做派。

"割资本主义的尾巴"，已经被扔进了历史的垃圾堆，不必再评议。作者描述这件事，我们换一个角度，可看成是从一个侧面描写了那年月农民生活服从于荒唐政治的悲苦，从而节省了从正面描写所需的大量笔墨。当然，这一侧面描述，也反映了同样置身于农村的知青其生活的艰困。其实袁瑞珍也触及这个方面，她说所在生产队地处平坝，缺少做饭的柴火，农民常三五成群到青衣江对面的山上拾柴，她也跟随去过。对于此，文中有以下叙述："山上干柴很多，没人看管，同伴们麻利地将捡来的树枝砍断捆好，也给我捆了两捆小一点的，插上扁担两端，准备休息一下就挑柴回家。……下山后大家加快脚步赶路，不久我就感觉肩上的担子越来越重，有些吃力……这次担柴的代价是我的双肩都被磨破皮，好几天不敢触碰，两只腿也痛了几天。"

大概袁瑞珍在苦尽甘来之前上山担柴的经历还有过若干次，双肩和双腿也因此不再柔弱了。但她往昔那学生气十足、并富有浪漫色彩的幻想以及到农村时"怀着的一腔激情"，在时间近两年的推移后，皆被其所触碰的农村现实和所见所闻排挤得荡然无存了，她感到"前途渺茫"，内心有过"莫非我们真的要在农村待一辈子"的发问；因此她有了"惶恐与不安"，以致被许多知青认为比干农活轻松的好事她也断然放弃——

"一天，大队书记找我，谈了要我去云吟公社小学当代课老师的事，被我婉言谢绝了，说得出的理由是（自己）身材矮小，看起来都还像小孩，哪管得住学生？真实的想法是当了代课老师，万一哪天有机会离开农村，脱不了身咋办？"

袁瑞珍的这种想法也许过虑了，但这样的担忧多少有些合理成分，毕竟世事难料。她就是不愿继续在农村待下去，难道"只有农村才是'广阔天地'"？这种几近于自我解剖的内心袒露，已不再有遮遮掩掩的虚伪作祟。在"惶惑与不安"中，她无奈地继续在农村度日，而已萌芽的"希冀"之树却天天在生长。在接近插队落户两年的一天，她在公社知青会议上听了传达的中央文件，获得了于她有利的招工消息——她可以向农村道别，户口回到城镇当工人了。

1970年底，正是上山下乡运动方兴未艾之际，袁瑞珍的命运却出现了向好的转机，她是幸运的。而她的这篇回忆文章，是写自己，却反映了知青这个群体在农村的生活状况和普遍心理。青春时光不属于校园，却囚禁于农村，这是一代人的青春梦魇；许多人的梦想便因此破灭，他们的人生轨迹也因此发生位移，这是一代人的悲哀，也是国家人才匮乏的根源。此文的标题《飘落在田野中的青春》，其中的"飘落"一词，就揭示了对"上山下乡运动"的不以为然，并有对其挞伐的意味。在文末袁瑞珍写道："这难道不是一种悲剧——一个人、一个群体和一个时代的悲剧？"这是她结合自身知识结构情况推及同一代人的判断，有其合理性。

1978年10月"上山下乡运动"寿终正寝，1979年千万知青大返城。数十年过去了，我们今天看得更清楚，也更明辨。被党中央否定的"文革"，其产物——十年"上山下乡运动"是对知青及其家庭的重创，也是对国家教育的浩劫。它在当年引起民怨鼎沸，造成国家人才出现断层，真可谓祸国殃民，民与国的不幸。

2018年7月9日于四川成都

（此文刊于2018年8月11日《诗词在线》）

【注】王大可，原在四川石油管理局宣传部工作。四川省散文学会理论部副部长、创研部部长。网络作家，小小说、诗歌、散文作家，《上风》文学编辑。"四川散文奖"获得者。出版有评论集。

让爱和善良成为亮点

——简评长篇散文《穿越生命》

◎佘懋勋

袁瑞珍是一位擅长于多种文体写作的四川作家。她创作的通讯、报告文学、散文、诗歌在国家及省市报刊发表，有多篇作品还被收入各种文集。她最近推出的散文集《穿越生命》，是四川散文名家自选集系列丛书之一。这本书收入了她自选的23篇散文，分为"爱的礼赞""悠悠心曲"和"山水行吟"三辑成册。其中对我触动最大感受最深的就是独立成为第一辑"爱的礼赞"中的长篇散文《穿越生命》。

这篇长达6万多字的文学作品写的是作者袁瑞珍的外孙女璐璐。璐璐是一个天真活泼、聪明美丽、优秀可爱的小姑娘，却在7岁半确诊了白血病，8岁半就不幸离开了人世。在璐璐生病治疗期间，虽然她家的亲友和医院的医护人员都尽了最大努力也没能挽回这个幼小的生命，但是人们为此付出的爱心和表现出来的善良美德却让人深受感动。

为了表现主题，让爱和善良成为亮点，作者很注重细节叙述，使主题扎根于细节，有了坚实的基础。在这篇充满情韵、凄美动人、催人泪下的散文中，作者采用第一人称叙事，使表现主体直接出现在作品中。她既充当表现者，也充当叙述者。她所表现的是自己的情感体验，她所叙述的是自己的所经所历和所见所闻。在整个创作过程中，她竭力把两种角色合一，让两种功能同在，令叙事与表现同步进行，在叙事中表现，在表现中叙事。作者一开篇,就把自己对外孙女璐璐生病的切身之痛展示在读者面前:"宛如一个炸雷在头顶炸响,我一下懵了,不知身在何方,也不知手里拿着的那张纸是什么东西,只是下意识地用双手去搂着我的孙女,紧紧地搂着,生怕她像风一样呼地就没了。"然后作者抓住这一个细节,把它化开,并以小姑娘的生命为全文的凝结点,围绕着整个救治过程来组织材料,布局全文。整个事件有头有尾,有动人的画面和大量的细节,能够拨动人心,具有较强的情绪感染力。

作者在写作时,以璐璐生病、病情确诊和救治过程为线索,通过对大量具体细节的叙述,展示了祖孙情、父女情、母女情、夫妻情和朋友情,表现了人类的仁爱之心和善良美德,反映了人与人之间的和谐美。人世间有各种各样的爱,有父爱、母爱、夫妻之爱、朋友之爱,更有祖辈对孙辈的隔代亲和隔代爱。在人类的情感当中,"爱"是最伟大的。在文学创作中,"爱"是永恒的主题。因为有"爱",所以缩短了人与人之间的距离,维系了一个祥和的社会。透过爱的双眼,一切事物都会变得优美。在这篇散文里,这一主题在作者对事件细节叙述中得到了充分的展现。尤其是作者对自己女婿忻诚所作所为的叙述,使人无不为之动容,心灵无不受到强烈震撼。

忻诚和紫影都是离婚后又重新组建家庭,而璐璐则是紫影与前夫生的孩子。突然间拥有个乖巧可爱的女儿,有个温柔知性的妻子。忻诚成天乐呵呵的,家庭生活充满了温馨与快乐。忻诚曾规划过璐璐的培养,计划让她将来出国留学。璐璐生病以后,在近一年的治疗过程中,忻诚和孩子的母亲跑上跑下,竭尽全力,想尽各种办法,花费了许多精力和财力。他们和孩子的亲生父亲以及外公外婆组成了一支阵容强大的抢救队伍。他们团结合作,任劳任怨,不遗余力地投入抢救工作。从中药到西药,由成都医院转到北京医院,又由北京医院联系美国医院。但是,由于病情不断恶化,这位可爱的小女孩还是离开了人世。作者在对事件的叙述中,体现了对于生命的珍爱和思考,深刻地揭示了作品的主题。作者在表现主题时,重点以女婿忻诚为叙述对象,反映人间真爱和善良美德。当忻诚接到紫影电话得知璐璐生病的情况后,他急匆匆赶到医院,见面就问是不是医生搞错了。从思想上不相信璐璐会生病,从感情上也根本就不愿意璐璐生病。他接过那张化验单仔细地看着,脸上露出紧张的神色。他亲自抱起孩子送到急诊观察室。璐璐需要输入血小板,忻诚立刻电话通知众亲友。他第一个通知的是紫影的好朋友王峰,第二个通知则是自己的妹弟段绍均。众亲友表示,随时需要,随时通知,即刻就到。

璐璐做了骨穿手术,忻诚又亲自把孩子抱回病床。为了治好璐璐的病,他请来了医院临床经验非常丰富的儿童血液病权威医生,并且请求医生用功效好、副作用小的药物,表示经费问题不用考虑太多,为了孩子我们会尽一切力量的。尽管众亲友都做好了随时献血的准备,忻诚为了稳妥起见,又经过努力跟成都血液中心取得了联系,可以在遇到紧急情况时调配使用血小板。他还通过朋友打听"国外和国内哪家医院治疗白血病最权威。如果国外好,就送璐璐去国外治疗,如果北京好,就去北京治疗。"总之,他要不惜一切代价挽救璐璐的生命。忻诚虽然是继父,但是他却把璐璐当亲生女儿看待,所以他始终坚持这个观点,只要璐璐还有百分之一的希望,他就要做百分之百的努力。他不愿意让紫影失去这个女儿。可以说,他既爱紫影又爱这个女儿。

最令人感动的是作者叙述到除夕之夜人们在北京的宾馆里过年的那个场景。璐璐的外公、外婆、妈妈、继父、小姨、璐璐的亲生父亲张冀及其女友团聚在一个房间里。作者叙述到:"那晚,张冀的话特别多,他真诚地感谢忻诚,感谢我们为挽救女儿所做出的种种努力,说到动情处,竟眼睛湿润,有泪光在闪。这种氛围极容易滋生感慨,因为它触碰到人心中最柔软也是最有力量的地方——爱与善良。""我看着忻诚,看着女儿,看着张冀,看着屋里所有的人,看着他们脸上流溢出的真诚与善良,一种温暖的情愫如花儿般绽放。它让我体味到真诚与善良的美好,又透过美好还原了爱与善良所蕴含的意义:一旦我们把爱、真诚与善良给了别人,自己也会收获生命的美好!"那是一幅多么和谐多么美好的画面啊!

为了升华主题,使爱、真诚与善良成为全文的亮点,让人性闪耀光辉,作者顺其自然,在"尾声"中叙述到:"一年后,紫影生下了一个漂亮的女儿。当女儿半岁时,紫影作出了一个决定:为白血病患儿捐献自己的骨髓。因为璐璐原本是要接受妈妈的骨髓的,可命运的安排让她失去了移植骨髓的机会,那么为别的白血病患儿捐献骨髓,挽救一个孩子的生命,以此告慰女儿远去的身影,就成为紫影认为最有价值的一件事。"后来,他们又帮助一位白血病患者成功进行了骨髓移植手术,但最终还是告别了这个世界,但是紫影和忻诚的善良和爱心,却让死者亲属在经历与亲人生离死别的巨大悲痛中,感受到人世间无私的爱,这种爱如同一缕阳光,让痛苦的心得到一丝温暖。实际上这就是他们对璐璐的爱穿越了生命,奉献给了他人,使自己周围的世界更美好。

作者为了在这篇散文中展示丰富的细节,运用了大量的直接引语叙事和间接引语叙事的方式。然而我们知道,直接引语的长处在于能够逼真地展现人物语言对话的语态,有助于刻画人物形象。它既可以让人物直接动起来,产生真实感,同时也可以从大量篇幅的故事叙述中切换出来,用对话形式造成行文的变化,使结构松动、散放。一般说来,小说可以长篇幅地运用直接引语,但散文则不宜大量运用直接引语。因为直接引语不利于叙述者的介入和叙述者情感的表现,人物过于凸显会形成对散文叙述者的排挤,让读者忘却散文的叙述者和表现者,它甚至还会造成情感线索的中断,极不利于散文艺术的表现。因此,散文对人物语言对话的叙述,最好多用于间接引语的方式,以便保持叙述者的介入姿态,以便暗示叙述者的态度和表现者的情感。散文即便运用直接引语,也往往要十分注意控制篇幅。因为运用间接引语叙事采用的是陈述视角,由叙述者出面把人物的语言转述出来,其中暗含叙述者的感情和态度,从而使间接引语叙事具有很强的表现力。如果要对散文作品精益求精更上层楼的话,可以考虑尽可能少用直接引语而多用间接引语来叙事。当然,这是我的一己之见,仅供作者参考。尽管如此，长篇散文《穿越生命》仍然是一篇难得的表达真情实感自然天成的艺术佳作，值得我们学习和探讨。

2018 年 2 月 27 日

（此文刊于江山文学网 2018 年 2 月 27 日"晓荷·四季的故事"）

【注】 余懋勋，原国营 719 厂技工学校讲师、教导处主任，子弟中学一级教师、教导处副主任，四川省级机关电大班主任。四川省散文学会创研部副部长、成都市作家协会会员、成都市武侯区作家协会副秘书长、成都市金牛区作家协会会员，散文、评论、科普作家。有文学作品见诸国内报刊。出版有散文集与评论集。

劳其筋骨，苦其心志

——读袁瑞珍散文《飘落在田野中的青春》所感

◎万　军

每个时代都有平凡人的生活，无论是平和富足，还是艰辛迷茫，都会铭刻在从那个时代走过来的人的记忆中，永不忘怀。当你捧起岁月沧桑，沿历史的长河向上追溯走去时，你突然会明白了许多。

有幸读到袁瑞珍回忆当年知青生活的散文《飘落在田野中的青春——我的知青生活片段》，文中朴实无华的文字，像山中小溪涓涓而来，流进我久已干涸的心田；冲激涤荡我那"无所谓"的灵魂，与作者袁瑞珍产生了共鸣。

五十多年前，1750万高、初中学生响应伟大领袖毛主席的号召"知识青年到农村去，接受贫下中农的再教育。"从四面八方汇成浩浩荡荡上山下乡洪流。袁瑞珍自然而然成为上山下乡接受再教育的一员。十五岁的她怀着满腔热血，当然也不乏幼稚心理，梦想去内蒙古拥抱"天苍苍，野茫茫，风吹草低见牛羊"的生活，因内蒙古朋友的拒绝，没能成行。失望的她又梦想去"戈壁沙滩变良田，积雪融化灌农庄"美丽的新疆做一名保卫边疆、建设新疆的兵团战士。这些想法，终究在母亲的阻挡下未能实现。母亲的阻挡拉回了她，才没踏上未知路，其实，当年到新疆、内蒙古、云南等地上山下乡的知识青年有不少人终身留在他乡。

到农村去，到边疆去，接受贫下中农的再教育。让袁瑞珍和她的伙伴们在彩旗飞舞，人潮如海、锣鼓喧天的场景中，"哭着""笑着"奔赴插队落户的"广阔天地"。

"几经周折，终于有了安身之地。"袁瑞珍说，她的"安身之地"先住在一所已停办学校的教室里，后来在所在生产队丁队长家房屋墙边搭了一间偏屋。偏屋虽小，总算有了属于自己的小窝。收拾得干干净净，玻璃瓶里常插着她从田间地头采摘的野花野草，透着几分生机盎然，彰显出房屋主人对美好生活的渴望与追求。

袁瑞珍到了农村，实际的生活让她感到了"理想和现实的差距凸显"，面对艰苦的劳动她有过沮丧和难堪，也哭过、痛过。她写道"记得刚开始浇粪，使用粪档舀粪还没什么问题，但点胡豆时，第一次用手抓混合人畜粪便的灰肥时所经历的那一幕却令人终生难忘。忍住难闻的臭味，好不容易伸出右手抓了把灰肥撒在杵出的胡豆窝里，心里突然恶心想吐，但强忍住，怕其他社员笑话。"忍住恶心想吐，避免别人的嘲笑。可回到自个的小屋，"用肥皂洗手四五次仍觉得有粪便的臭味，"烧火做饭，"可吃到嘴里却哇一声全吐出来，竟吐得翻肠倒肚，眼泪长淌。"一个在城里长大的学生，一个在妈妈精心呵护下的女孩，此时的悲泣疼痛，多年后还难以释怀。也正是这情景这状态加快了作者对现实生活的重新审视和定位。她写道"这就是城市学生与农民的区别。现在已经是农民了，当然要种地，种地就要施肥，连这一关都闯不过去，还能挣工分吃饭？还能养活自己？"心里释怀，一切都重新开始。

袁瑞珍主动向队里社员学习干各种农活的技术和技巧，十五岁的她用自己的行动，想证明"能养活自己"。从栽的"浮秋打荡"的秧子到"看到秧子还像回事地排列田里"折射出袁瑞珍中午和晚上收工后劳累疲乏的身影，成功的喜悦又让她"感觉到满天的晚霞都在向我微笑"。

上山捡柴被山里人拦截时，说服山上农家青年放行让她和同伴们挑柴回家，让我们看到一个有理有节说话得当的袁瑞珍。上山捡柴的细节描述，让我们看到一个不怕苦、不怕累、不服输自强自立的袁瑞珍。捡柴回来尽管"双肩被磨破皮，好几天不敢触碰。两只腿也痛了几天。队里的老老少少，没人小瞧我。"在农村的两年，袁瑞珍学会了担水浇粪、栽秧打谷、种地薅秧、上山拾柴等乡下基本农活。在队里干活，"从不偷懒"又能"讲故事"的她受到队里大人和小孩的欢迎。全队工分评比，出乎预料地评为8分，第一年扣除所分粮食外还进了一元几角钱，第二年就进了40多元。在那个极端贫穷的艰难时期，作者实现了简简单单"养活自己"的愿望，适应了农村的生活，迈出真正意义上的人生第一步。

在那个以阶级斗争为纲的年代，袁瑞珍自然而然地作为有文化的知识青年参与其中，在"毛刷风波"与"死人事件"中作者以平淡的笔触，客观简单地叙述了她所见所闻，隐约地表达她的情感。她同情受到不公正批斗的"坏分子"陈姓大娘，"割资本主义尾巴"的描写中，在字里行间我们也看到了她对割尾巴事件的迷茫和困惑，对做毛刷的夫妇一家的遭遇深感不安，借用大队书记之口，叹息道"农民硬是造孽哦！"

农村贫困落后，农活艰辛加上日益平淡乏味的生活与当年彩旗飞舞，锣鼓喧天的热闹送迎知识青年的景象成为强烈的对比。革命的激情也慢慢消去，充满革命英雄主义的有为青年对前途无所着落的忧虑，寂寞和空虚也随之袭来。一批曲调低沉，倾诉思念家乡，思念亲人，抒发迷茫情绪的歌曲在知青中悄然流行。这些歌弥漫着无助和伤感，催化了知青们在寂寞和空虚中得过且过，无所事事，甚至打架斗殴，或谈情说爱，成婚成家。在这大环境和小环境中袁瑞珍也感到"疑惑丛生"，在充满阶级斗争硝烟中，逐渐长大的袁瑞珍也只能"百思不得其解还只能深藏不露。"人生怎么走？当时她也无法解答。在痛苦与困惑中，在收工后乏味无聊时间里"用读书打发难熬时光"，在书里她似乎悟到了什么。是的，在读书中看到了实现理想的曙光。读书，读书！她穷尽可能地找到能读的书。古今中外，不管是"红色"还是"黑色"，在阅读中战胜了看不到前途的烦躁，她说，"读书让我苦闷烦躁的心得到暂时安宁"，"心中升起一丝莫名的希冀"。从那时起作者开始注重读书学习、学习独立思考，逐步养成读书、思考的习惯。这一习惯成为她几十年后变成一个现代散文家的根基。

"十年动乱"结束后，袁瑞珍对"知青"这个特殊时代的特殊群体

"没有简单肯定或否定。"就袁瑞珍而言她在农村的艰苦的生活,劳累的农作,奠定她人生旅途中价值定位,以至后来的她身份的变化也没改变初心。1971年1月,袁瑞珍进了乐山缫丝厂成为一名缫丝女工。工作再繁忙,她也从未中断过读书学习,并把自己读书学习所掌握的知识运用在工厂生活中,她把负责的工厂宣传栏办得有声有色,常有她的诗歌散文出现在宣传栏上,也为厂文艺宣传队编写对口词、三句半之类小节目,成为工厂宣传文艺骨干。1972年,当时的乐山地革委到乐山厂矿挖掘思想好,有较好写作能力的人到地委机关工作,袁瑞珍同志被调到地委政工组工作,后调地委组织部工作。1981年因解决夫妻两地分居,来到中国核动力院工作。此期间参加自学考试取得大专文凭,评为高级政工师,担任院党委工作部副部长负责院的宣传工作,还担任院报总编等职直至退休。她的多篇报告文学被收入《巴蜀剑魂》《中国核电从这里起步》《中国核潜艇之路》等报告文学集中,散文作品被收入《中国散文大系》《川渝散文百家》《四川精短散文选》等书,并有作品获得国家、省级大奖。这些成绩的取得从大的方面说,是这个时代造就了袁瑞珍一代文学新人的出现,就她个人而言是在当年农村田间的劳作,苦难的生活中形成的生活理念价值取向,塑造了她自强不息,应对各种困难与考验的坚强意志。袁瑞珍的成长过程是她把自己的命运和国家、民族的命运紧紧扣在一起,与祖国一同成长的过程,其实也是当年成千上万知识青年曾艰辛、困惑、迷茫、后经奋斗、拼搏成为共和国栋梁之材的过程。袁瑞珍的努力最终让她成为文学百花园中一枝盛开的紫菊,也成就了那一份恬静与淡然。

2018年10月15日

【注】 万军,原乐山长征制药厂组织部干事、厂报主编。高级政工师。中国散文学会会员、四川省散文作家联谊会会员,有新闻、摄影、小说、散文、报告文学作品见诸报刊。有散文作品收入《川鲁现代散文精选》等文集。小小说及报告文学作品获省级和市级奖。

穿越文学　读出科学

◎向晓吾

有个女孩叫璐璐，能诗会画才艺高，很有希望成为画家或者诗人。可惜，似乎上天也特别钟爱她，"需要她到天堂撒播爱的种子"，完全不顾亲人的心愿，强行将她掳走。那时，小璐璐不过 8 岁半。

上天与亲人争夺璐璐的过程曲折而激烈，悲痛万分的外婆袁瑞珍女士花了整整一年才记录成文，名曰《穿越生命》，全篇约 6 万字。作为一篇追思逝者的纪实散文，相较于两三千字的《怀念××》之类，其形制的独特不言而喻。长长的篇幅承载着如画的故事，细腻的文笔浸透着如诗的伤悲，自有打动人心的力量，从文学的角度考量，的确堪称优秀，获得"冰心散文奖"堪称实至名归。

袁瑞珍女士赠我《穿越生命》，一口气读完，心里只留下两个字：感慨。老实说，我一开始并不喜欢这篇长文，因为不喜欢字里行间的悲情，一直读到文章的末尾才看到一缕亮光，如释重负。本来，一个大家族因为璐璐团结一致与天抗争的坚强，尤其是生母继父、生父抛却前嫌共同书写的"爱"字，这种责任感完全可以作为一面镜子，照亮天下父母心。然而，璐璐"穿越生命"的历程实在残酷，令人不忍目睹。幸好文末出现的亮光，证明璐璐的生命并未就此完结。一年之后，她或许"变成一个小奶娃"投了娘胎，重新给家人带来欣慰。她的亲娘紫影决定"为白血病患儿捐献自己的骨髓"，她的家人决定帮助一位白血病患者完成骨髓移植手术，这正是"爱"的延续，也是璐璐生命的延续。鲁迅有言，"悲剧是将人生的有价值的东西毁灭给人看。"《穿越生命》无疑是一出悲剧，尽管璐璐的生命毁灭了，但她的价值也凸显出来，足以照亮读者的心灵。

文学的力量在于感染人、鼓舞人。《穿越生命》一文的感染力无疑是很强的，心软的读者无不落泪，心硬的读者也难忍唏嘘。但是，如果仅仅被感染就输了，眼泪救不了璐璐，模糊的泪眼也可能看不清她生命的价值。文章末尾闪现的亮光正是一面旗帜，可以激励人们化悲痛为力量，尽其所能帮助别人。

然而，帮助别人的能力总是有限，等着别人帮助也颇为被动，就读者而言，还可以从这篇长文里获得怎样的力量呢？有的，那就是穿越文学，读出科学，做好抗击病魔的准备。首先是经济备战，璐璐的家人还算有一定经济实力，但仍然花光了外婆外公的养老钱。可是，璐璐的病友倩碧姐姐就没那么幸运，她的打工父母拿不出"二三十万"，更没有"如果做骨髓移植还得再花几十万"的能力，尽管倩碧的病亡并非因为钱，但钱对她父母的折磨不言而喻。那么，为了防止这样的压力，就应该想到保险之类的办法，以防万一。

遗憾的是，钱不是万能的，尤其是在白血病这样的世界难题面前，璐璐、倩碧以及许许多多未能留下姓名的患儿已经用他们的生命说明了这个简单的道理。为此，读者还应该破解另一个密码，那就是如何科学面对白血病。据统计，白血病的发病率为 2/10 万，全中国每年新增白血病患者在 20 万人以上，假设其中一半能得到良好治疗，死亡率也相当高。尽管全世界的医生不懈努力，但目前仍不能全胜病魔，这是不争的现实。那么，对于一部分无药可救的患者来说，除了家人倾家荡产陪他"穿越生命"还有更好的办法吗？其实是有的，那就是"姑息疗法"。

世界卫生组织为晚期癌症患者的"姑息治疗"提出了定义，通俗解释，就是对已经治疗无效的患者进行积极地、全面地医疗照顾，首要任务是控制疼痛、心理、社会和精神问题，其目的是让患者和家属获得最佳生活质量。理性地说，姑息治疗不是放弃而是陪伴，不是做无望的努力而是顺其自然。倘如此，于病患，于家人，于逝者，于生者，或许都是更加有益的"穿越"。

有鉴于此，但愿更多读者读到这篇优秀散文，但愿读者不要单纯地把《穿越生命》看作文学，而是看作一篇科普，从而穿越文学的审美，读出科学的密码。

2018 年 10 月

【注】向朝阳，60 后，四川荣县人。四川省散文学会会员、四川省散文学会创研部副部长。20 世纪 90 年代开始写作，撰散文、杂文、随笔、论文等数十篇，散见于《语言文字报》《中国消费者报》《华西都市报》《四川经济报》《深圳特区报》《职业与教育》《北京教育》等报刊。就职于成都商报社，原任记者，现从事行政工作。多件新闻作品曾获"四川新闻奖""成都新闻奖"等奖项。

生命有限　大爱无疆
——读袁瑞珍散文《穿越生命》有感
◎龚旭东

已经有不少著名作家、评论家写出文章，对袁瑞珍老师的《穿越生命》这篇散文给出精准评点。我曾经想要写篇读后感，却迟迟未能动笔，直到最近才匆匆忙忙急就，草草垒砌了这点文字。由于知识浅薄，理论水平欠缺，与具有高深理论的作家、理论家相距甚远。我不敢妄自评论作品，只能谈点肤浅体会和感想。在此献丑了！

在拜读《穿越生命》中，我的情感沉重悲戚，噙着泪读完这篇散文。我也是情感脆弱的人，尤其近年来遇到感人之事爱掉泪。这次是为璐璐、忻诚、紫影及璐璐外公外婆和亲人流泪。我也经历过生离死别，也有过失去亲人的锥心之痛，对此产生情感共鸣，以致泪如泉涌，心灵得到洗礼。读完这篇散文，我从中悟出人世间每个人、每个家庭都希望健康幸福，吉祥如意。但是人生不可能一帆风顺，平平安安，尽如人意，甚至不可避免地会遇到灾难或不幸。不论年龄大小，运势难料，生命无常。这篇散文以救治小璐璐为主线，记录了天使般可爱的小璐璐，七岁多患上难以救治的白血病，被万恶的病魔缠上，在生命的最后十个月与病魔抗争，亲人们殚精竭虑，不惜钱财，竭尽全力救治。也记录了人类最伟大的情感——亲情、爱情、友情，以及她家人、亲友对生命的理解与尊重。在治疗中，小璐璐的生母和继父、生父和外公外婆及亲友配合医生寻求救治方案，从西医、中医到民间秘方，找权威医生，住顶级医院，用昂贵药物，用爱温暖她幼小的心灵，用尽办法减轻她的痛苦，用尽办法挽救她的生命。她妈妈每天记病情日记，记下病情的每一个过程、每一次治疗方案，小心翼翼，如履薄冰。年事已高的外公外婆四处奔波，无论刮风下雨，外公一天三次往医院送饭。她舅公、姨婆、姨妈等亲人尽心竭力。成都的医生、护士，竭尽全力，联系转到北京救治，到北京后又联系美国，欲前往美国治疗。亲人及邻里乡亲时刻关心，老师和同学去医院看望。这根主线串起一个爱心团队，为挽救璐璐幼小的生命竭尽全力，讴歌了尊重生命和真诚与善良的人性美。不少人无私献血，素不相识的北京出租车司机，为挽救璐璐出力。为她预约去美国治疗的中介公司，得知他们放弃前往美国治疗时，不收取五万元服务费。忻诚坚持将钱付给那家公司，让人感动，心生感佩。然而，老天不公，早早地将她带去虚无缥缈的世界，一朵花蕾没来得及绽放，就被残酷无情地折断花茎，过早地凋零，一个可爱的小天使撇下热爱的世界、眷念的家人，撒手而去。让人痛彻心扉，难以抚平创伤。她生命的钟摆永远定格在八岁半的年龄……

　　从这篇散文中看到：紫影、忻诚和张冀三人是一种特殊关系，但他们行动感人，给人留下很好印象。他们在婚姻关系变化后正确处理相互关系，雍容大度，不分彼此，为了璐璐，一切从爱心出发。尤其在除夕夜三个人的一席话如沐春风，让人动容，赞赏有加。璐璐的继父忻诚与她没血缘关系，却把她当亲生女儿，文中对他给予小璐璐的爱表现得淋漓尽致。忻诚真是心诚，心地善良、胸怀宽广，以无私的爱滋润璐璐幼小的心灵，挽救她脆弱的生命，为她撑起生命的蓝天。早早为她做好培养计划，准备将来送她出国留学。得知璐璐患白血病，全家六神无主，为巨额医疗费发愁。忻诚却说："紫影是璐璐的监护人，我和她结了婚，璐璐就是我女儿，作为父亲，我要承担养育的责任和义务，不对张冀提医疗费问题，花再多钱也是我的事。"他坚持有百分之一的希望，就要作百分之百的努力。至于钱的问题，想尽办法解决，不让紫影失去女儿。这就是父爱，父爱如天！这些言行反映了他人性中的善良品质。为了治疗璐璐，他已经承担很大的经济压力。但他考虑到璐璐的生父张冀处于创业阶段，经济上不宽裕，还要重组家庭。又考虑到璐璐凶多吉少，万一她走了，对紫影是个很大打击，但他和紫影还有女儿苗苗。可张冀就没孩子了，对他的打击会更大。于是提出退还张冀给的十七万元钱。他善待妻子的前夫，襟怀多么宽广呀！璐璐的外婆考虑到张冀特别在乎孩子，要是把钱退还他，会觉得面子上过不去，自尊心会受到刺激，会拒绝接受。为了不伤他自尊，又能帮助他，最后决定将借给他的十五万元钱叫他不还。这让张冀非常感激。在企盼、祈祷中，大家以最大的关心、爱心、耐心、责任心，竭尽全力救治小璐璐，整个过程处处闪耀着人性美的光辉，这样的人性美超越了亲情，集中体现出人间大爱，谱写了一曲人间大爱之歌，闪烁着人性的光辉……

  这篇散文长达6万字，但长而不繁，不枝不蔓，有条不紊，耐人阅读，感人至深，催人泪下。我掩卷沉思，袁老师不知忍受了多大痛苦写出此文。璐璐不幸患上白血病，作为外婆的她忧虑过度，寝食不安，休息不好，不慎摔成重伤。祸不单行！她躺在病床上彻夜不眠，希望飞来横祸换来璐璐病情的治愈。她无时无刻不在挂念，开始记录挽救璐璐的过程。无法用笔和使用电脑，就用左手试着在手机上写写停停，写下2万多字日记。历经三年，用泪水和爱心写出这一长篇散文。本想一口气读完，却没法读下去，又不得不想读下去。随着流泪的文字，我潸然泪下，几回哭出声。断断续续读完，想写读后感更写不下去。我敢说，大凡有过类似遭遇的人，一般不愿再去回忆、回顾痛苦的往事，一旦提起就会伤心难过。同样是作家，想写类似文章，也可能一时写不出，一时写不好。写出来也不一定能得奖，不可能得大奖。更何况没文化，或者说有文化，但没文学爱好，又不会写作的人遭遇类似不幸，只有将痛楚深埋心底，随着时光的流逝随身带走。

  而我们佩服的袁老师写出了这篇文章。她在此前已经发表不少散文佳作，有不少篇目被收入精选文集，也获得不少奖项。大家知道文无定法，也有一定技法。文学理论功底扎实，写出的作品会更有特色。但是我想袁老师处于这种痛苦境遇，在写这篇散文前，不会考虑按照什么套路、什么规律去写，不会考虑套用什么文学理论，以什么方法写这篇亲情文章，也不会过多地考虑谋篇布局、篇章结构，更不会过多考虑要有多强的文学性，大概也不会注意恰到好处地运用细节描写什么的。她甚至可能没考虑到会写成什么样子，会写多少字。最终写成长达6万字的长篇散文，除了她的才气，凭借洗练、细腻、生动、诗意般的笔触，出于真情流露，也得益于她在痛苦中体验出来的真情实感，不用矫揉造作，不用刻意雕琢，写出了如此散文佳作。经过修改完善，得以出版。这篇散文，故事感人，语言优美，不少语句和段落富有文学色彩，富有表现力、感染力、抒情性，浸润着浓郁的情感汁液，能打动读者的情感心弦，产生情感共鸣。她是饱含辛酸，用泪水和心血、用真情实感、用大爱之心写成这篇散文佳作，从而感动了不少读者，经过层层推荐上报，也感动了一些散文大家，感动了资深评委，获得"冰心散文奖"实至名归。

读完《穿越生命》这篇散文之后，我为小璐璐失去幼小的生命而悲伤。但是，我认为她活着时希望享受美好人生，现实让她不得不舍弃美好愿望，不愿继续忍受痛苦煎熬。然而，她也是不忍心看到亲人们继续为了她而忍受痛苦的煎熬。在亲人们的悉心呵护、精心照料下，她已经享受到人间大爱。最终，她怀着一颗感恩之心依依离去。小璐璐聪明、活泼、乐观、逗人喜爱、善解人意，文中对她幼小的美好心灵和言行有不少叙述，她的生命虽然短暂，但是我相信她给人的可爱印象会长留亲人心中，他们将会永远怀念。因此，当袁老师荣获"冰心散文奖"的喜讯传来时，我也十分激动，为她祝贺，为她欢呼。我甚至猜想她可能会带着获奖证书和奖杯，偕同家人来到小璐璐的墓前告慰孙女。

命运无常，人生苦短，生命有限，大爱无疆！愚以为，袁老师的《穿越生命》这篇散文，体现了对生命的珍爱和思考，颂扬了人性的善良和光辉。在作品最后特别提到紫影的善举，让我们为之动容、赞赏有加。在璐璐离开她的亲人后，她妈妈紫影又生下一个漂亮的小女儿，半年后去医院为白血病患儿捐献自己的骨髓，还资助一位因经济困难拒绝做骨髓移植手术的白血病患者。她的善良和爱心受到患者及亲人们的赞扬。

袁瑞珍老师这篇散文为亲人留下一部不愿回首、又不愿忘却的记录，了却了一段心灵的重负，为小璐璐矗立起一座永久的纪念碑，让她美好的小小天使形象在那些带泪的文字中永生。让我们为她祈祷：小璐璐，愿你在天堂天天开心！幸福快乐！

2018年10月

【注】龚旭东，曾用笔名龙恭、龙冬、龚昀西等。四川省作家协会会员、四川省散文学会会员、中国微型小说学会会员、成都市女学文化研究会副会长。在上百家省级报刊发表中短篇小说、诗歌、散文、报告文学等数十万字。多篇作品被选入《中国当代微型小说方阵》《中国民间文学集成》《当代四川散文大观》等诗文集。著有中长篇小说多部，出版小说集《从现在起漂亮》。编写戏剧、影视剧本多个，有影视作品摄制。获全国性征文等级奖多次。

朋友，向你致敬

◎袁 强

我认识袁瑞珍已有 31 年了，那是 1989 年夏天在四川省国防科工办《党的建设》杂志社举办的通讯员培训班上认识的。当时只知道她的工作单位，于她本人，却没有深交。我俩工作的单位都隶属于中国核工业总公司。几次系统内开会，我们逐渐成了朋友。但是随着各自工作的忙碌，加之我所在单位属地化管理后，我和她的联系就少了，甚至有一段时间还失去了联系，直到我们都退休以后，才又联系上。我去她家做客时，看了她撰写的电视片《高原秋韵》，让我第一次从心里发出了由衷的赞叹，写得好！俗话说："士别三日，当刮目相看。"岂止是刮目相看，还要努力睁开双眼去看，不敢相信她真有如此高的写作水平。后来，她先后让我帮她校对《穿越生命》《灿烂瞬间》《静看花开》等书稿清样。校对书稿是一项认真细致的过程，即便有一定的文化基础都不一定能做好，我感谢她对我的信任，同时也怀着一种虔诚和欣赏的心情拜读那些书稿。在此过程中，我感觉这是一个高产的作家，后来通过浏览她的作品目录，才知道这只是部分作品。这让我感到震撼！我从开始对她的平视到现在对她的仰望！这就是我的切身感受！

现我仅从她的《穿越生命》这部作品中，谈谈我粗浅的看法：

一是袁瑞珍具有坚强的意志。《穿越生命》描写了她的外孙女璐璐患病后一家人及其亲属朋友对其参与治疗抢救生命的过程，以自己的切身经历和感受，加上高超的写作技巧和生花妙笔，呕血含泪，以坚强的意志完成了这部作品，从中体现出她特别坚强的忍受力、坚韧不拔的意志力，在失去心爱宝贝孙女的短时间内，还尚未从极度的悲痛中走出来，就完成了这部六万余字的美文。我每次和她见面时，心里就想，在我面前这个温文尔雅、谦虚随和、轻言细语的知识女性，怎会具有如此坚强的意志，如此笃实的定力，不惜忍受一波又一波袭来的撕心裂肺的痛苦，一遍又一遍地在自己心灵的伤口上撒盐？因为文章要不断地挖掘、追索、修改、完善、提炼，要写出精品，她不得不忍痛做出牺牲，她经历了如地狱般的煎熬才又获得了新生！没有辛勤的付出，哪有丰硕的成果？

　　二是袁瑞珍具有敏锐的细致观察力。《穿越生命》这部作品中，从小璐璐患病的开始到结束，袁瑞珍对文章中涉及的数十个人物，都写得准确生动，令"这一个"仿佛就在读者面前，栩栩如生，一呼即应，从人物的一举一动，一个眼神，一个手势，一句话即反映出"这一个"的特点，在读者心中自然就留下了深刻的印象，如小璐璐、忻诚、紫影、张冀及出租车司机等。我不得不从内心不止一次地对袁瑞珍这个人发出真诚的赞美！我的这位家门才女很厉害！我以前是不喜欢散文的，现在我也逐渐地爱上它了。

　　三是《穿越生命》是一部宣传我国传统文化的好作品。我国是一个有着数千年历史传统文化的国家。孟子曾经说过："老吾老，以及人之老；幼吾幼，以及人之幼。"尊老爱幼、忠厚善良是我国传统文化之一。我国在随着对内搞活、对外开放、繁荣市场经济的同时，难免也有一些人利欲熏心，金钱至上，尔虞我诈，不择手段，失去了起码的道德和良心，什么亲情友情全然不顾，仅以我身边发生的一些人和事，足可以证明这个问题。在亲人患病或遇到困难的时候，不管不顾，从不去医院看望，担心拖累自己，担心钱借出去要不回来，而躲得远远的。有的家庭在孩子或老人患病时不想方设法送到医院去抢救和积极治疗，反而听之任之，个别的甚至遗弃还有一口气的亲人或任其等死，现实就是这样残酷！亲人不如朋友，甚至不如善良的陌生人。而袁瑞珍夫妇及其亲朋好友，这一个大家族的善举感动了无数身边的人，包括医院的专家医生和护士、介绍去美国医院治疗的北京某中介公司，以及出租车司机等，赢得了社会上广泛的赞誉，令人心服口服，令人感叹不已！我想凡事都有它的根源，《穿越生命》这部作品之所以有巨大的社会反响，能获得冰心散文奖，与袁瑞珍夫妇的人品是密不可分的，是他们夫妇俩为人谦和、忠厚大气、高尚的品德影响和感动了身边的人，说明其家风纯朴，祖辈传统优良。我借此机会呼唤文友们，在以后的时光里，广泛宣传《穿越生命》这部作品，这是一部反映人间大爱的、宣传中国传统文化的好作品，这是袁瑞珍用血与泪铸出的精品。我在阅读《穿越生命》的过程中，几次被文中的情节感动得热泪盈眶，情不自禁，我这坚强的内心竟也不堪一击！重要的是从中受到了极大的启发和教育，我不断地反思自己，并对自己的老人、孩子以及亲友，有了一个崭新的要求和标准：我要用全部的爱去爱他们，即使付出生命！

2020 年 12 月 30 日

【注】袁强，原四川省核工业地质局党组成员、机关党委书记、高级政工师。曾先后在《四川宣传》《华夏魂》《基建工程兵报》及中国核工业总公司主办的《研究与应用》发表过文章，并有散文集《寻访》一书与朋友分享。

依米花的精神照视
——读袁瑞珍散文集《穿越生命》
◎润　雨

当我知道世上有一种花叫依米花，在拜读完袁瑞珍散文集《穿越生命》时，对一个生命的解读便有了答案——她的精神世界里不正有依米花的特质写照吗！

2021年1月18日，我收到了一份来自成都的邮件。打开邮件，是袁瑞珍老师送我的散文集《穿越生命》。那段日子，我正为生病的妹妹焦灼地奔走在医院里。担心、焦虑、恐惧、希冀交织成网，日日主宰着我的情绪。在我打开散文集，阅读首篇《穿越生命》时，所有人类在灾难到来时情感的曲折起伏，我们出奇地共鸣了。我几次读得热泪盈眶，和作者一起痛、一起祈盼、一起穿越一段生命因遭遇突变而难耐的时光。

散文集第一辑"爱的礼赞"，就是长篇散文《穿越生命》。这篇长达六万字的纪实书写，作者以娴熟、清晰、客观又饱含挚爱、满富深情的笔法，详细记叙了她的外孙女璐璐确诊白血病后全家奋力拯救而无效不幸夭折的整个过程。叙述方式围绕璐璐生病的过程展开，真实地记录了璐璐与病魔做顽强的斗争，和所有关爱璐璐的亲人、朋友、医务工作者们一起与死神抗争，穿越生命的无疆大爱。

如作者所言，这是一场与疾病赛跑、与病魔争夺生命的战斗。作者独到的写法，紧张、悲壮、惨淡，却不失温情。一面是美好的展示——璐璐品学兼优、生性聪慧可爱；一面是孱弱生命被折磨、被病魔狠心地一步步掠走的客观叙写，笔笔见血，字字惊心。上帝曾垂爱人间，让天使般的璐璐降临，璐璐的优秀、可爱，非寻常孩子可比；可上帝又是如此狠心，让这么卓越的孩子偏偏患了不治之症——白血病，而且全然不顾璐璐对生的渴望，不顾众亲朋拼尽全力的挽留，决然带走璐璐。一朵带露的花蕾还没来得及绽放，就被无情的暴雨风狂折断了花茎，让她的亲人们如坠深渊。灾难到来时的五雷轰顶，生活一下跌入恐慌不堪的境地，璐璐的亲人们从医生的医嘱里寻找哪怕有百分之一的拯救希望也要付之行动。而年幼的璐璐更是以超顽强的毅力，与病魔抗争。当璐璐听到一个孩子的死亡，第一次真正地闻到死亡的气息后，"在接下来的化疗中，不再哭闹，吃东西吐了后漱漱口再吃，吃药吐了后再接着吃；个人卫生也不需要人督促，自己就会自觉坐盆消毒，尽管戴口罩很不舒服，也坚持长时间地佩戴口罩；连她最害怕的'骨髓穿刺'和'打鞘'，也不需要成人陪伴，而是自己走进治疗室接受手术。手术中不仅配合医生护士，而且咬紧牙关不吭一声，最后连做手术的那个女医生都感动不已，特意到病房对我们说：'张璐璐太坚强了，坚强得让我都不忍下手！'说这话时，那个女医生眼里包着一汪泪水，几度哽咽——有时候一个孩子的坚强会戳痛人心底最柔软的爱的触角。"然而，灾难还是无情地一点点地吞噬着人们的希冀，最后亮出了底牌——伯基特淋巴瘤，这是白血病中最难治的一种。抢救过程的节节败退——展示了人类在一些不治之症面前的无能为力。诚如"悲剧就是把美好的东西撕碎给人看"，读《穿越生命》，就是让我们感受美好生命被绝情掠走时的心痛，读得人心疼不已，惋惜连连！

我试图想把这篇文章内容归于悲剧，但好像不全是。单说璐璐的夭折是人生之大不幸，但发生在璐璐生病过程中周围人对她关爱有加的诸多事件，又充满温情。所以，不能单纯地当悲剧，准确来说，是人生的正剧。喜中掺悲，悲中有喜。生活的诸多滋味，皆在其中，人性的光芒闪烁其间。我每一次热泪盈眶，既为璐璐的不幸而难过，又为在抢救璐璐过程中，不同人物在不同角度表现出的义举而感叹！芸芸众生，关系微妙，却为了共同的目标走到一起，和谐共生，大爱无疆。

每个人的表现，妈妈紫影、继父忻诚、生父张冀、外婆外公、奶奶姑姑、小姨和姨夫、女儿的好友王峰、女婿的妹弟段绍均、家里的保姆、北京的出租车司机金涛、几个医院的医生护士、北京盛诺一家医院管理有限公司的蔡总等一干人，无一不在关爱着璐璐，无一不在参与这场抢救璐璐、与生死抗争的战斗。继父忻诚的表现尤甚，从知道病情后便不惜一切代价拯救，整个过程中想别人之先，付行动之实，所有人看在眼里。而璐璐生前坚决要改成他的姓——伍，就是最好的说明。他的所作所为令出租车司机金涛感动，令妻子的前任感动，"在病房外，忻诚和张冀不期而遇。这是他俩的第一次见面，尽管有些尴尬，但随着两人的手紧紧相握，两个男人的心因对璐璐的爱而连在一起。张冀握着忻诚的手，说了声：'伍哥，谢谢你为璐璐所做的一切！'忻诚笑笑，使劲握了一下张冀的手说：'不用谢，我们都是璐璐的父亲，我们都爱她，目标是共同的——不惜一切代价救她。'这个父亲为救女儿还真是豁出去了。'这有什么，都是应该的，既然璐璐叫我爸爸，我就得承担起做父亲的责任。但愿能挽救璐璐的生命，我们一家人能好好生活在一起！'"这是一位善良仁义、有担当的继父。

作者以自己敏锐的目光和一颗感恩的心，捕捉着人生变故里的点滴温暖。在这场灾难中，作者经历着将失去爱孙的恐慌和心痛，尽自己的力量帮助着女儿一家，但不难看出，她比其他人更多了一份细致的观察、细微的体谅，以及纷繁杂乱的情况下镇定处理事情的智慧。当特殊的年夜饭在北京的一个宾馆里进行，"我看着忻诚，看着女儿，看着张冀，看着屋里所有的人，看着他们脸上流溢出的真诚与善良，一种温暖的情愫如花儿般绽放。它让我体味到真诚与善良的美好，又透过这美好还原了爱与善良所蕴含的意义：一旦我们把爱、真诚与善良给了别人，自己也会收获生命的美好！"这样的感恩之心，在其他的章节里也均有体现。这是一种可贵的心态。正如她在文中引用普兰斯特·马福特说过的话："一个人若是一直想着人生的黑暗面，不断地活在不幸和失望中，就是在祈求未来有着相同的不幸和失望。"而她自己所言，无论我们遭遇了什么，都要保持一个好的心态,这样你就不会过分地活在悲痛中,而是以阳光的心态去面对突然而至的打击和苦难,你就是自己命运的主宰者,这不正是依米花顽强不屈的精神写照吗?对人们善意善行的随时捕捉,不正是依米花在干燥的沙漠里寻找水源,然后一点点积聚养分的过程吗?

麦家说过:"作家要深入生活,去伪存真,要挖掘、拓展精神的深度、广度,展现人心深处的亮光,获得一种能在困苦中站立起来的精神。"散文《穿越生命》很好地体现了这一点。

作者的这种阳光心态,在其它的篇章里也有不同程度的体现。如散文集第二辑"悠悠心曲",《飘落在田野中的青春》记载了一段知青岁月,叙述了特定时期的特殊经历。在这段知青经历中,我们读到的不仅仅是艰难岁月的描写,还有青春奋斗的激情,生命在低处的坚韧、顽强、上进,以及对生活的拳拳热爱与浪漫。人性的善与美,同样体现在袁瑞珍良好的待人接物中。例如和农民的关系相处融洽:"生产队出工,队里的男男女女,特别是年轻人大都喜欢和我一起干活,因为我从不偷懒,还能边干活边给他们讲故事。这在当时农村缺少娱乐活动的情况下,也算是一种精神享受。""有时下雨天不出工,生产队长便把上面发的文件交给我,我便挨家挨户给他们宣讲文件精神。"还有,谁家自留地收棉花或麦子她去帮忙,队里分给她的红苕也送给农民喂猪。她的付出同样获得了大家的善待,生产队里有人杀猪吃肉都会请她去打牙祭,在评公分上也给了很大的照顾,后来还被评为公社的"五好知青"。再有,多年后,在街上突然遇见卖红苕尖的丁队长,这时的丁队长"已是满头白发,背有些佝偻,脸上满是皱纹,表情有些迟钝,当年那个飒爽英姿、做事风风火火的女能人的形象已不见了踪影。"原来,丁队长的丈夫早已去世,唯一的儿子又精神失常,靠低保生活,日子过得很清苦。此刻,"我将她的红苕尖全部买下。"这是一种发自心底的体恤、一种不动声色的帮助。这样的善意是人性深处的光芒,构成了作者无论经历怎样的岁月,都不会忘却善良的美好。

在第三辑"山水行吟"里,我们也不难发现作者对一切人事物中善与美的敏锐感知和捕捉。因而,作者的不失温情使这本散文集充满暖色格调。例如即使在艰苦的农村生活,"我把房间收拾得清清爽爽,卧房桌上用过的玻璃输液瓶里常年插着我从田间地头采摘的野花野草或树枝,这给我的小偏房添了些鲜活的气韵。"这些微小的细节,展示了一个人对生活的热爱和不竭的审美追求。这在她的另外篇章"住房之梦"中,也有表现。

生命,长长短短;生活,起起伏伏。活着,经历自己的人生,也穿越他人的生命。在阡陌纵横的红尘里,能够保持一份清醒、一份执着、一份热爱、一份感恩,宛若生长在非洲戈壁滩上的依米花,靠着唯一的一条主根,孤独地蜿蜒盘曲着钻入地底深处,寻找有水的地方。"那是一个需要付出顽强努力的过程。一株依米花往往需要大约五年的时间在干燥的沙漠里寻找水源,然后一点点积聚养分,在完成蓓蕾所需要的全部养分后,在第六年春,才在地面吐绿绽翠……"

用五年扎根、第六年吐蕊、两天的花期,在非洲干旱烁热的戈壁滩上,这是一个多么艰难而又痛苦,多么执着而又热烈的生命历程啊!这确是一种生命的极致。如果用"五年扎根"来泛指人一生的努力,那这样的生命如何不会绚烂,又如何不受人尊重呢!

依米花的精神照视,是对生命厚积薄发的重托,是对灵魂向阳成长的礼赞,这也是这本散文集给我铭心的印象。

2021 年 2 月 23 日

【注】润雨,原名朱润鱼。中国散文学会会员,山西省作家协会会员。作品散见于《时代报告·中国报告文学》《西部散文选刊》《山西作家》《四川散文》《四川经济日报》《天津工人报》等,有散文作品入选《网络游戏文学作品选》《新时期乡土文学优秀作品选》《在场微散文》《我到龟峰来看你》等书,出版散文集《煮一壶月光,醉了年华》《光阴在左》。

读《穿越生命》有感

◎王亚平

含泪读完了袁瑞珍的长篇纪实性散文《穿越生命》，可爱的璐璐与风中飞舞的花瓣、仰头的小草一起出现在泪眼中。天使提着花篮，将无尽的爱撒向大地。

散文充满爱，洋溢着情，流淌着善。七岁半，可爱的花蕾，还未张开就承受病痛的折磨，用一年的时间，顽强地挺住了治疗的苦痛，花蕾渴望长大，渴望开放，疾病却再次将璐璐推向深渊……在我们为璐璐难过的时候，也为璐璐得到的爱而欣慰。血缘之爱与非血缘之爱，让璐璐在短暂的生命中享受了人世间最美丽的关爱。当璐璐在接受爱的同时，她也将自己的爱给予他人：同病房的小姐姐、老师、同学、继父和长辈……璐璐也用行动告诉大家：璐璐的确是个不同寻常的孩子。

人生最重要的是学会如何施爱于人，并去接受爱。璐璐的每一位长辈都是值得爱的人。特别是璐璐的继父，他给予璐璐的爱超越了血缘。尽管我没有见过他，但他已经用责任感和同情心将高大的形象展现在读者眼前。他将爱奉献给璐璐的同时，也告诉我们同情心与责任感会让这个世界充满温情。

璐璐走了，袁瑞珍用心血记下的这段经历让我们感悟：爱是唯一理性的行为。唯有人人都以坦诚的心，奉献真诚的爱，人类的明天才会更美好！

散文《穿越生命》，记录这一年多全家人与璐璐一起走过的路，以"活着的每一分钟不可能还原"的哲理来示意生命之短暂，反思自身的存在价值，这是与生命的对话，文章在穿越生命，也在超越生命。"世界上唯有两样东西让我们深深感动，一是我们头顶灿烂的星空，一是我们内心崇高的道德。"灿烂的星空就是我们的理想，而实现理想的途径就是要具备崇高的道德。

2018年2月

【注】王亚平，女，1969年上山下乡当知青，1974年到犍为师范学校学习两年。毕业后先后在小学、中学担任语文老师。在教书育人的队伍里工作16年后，转行到了某银行办公室工作，直至退休。

我感受到文字背后的真情

◎邹 全

我是中国核动力院一所的邹全，今天听了这么多老师讨论袁老师写的这部作品，无论是讲写作技巧、选择题材还是立意等等，给我启发良多，很有收获。下面我想简单谈一下读完《穿越生命》后的一点感受。

几天前我刚刚读完了《穿越生命》这篇6万字的文章。读完之后让我很感动，也很揪心，生离死别本就是人生中最大的悲剧，而白发人送黑发人更是生命不能承受的痛。作为一名还没有成家的年轻人，可能我的体会并不是特别深刻，但是这不妨碍我体会到这样悲痛的心情。

鲁迅说人类的悲欢并不相通，我想他说得很有道理，但是同样我也相信，亲情、爱情、友情的存在，每个人都是能切身感受得到的，也是这样的感情让我们觉得世间是温情的。

我喜欢读书，各种类型的书都喜欢读，因为书籍能让人有不同于世事经历的体验，好的作品或文采飞扬、旁征博引，读起来赏心悦目；或字字斟酌、饱含人生阅历，让人细细品读，多有收获；或朴实无华，但是真情实意，让人备受感染。文字的魅力也就在于此。

《穿越生命》便让我感受到了文字背后流露的真情，没有太多浮夸的词句，但是无处不透露出对于失去璐璐的悲痛。曾经看过这样一篇文章，文中写道："这个世间，如果有地狱，便是医院。"在医院，每天都在上演一出出悲剧，有着太多的无奈、心酸和悲惨，科学技术进步发展的今天，人类攻克了无数病理难题，但是仍然有太多不治之症，随着科学技术的进步，随着医学事业的发展，我想终有一天人类能够攻克所有的医学难题，这样的人间悲剧也不会再发生了。

我们常说世事无常，世事难料，但是当事情来临，我们也只能积极地面对。书中有些细节让我很感动，无论是女婿忻诚，还是他们的亲朋好友，在这种危急关头能义无反顾地站出来，我想对于女儿和老人来说是很大的慰藉。幸福的定义有很多种，但是这样的丈夫、亲人、朋友，这样的家庭一定是幸福的。

人的一辈子都在追逐，梦想、事业、家庭，在这样攀登追逐的路上，总是孤独的，孤独是任何人都无法避免、无法消除的影子，然而家庭就像一只小船，又似一盏明灯，能温暖寒冷的冬夜，能携手支撑着度过几十年的风雨。

世上仍有很多美好值得期待。社会是冷漠的，但同时社会也是温情的，祝愿袁老师和她女儿的家庭能在今后的日子里，寻找到生命中更多的美好，祝愿所有人，都能收获自己的幸福。

2018 年 10 月 25 日

【注】邹全，男，1992 年 3 月出生，四川仁寿人。2017 年毕业于四川大学核技术及应用专业，工学硕士，同年 6 月进入中国核动力研究设计院第一研究所从事反应堆运行工作，2018 年 10 月调入一所党委办公室从事党建、宣传、组织工作，2020 年开始主管一所宣传工作。

怎么爱你都不够，一片深情付苍穹
——读袁瑞珍散文《穿越生命》札记

◎翟冬青

这几天重读袁瑞珍老师的散文《穿越生命》，一次次地泪流满面……

记得《穿越生命》在院里举行图书发布和读者见面会那天，我也在发布会现场。那天袁老师也赠送给我有她亲笔签名的《穿越生命》。

《穿越生命》6万多字，全文围绕小璐璐治病的主线，把所有亲情用爱关联了起来。这篇散文通过爱心救治小璐璐，体现了女作家对人性美、人情美、人寰美的歌颂。读罢全文也让我深受感动，思考生命，灵魂得到了净化与提升。

作品中的人物形象闪耀着善良的光辉。善良、仁义、大气的继父忻诚，是一个有责任感、有担当的好丈夫、好女婿、好父亲。作品中，璐璐并非他的亲生骨肉，而他把璐璐当成自己的亲生骨肉，全力以赴地救治璐璐，作品中忻诚的人物形象使我们感受到了人间的爱。他对璐璐的感情"不是亲生胜亲生"。作品中的忻诚，始终善良热情善待身边的每一个人，他总是为别人着想。作为继父，他知道璐璐的离世对她的亲生父亲张冀打击很大，他主动提出要把17万还给妻子紫影的前任丈夫张冀，支持处在创业阶段的张冀……在当今这个物欲横流、道德沦丧、尔虞我诈、虚情假意、真爱贬值的社会背景下。散文家袁瑞珍老师无疑为迷茫在爱情中、不相信真爱的人指明了一条通往人性美的光辉之路。

作品中的小女主人公璐璐聪明伶俐、乖巧懂事、学习成绩优异，在与这场病魔的较量中，她小小年纪就承受生命之痛，她始终顽强乐观积极向上配合治疗的态度，无数次地让我们心疼，也仰天长叹着这么美好的小生命，命运怎么可以如此待她？散文家袁瑞珍老师通过对璐璐与病魔的顽强对抗，也表达了自己心中对生命的无比热爱，她想告诉世人：即使环境污染的时代大背景下，我们一定要好好地活着，关爱生命、珍惜生命，用爱去善待自己和身边的人。

《穿越生命》也是一部充满了爱与温情的时代颂歌。作品中，多次出现紫荆小区、三圣乡荷塘、天府大道这些熟悉的生活场景，增加了阅读时的亲切感。所有亲人朋友都在"爱心"的动力下，一一登场，地点在我们所熟悉的医院，这样的构思和作者细腻清新的散文文风，再一次拉近了作者和读者之间的心理距离。让我们似乎身临其境，与主人公同呼吸共命运！其实，很多医院里的挂号看病等环节，正是我们熟悉的日常生活，因为亲情之"爱"、友情之"爱"，冰凉的医院也在散文家袁瑞珍老师笔下，变得无比温情起来。

一直我都很崇拜优雅知性的女子，像袁瑞珍老师这般端庄、漂亮、优雅、才情横溢的女子，我们私下称谓她"女神"。她是我们堆谷文学社的女社长，曾经出任报社总编。小时候曾经听父亲多次提到过她的才华横溢和对她的赞赏有加，那时候父亲和她同在单位宣传部工作。

2018年6月30日，堆谷风的文友们说袁部长的散文集《穿越生命》获得了第八届冰心散文奖，所有文友都在为她骄傲。我也是她的忠实粉丝，她不仅仅是四川文学界的骄傲，也是我们所有堆谷人的骄傲。

我一直也热爱着女作家冰心，喜欢她一生所讴歌的"母爱、童心、大自然"，读散文家袁瑞珍的《穿越生命》，让我再次找回了人性美、人情美。

张爱玲说，有些人对爱的理解，只是被爱。欲取之，先予之。人和人之间的关系应该是相互的。记得散文家袁瑞珍老师曾说："饮水思源，我的文学之路起点是在堆谷，是这片热土孕育和滋养了我，是我们的报纸和文学社培养和鼓励、支持了我。当我站在领奖台上时，我最想说的一句话就是感谢组织的培养。"

作为和她一样深深热爱着中国核动力院的一员，我将紧紧追随她和老一代堆谷文人墨客的步伐，接过她手中的笔，用心中的爱去讴歌所有默默奉献的三线建设者。

2018 年 10 月 22 日

【注】翟冬青，笔名七里香，中国核动力研究设计院设计所职工，大学文化。多篇散文、诗歌见诸核工业报和单位内部刊物。爱诗者联盟主播及会员。系《中国爱情诗刊》《中国爱情诗社》在线诗人。四川省诗歌学会会员，创办"七里香诗社"。从小受到记者父亲的影响，工作之余喜欢文学创作。

致敬《穿越生命》

◎赵艳华

曾经很喜欢闲暇时间里泡杯茶，一书在手，拿个坐垫以最舒服的姿势坐在地板上静心阅读，享受作者字里行间带给我的共鸣。近几年来随着手机功能的日益强大，阅读多以电子书为主，虽然简便得多，却总觉得少了点什么，想来是少了一页页轻轻翻阅的满足感吧。

《穿越生命》作者曾任我们院党工部副部长、院报总编，退休后潜心文学，现在是中国散文学会会员、四川省散文学会副会长。

此书出版后在院里做新书发布分享时，我因远在三亚出差，懊恼于无法去现场倾听老部长和众多文学大家的创作心得阅读体会。看着文学社的文友们一个个晒着老部长的签名赠书，恨不得插上翅膀飞回去抢一本过来。于是斗胆私信老部长求教购买方式。当天没有回音，心一点点下沉，谁知第二天一大早起来发现老部长给我留言要我的地址，她给我寄一本过来。都说从天堂跌入地狱太痛苦，我却是从地狱飞跃到天堂，感动于老部长的可敬可亲，咧着合不拢的嘴第一时间把地址给了老部长，然后每天翘首盼望着包裹的到来。

昨天，心心念念盼望着的包裹终于到了，晚上回到房间迫不及待捧书在手一口气看完了我最惦记的《穿越生命》，从揪心的痛到泪眼蒙眬再到涕泪横流，全然不顾自己的形象，眼泪如同断线的珠子"啪嗒啪嗒"打在盘腿坐着的床单上。我只想第一时间给老部长留言，告诉她我有多么感同身受，告诉她那种失去挚爱的痛我有多么深刻的体会，告诉她我从一年之内失去父亲母亲之后，这近两年来我从来没有走出来过，那种失去太痛太痛……我不知道这篇啼血纪实让她承受了多少的痛苦，但是我相信每一个阅读的人都一定会感同身受！

一个小天使已经离去，另一个小精灵已然来到老部长的生活里，代替她的姐姐陪伴着她们的外婆，相信天堂里的小天使看见这一切一定会非常开心的！也祝愿老部长勇敢坚强、健康快乐！期盼看见更多美文！

2018 年 1 月 20 日

【注】赵艳华，女，70 后，中国核动力研究设计院职工，一个感性多于理性的文学爱好者，常被各种文章感动得热泪盈眶，也常在感动之余提笔写下自己身边的故事。多次获得单位优秀通讯员称号，2017 年参加全国中央企业班组长微电影剧本大赛，入选全国 30 部远程培训案例教学，并获得"四川省军工杯微电影大赛"二等奖。

一次主题活动的感悟

◎静　怡

　　2018年8月8日，踩着浅雨，怀揣一颗热切的心，来到了成华区文化馆四楼会议室，参加省散文学会文友部第245次主题活动，聆听四川省散文学会副会长袁瑞珍老师"冰心散文奖"获奖感言，及新书《穿越生命》签赠仪式。此一去，收获了作家们赠予的四本书：《穿越生命》《读你》《雨中漫步》《雪崩》，收获满满，心足矣！待潜心拜读。

　　我是今年3月才加入散文学会的新生，故第一次看到袁老师。初见她印象非常好，慈眉善目，脸上总带着微笑，亲切温馨，使人乐于与她接近交流。特别是她谦恭自谦的话语，总在我的耳畔回响："文友部是我成长的摇篮，是培养我不断进步取得成绩的沃土。我虽然获得'冰心散文奖'，但那代表着过去，一切又将从零开始……"何等的学者风范，令人肃然起敬！

　　作为中国核动力研究设计院的一名职工兼作家，从一名普通的通讯员到研究院的院报总编，从下乡知青、缫丝厂女工到知名作家，袁老师走过的曲折坎坷之路与成长进步，点点滴滴，岁岁年年，无不浸透她的勤奋与坚持，好学与努力。说她是文坛的一颗星，闪烁着智慧的光芒，一点都不为过。因为，她站在了散文获奖的最高领奖台上。

　　特别是袁老师谈到的《穿越生命》的创作过程，深深地感动着我！她是流着泪写完的，是用真情实感打动读者的心；是用散文的形式，揉进小说的元素，用勇气揭开伤疤，展露那撕心裂肺，刻骨铭心的痛；是用对生命的尊重、医患矛盾、环保问题、人际关系、人性的光辉，诠释着一颗善良真诚的心，道出了人间真谛。

  我领悟了，也从中学到了，作品要紧贴时代，紧贴人民，紧贴现实生活，抒发真情实感，也就是现今作文的最通俗语言：亲民、接地气。力争抓住读者的心，环环相扣，增强可读性，方能被大众接受。

  秉承文友部交流快乐，快乐交流，交流出快乐，享受着快乐的宗旨，这里聚集了众多文人墨客，资深作家，为我们初学者提供了极好的学习机会和练笔平台。既能不断地从老师们身上学到高贵的品质和笔耕不辍的精神，又能潜移默化地吸取文创的经验与精髓。学生我受益了，并真诚地向前辈们致谢与致敬！"书山有路勤为径，学海无涯苦作舟。"只要努力了，就不会后悔。

2018年8月9日

【注】静怡，本名王建蓉。四川省散文学会会员、四川省诗歌学会会员、成都市作家协会会员、金牛区作家协会会员。喜歌弄舞，喜诗弄文，作品散见于报刊、合集书、网络平台等。

小璐璐从天堂捎来话

◎李兴汉

好姥姥，我的最亲！
我小时，你爱我，我也爱你！
我学你，也写诗。
小学一年级，
我写了《春天的雨》：
"种子说，快下吧！我要发芽！"
"花儿说，快下吧！我要开花！"
"树儿说，快下吧！我要长大！"
二年级，我写了《风》：
我不知道什么是风！
只看见
花瓣飞翔，
风来了！
小草仰头，
风来了！
姥姥，你夸我：
唐诗三百首学活了！
老师也夸我：

未来准是个好诗人!

好姥姥,我的最亲!
可惜,我病了!
全家人把爱都给了我。
对着我,满面笑容,
一掉头,眼泪汪汪!
我说:姥姥不要哭,我会好的!

好姥姥,我的最亲!
我还是走了,
飞去了另一个世界!
但我像个小燕子,
飞到你的肩上,
和你说悄悄话!

好姥姥,给你说句知心话,
珍惜生命,悲悯人生,
我们集体对病进行了抗争。
我虽忍痛离开了人间,
但饱含的人间真情,
我知足了!
我知道,
你用全部的爱,
写出了六万字的散文《穿越生命》,
把大爱洒向四面八方!

好姥姥,我的最亲!

你又得奖了！

得的是祖姥姥冰心的散文奖！

这是最高奖！

我高兴，你也高兴！

我的生命再生

我还是你的好宝宝！

我的好姥姥、姥爷

你们珍惜生命，保重啊！

——小璐璐

《穿越生命》是传递人间挚爱之歌的一部珍品。它至少传播了三层含义：珍惜生命、大仁大爱、热爱读书。（小璐璐好爱读书呀！）值得阅读，祝贺袁瑞珍得奖！也甚感是中国核动力院这块纯净的沃土孕育出来的一部充满爱的感人肺腑的赞歌！

——对袁瑞珍《穿越生命》获第八届冰心散文奖有感而作

2018年9月1日

【注】李兴汉，研究员级高级工程师，系中国核动力研究设计院科学技术处原副处长。

有一个叫璐璐的小女孩

◎何 凯

　　八岁啊花骨朵般的年纪，
　　却有百倍千倍的宠幸眷顾你。
　　从国内，到国外，
　　从父母亲戚到素不相识：
　　为了抢救你小小的生命，
　　整个世界手挽手站到了一起。
　　这真情比山高比海深，
　　泣鬼神，惊天地！
　　我们尽心了我们努力了，
　　何必再奢望什么奇迹——
　　大爱无疆的三百多个日日夜夜，
　　就是一部人间传奇

2018年9月1日

　　8岁女孩璐璐不幸身患白血病，因此演绎出一段感天动地的大爱故事。女作家袁瑞珍以《穿越生命》为题饱蘸血泪记录了这一历程，小天使由此永生。

【注】何凯，笔名杜邻仙客，现居成都，军旅诗人、作家。少年走出川北大巴山，军旅二十载足迹遍及白山黑水、彩云之南，老山战场铸就铁血风骨。长期主业新闻宣传，业余醉心文学创作，小说、散文、杂文、诗歌多有涉猎，著有散文集《凯风》、诗歌集《常识诗300首》等。

快乐文友
◎梅 香

聚集着满堂才情
分享冰心散文奖的快乐
都记住一个名字
"袁瑞珍"
一位真诚的才气女子
添了洒脱与高雅

用热情感化生活
用爱点燃生命的曙光
穿越生命的璐璐
在波折里叹息
把灵气洒落人间

聆听，执盏一笑
感怀，一波三浪
文友部洋溢着
钟情文字的情怀

营造温馨家园

2018 年 8 月 8 日于惠香斋

【注】梅香，本名张惠，长于南充。现定居成都。中国诗歌学会会员，成都作家协会会员。作品散见《星星》《贵州民族报》《四川经济日报》《招生考试报》等国内多家报刊。著有诗集《蘸缕梅香的暖》。《诗歌巡洋舰年选》主编。

附 录

微信采撷

@紫菊：

小袁：流着泪读完了你的文章。凄美之作，伤心的经历，优美的叙述。生命无常、痛彻心扉、生离死别、爱与善良、亲情、友情、人心……太多的东西让人唏嘘。如果没有文学之笔，那些艰难跌宕的过程、曲折心路的起伏就都会渐渐地随风飘去。你为你的亲人们留下了一部不愿再回顾，却也绝不愿忘却的记录。你为你的孙女璐璐留下了一座纪念碑，让她美好的小小少女的形象在那些文字中鲜活地永存。你也为你自己了却了一段心灵的重负，把它完整地、深深地放进了一个轻易不再触碰的地方，在经历了不是人人都可能经受的人生的深刻磨砺之后，再重新面对生活，把经过淬炼的感情奉献给你的亲人们……

读的过程中，似有一些笔误，供参考。

原文没有页码，我加上了。按页数说：

1. 第22页中，出现了女儿的真实名字；

2. 第48页、59页、出现了"苑苑"，是指的妹妹吗？其他地方似是"苗苗"；

3. 第68页，"甄环"应为"甄缳"；

4. 第94页，张哭那段中，"顷"应为"倾"；同页下面，有个"它"应为"她"；

另外，好些地方，应在引号内的句号，都在外面。

每个人在面对这种突然变故时，感觉都是一样的，或惊恐万状，或痛不欲生，但最终每个人的结局却不相同，这里比的是定力。这个定力不是别的，就是心态。禅诗说："境随心转则悦，心随境转则烦"，心态其实是一个人的世界观和处事的态度。普兰斯特·马福德说过："一个人若是一直想着人生的黑暗面，不断地活在不幸和失望中，就是在祈求未来有着相同的不幸和失望。"所以无论我们遭遇了什么，选择保持一个阳光心态，这样你就不会过分地活在悲痛中，而是以阳光的心态去面对突然而至的打击和苦难，你就是自己命运的主宰者。

（这段文字对我很有启发）

李临雅
2016年10月21日

@紫菊：

我一口气读完了《穿越生命》，虽然其中很多情节我早已知道，而且璐璐已经走了三年半了，可读着读着，仍泪水盈眶。

写得很好！璐璐在天之灵，一定能从文章中读到外婆对她的无尽的爱，读到妈妈爸爸外公及所有的亲人，朋友对她的爱。她在天国一定会因此而开心的。

唯一感觉有点不习惯的是璐璐妈的称谓，能不能有一个显得更亲密的称谓呢？可否就用"我女儿"或"璐璐妈"？

可能是我的感觉不对哈，仅供参考。

刘小苹
2016年10月23日

@紫菊：

小袁好！因表妹两口从美国回上海，忙着与他们聚会，没有时间上网。《穿越生命》分两次看完，坦白告诉你，为了连贯性和整体感觉，连中饭都没吃，读完之后已是两点过了。

毫无疑问，《穿越生命》的字里行间都充满了你对家人、子女，尤其是对璐璐的情与爱。文章记录翔实，条理清楚、文字流畅，外孙女的可爱和同病魔的抗争，以及家人为之倾注的一切，都催人泪下。文章伊始，单刀直入切进主题，在恐惧和悬念中抓住读者的阅读欲望，是很多作家运用的写作技巧，本文也这样做了，但在描写遭遇从天而降，使人猝不及防所带给读者的冲击力上还可加强。

一个八岁的孩子对死亡的感知是模糊的,越是把笔墨放在她的聪明伶俐、天真可爱、顽强抗争之处,就越能折射出生命、生活的残酷,这样的内容你写了,但还可以更深入提炼。

本文中的"男一号"忻诚的品格的确值得赞扬和书写,但前女婿在对待璐璐事件上的表现也是不错的,建议对这两个人物以及你们家庭对前女婿在经济问题的处理这个细节上再下点功夫,以亲情来对本文的主题进行上升和提炼。

在尾声中,女儿决定捐献骨髓的情节,也是深化主题、讴歌人物形象的重要内容,无论她捐了还是没有捐成,都无关紧要,关键是她做了这个决定,仅此一点,就足以令人肃然起敬!在这一节里,就写她毅然扣响了医院或是办公室的大门……剩下的空间,交给读者去理解、去设想。

语言文字还可锤炼。说得太多了,仅供参考。

余启瑜于上海
2016年11月7号

@紫菊:

文章太感人了,写得很好。先说一句笔误,第10页有句"毕竟璐璐不是忻诚的亲生父亲啊!"这句写倒了,你看一下。无以言表内心对璐璐的爱,她太坚强太乖了。不说了,怕引起你心中的痛。见面再叙。

万郁文于成都
2016年12月12日

@紫菊:

《穿越生命》文章开篇就抓住了我,使之一口气读完这篇长篇散文,感觉文章写得生动感人,催人泪下,文学性和可读性较强,特别是其中的景物和细节描写,是随人物的情绪和内心活动展开的,人物形象也刻画得比较丰满。

但还可以将文中描写其他病孩的情节再扩展一下,加重反映社会现实问题;文字还可以再进行提炼,使之更具感染力。

金科于成都
2016年11月12日

@紫菊:

袁老师晚上好!

用了一天多时间才阅读完您的《穿越生命》这部六万字的记叙作品。阅读的全过程无不心系作品主人公小璐璐的命运,并与作品中她的亲人因她的病情起伏而同悲同乐,但整个阅读情感是沉重悲戚的。

《穿越生命》真实记录了小璐璐的白血病从显现到她生命终结这近一年的治疗过程,以及亲人们在这一过程中为她担心忧伤、殚精竭虑、不惜钱财和竭尽全力。读来非常感人,好些情节催人泪下。作为小璐璐继父的忻诚,把小璐璐视为己出,给予的爱在其治疗全过程和其后事上体现得淋漓尽致,可谓感天动地。忻诚考虑到小璐璐生父经济拮据等原因,提出要退还其支付的小璐璐治病药费,这反映了他人性中具有的善良品质。

《穿越生命》是一部长篇报告文学。之所以这样界定,是因为其一,在于它反映的是现实生活中发生的真人真事,叙写语言是高信度的。其二,其语言有鲜明的文学色彩,不仅优美,且富有表现力。其中的人物忻诚就不乏有品格、有亮度的语言。其三,其语言显现了抒情性特征,抒情色彩的词句或段落,浸润着浓郁的情感汁液,令读者产生共鸣,甚至眼睛湿润。

《穿越生命》的画面感很强,若能改编成电影剧本,拍成电影,同样感人。

另外，作品中有几处输错字的地方，我另抽时间再发给您。

祝您及家人新年快乐！

王大可

2017年1月11日

@紫菊：

袁大姐早上好！

大作已拜读完，我受益匪浅，很喜欢。最喜欢的是：1.《穿越生命》；2.《迷失在丽江》；3.《飘落在田野中的青春》；4.《住房之梦》；5.《岁月·历史》；6.《地震发生时，那惊魂一刻》；7.《沉醉喀纳斯》；8.《戈壁猎奇》；9.《恩西尼塔斯的清晨与黄昏》；10.《教养的诠释》。其中最喜欢的是《穿越生命》，把纪实散文写得像小说，具有很强的可读性；写得像抒情散文，很唯美，写得很感人，把友情、亲情、爱情表达得淋漓尽致。我原来喜欢看小说，长大一点喜欢看报告文学，不好意思，没看过多少散文。这次是真把我吸引住了，我看书的速度很快，上星期五一个下午就看完了，昨天下午又看了一遍。很多人可能会把给璐璐治病的过程写来像记叙文或纯散文，可读性差了吸引的读者就少了。你在这方面就有创意、创新。最关键的是我能一口气看完，但看到的是感动而不是悲哀，是积极努力而不是妥协，是爱聚集的力量而不是埋怨责怪，所以看起来心里不堵得慌，就能一鼓作气一直读下去。

周丽霞

2018年1月8日

@周丽霞：谢谢丽霞！你的看法很独特，我是第一次听到这样的评价："把纪实散文写得像小说，具有很强的可读性；写得像抒情散文，很唯美"。你真是读懂了我，因在创作时，除立意外，创作方法就想尝试把小说和散文两者融合进去，你是第一个了解我意图的人！你的鉴赏力很强！很高兴有你这样的朋友！

袁瑞珍

2018年1月8日

@紫菊：

　　大姐：书已收到。我因出差，原想带上书在飞机上享受惬意的阅读，放松一下自己的，但没想到阅读中我会哭得像个泪人。同事很奇怪地问我是本什么样的书让我这么感动，便将书拿过去说也要看看。

　　昨天下了飞机就被现场项目部接上，3小时汽车方才到达现场。晚餐后又和项目部的同志们一起开了个今天大会的内部预备会，所以就回来太晚了。其实你不用那么慎重，你的文笔已经很成熟了，不用刻意追求语境文学上的完美。现在生活节奏快，阅读主体更追求现实质朴、真情实感的作品。我只看了前四篇，书就被同事拿去了，估计他还没来得及看。这四篇真是写得很好，因为是你亲历的，文笔自然精炼、忠于内心，就很容易引起共鸣。目前的文学作品，能让大家耐心地读下去就是好作品，如果能激发大家的情感，就是优秀成功的作品了！

阎维宁

2018年1月11日

@阎维宁：谢谢维宁！因为我经历这件事包含了太多的东西，生命的尊贵与无常、爱、真诚、善良，这些人性闪光的东西在我的心里扑腾，尽管写这篇文章像是把伤口又撕开，也是常常泪流满面，但写完了，还是有如释重负的感觉。但没想到的是这个作品受到了读者的好评，好些人看了说很感人。晚上睡不着，脑中尽是书中的那些情节。但我希望的是你还要接下来把其它几辑文章都看一下，把你认为相对好一点的文章给我挑个10篇左右,我看看大家怎么看这些文章,以便在今后的写作中注意。谢谢你了,给你增加负担了,明天下午院宣传部要召开我这本书的读者分享会,也还是很重视这本书的。

袁瑞珍
2018年1月11日

@紫菊:

尊敬的瑞珍同学,首先感谢你送给我的珍贵礼物《穿越生命》这样一部优秀的文学作品,也衷心祝贺你在文学创作上取得如此杰出的成就,获得了众多的殊荣。

细读《穿越生命》,感触特深,感人心田,催人泪下。我无论如何也想不到我的老同学幸福美满的家庭居然会发生这种意想不到的事情,你心爱的外孙女璐璐患上了白血病,你们全家为了挽救璐璐幼小的生命,付出了太多太多的艰辛。我要特别提到的是你的女婿忻诚,璐璐虽然不是他的亲生女儿,但他对璐璐却比亲生女儿还要亲,无论付出多大的代价,他也要全力挽救璐璐的生命,他胸怀宽广,处事大度,在他身上展现出了许多优秀的品质,堪称伟丈夫!

你的这本《穿越生命》,总共23篇文章,我认为每篇文章都写得非常好,我看后都非常感动。如果说这本书只能选10篇文章的话,那我只能忍痛割爱,选出10篇如下:1.《穿越生命》;2.《飘落在田野中的青春》;3.《住房之梦》;4.《地震发生时,那惊魂一刻》;5.《有一种友情叫牵挂》;6.《心随菊魂舞》;7.《高原秋韵》;8.《夜色中的栀子花》;9.《迷失在丽江》;10.《教养的诠释》。

我觉得你的文学作品有一个共同特点:真实、亲切、感人。我希望老同学在今后文学创作道路上取得更加辉煌的成就!

江佑华
2018年1月12日

@紫菊：

瑞珍好！读了《穿越生命》，感动不已。璐璐是你们的骄傲，小小年纪就已显示出不凡的特质，她的离去让人心痛和惋惜。在救治璐璐的过程中，你们每位家人和亲友都展现出人性最善最美的一面，尤其是忻诚，他对璐璐无私的爱，让人心生敬意，璐璐是带着你们满满的爱离开的，虽然心有不舍，但相信她是幸福的。愿璐璐在天堂永远快乐！祝你们一家好人永远平安！

冯亚曦

2018年1月15日

@冯亚曦：谢谢亚曦！我写这部作品的本意就是要反映真诚、善良这种人性的光辉。于社会而言，我们应弘扬这种美德，于家庭而言，这种家风也应传承下去，基于这两点完成了这部作品。尽管在写作的过程中又经历了一次撕裂伤口般的痛苦过程，常常泪流满面悲伤得不能自已，但最终还是写完了。我认为还是一件很有意义的事。谢谢亚曦的阅读和理解！

袁瑞珍

2018年1月15日

@紫菊：

瑞珍：恭喜你的力作《穿越生命》隆重出版发行。因时间关系大作还在拜读中，但才气已跃然纸上，其文笔令人折服，情感催人泪下。你不愧是老三届一代人中的佼佼者，更是散文学界一颗冉冉升起的新星，真的可喜可贺。期待你的新作再次问世！

王运波

2018年1月16日

@王运波：运波大哥过奖了！我的作品进入这套丛书，我心里既感荣幸同时也深感不安！因为那些人是公认的我们四川的文化名人和著名学者，我算什么呀！一个老三届的初中生而已，一个一辈子都觉得有知识缺陷一辈子都在追逐梦想的人。从目前反馈回来的情况看，反响还不错。在继文汇出版社召开新书发布会后，前天我们单位宣传部也专门为我召开了一个读者分享会，会上反响热烈，让我受到鼓舞。有你们这些好朋友和读者的鼓励与支持，我想我会努力遵从内心，荣辱不惊，平淡生活，诗意写作的。再次表示感谢！

袁瑞珍

2018年1月14日

@紫菊：

瑞珍，你的书《穿越生命》已读完，很感动与受益匪浅。特别是第一辑，我是流着泪看完的，被你全家和亲人们的无私所感动，愿所有的好人都一路平安。你所有的作品我都很喜欢，但又没能耐写出我内心的激动和祝福。愿你在这个基础上越来越好，更上一层楼。说实话，你是我的骄傲，对任何人说书是我的同学和朋友写的。向你学习，我会保存好它，经常要看看的。

崔晋

2018年1月16日

@紫菊：

读完《穿越生命》自己的心也被穿越了！

您胸怀两种情愫，奶奶和外婆，把璐璐留在了人间。

出生与过世是人生的基本构架，早与晚只是时间召唤问题。

璐璐的一生，活泼可爱，灵动率真，过目谁能忘！

大姐以深厚的笔力，从心灵里呼唤出一篇激荡人心的美文。

小璐璐不会逝去，她的甜蜜，是家庭教养的自然结晶。这是社会发展最本质的魂。

王远隆

2018年1月18日

李兴汉@孙荣绵：

老孙：已是散文名家的袁瑞珍佳作《穿越生命》已收到，有你一本。下周一上午十点左右，我们进城，路过神仙树大院，给你带去。核动力院成名了一位女作家，是我们的骄傲！核动力院出现一个袁瑞珍，不是偶然的，是科学、文化氛围的体现，是×××的硕果！我初翻了一下，有思想、有感而发、也有文采！得到文学界的称赞，是一个了不起的女作家！

李兴汉

2018年1月21日

@李兴汉：谢谢李处长的鼓励！是核动力院深厚的文化底蕴培育了我，是科学精神滋养了我，也是众多文学前辈和文友帮助扶持了我，能够在文学创作上有些微的进步，一靠这片沃土，二靠自己的努力，但沃土是最重要的因素，所以我常怀一颗感恩的心！谢谢我生命中遇到的让我难忘的人和事！恳请李处长阅后提出批评意见，以利今后创作水平的提高。

袁瑞珍

2018年1月21日

@紫菊：

小袁：刚刚从老李手中接到你的大作，我会认真阅读。这里谨借退休二支部微信群向小袁表示感谢！初翻了一下，我便感到这么多年我们对其身边的小袁了解并不全面，她是一个对生活充满深情、富有内涵的才女，是我们学习的榜样！

孙荣绵
2018 年 1 月 22 日

@孙荣绵：谢谢孙处长的鼓励！您能抽时间阅读我的拙作感到非常高兴！我一直记得您在担任科技处处长时就很关心我的，那时我写的有关科研工作的通讯报道您都是亲自为我修改并给我讲解修改的原因，这些对我的帮助和影响都是很大的，所以我要谢谢您！也请您给我提出批评意见，一如既往地支持帮助我，再次表示衷心的感谢！

袁瑞珍
2018 年 1 月 22 日

@紫菊：

阿姨：书已拜读，淌着泪看完的，很久了，心都疼。一直不知从何说起，所以迟迟不敢回复。我竟然不知道，影和你们这几年经历的这许多，悔自己为友的不称职。您的作品都是真情实感，笔触细腻真切，皆入心之作，唯有虔诚地认真拜读学习。也警示小辈，吾等也应勤于笔耕，留下自己的思考与成长。真挚的文字总能保留生命的温度。

现在理解此次美国之行时所见眼中的影，那时心中暗暗佩服，只觉她不再是过去的娇公主，而变得独立、果敢，当时仅单纯地以为是美国半年的独立生活所练就，谁知还有这许多生离死别的历练，作为已为人母的我，心如刀绞地读完一字一句，我恍然影的变化是破茧成蝶的蜕变。女人也许只有为人妻为人母后才能完成生命的完整与最真实的成长。我想，不管生命给了我们什么，或夺走了什么，我们唯有虔诚地感恩，因为它让我们学会了爱与善良！

陈歆
2018 年 1 月 22 日

@紫菊：

小袁你好！

书收到了！谢谢！春华秋实，终成正果，你的作品我将认真拜读，慢慢品味！

钟益生

2018年1月21日

@紫菊：

我已看了三分之一，既有感动，更是欣赏，又有激动，写得非常好，吸引人！

钟益生

2018年1月23日

@紫菊：

上帝呀，璐璐那么聪明伶俐，美丽可爱，你为什么要早早地把她从喜欢她、爱她、疼她的父母、亲人身边夺走，你不感觉是太残忍了吗？

忻诚给予孩子的爱是一种大爱，一种超越的爱，一种伟大的爱，他是我们社会所需要的榜样。我对他的欣赏升华到了对他的敬仰！

钟益生

2018年1月25日

@紫菊：

敬爱的袁部长，您的散文集已经拜读完毕，意犹未尽，看您的散文，文笔细腻，描写生动，如同身临其境，随着您的文字亦喜亦悲，一晗一笑，伴您游遍大江南北，随您走出国门畅游世界。只是有三处错别字，想来是校对人员大意了，分别是：21页最后一行她是真的爱紫影，应为他；33页倒数第五行看他应为看她；182页倒数第9行疲与应对为疲于应对。

盼望早日看见您写咱们的夹江千佛崖，您可是夹江人的骄傲哦！虽然我不是夹江人，可作为核二代，夹江也是我的第二故乡了。

赵艳华

2018年1月29日

@赵艳华：谢谢艳华这么认真地找出了三处应该纠正的错别字，这要看得多认真才会发现这些错误呀！真诚地谢谢你！

袁瑞珍

2018年1月29日

@紫菊：

从读第一页开始到结束，泪水就止不住地流淌，怨老天不公为什么要带走这么乖巧的孩子，也欣慰孩子一直都有你们浓浓的爱陪伴左右，无比心疼你和影儿，同时也敬佩你们面对生死的坚强和执着，感叹生命之脆弱与珍贵，让我们都敬畏和珍爱生命，认认真真地过好每一天。孩子会感谢在她短暂的生命中有你这样一个深爱她的好外婆，虽情深缘浅但毕竟曾经彼此拥有也就足够了。感谢你愿意将如此跌宕的人生经历与我们分享，让我们对生命与人性又有了重新的认识与思考。

宋梅

2018年7月2日

@紫菊：

刚读完《穿越生命》全书，感动于你对生活的热爱，对文学的敏感与把握，特别是围绕璐璐生病，全家人不遗余力地付出，让人特别感动。叙述真实可信，情感表达自然亲切，描写了众多亲人为挽救璐璐的倾情付出，可谓感天动地。这不仅仅是一家人的故事，而是中华传统美德的真实写照，为你们的爱和奉献点赞，你们的故事将广为传诵，并激发起善良的人性，影响他人。

曾庆渝
2018 年 7 月 23 日

@紫菊：

再次在院研讨小袁的《穿越生命》，从文学的高度评价得较深，爱的穿透力，文化的影响力，讲得中肯和深刻。文学源于生活，高于生活。我觉得为什么这部脍炙人口，得了全国最高奖的散文，出自中国核动力院，有其根源和渊源。这部书的主角是小袁和小璐璐，可从他们身上发掘到更多、更好的献给人生的有价值的东西。小袁有丰富的人生历练的积淀和对生命的挚爱，正如莫言所说：珍惜生命，悲悯人生。核动力院有科学文化的沃土和氛围，也孕育了小袁的佳作。记得国家科委朱丽兰来院视察，祝贺脉冲堆的建成时讲过很感动的话：核动力院是块沃土，核动力人纯洁的太可爱！正如写在《核动力之光》一书中文章所说：核动力人是高尚的情操，干净的追求！那种对科学的执着的探索精神和忘我的境界，达到登峰造极的地步。正如文化部原部长王蒙和高占祥所说的：文化的掂量，文化力是人类社会发展的永恒动力。小袁对生命的热爱，闪烁着核动力的光芒！有着核动力人精神的烙印！这对核动力院文化建设是有价值的。我很赞同有人提出的要探究生命和科学的关系！已探明心态好是保持健康的第一要素，这么可爱的小璐璐，有什么方法治好她的病！这是生命科学正在研究的课题。文理相通，我在清华六年有所体会。校训"自强不息，厚德载物"，就是梁启超从《诗经》中撷出来的。他的儿子梁思成是建筑学家，也是艺术家，他的儿媳林徽因也是古建筑家和诗人，出身文学世家，被胡适称为才女。清华还有散文大师朱自清，当置身于水木清华，咏诵他的《荷塘月色》《背影》名篇时，那种怡然自得的情趣至今还有余香！还有文学教授吴文藻（妻子为著作家冰心）、闻一多、吴宓等。在我读书的化学馆旁的音乐室，配有音乐教授，周末可去欣赏古典音乐，有古筝、古琴和现代交响乐，艺术可激发科学灵感。我的院士同学就是民乐队的琵琶演奏手。清华学生艺术团水平高，现在，校友捐赠巨资兴建了大剧院，在那里，我欣赏了歌颂原子弹之父邓稼先的朗诵诗剧《马兰花开》。邓稼先是清华人，李政道、杨振宁的同学，该剧是学生创作，演出一流的。清华还有通讯社，有同学写了洋洋洒洒近万言的通讯报告，美极了！我只在那儿当过广播台的小编辑。直接受到党的教育。小袁呀！你是满腹文才、满腔热情和深厚的对生命的爱喷发而就的作品，必有强烈的震撼力！总是让人吟诵不已，津津乐道！这不是吗！所以核动力院孕育出你的作品，是核科学和文学的结晶，是我院的骄傲，是新时代的标志，建议出一本研讨评论文集，让人受益，让名家作序，院文学主编！行吗？

李兴汉（中国核动力研究设计院原科技处副处长）
2018 年 10 月 30 日

@紫菊：

《外婆的笑容》好文，令人感动。"这是 1960 年一个秋天的傍晚"这句是不是应改为"这是 1960 年秋天的傍晚"？不然人以为 1960 年有几个秋天呢。

六棱冰晶
2018 年 11 月 20 日

@紫菊：

不知道作者是不是我家乡人，外婆好像我老娘，连方言都是我们那里的，红苕、拿为你了……文章的表现手法与立意倒是平淡，贵在以情动人，深捞许多人的记忆。

龚益成
2018 年 11 月 20 日

@紫菊：

在那个饥饿的年代，善良的老人食不果腹，但她那颗善良的心能够让她充满幸福。

邹方旬

2018年11月20日

@紫菊：

嗯嗯，目测是本月获奖作品之一，哈哈，提前恭喜佳作！

欧尔

2018年11月20日

@紫菊：

笑容的名字叫善良。

半卷书墨

2018年11月20日

@紫菊：

美丽而慈爱的外婆，很温暖的文字！

田草

2018年11月20日

@紫菊：

选材不错，主题明确。为外婆和母亲的善良点赞！

雅歌

2018年11月20日

@紫菊：

温暖的文字，可爱的外婆。

阿七若丹·晓阳
2018 年 11 月 20 日

@紫菊：

苦寒中不忘温暖别人，乐善好施的品德，助人为乐的外婆，笑容美丽动人！

看月亮（彭建群）
2018 年 11 月 20 日

@紫菊：

好自然的行文、好精准的切入，好巧妙的衔接，不声不响让主题浮出。

明雅机械象阵
2018 年 11 月 20 日

@紫菊：

点赞袁老师《外婆的笑容》：

红苕根根外婆心，粑粑救人母亲情。

穷困不泯天良在，难能可贵颂善行。

向朝阳
2018 年 11 月 20 日

@紫菊：

叙述从容，细节生动，温馨感人。

邓文静
2018 年 11 月 20 日

@紫菊：

饥荒年头捡苕根，医院门口救饿殍。

李洋

2018年11月20日

@紫菊：

妈妈和外婆都是善良的，反映了特定年代常见事物，学习了！

王浩如

2018年11月20日

@紫菊：

外婆有善良的人格魅力。

雅玛河

2018年11月20日

@紫菊：

爱心相传，温馨的文。

一川红叶

2018年11月20日

@紫菊：

老一辈人经过的苦，和他们的善良，如影相随。

温暖

2018年11月20日

@紫菊：

整篇文写出了两个字——善良。"拿为你了"这句话，应该是整个成都盆地的口语吧？我一直以为是"难为你了"哦！因为什邡、广汉这两地的人爱说这句话。虽然我不是这两个地方的人，可也在这两地，生活了许多年呢！

芙蕖

2018年11月20日

@紫菊：

外婆想办法做求人救人的事，被求的人都知道，从赶走到随她，但被救的人不知道，他只知道感谢医生，而不感谢外婆。但那个过程感动了作者的心，这就是人在做，天在看！

山西苗满红

2018年11月20日

@紫菊：

外婆的善良，温暖了几代人！

红尘飞雪

2018年11月20日

《在场微散文》获奖点评：

1960年，那个特殊的年月，被饥饿逼迫的人们，四处觅食。外婆到城边的农村捡拾红苕根，和村人的对白亲切友好，外婆的笑容，极富生活的暖意。而后面部分笔锋一转，写在医院上班的妈妈用自己的伙食救助倒在医院门口的人们。自己饿了再回去吃外婆捡的红苕根。文章的巧妙就在这里，一种生存关系的链接，温暖相施，爱爱相与。作者以外婆的笑容贯穿全篇，在不动声色中，突显了"苦寒香"的题旨。切磋了！

阅评组：润雨

2018年11月20日

@紫菊：

《穿越生命》一书，今天一口气读到 12 点。家里突然停电了。写得感人魂魄。我经历过一共 5 年时间，精神几乎垮塌，我决定要把我的一些椎心的回忆写出来，毕竟相隔已经 10 年了。

萧开秀

2018 年 11 月 25 日

@萧开秀：

你的悲痛我感同身受！我们都经历过这种如炼狱般的折磨。我觉得记下这些，相当于为我们亲爱的孩子立下一座永不消失的纪念碑，让她们在我们的文字中永存。但写这种文字毕竟是锥心刺骨的，需要有强大的精神力量来支撑，如果有这个精神准备，可以写，如果没有准备好就不写，因为你毕竟是 70 多岁的人了，身心健康必须放在首位！

袁瑞珍

2018 年 11 月 26 日

下午晚些时候来电了。读完后心里始终平静不下来。心里难受，生理也有反应。后来我服了小剂量的镇静药物，并打开久不玩耍的网络麻将，还是不能忘记你笔下的璐璐和家族里所有的怀着一片爱心的亲朋好友，特别是乖巧的璐璐。天妒英才啊！我的女儿也是我家的精英，前途无量的乖女儿。我没有你坚强。我爱人是医生，知道没有治好的可能。我们保守治疗，尽量让她不多的时间生存质量好一点。我已经无法成天面对女儿，更不敢单独和她静静地待上半个小时，我会借故离开一下，自我缓解一下，不然我就会泪如雨下……你说得对，但是我还是打算写出来，这是为孩子立下一个文字纪念碑，让子孙们牢记她的母亲的坚强与大爱，只是我的文字达不到你的水平。我意在记事。我对你的文字很佩服，文字倾注了你内心的爱，是一篇充满大爱，充满正能量的书写，不是停电，我会一口气读完，停电让我休息了一下眼睛。因为，我是一直噙着泪水读完的。读着读着，女儿的音容笑貌和与疾病抗争的画面，以及女儿争分夺秒要给不满8岁的儿子留下最多爱硬撑的画面就浮现在我面前。我爱莫能助，不能代替的苦痛，简直就是目不忍睹……

也选择性地读了你的《知青岁月》《地震》等等文章，以后慢慢读完。

萧开秀

2018年11月26日

@萧开秀：

谢谢萧老师的分享和鼓励！只是让你又体验了一次椎心的痛苦，还要吃镇静药我就深感不安了！我觉得你如果再去写回忆女儿的文章会不会又出现这样的情况，更何况写作是一个绵长的过程，所以萧老师你要想好才去做这件事！

袁瑞珍

2018年11月26日

@紫菊：

嗯，我会寻找合适的机会与时间。你文章如此感人魂魄，我真的非常感动，一种真实、真情与真爱溢满字里行间，这是我今年读到的最为感人的文字了。

萧开秀

2018年11月26日

@刘小苹：

难得偷闲几日，清晨捧读《读你》。几日读袁瑞珍老师的文章，感受非同一般，没想到评论之文能如此吸引人、感动人，尤其是对晓荷散文的评述，思想的碰撞，语言之精美，画面的提升，令人佩服，特别是"柔婉纤巧的语言，呈现出色彩斑斓的画面"那段，很特别，受益匪浅。因为好看，我读得很慢，品味其中的意境，十分惬意。刚细品了袁老师的几篇，就急着发点感受，谢谢你送我的这本书！

（此留言系刘小革的朋友读四川省散文学会理论部出的《读你》一书后所写，由刘小革转发给袁瑞珍）

2018年12月1日

@紫菊：

袁老师您好！恕我收到《穿越生命》不能一气读完。

每晚，孙女熟睡，我才能挑灯夜读。

读书的三个夜晚我的心一直隐隐作痛，多次潸然、哽咽唏嘘。

这穿越生命，伤及灵魂的痛，令人肝肠寸断。

璐璐天资聪颖，慧根深厚，无论她的诗文还是她生病住院战胜病魔中的言语都透出了她的灵性。

璐璐善根深厚，上帝派她来人间结善缘后华丽转身去天堂播撒爱的种子。

璐璐生病住院到离世这段日子里，全家及亲朋的大爱、无私、包容让我感动；继父的大爱与无私令我敬佩；妈妈的坚强更令我心痛。在心中为她祈祷，愿一切苦难都离她远去，未来的日子里一切安好！

爸爸忻诚、张冀，小姨、三嫂、外公、外婆及爱璐璐的众亲用自己的爱谱写了一曲人间大爱的赞歌。这人性善良的光辉为璐璐照亮了去天堂的路。

最后，在心中祈祷小天使天堂安好！祈祷全家安康！

焦铃
2018年12月6日

@焦铃：

　　焦铃你好！谢谢你的点评！我看你的留言后控制不住自己的感情再次泪流满面！谢谢你的理解，也谢谢你给我的安慰。写这个作品时其实我是痛断肝肠的，是把伤口又撕裂开来的那种痛楚。但是我觉得这个作品写出来是有价值的，因为人性中的善良与爱是值得弘扬的，另外也让我的外孙女璐璐永远活在了我的文字中。再次感谢你！

袁瑞珍
2018年12月6日

@紫菊：

　　袁姐好！你已在美国了吗？我在海南。来要安顿好，得好些天。终于得空，一口气读完了《穿越生命》，几天心里都不轻松，从文字上来说，可看出你写实的功力非一日之寒，严谨扎实。一件事娓娓道来，波澜起伏中环环相接，丝丝入扣。人性的光辉贯穿整个故事，一个家庭的不幸事件折射出社会的道德和道义的水准，把一个"真善美"诠释得如此有现场感，紧紧抓住了读者！这无疑是一部值得学习的好作品。

　　我天生就特别爱小孩，我真的不喜欢看主角是一个孩子的悲剧！所以这本书放了好些天我不敢看，我鼓足了勇气才翻开它。真的，这个阅读的过程因为我太投入而很受折磨。我真的难过了好几天才缓过劲来。要知道，我内心非常排斥血腥和残忍的画面。我表面坚强，面对一些特定事物，我内心脆弱得很，原谅我对你说出了我的真实想法，因为这个原因，我无法再走进你描述的那些令人痛苦至极的画面，从这个意义上说，你是成功的，也是失败的！

苏铁雁
2018年12月24日

@紫菊：

《乡村逐梦》虽早已拜读，再读依然感觉写得真好！特别是作为笔会文章，写得与众不同真难！向你学习！

笑在最后（刘小苹）
2019年2月22日

@紫菊：

袁老师：作品拜读。读这样的作品无异在结痂的伤口上又重划一刀，因为我们有着相同的经历。孩子"眼中流血"，亲人"心底成灰"的画面又回到眼前……我几次掩卷，让心境平静下来。

你的作品是全方位的描写，天使折翅，一个7岁的小女孩就写出了《风》那样有诗味的好诗，足见天资聪颖，但她美好的一切，都是为了离开而来的，这就是宿命。

文中生父继父都是顶天立地的男子汉，是有责任心的好父亲，他们和全部有关的人都尽力了。你女儿也是个有大爱之心的好母亲。往事已过，新路开启，祝你获奖，祝你笔下有更多锦绣文章。

浩明
2019年2月10日

@紫菊：

姐姐，大作已拜读完。书是从前天晚上起的头，昨晚把写璐璐那一篇熬夜看完，被你们一家人面对突然而至的灾难毫不言败，互相支撑的大爱深情所感动，被璐璐继父、生父及所有璐璐的亲人们不懈努力所感动。璐璐这个好学、聪慧、漂亮、善良、坚强的小人儿是上天赐予你们的礼物，她也是上天赐予人间最好的礼物，没有她就没有这些好文字。一路读来心随文动，心尖尖都在痛，天使折翼在人间，那么多我们无法体会的苦，对于一个八岁的孩子是怎样的煎熬？揪心、难过、惆怅、叹息，几度落泪，但我都把泪忍了回去，因为我知道，现在天上人间已风平浪静，天使已在天堂幸福飞翔。相信璐璐此刻正在天上看着你们，保佑着你们。祝福璐璐，祝福姐姐一家从此顺遂安康！另外姐姐，我有一个不情之请，请姐姐发一张璐璐照片，我想看看！

李晓群
2019 年 8 月 25 日

@李晓群：

晓群好！看你的留言我再次泪湿眼眶！谢谢你花这么多时间阅读《穿越生命》，谢谢你的情感与我的书写产生如此强烈的共鸣！作为一个作家我非常希望我的作品能打动读者，但作为一个孩子的外婆，却不愿意发生这样的悲剧，一点也不愿意！可悲剧还是发生了！悲剧就是把美好的东西撕裂了给人看，但愿我们能从中获得爱与善良这些人性中最柔软最美好的东西，从中体味生命的价值与意义。谢谢你对此书的认可与鼓励！孩子的照片一会儿发你。

袁瑞珍
2019 年 8 月 25 日

@紫菊：

悲剧就是把美好的东西撕裂了给人看，然后让更多的人领悟、受益，这也是一个作家的担当和责任，再次祝福姐姐！

我们谁都不希望悲剧发生，但它切切实实不可阻挡，来临的时候，真是需要勇气面对的。

李晓群
2019 年 8 月 25 日

@紫菊：

母校是梦想的摇篮！

笑在最后（刘小苇）

2019年9月3日

@紫菊：

刚才我一口气拜读袁瑞珍老师带着几十年对母校的人和事的倾情回忆，抒写的美文《母校与梦想》，情真意切，感人至深，犹如把我带回了自己的学生时代。祝贺袁老师的又一篇美文发表！在适当的时候，以袁老师的美篇为榜样，也模仿着写一篇怀念自己母校的文章！

龚旭东

2019年9月3日

@紫菊：

带着一摞自己写的文学类书，赠予曾就读的学校，并说感谢母校对自己的培养，圆了作家梦。写出了百感交集以及对学校和培养老师的感激和一往情深。

可子可可子（王大可）

2019年9月3日

@紫菊：

小袁用深情的母校情结，写出了自己真实的感悟，文笔练达，思维缜密，有血有肉，抒发了心中对母校的思念之情，这就是在场散文抒写的范例，值得我们深思学习！

吴至华

2019年9月3日

@紫菊：

我是啸吟，《中国报告文学》编辑部主任，很高兴与你取得联系，祈望成为文学之友。

《为梦想插上飞翔的翅膀》大作收到，写得很好！主题十分鲜明，充满社会正能量。文学表达极佳，展示了"国家名片"。这类题材不多见，是向中华人民共和国成立70周年献上的一份厚重礼物。

你写出了院里一群"最美奋斗者"的崇高奋斗精神，写出了他们为共和国的强大作出的功绩，应该感谢你！

反映核电工业的题材，你的力作，很可能还是首篇！

啸吟

2019年9月27日于北京

@啸吟：

吴主任您好！谢谢您及杂志社对弘扬主旋律作品的重视！也谢谢对我这篇作品的肯定与褒扬！是文学让我们相识相遇，这也是我们的缘分，若有机会到成都，请与我联系，一定热情接待！再次表示感谢！

袁瑞珍

2019年9月27日

@紫菊：

今天，是共和国70周年纪念日。上午，北京天安门广场举行盛大的阅兵式，展示国力之强，让人振奋不已。午后，喜读作家袁瑞珍的《五尺道留下深情一瞥》，心中自有别样的感受——千年历史烟云，凝聚在作家笔端，萦绕在文学之巅，唱吟在时代深处。3000年的悠长，70年的进程，世事评说，深度之烈，高度之上，振聋发聩，全在作家的"一瞥"之中。

袁瑞珍的作品，颇具文学表达的魅力，更有作家为文的担当。

祝贺佳作发表在迎国庆之际！

《时代报告·中国报告文学》杂志社编辑部主任　啸吟

2019年国庆日于京华

@啸吟：

谢谢吴主任，能得到您的鼓励真的好高兴。今天"华龙一号"接受检阅，作为核动力院人感觉很自豪！

袁瑞珍
2019年10月1日

@紫菊：

评价很到位，也很激昂。但是你现在达到一定平台，一定要清醒专注作品，不要松懈流于江湖。否则很容易让人迷失。共勉！

阎维宁
2019年10月1日

@阎维宁：

嗯，谢谢提醒！我还是比较清醒的。什么都不重要，要靠作品说话！

袁瑞珍
2019年10月1日晚

@紫菊：

今天早上用了一个多小时拜读了你的大作第一篇《穿越生命》，丰厚的情感让人很受感动，强烈的纪实性也颇有震撼力。情不自禁地要向你表示敬意，也谢谢你的分享。

何永康
2019年10月2日

@何永康：

谢谢何会长能在工作和写作都很繁忙的情况下抽时间阅读我的拙

作，仅此一点就让我很感动！您的鼓励更是对我的鞭策，您是知名大作家，要多向您学习，在以后的创作中还望多多得到您的帮助！

袁瑞珍
2019 年 10 月 2 日

@紫菊：

袁部长早上好！

《穿越生命》昨天下午收到。装帧设计很雅。晚上看你的文章，把散文写得如此美，难得。蜀国才女，实至名归！

读卢子贵先生的《序》，更让我看到了你的不俗不凡。所以，要向你致敬！

撰安。

啸吟
2019 年 11 月 1 日

@啸吟：

吴主任早上好！

没想到书这么快就寄到了，也没想到您这么快就读了此书！我也时常收到作者赠书，但很难立刻阅读，一般都是过一阵有闲时再拿出来看的。所以您的举动让我非常感动！您对我作品的评价也让我深受鼓舞。我们之间真正是"以文会友"，希望您有时间到成都来，我们再交流切磋！盼望！

袁瑞珍
2019 年 11 月 1 日

@紫菊：

昨天下班时收到。晚上看到零点。我也写过多篇散文，10 多年前出过散文集《梦韵影痕》。现只有电子版，没有书了，无法请您指正。

发您拙作，聊以闲读，见笑了。这是出版发行多年后，重新请人打印留存的，没有再去校对，存在不少错别字，也不想去更正了。

写的都是一些"有感而发"的东西。

啸吟

2019年11月1日

@啸吟：

好文共欣赏，我将慢慢欣赏学习！

这段时间因山东省散文学会与四川省散文作家联谊会要共同出一本《川鲁现代散文精选》，忙着审稿校稿，本月山东省散文学会要到四川来交流采风，此书要在这个活动中举行首发式，所以您的大作我才看了序言和写春夏秋冬的四篇文章，但已经让我惊叹不已。文章写得真正的好，不仅语言很美，独具特色，而且立意高远。虽然写的是四季风景，可我读出的全是人生况味。这种新颖的写法很吸引人，我也从中学到了一种写作技巧。其他的文章还没看，但我相信会给我更多的惊喜，我要慢慢地阅读品味。只可惜没有书了，要知道捧书在手的阅读体验会更好呢！

袁瑞珍

2019年11月4日

@紫菊：

小袁写的《车轮上的国度》令我惊喜。这篇散文我反复看了几遍，文稿有诗意，有创新，总感到作者也把我们带到了美国，带到了66号公路边的金曼小镇，这个小镇有岁月的沧桑之感，更令我感兴趣的是作者写美国一号公路，在小袁的笔下堪称美若天堂。作者用诗意的、油画般的行文，细腻的笔触，更生动的细节描述让我们心旷神怡，而我又认为，这些轻柔优美的文字能出自小袁之手，恰好证明她是我们这群文友中最优秀的散文家。

吴至华
2019 年 11 月 18 日

@野草：

谢谢吴老师！吴老师过奖了！你对我的鼓励我非常感激！而我认为，正是因为与文友们和老师们在一起常相互交流切磋，才能有点进步！而我更认为，我们这个圈子里的文友都是一些高手，创作的作品我都很喜欢，并不断地学习吸收大家的精华。所以我们这个文学圈子是个好圈子！

袁瑞珍
2019 年 11 月 18 日

@紫菊：

紫菊老师说得太对了，唯有一颗爱文学之心，无论环境如何艰难，不管人情多么相轻，皆可闲庭信步，风雨无阻，挽手文字，温暖心灵，互勉互助。

玉宇云帆（吴微）
2019 年 11 月 18 日

@紫菊：

小袁你好！今天再一次看了桥歌转发的《远去的青春芳华》，使我更加清晰地了解了余启瑜写这本书《轻描淡写》的深意，特别是你从理论高度及散文细节的描述上，细致地阐述了你的看法，你的文笔凝练、优美、畅达，又使我们享受了一顿精美的散文大餐。这几年不见，你竟然写出这么多的优秀作品，真是个人才，实令我感到惊叹！

野草（吴至华）
2019 年 11 月 13 日

@野草：

谢谢吴老师鼓励！我是向诸位文友学习，大家都鼓励我的结果，还希望一直得到大家的鼓励和鞭策！

紫菊（袁瑞珍）
2019 年 11 月 13 日

@紫菊：

《核电强国逐梦之路》写作得好，既能实事求是，文字又优美圆润，使广大读者能充分了解我院的工作态度、科学扎实、认真的工作作风。对我国核电发展的宣传上了一个新的台阶，读后很受鼓舞！谢谢你！辛苦了！望多保重！

张金文
2019 年 11 月 30 日

@紫菊：

科技类散文珍贵，如徐迟先生的《哥德巴赫猜想》。

城桥
2019 年 12 月 1 日

@紫菊：

瑞珍老师，一早读了你的核电报告文学，厉害，简直是鸿篇巨制！祝一切安好！

渝霞
2019 年 12 月 1 日

@渝霞：

渝霞老师，谢谢你的阅读与赞扬！这些无名英雄们隐姓埋名几十年，为国家的强盛做出了巨大的贡献，我是应该为中国的脊梁们鼓与呼了！

袁瑞珍
2019 年 12 月 1 日

@紫菊：

袁老师不愧是"冰心散文奖"获得者，拜读了你这篇文章，深受启发。文笔流畅，语言生动，情真意切，通俗易懂，耐人寻味，向你学习，为你点赞！

林焱（李海松）

2019年12月1日

@紫菊：

通过袁瑞珍老师流畅的文笔，向我们展示了我国核电建设的最新突破和发展历程，透过"华龙一号"的新技术、蒸汽发生器、核燃料包壳材料等难题逐一被攻破，其中工程技术人员的艰辛和努力可想而知，军强则国家强，为我国核电发展而自豪和钦佩不已。

姜红

2019年12月1日

@紫菊：

紫菊果然一才女，写出如此有水平的文章，这是你的骄傲也是核动力院的光荣。由衷地为你点赞！

洒脱

2019年12月1日

@紫菊：

作者袁老师原本就是中国核动力系统中的一员，她懂得其中的专业术语，以及谙熟其中的环扣功用，加之她具有文创功力，故这篇报告文学有着专业和文学的双重价值。

王大可

2019年12月

@紫菊：

核动力院就是应该加大力度宣传！

怡凯

2019年12月1日

@紫菊：

这么大的信息量，做了很多采访和资料收集吧？不辞辛苦，宝剑锋从磨砺出！

英（王继英）

2019年12月1日

@英（王继英）：

是做了大量功课的，有一天晚上居然激情澎湃写了一个通宵，终于在国庆前的25号投稿到《时代报告·中国报告文学》杂志社，还忘了写我的电话和通信地址，结果第二天就收到编辑部的邮件让我告诉电话和地址。我感觉可能会被采用，立即回复。第二天编辑部的主任啸吟便给我打来电话，高度评价了此文的社会价值和文学价值。这是我第一次给这个杂志投稿，没想到会有这样的效果！我感觉我们院的这个成就、这个题材是个重大题材，是向中华人民共和国成立70周年献礼的重大题材，果然得到了印证！主要是题材好，再加上也融入了我的感情，所以杂志社就用了。更可贵的是和编辑部的主任啸吟成为文友，他也发了大量他写的文章给我欣赏！文学真的具有神奇的力量！希望你也能像我一样多学多写，以后退休了也会有丰富的生活哈！

袁瑞珍

2019年12月1日

@紫菊：

只读了刚发表的小袁大作的一小部分，终于等到核动力的雄文横空出世了！这是了不起的大事！是小袁为核动力院做的大好事。文章技术脉络清楚，让人读得懂。也有思想和感情，道出了为什么成功，又为什么成为第三代核电先进水平！又说明白了成系统的具有自主知识产权！一扫空话、套话的俗套，这是党务工作者小袁最可宝贵之处！报告文学的思想性、真实性、感染性，小袁做到了……可喜可贺。期待小袁有一天达到徐迟、穆青等写出的陈景润、焦裕禄、王进喜等的报告文学，激励了一个年代。魏巍的《谁是最可爱的人》，代表了抗美援朝一整个时期！我院核动力事业是块沃土，也产生了不少英雄人物和不朽的科研团队，只要小袁动笔定会写出尖端科技堡垒被英雄的中国儿女攻克下来的报告文学！现在除原子弹有零星报道，还多数是邓稼先老科学家的，对新中国自己培养的年轻一代，尚是一片未开垦的处女地！小袁呀，努力再努力，我们大家支持你。现总算有个开头，写了张森如，还会写出别的杰出人物！解开手脚，放开思想，优秀人物就冒出来了！我认得一些，可以和你摆龙门阵，提供素材，这是核动力院的珍贵财富和骄傲！要辛苦你了！

李兴汉
2019 年 12 月 1 日

@紫菊：

刚认真读完了袁瑞珍写的《核电强国逐梦之路》。写得很好！

陈富崇
2019 年 12 月

@李兴汉 @陈富崇：

谢谢老领导对此文的肯定与赞扬，我也觉得我们院是产生中国脊梁的一片热土，为共和国的强盛所做出的艰苦卓绝的奋斗历程和精神是中华民族的宝贵精神财富。我有责任尽我之力去挖掘和讴歌。我最近又有一部新书已送上海文汇出版社，其中有一辑"核院情深，感动我的人和事"，专门是写我院的人和事的。我现在国外，待我回国后我们再聚，我会聆听你讲的宝贵故事的。谢谢你们给我的鼓励与希望，但我能力有限，我是成不了像徐迟、穆青、魏巍这样的大作家的，只能尽我之力做点力所能及的事！

袁瑞珍
2019年12月1日

@紫菊：

大国重器，彰显国威，军民融合，持续发展。

森林
2019年11月30日

@紫菊：

既专业又全面地报道了核电人的丰功伟绩！让人敬佩！袁老师真了不得！

流水碎月影（萧开秀）
2019年11月30日

@流水碎月影（萧开秀）：

谢谢萧老师的鼓励与点赞，你们的鼓励是我前行的动力！

袁瑞珍
2019年11月30日

@紫菊：

美国在日本广岛投下了原子弹，重创了日本的战争野心。由此，提前结束了第二次世界大战。美国和苏联的参战，为世界带来了和平的曙光。核能源的研究开发，开创了战争武器的新纪元。当核能源领域开发的范围扩展到了民生领域的时候，便有了核电厂和医学诊疗手段的突破性进步。从而，使人类的寿命得到了延长。因此，核研究人员的工作是了不起的，值得我向您致敬！

南非
2019年11月30日

@南非：

谢谢老师对此文的理解和解读！也谢谢您对核科学技术人员的赞美！

袁瑞珍

2019年11月30日

@紫菊：

通过阅读袁部长的文章，我这个外行了解了单位核电技术发展的一路艰辛及核电人、核科技工作者对科学技术的执着。向他们致敬！

华府（堆谷李伽苏）

2019年11月30日

@华府（堆谷李伽苏）：

谢谢你的阅读与支持！作为核动力院人，我深感骄傲与自豪！

袁瑞珍

2019年11月30日

@紫菊：

这是一篇题材引人入胜的优秀报告文学！让我感到气势磅礴，评说精辟，诗意葱茏，激情四溢，读之让人心潮起伏，久久不能平静。是金子总要闪光！你终于冲出市侩的庸俗眼光，像一只火凤凰冲天而起，张开五彩翼纵情翱翔！我衷心为你祝贺！

李治修

2019年12月2日

@李治修：谢谢李老师的鼓励与支持，您在我的文学之路上起着非常重要的引领和扶持的作用，我的每一点进步都离不开您的帮助和指导，谢谢您了！

袁瑞珍
2019 年 12 月 2 日

@ 紫菊：

第一次对核动力发展的历程有如此深入的了解，现在的一切真是来之不易，唯有埋头前行，才能不负过往坚持，不负现在荣光！

冯有声
2019 年 12 月 4 日

@ 紫菊：

这是一篇有高度、有深度，充满热情的纪实文字，赞美了从上到下的举国意志，资料丰富，言之凿凿，褒奖有据，毫无夸张，是一部反映上下同心，举国同志的强国志。佩服！

顽石斋主人（吴中奇）
2019 年 12 月 4 日

@ 紫菊：

《核电强国逐梦之路》一文，作者以大量翔实的素材记叙了该院广大科技工作者肩负党和国家的重托，为构筑核电强国、实现大型商用核电国产化的中国梦，不辱使命，奋力拼搏，圆满完成了从秦山二期 60 万千瓦到华龙一号百万千瓦级核电站的跨越式发展。该文立意新颖，主题突出，文笔流畅，简洁生动，读来感人肺腑。这是一篇弘扬自主创新践行科学发展观的典型教材，更是一篇生动的逐梦强国催人奋进的佳作。

颂扬
2019 年 12 月 9 日

@ 所有人：

谢谢读者朋友们阅读并转发此文！为中国的强盛而做出贡献的核动力科学技术人员是国家的栋梁，中华民族的脊梁，他们的付出与奋斗是值得我们去敬重、传播的！

袁瑞珍

2019 年 12 月 9 日

@ 紫菊：

喜读大作，《心中的雪花在飘洒》印象深刻，如春风扑面。诗文浑然，朴实真切，晓畅轻灵。纯洁如雪花般的文，飘洒如雪花般的诗。今年开门红，好兆头，热烈祝贺！

李治修

2020 年 1 月 3 日

@ 紫菊：

瑞珍老师《心中的雪花在飘洒》与李致老的忘年之交，情真意切，很感人。忘年之交在历代并不多，得以心换心才能促成。

王大可

2020 年 1 月 5 日

@ 紫菊：

看了袁瑞珍老师《岁月留痕·心中的雪花在飘洒》散文，使我仿佛看到一个清纯、善良的女生对老师的崇敬和爱戴！文风犹如冰心，在世风日下的今天，甚是难得！

李致是巴金李氏家族的成员，虽都是文人，但风格迥异。巴金的"激流三部曲"、《憩园》等充满了对民主曙光的渴望，对旧礼教的控诉，所以赢得了广大受众尤其是广大青年的崇敬。加之巴金在垂暮之年提倡建《文革博物馆》，写《忏悔录》，被誉为"中国知识分子的良心"。我们崇敬巴老，也必然爱屋及乌，尊崇他的后人。但二者在人格上毕竟还有差别，巴老是民主战士，李致老师是亲切的党的宣传工作者，和善的文化人……祝李致部长新年健康、幸福！祝袁瑞珍永远保持一颗纯洁的童心！

袁夫子
2020年1月7日

@袁夫子：

谢谢袁夫子老师的点评！我们还未见过面，但能到这个文学圈子的都是我的朋友，以文会友，以心交友，相信我们会在这里愉快地进行文学交流，切磋技艺，不断提高。很期盼回到成都，与文友们重聚！

袁瑞珍
2020年1月7日

@紫菊：

读了瑞珍的《心中的雪花在飘洒》，李致老师的谦和与平易近人跃然纸上，让人敬佩有加。其实，李老早些年来文友部参加活动，已经让我们感动不已，不忍耽误李老更多宝贵时间。得知李老身体健康，且不遗余力辅导文学爱好者，感同身受，受益匪浅，向李老致敬！

陈光裕
2020年1月7日

@陈光裕：

谢谢陈大姐留言点赞！的确如你所言，李老的人品、文品都是值得我们敬仰的，能得到李老朋友加父辈般的关怀，实在是人生一大幸事！大姐近来身体恢复健康了吗？甚念！

袁瑞珍
2020年1月7日

@紫菊：

拜读袁瑞珍老师的新作《心中的雪花在飘洒》后，方知袁老师文学功底深厚，行云流水的文字，把李老前辈高尚的人品、文品、学品、德品写得淋漓尽致，使读者仰慕和敬仰。同时抒发了老师对文学的惜、爱，萌发读者迫不及待地想去了解李老前辈"书香之家"的藏书，给读者望而生风的意念。情深意浓的好文章，值得学习、分享、点赞！

霞光
2020年1月7日

@紫菊：

读了这篇大家的文章，感觉真的不一样。无论从题目上画龙点睛，还是选材以及作者本人的头衔、文化素养、文字内容我都觉得不敢来留言。但我读了这么好的文章，听了这么好的故事，和名人大家之间的交往情谊，油然生出一种崇拜、景仰之情，所以，尽管我是小人物，但我这个心情还是想表白出来。如果有不妥之处，请领导（老师）见谅！另希望经常能读到这么好的文章。谢谢！

吴松涛
2020年1月7日

@紫菊：

袁老师这篇文章，真是信息量很大又耐读的佳作。非常佩服袁老师的文学功底，羡慕袁老师能和高风亮节的李致老先生结为忘年之交。在袁老师的生花妙笔下，我看到了一个满腹经纶真实感人可亲可敬的文学名家！

碧野田间
2020年1月7日

@紫菊：

在文学路上有一个如此亲和、慈爱、博学的老师和朋友，是多么幸运和幸福的事！作者的文字朴实真诚，以事实打动人，诚如文中李老对写文章的要求。

简·爱

2020年1月7日

@紫菊：

每一个新人的进步都离不开前辈们的提携。从袁老师的文字里我们看到了李致老师对爱好文学的新人关心、爱护、帮助、可亲。文学是需要传承的，特别是李致老师的几句话："写作一是值得写的；二是必须掌握第一手材料；三是要用最朴实的语言和事实打动人。"三句话指出了写作真谛。袁老师的文章把李致老师的人品与晶莹剔透的雪花相比，可见李老师人品之高洁。

薇薇

2020年1月7日

@紫菊：

非常好，我也要学习"作家要靠作品说话，要少参加一些不必要的活动，多花一些时间来读书和写作。"

乔安娜

2020年1月7日

@紫菊：

读袁老师作品，记住了巴金老师教诲："读书的时候用功读书，玩耍的时候放心玩耍，说话要说真话，做人得做好人。"

小米椒

2020年1月7日

@紫菊：在人生的某段路程中，忽然出现这样一位长辈，比我们年长二十多岁，和他在一起，你会感到自己还很年轻，还可以做许多想做和应当做的，他就是我们的李致伯伯。

能经常得到李伯伯在品格上、文学上的言传身教，不仅是一种幸运，而且是一种幸福！

瑞珍满怀深情的文字，表达了我们共同的对李致伯伯的爱！

笑在最后（刘小革）
2020年1月7日

@紫菊

高产作家袁瑞珍，分享佳作好品行。

以文交友表诚心，心如雪花吐真情。

有缘千里来相会，翰墨书香胜似金。

书山有路勤为径，条条道路好风景。

一缕阳光（杨光树）
2020年1月7日

@紫菊：

拜读袁老师的美文，立刻被文章的题目所吸引。如果说文坛老将李致老人犹如那雪花深情款款，晶莹剔透，所到之处都受人喜爱，那么李致老人累累的文学成果和为人谦虚的态度、高洁的品质和豁达的人生态度更令人敬佩。

袁老师勤奋好学，酷爱文学，在文坛多有建树，赢得了文坛新老朋友的关注与赞誉。她笔耕不辍，佳作频出，吸引了志同道合文友与她谈文论道。袁老师和小革老师及临雅老师因同样的文学爱好而成为好友令人羡慕。袁老师与李致老师也因相同的文学爱好而成为忘年之交令人敬佩。他们因文学相识，因共同的志向而惜，因缘而聚，因情而暖。李老的真诚与细致、宽厚与仁爱令人敬佩。袁老师与李老是忘年交，也是最好的师生。在近二十年的文学讨论与交流中，李老的点拨与鼓励让袁老师及文友增强了创作的信心与勇气。李老的文才、人品、格局与境界犹如她们文学之路前行的灯塔，让她们前进中有方向，奋斗中有底气。常言道：具有同等能量的人才会相互珍惜。今生，袁老师能与这群志趣高雅的文人为友，能与李老成为忘年交是她的福气，也是她不断努力奋斗的结果，为袁老师点赞！

谢谢分享，为她的美文点赞！

程玲

2020年1月7日

@紫菊：

读了袁老师的文章，深受启发，跟有学识有才华的人相聚，本身就是一种学习、一种快乐。同样，读一篇好文也能从中受益匪浅。文中李老说的一句话"作家要靠作品说话……多读书多写作"对我也适用。文章用流畅的语言把与李老的交往经历娓娓道来，那种既是文友又是师徒，又有亲情般的深厚感情，温暖而动人，整篇文章洋溢着一股浓浓的温情，表达出与李老之间的深厚情谊，令人羡慕，更对平易近人的李老心生敬意。拜读学习佳作！问好祝福袁老师创作丰收，祝福身体健康！

赵前香

2020年1月8日

@紫菊：

袁姐，你的《车轮上的国度》我是快速地看了一下，有一种终于有了一篇好游记的感觉，然后再慢慢回去体会。平常那些出国游的大多千篇一律没意思。老实说，过去真不了解你们两个的散文写得这样好！

茶淡余味远（余晓静）
2020 年 1 月 17 日

@茶淡余味远（余晓静）：

谢谢你的评论！我也是在退休后，小草把我引进四川省散文学会，才开始写的，也是在大家帮助下写了些东西，因为我对打牌跳舞没多大兴趣，总得找个事打发时间而已。我现在美国，大概要四五月份才回来。我回来后找个时间聚会一下，好多年没看到你们了，还是挺想见你们的！

紫菊（袁瑞珍）
2020 年 1 月 17 日

@紫菊（袁瑞珍）：

你好！首先祝贺你在文学创作上取得的成就！细细品读了你的《心中的雪花在飘洒》一文，久久回味，十分感佩，李老对你的点点滴滴你都满满地珍藏在心里，字里行间透出了彼此的真情，太令人感动了。你眼中的李老很具人格魅力，遇见李老是你的幸运，让岁月留下痕迹，让人生留下美好回忆，为你高兴。相信你在文学创作的路上，有李老的指引和悉心帮助，一定会佳作迭出，精彩连篇。

若兰（李华）
2020 年 1 月 20 日

@若兰（李华）：

谢谢若兰的赞誉与鼓励！李老真是个很细致的人，你的有关信息就是他告诉我的，要知道我一直因换手机把你的电话号码弄丢了，一直在心里惦记着你。正是有了李老与你的合影，我们才又联系上的，所以心里好高兴。待我回到成都，我们就找个时间聚会，以解这么些年的牵挂之情！

紫菊（袁瑞珍）
2020年1月20日

　　@紫菊 @刘小革：也是因为你们和李老的一次合影，我认出了你们的，和李老聊起了你俩，于是李老邀我一起合影，李老很用心。我也只见了李老一面，就印象深刻，他温和待人，轻声话语，随和得像机关里的一位老同志在一起拉家常，他越是这样，越显他的高贵气质。通过你俩的文章，我已经非常崇拜你们的李伯伯了，有机会请代我问候李老哈，谢谢你们！

若兰（李华）
2020年1月20日

　　@李治修：尊敬的李老师您好！

　　近来身体可好？我一直都很担心您的身体，不知在疫情发生的这段时间您可都安好，我因疫情而滞留在美国，想回国却买不到机票，也就暂时回不来了。我在这里情况还好，已经很久没有外出，购买生活用品和食物都是在网上购买，几个孙女学校都上网课，现在也放暑假了，都在家里，我每天忙于家事也没时间写作，但抽时间编辑了一部评论文集，取名《静看花开》，石英老师给我写了序言，我发送给您，请您帮我看看，因为您看了得到您的认可我才放心。但现在天气炎热，我也不知道您的身体状况，这样又给您增加负担了，全书大概近20万字，分上篇和下篇，上篇是我写的评论文章，下篇是别人对我文章的评论，主要是当时召开研讨会的文章（我一定不能辜负文友们对我的一片真诚），还把微信上与文友和读者们互动的点评也选编进去了，因为我想微信是一个新的事物，点评也是言简意赅，且有时代感，但这就占了2万多字，也不知道我这样的编排可不可以，请您给我把把关。

又给您添麻烦了，您不用全部都看，选择性地大概浏览一下，有个总体印象就可以了，谢谢李老师！

祝您及赵老师身体健康，开心快乐！

袁瑞珍敬上
美国时间2020年6月24日

@紫菊：袁老师：您好！

欣喜地读到评论集《静看花开》！这不是一般意义的文学评论集，而是一部文学欣赏集，一部文学自觉与欣赏相结合的文集，一部作者与评论者对话式的文学审美集。通过你的结集搜聚众芳，建成百花园，给同行提供了一个斑斓的审美园地，让大家能以这样别致的方式展开文学活动，我首先为此竖指一赞！

通读《静看花开》文集，自觉有一种文学气场，形成"大块假我以文章"的氛围：让文学审美的活动有了一个别致的空间，有了更加活跃的交流；突破了拘泥的说教，开展近距离心灵对话。这样的形式更显得自然与随和，特别是你将全集分为上篇与下篇，更将微信中许多点睛之笔纳入其中，真可谓是"良有以也"！

微信虽然只言片语，却多有真知灼见，更增了几分轻松活泼。这类评点虽"浅"却"妙"，颇有"蜻蜓点水"式的灵动和轻盈。我认为这样的结集给人以别开生面的超脱感。

书名《静看花开》极妙，妙就妙在这一"静"字上！只有"静"得下来，才不致走马观花，雾里看花；也才能看出"花开"之美，欣赏到"花开"之谛！据此，这本《静看花开》也让我获得了一个总体印象：这是一本立体交叉式的文学评论对话录。

读到你在"上篇"中写的评论，我感到同样体现出你文章中蕴含的诗意特质。这是一个作家文学气质的原初性决定的，通俗地说"就是胎中带来的"；是一个人的气质在文学上的反映。布封说"风格即人"。不管他本意的内涵如何，但我却认为这话也应当包含这一重意思。

我认为一个作家，即便是不专事文学理论研究，在具体写作实践过程中，也就是一次审美的历练，一次自我批判自我完成的过程，否则他们对自己的作品从修改到完稿就无所适从。因此从这个角度说，一个作家在创作实践中，在不同程度上也就有了对自己作品的实践与理论上的认知，也就有了伴生的"文学理论修养"。所以你的论文有更多的实践体验，对作者具有现身说法的现实意义和创作实践的参照价值。

再：石英先生的序既认真也中肯，显然花了一定功夫，不是那种靠"名气"随意涂鸦的敷衍之作。

据我所知：他最早出道在《诗刊》，是《诗刊》编辑，后来成了编委。他的诗作我读得不多，但几十年后仍然记得他发表在《诗刊》上的一首诗：《支书家的嫂子》（原题记得可能不太准确）。写得轻松活泼。活脱脱勾画出一个嘴零碎却又待人很热心善良，乐于助人的农村妇女形象。全诗音韵丁当，行云流水，风趣亲切，至今印象清晰。

好！这是题外的话了，打住！

以上浅见，仅供参考。

问好！

李治修

2020年6月27日

@李治修：尊敬的李老师 您好！没想到您这么快就把《静看花开》书稿看完了，有了您的肯定，我就放心了！您总是给我极大的鼓励与支持，为我的每一点进步鼓劲，让我增强了信心，所以才会有这些作品的问世，为此心中充满感激。您写的简评我准备放到第三部分"微信采撷"中。书稿已经交给文化出版公司，因现在书号减少，另外对书稿内容审查也非常严格，要排队，所以还不知道什么时候能拿到书号，也不知道什么时候才能印刷出版，但心里也是高兴的，因为对自己有个交代，对文友们对我的作品真诚的点评和喜欢我的作品的读者们有个交代。

  疫情当前，请李老师多多保重！祝全家身体健康，幸福安康！

袁瑞珍
美国时间 2020 年 6 月 27 日

后　记

当我将这本书的书稿编辑整理好后，心中竟然生出一种忐忑与欣慰相互交织的复杂情绪。

忐忑，因为这是一本散文评论文集，上篇"带露摘花"收录了我的赏析文章。这些赏析文章不仅所涉的范围有限，且大多是以一个读者的身份写的读后感之类，而这些读后感也难免有偏颇之处，与严格意义上的"文学评论"是有很大差距的。我一直认为，"文学评论"是一门高深的学问，需要具备一定文学理论修养才可涉足，所以我将其定位为"赏析"，便可为我文学理论修养不足找到一个体面的说辞。

但忐忑的心情也难掩感恩的情怀。这些年来，之所以能写出一些赏析文章，与已经去世的原四川省散文学会会长卢子贵先生的信任及在四川省散文学会理论部中的学习与历练分不开。2010年1月初，四川省散文学会重新组建了理论部，学会领导班子研究决定由我担任理论部部长，当会长卢子贵先生与我谈话时，我非常惊讶，也非常不安，因为我从来就没有接触过文学理论研究工作。一个外行怎么能胜任这样的重任呢？我提出了异议。但卢子贵会长却鼓励我说："不会就学，我们会全力支持你，相信你会做好工作。"于是我带着惶恐的心情，以"召集人"的身份开始了学习与工作。而理论部的文友们则给了我特别的帮助与有力的支持。这个相互尊重、相扶相携，文学氛围很浓的团体，不仅在2018年隆重推出了《读你》这样一本由马识途题写书名、李致题词、卢子贵作序、刘小草主编的广受好评的评论文集，也使我积累的文字能在这本书中结集出版，所以心中常怀感恩之情。

欣慰，则因为这本书的下篇"静看花开"是作家、文友、读者们对我的散文集《穿越生命》所写的评论文章，结集出版是我所能想到的一种最好致谢方式。

2017年底，我的散文集《穿越生命》出版，原工作单位中国核动力研究设计院党委宣传部和堆谷文学社在2018年1月为我举办了读者分享会，又于10月下旬举办了隆重的作品研讨会。单位领导、读者代表和四川省文化界、省作协创研室、四川省散文学会理论部的领导、专家、学者、作家共50多人参加了研讨会，用一整天的时间对《穿越生命》的社会和思想意义、写作技巧、艺术特色等展开了全方位、多角度的研讨。会上气氛热烈，大家畅所欲言，各种观点相互碰撞，既有褒扬，也有批评，产生了非常好的效果，形成了20多篇高质量的评论文章。这不仅对我今后的创作有重要的指导意义，相信也会对一些文学爱好者起到一定的借鉴作用。不少论文作者在研讨会前和会后对自己的文章几经修改，其严肃认真的态度令我十分感动。一些读者和朋友读了《穿越生命》后，也热情洋溢地给我写了感人的文字和诗歌。中国核动力研究设计院原科技处领导李兴汉在看到有关研讨会的消息报道后，给我发来一条微信，建议出一本研讨评论文集，请名家作序，院文学社主编，让大家都能受益。他的建议触动了我，这也是将这些评论文章和诗歌、感言一并编辑整理出书的原因之一。如此，不仅可表达我内心的感激与深深的谢意，也可让更多的作家、朋友和读者欣赏到他们的佳作。

附录"微信采撷"是微信中与作家、文友、读者关于文学作品互动内容的摘编。微信是一种新型的、使用最广泛的高科技网络通信工具，也是人与人之间一种快捷、灵便的沟通交流方式，更是我与作家、朋友、读者互动的平台。这种评论虽三言两语，但饱含真知灼见，既给人平等、大众化的感觉，也适应当代社会人们快节奏生活方式的需要，故作为附录，企望为此评论文集增添一丝轻灵与活泼。

本书在酝酿、整理、编辑过程中，得到巴金文学院原副院长、四川省散文学会原常务副会长、四川省散文作家联谊会会长张人士先生的大力扶持，更得到中国散文学会名誉会长、当代著名作家石英的大力支持，为我的《静看花开》倾情作序。

我与石老相识于2018年1月，是在参加广元市作家童臣贤先生作品研讨会暨新书《一地阳光》首发式上幸会的。在几天的接触中，石老平易近人、豁达健谈和对文学的深刻见解，给我留下极深印象。当时他送了一本《石英诗选》给我，回到北京后，又给我邮寄了一本《石英文学作品精选》赠送于我，令我非常感动。正值 2020 年盛夏，天气炎热，而新冠肺炎疫情在经过全国人民艰苦卓绝的斗争基本得到控制后又在北京新发地批发市场突现，在这种情况下，为我这样一个普通作家的文集，写下《相逢在最美的花开时节》的序言，序言充满着对蜀地这片土地的深情与眷念，不仅高度评价了蜀地作家们的作品，还对我及其他蜀地作家提出了殷切希望，彰显了一位老作家对文学的情怀，也是对我和四川散文作家极大的鼓励与鞭策。为此，我心中充满感激。

本书的出版，还得到四川蓓蕾文化传播有限公司与总经理钟靖、云南人民出版社，以及美术编辑、责任编辑的大力支持与帮助。他们不仅对《静看花开》进行精心的设计与编排，并对书的质量严格把关，力求做到最好，这种对作者与读者认真负责的精神，同样令我感动，在此也深表谢意。

作者
2020 年 8 月 30 日